DREAM COLLECTOR

드림
컬렉터

2

드림 컬렉터 2 : 신(SHELL)의 주인

ⓒ 이혜원 2014

초판 1쇄 인쇄	2014년 8월 1일
초판 1쇄 발행	2014년 8월 4일

지은이	이혜원

펴낸이	박대일
편집	이문영 · 임유리 · 신지연
마케팅	송재진
디자인	손민지

펴낸곳	새파란상상(파란미디어)
출판등록	2004년 9월 14일 제313-2004-00214호

주소	121-897 서울시 마포구 성지1길 32-36
전화	02-3141-5589(영업부) 070-4616-2011(편집부)
팩스	02-3141-5590
전자우편	paranbook@gmail.com
트위터	@paranmedia
카페	http://cafe.naver.com/paranmedia

ISBN 978-89-6371-164-5 (04810)
      978-89-6371-162-1 (전2권)

DREAM COLLECTOR

드림 컬렉터

2

신(SHELL)의 주인

이혜원 장편소설

소중한 승희에게

새파란상상

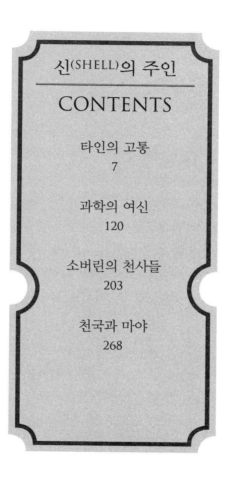

신(SHELL)의 주인

CONTENTS

6. 타인의 고통

— 마리온

그것은 꽃이 피면서 시작되었다.

피의 꽃.

그녀의 얼굴에 엄마의 피로 꽃이 핀 순간, 모든 게 결정되었다.

저 남자를 죽여야겠구나.

엄마가 그녀를 감싼 것, 엄마가 칼에 찔린 것, 엄마의 피가 튄 것, 이 모든 것이 지금의 결말을 위해 달려온 것이다. 그녀는 이대로, 나머지 결말까지 가는 수밖에 없으리라.

세상과 차단된 그녀의 눈에는 그날의 빨간 꽃송이들만이 수없이 피었다 졌다.

* * *

경찰이 도착했을 때 마리온의 엄마는 죽어 있었다. 온통 피범벅인 거실에서 엄마의 시체 밑에 깔려 피를 흘리고 떨면서 마리온은 경찰을 향해 말했다.

"엄마를 살려 주세요."

그 말과 함께 마리온 인생의 2막이 올랐다. 극적인 시작이었고, 앞으로 수많은 기사와 강연과 자서전에서 우려먹을 강렬한 도입부였다.

그녀는 자신이 스캔들의 주인공이 되었다는 것을 금세 알아챘다. 반쯤은 의도적으로, 또 반쯤은 다치고 어미를 잃은 어린 동물의 본능으로 마리온은 최대한 사람들의 관심을 쥐어짤 수 있는 방향으로 행동했다. 눈에 붕대를 감은 채 엄마를 찾는 모습이 TV 전파를 타자 사람들은 그녀를 위해 울었다. 어떤 이들은 그녀의 손을 잡고 말했다.

"너를 위해 기도할게."

기도가 무슨 소용이 있단 말인가. 동정하는 마음이 쏟아져 봤자 바뀌는 건 아무것도 없었다. 시간을 거꾸로 돌릴 수 있는 방법도 없었고 그녀의 엄마를 되살릴 방법도 없었다. 하지만 그녀는 그 남자를 죽여야 했다. 그래서 마리온은 의젓하게 대답했다.

"저는 괜찮아요."

생각해 보면 동정하는 마음도 나쁘지 않았다. 눈이 먼 그녀가 남자를 찾아내고 죽이기란 너무 어려웠고, 그녀의 집에선 수술비를 감당할 수 없었다. 어린 마리온은 깨달았다. 자신의 눈이 다시 떠진다면 그 비용은 사람들의 동정심에 의해 마련될 터. 그녀는 잡은 손을 더듬어 꼭 맞잡으면서 되풀이했다.

"저는 괜찮아요. 범인이 잡히게 해 달라고 기도해 주세요."

그러자 사람들이 혀를 차고 눈물을 보이며 지갑을 열었다. 마리온은 점점 더 자신의 무기를 능숙하게 다룰 수 있게 되었다. 끔찍한 일을 당한 여자아이. 이제 눈도 보이지 않게 된 가련한 소녀. 엄마의 희생을 헛되이 하지 않겠다고 애써 밝게 웃어 보이는 얼굴의 어린애. 그런 가련함과 긍정의 힘을 주요 상품으로 밀다가 때때로 눈물을 보이며 조그만 주먹을 꼭 쥐고 복수를 말하면 사람들은 오히려 열광했다.

마리온은 나름대로 유명해졌다. 큰언니는 직장을 그만두고 그녀의 강연을 쫓아다니며 지원하기 시작했다.

쟤 엄마가 쟤를 감싸려다 죽었대. 어머나, 불쌍해라. 자기 때문에 엄마가 죽은 거 아냐. 그래도 용케 살아났네. 그 동네 애들 중에 연쇄 살인범한테서 산 건 쟤뿐이잖아. 엄마가 칼을 다 받았다잖아. 온 집 안이 피범벅이었다던데. 쟤네 엄마는 살아서도 딸내미 살리려고 목숨 내놓더니 죽어서도 딸을 먹여 살리네.

무신경하고 호기심이 들끓는 말들에도 마음이 강철로 바뀐 것처럼 아무렇지도 않았다.

큰언니는 그런 말이 들릴 때마다 마리온보다도 더 발끈하며 그녀가 상처받을까 걱정했지만, 마리온은 알고 있었다. 큰언니의 그런 반응도 시간이 지날수록 점점 무뎌질 것을. 결국 이 사건이 더 화제가 되지 않아 수입이 끊길 때를 걱정하게 될 것을. 알면서도 상처받지 않는 자신의 마음이 때론 그녀 자신도 낯설게 느껴졌다.

하지만 여기서 더 이상 단련될 수가 있을까?

피의 꽃.

더 이상 새로운 시각 정보가 입력되지 않는 마리온의 눈과 뇌는 그 장면을 끝없이 재생했다.

모든 것이 결정된 순간을.

그녀의 얼굴에 엄마의 피로 꽃이 핀 순간, 세상이 끝나도 이 즐거움을 포기할 수 없다는 것처럼 웃던 남자의 얼굴을.

그녀는 자신이 살아난 이유를 알고 있었다. 운명의 손가락이 가리키는 방향은 명백했다.

자신은 그 남자를 죽여야 했다.

어떻게?

세월이 흐를수록 사람들은 그녀를 낡은 스캔들로 치부했다. 아이러니하게도 떠들썩한 살인마가 등장할 때마다 그녀의 수입은 올라갔다. 형제자매들은 그녀 때문에 엄마를 잃었으니 이정도 보상을 받을 권리는 있지 않느냐며 부양가족 노릇을 하기 시작했다. 돈은 말랐고, 새어 나갔고, 시력을 되찾을 날은 요원해 보였다.

그리고 그녀가 커 가는 동안 살인마는 늙어 가고 있었다. 마리온은 악몽에 시달렸다. 꿈속의 살인마는 여전히 그날 봤던 즐거운 얼굴로 사람을 죽이면서 웃었다. 피가 흐르는 시체의 산 위에서 혼자 살아남은 놈이 편안히 누워 눈을 감았다. 시체들이 그녀 쪽으로 고개를 돌리며 피눈물을 흘렸고, 엄마는 시체의 산 맨 아래에서 피로 물드는 세상 속에 잠겨 들었다.

꿈속의 그녀는 발목을 잡힌 채 꼼짝 못하고 비명을 지르며 그 모든 광경을 바라만 볼 수밖에 없었다. 깨어날 때마다 마리온은 발작처럼 중얼거렸다. 그놈이 먼저 죽어 버릴 거야. 내가 복수하기 전에 먼저 죽을 거라고. 편하게, 잠들듯이 죽을 거란 말이야. 절대 그럴 순 없어. 안 돼.

끊임없이 발버둥 치는데도 예정된 운명이 멀게만 느껴져 바작바작 속부터 타들어 가는 것 같던 어느 여름날, 강연장에 댄이 나타났다. 자신처럼 복수의 불길을 품은 그가.

— 댄

댄은 강단 위의 마리온을 보는 순간부터 확신했다. 그녀라면 무슨 일을 해서라도 범인을 잡아 달라고 할 거라고.

그들은 미결 사건을 맡은 엘리트 경찰과 생존자로 처음 만났다. 마리온은 전도유망해 보이는 젊은 연방 경찰관이 몇 년씩 미결 사건 파일에서 잠들어 있던 이 사건을 왜 맡았는지 의아해했지만, 댄이 보여 주는 강한 의지에 점점 더 그를 믿고 협조하게 되었다. 댄도 마찬가지였다. 마리온은 댄이 지금껏 보아 왔던 피해자들 중에 가장 끈질기고 강했으며 둘에겐 공통의 목표가 있었다.

연대 의식이 자라지 않는 게 이상한 상황이었고, 실제로도 둘의 유대감은 일반적인 경찰과 생존자 수준을 넘어섰다. 둘은 서로를 향해 다짐했다. 놈을 꼭 잡을 거야. 잡고 싶어. 잡게 해 줘. 남은 단서는 눈이 보이지 않는 마리온의 머릿속에 있는 범인의 얼굴뿐이었지만 댄에겐 생각해 둔 바가 있었다.

"나와 함께 마야로 가서 범인 몽타주를 만듭시다."

마리온이 웃기지도 않는 농담이라며 웃을지, 그대로 뺨을 때릴지 갈피를 못 잡은 얼굴로 댄을 쳐다봤다. 댄은 재빨리 부연 설명했다.

"볼 수 없는 거지, 뇌에 이미지를 떠올릴 수 없는 건 아니잖아요. 유흥 행성 마야에 직접 뇌와 연결되는 꿈 시뮬레이션이 있어요. 힙노스라고. 당신의 기억을 힙노스로 만들고 내가 그 힙노스를 꾸면, 나도 놈의 인상착의를 알 수 있을 겁니다."

마리온은 두 번 묻지 않고 그를 따라 마야로 향했다. 하지만 그들은 마야에서 살인마의 몽타주를 만들지 못했다.

댄이 그녀의 기억을 힙노스로 만들어 줄 드림 컬렉터를 수소문하는 동안, 마리온은 아난다 돔에서 힙노스 시뮬레이션을 했다. 마리온을 찾아온 댄은 그녀를 보자마자 뭔가 이상하다는 것을 알아챘다.

"몽타주는 만들지 않겠어요."

시뮬레이션 센터 휴게실에 마리온과 마주 앉았던 그는 양복에 커피를 쏟을 뻔했다. 당황한 댄을 향해 그녀는 말했다.

"하지만 그때의 기억으로 꿈을 만드는 건 찬성이에요."

"뭐예요?"

댄은 그녀의 얼굴에서 이질감을 느끼며 물러났다.

"무슨 일을 하려는 겁니까?"

"당신도 내가 꾼 힙노스를 꾸면 내가 무슨 일을 하려는지 알 거예요."

그는 머리가 아파 왔다. 제정신인가? 십몇 년을 장님으로 살다가 강한 시각적 자극을 받으니 판단력이고 뭐고 날아가 버렸나?

"내가 왜 그걸 꿔야 합니까? 우리가 왜 여기 왔는지 잊지 마요."

"난 잊은 적이 없어요."

마리온이 천천히 미소 지었다. 웃어? 댄은 기가 찼지만 약간 섬뜩하기도 했다. 마리온의 미소는 평소와 달랐다. 같은 비밀을 가진 동류에게 하듯, 뻔뻔하게 속내를 드러내며 일그러지고 있었다. 그녀에게서 뒤돌아 도망치고 싶은 기분과 그녀의 손을 잡고 다 털어놓고 싶은 기분이 동시에 들었다. 마리온이 테이블 위로 몸을 내밀어 그의 뺨을 향해 얼굴을 기울였다.

"당신도 죽이고 싶은 사람이 있는 거잖아."

위탁 아동으로 사는 것은 불공정함과 변덕에 빨리 적응해야 하는 것이다. 허점투성이 세상에서 살아가는 허점투성이 어른들 사이를 떠돌며, 댄은 말이 없고 눈이 매서운 아이로 자라났다. 어른들은 말하곤 했다. 난 저놈 눈초리가 싫어. 상황을 주시하고 눈치를 보지 않으면서, 살아갈 방법 따윈 알지도 못하고 가르쳐 줄 생각도 없는 이들의, 제 편한 대로 지껄이는 소리였다.

버질 아저씨와 페니 아줌마는 그러지 않았다. 안정된 일상과 지속적인 애정, 그런 신기루 같은 것들을 그의 앞에 펼쳐 놓았다. 위탁 아동으로 간 처음 몇 달 동안 댄은 조심스레 우유 그릇에 혀를 대는 들고양이처럼 그들을 경계했다. 하지만 이미 스스로의 마음이 아저씨와 아줌마를 향해 열리고 있다는 것을 누구보다도 댄 자신이 더 잘 알았다. 처음으로 잘하고 싶다는 생각이 들었다. 자랑하고 싶었고 칭찬받고 싶었다.

그리고 우기가 왔다.

댄은 이해할 수가 없었다. 정말로 이해할 수가 없었다. 왜 천둥 치는 밤이면 아저씨가 변하는지. 왜 그의 방으로 오는지.

네가 나쁜 거야.

어째서 아저씨는 그렇게 말하는 것일까.

댄을 나무에 매달던 아저씨. 아줌마의 비명과, 천둥소리와, 빗물에 쓰라린 시야로 번쩍거리는 낙뢰의 궤적. 유령처럼 휘적거리며 자신이 피해자인 양 눈물을 흘리던 모습.

동네 주정뱅이가 말해 주었다. 그 집에 있으면 댄도 미치광이가 될 거라며 도망가라고 했다. 벼락이 반으로 가른 버드나무에서 아저씨의 아버지가 목을 매달았다고 했다. 마지막 순간에 몸부림치는 아저씨의 아버지를 어린 아저씨가 지켜봤다고 했다. 축 늘어진 아저씨의 아버지가 번개에 맞아 타 버렸다고 했다.

퍼즐이 맞았지만 그는 여전히 이해할 수가 없었다. 왜, 왜 알게 되었다고 용서해야 하는 거지? 주정뱅이는 어린 그에게 말했다. 넌 못된 놈이 될 싹수가 있구나. 얼른 도망가. 계속 뭉그적거리다 보면 그 여편네처럼 돼. 목을 졸라 대도 불쌍하다고 동정한단 말이야. 아줌마는 왜 그러는 거예요? 주정뱅이는 이죽대며 대답했다. 그게 편하거든.

도망치는 것이, 복수하는 것이, 단죄하는 것이 언제나 더 힘들다고 사람들은 얘기했다. 하지만 댄은 바랐다. 아저씨도 그렇게 혀를 쑥 빼 밀고, 아기처럼 바지를 적시면서 죽어야 한다고. 자신의 고통을 아이에게 풀어 댔던 그 남자도 고통의 부메랑에 맞아 봐야 한다고.

그 집에서 도망쳐 어른이 되고, 유능하고 열정적인 엘리트 경찰의 표면 밑에 그때 죽을 듯이 다짐하던 어린아이를 묻었다고 생각했다.

댄은 낮게 웃기 시작했다.

"어떻게 알았어?"

"나도 당신을 조사했어. 당신이 날 조사하고 온 것처럼."

마리온이 말했다.

"당신은 꾸준히 아이들을 대상으로 한 범죄를 좇고 있었지.

당신이 냄새를 맡고 나타난 곳에는 늘 아동 학대와 아동 성추행과 아동 실종 사건들의 흔적이 있었어. 당신의 열의와 끈기가 어디서 오는지 난 그린 듯이 알 수 있어……."

마리온이 더욱 가까이에서 속삭였다.

"죽어도 싼 놈들."

댄은 입이 말랐다. 마리온이 계속 말했다.

"내 꿈을 봐야 할 사람은 네가 아니야. 우리가 얼마나 고통받았는지 알아야 할 사람은 따로 있어."

놈들에게 알려 주라고. 놈들이 쏜 유탄이 부메랑처럼 그들 자신에게 돌아갈 때, 그때 놈들도 그 유탄이 어떤 무게였는지, 얼마나 아팠는지 알 수밖에 없게 될 테니까. 댄은 손톱이 박히도록 주먹을 쥐며 마리온의 말에 귀 기울였다.

"내가 꾼 힙노스를 봐. 난 계시를 받았어. 우리가 무엇을 해야 하는지."

— 민영

마리온은 민영에게 누군가의 마야 입성 기록을 없애 달라고 했다.

위험하고 어려운 일이었다. 하지만 마리온에게 그런 말을 하는 대신 민영은 조용히 되물었다. 출성 기록은? 마리온은 남자의 출성까진 2주에서 한 달 정도 걸릴 거라며 그때 다시 부탁하겠다고 했다.

누굴까?

민영은 묻지 못하고 부탁한 입출성 기록을 교묘하게 지웠다. 마리온은 다시 부탁했고, 이번에도 어떤 이의 마야 입출성 기록이 사라졌다. 세 번째로 마리온이 부탁한 사람의 이름을 보고 민영은 뻣뻣하게 굳었다.

강일헌.

머릿속에서 불이 번쩍했다.

어떻게 된 거야? 민영은 떨리는 목소리로 마리온에게 물었다. 마리온은 웃음기 어린 목소리로 말했다. 네 도움이 필요해. 민영은 혼란스러웠다. 자신의 원수가 마야에 들어왔다 나갔고, 그 기록을 없애는 데 자신의 도움이 필요하다니?

그러고 보면, 요즘 일어났던 일들은 의혹투성이였다.

— 태양계 인권 협회는 강연가 마리온 밸러드 씨 등 최근 영입한 외부 인사들이 주축이 된 1차 태양계 순회 강연단을 발족했습니다. 인권 협회의 이 같은 행보는 대중에게 보다 친근하게 다가가기 위한⋯⋯.

난데없이 마리온이 뉴스의 중심 화제로 등장하기 시작했다. 지금까지의 노선과는 반대 방향으로 돌아선 모습으로. 범죄에 의한 희생자의 아이콘인 마리온 밸러드. 눈먼 복수의 천사로 불리던 마리온 밸러드가, 태양계 인권 협회에 들어가 지금까지와는 다르게 정당한 처벌과 그에 따른 용서와 회복을 말하기 시작했다. 마리온의 팬들은 이건 배신이라며 그녀를 비난했다.

민영은 차마 마리온을 비난할 수 없었다. 그러기에 그녀는 마리온과 너무 많이 얽혀 있었다.

사형제 폐지 반대 여론의 맨 앞에서 새빨개진 얼굴로 우리는 아직 용서 안 했다고 외치는 마리온을 본 순간부터 민영은 그녀의 팬이 되었다. 어느 TV 프로그램에 나와 이를 갈며 복수를 말하던 10대 소녀 시절 마리온의 영상은 외우도록 돌려 보았다. 민영은 마리온을 동경했다. 방 안에 숨어 세상과 벽을 쌓은 그녀에게, 장애도 피해자에게 쏟아지는 세간의 시선도 뚫는 마리온의 거침없는 에너지는 정말로 눈부셨다.

그냥 동경의 대상이라고만 생각했다. 심한 대인 기피증으로 실제 사람과 관계 맺기를 두려워하는 최민영과 '눈먼 복수의 천사'라는 별명으로 불리는 마리온 밸러드 사이에 접점이 있을 리 없지 않은가.

하지만 마리온 밸러드의 에일을 해킹하려는 스토커가 나타난 뒤, 팬들에게 그것을 알리고 일류 프로그래머인 민영이 놈의 해킹을 막아 내자 이야기의 흐름은 바뀌었다. 일개 팬이었던 민영과 마리온 사이에 우정이 생겨난 것이다. 생각보다 끈끈하고 지속적인 우정이었다. 마리온은 자신 외에는 사람과 소통이 없는 민영에게 연단 뒤의 속내를 드러낼 수 있었고, 민영은 자신에게 실제적인 위해를 가할 수 없는 마리온에게는 다른 사람들을 대할 때보다 경계심을 풀 수 있었다. 그리고 그들 사이에는 서로에 대한 이해와 동질감과 연민이 존재했다.

민영은 알고 있었다. 마리온은 사람들이 말하는 것처럼 더 이상 팔아 치울 게 바닥나거나 좀 더 유명인이 되기 위해 태양계 인권 협회에 들어가 용서를 말하기 시작한 게 아니라는 것을. 마리온은 그런 것을 위해 지금까지 인생을 올인한 복수를 부정하진 않을 것이라는 확신이 있었다. 그렇다면 왜? 무엇을 위해?

왜 태양계 인권 협회에 들어갔을까? 왜 용서를 말하기 시작했을까? 무엇을 위해 강일헌까지 세 사람의 마야 방문 기록을 날려 달라고 한 걸까?

마리온에게 무슨 일을 벌이는 거냐고 묻는 대신, 민영은 물었다.

"내가 뭘 해야 되는 거야?"

언제나 비밀을 끌어안는 건 그녀의 몫이었다.

막내 이모가 강일헌의 차에서 내리는 것을 처음 봤을 때 민영은 중학생이었다. 실연한 여자 친구 집에서 자고 오겠다더니, 집이 코앞인데 남자 차에서 내리냐. 어린 민영은 '흥.' 하고 콧방귀를 뀌었지만 못 본 척했다.

다시 강일헌을 봤을 때 민영은 고등학생이었다. 그는 이모와 함께 집에 인사를 드리러 왔다. 곧 결혼할 것이라고 했다. 강일헌은 이모부라고 불러 보라며 민영에게 자주 말을 걸었다. 선물을 사 주고 밥을 사 주며 귀여워했지만 민영은 그가 영 떨떠름했다. 아직 사춘기가 끝나지 않은 여고생에게 '큰언니 같은 막내 이모와 잔 게 분명한 친한 척하는 성인 남자'는 불편한 대상이었다. 그저 그 정도였다. 점차 익숙해지고 민영이 좀 더 크면, 예의 바르고 친밀한 관계가 될 수도 있었을 그런 관계.

그러나 어느 날 강일헌이 민영 혼자 집에 있을 때를 노려 찾아오면서 모든 것이 바뀌었다.

그녀는 미칠 것 같았지만 아무에게도 말할 수가 없었다. 막내 이모는 신혼여행을 달로 갈 거라며 선물받고 싶은 기념품을 고르라고 했다. 엄마와 아빠는 이모가 시집 참 잘 가는 거라고, 강 서방이 사람 참 괜찮은 남자라고 치켜세웠다. 강일헌이 보증을 서 준 덕분에 가게를 넘기지 않게 된 것을 민영도 알고 있었다.

착한 조카, 착한 딸이라서 참고 있었던 것은 아니었다. 그녀 자신이 폭로 후의 일을 감당할 수가 없었다. 민영은 입을 다물었다. 그리고 점점 더 사람들에게서 떨어져 혼자만의 공간에 틀어박혔다.

마리온은 입을 다물고 벽을 친 민영이 무엇을 꿈꾸는지 알고 있었다. 표면에 있는 감정과 그 아래서 부글대는 감정이 어떻게 다른지도 잘 알고 있었다. 민영은 잊고 살고 싶다고 했다. 그때 입 다물고 있었던 자신이 너무 겁쟁이 같았고 혐오스럽다고 했다.

마리온이 그런 민영에게 말했다. 제대로 응징하지 못했기 때문에 잊지 못하는 거라고. 이번엔 놈을 응징하고서 입 다물라고. 똑같은 행위여도 너를 위해 하는 은폐는 네게 자신감을 줄 거라고.

"……나를 위해, 흔적을 지우라고?"

"그래."

한참 입을 다물고 있던 민영이 물었다.

"그놈을 어떻게 할 거야?"

마리온이 대답했다.

"어떻게 할지는 너에게 달렸어."

— 그리고 죽은 세 사람

거울 속에서, 남자는 얼굴을 보았다.

꿈에서 질리게 본 얼굴이 거기 있었다. 남자는 그 얼굴을 뚫어져라 보았다. 괴이했다. 주름이 낯설었고 빛을 잃은 눈이 거슬렸지만 사람의 얼굴이었다. 괴물처럼 보이지는 않았다.

"늙었어."

남자가 툭 중얼거렸다.

꿈에서 본 남자는 즐거워 견딜 수 없다는 듯이 웃고 있었다. 아이의 발목을 잡아챈다. 양말이 끌려 내려간다. 아이는 울부짖고 버둥댄다. 애새끼 특유의 쩨지는 목소리로 높이높이 소리 지른다. 엄마. 엄마. 엄마. 애들은 예외 없이 부른다. 엄마. 엄마가 와도 자기는 살 수 없다는 걸 모른다. 남자가 엄마도 죽여 버리면 그만이라는 걸 모른다.

그래, 그랬었다. 가소롭기도 하고 간질간질한 그 느낌이 재미있어서, 남자는 부러 탈진할 때까지 울도록 두었다. 그래 봤자 아무도 도와주지 않아. 너 같은 건 여기서 나한테 죽을 운명이야. 그렇게 생각하며 싱긋 웃으면 아이는 손끝 하나 까딱 못하고 그의 시선을 받았다. 아이들은 금방 지쳤다. 따라 웃으려는 아이나, 더 움츠러드는 아이나, 딸꾹질을 시작하는 아이나 상관없이. 그러면 시작하는 거다. 천천히. 느긋하게. 남자는 입맛을 다셨다. 거울을 본 남자가 멈칫했다.

꿈속의 그도 이렇게 입맛을 다시며 말했다.

'가지 마……. 나랑 놀자.'

남자는 순간 손에 있던 면도칼로 목을 그었다.

콸콸 쏟아지는 피를 왼손으로 막으며, 그는 거울을 보았다. 피범벅이 된 남자가 거기 있었다. 조금은 더 괴물처럼 보였다. 빌어먹을. 남자는 거울을 마주 보며 천천히 왼손을 떼었다. 샴페인처럼 팍 터지는 피보라와 함께 그는 세면대와 변기에 거푸 머리를 찧었다.

* * *

삐|이|이|이|이|이|이|이|.

끊이지 않는 경보음에 오른쪽 귀가 얼얼했다. 편두통이 시작될 것처럼 오른쪽 머리만 멍멍하다 지끈거리다가를 반복했다. 제니스는 휙 몸을 틀며 귀를 막았다가, 다시 몸을 돌려 엎드리고는 베개 속에 얼굴을 귀까지 파묻었다. 숨은 할딱하니 막히고 얼굴은 뜨거워지는데, 거슬리는 소리는 막히지도 않고 귀까지 날아들었다.

제니스는 벌떡 일어나 커튼을 걷고 밖을 노려봤다. 보이는 것은 창을 꽉 채운 버드나무 그림자뿐, 불빛 하나 없었다. 도대체 어떤 미친놈이야? 그녀는 가운에 팔을 꿰면서 협탁 서랍을 뒤졌다. 항상 놔두는 자리에 권총이 없었다.

'앜!'

정말이지 눈을 뗄 수가 없다니까! 그녀는 짜증 내며 옷장을 열었다. 협탁 서랍에 두는 상비용 권총과 달리 옷장 속의 비상용 총은 묵직했고, 레이저 조준경 따위도 없었다. 제니스는 익숙하지 않은 총의 무게에 휘청 중심을 잃을 뻔하면서 집 밖으로 달려 나갔다. 그 와중에도 경보음은 끊이지 않고 울려 댔다.

"뭐야? 거기 누구야! 누구 있어?"

삐이이이이이이.

"나와! 나오지 않으면 쏴 버릴 거야!"

차에서 나는 소리였다. 저 검은 형체는, 아마도 밴. 30년도 더 된 옛날 모델이었다. 제니스는 익숙한 차라는 걸 알아보았다. 버질 외삼촌의 차였다.

"⋯⋯외삼촌?"

제니스는 총을 겨눈 채 조금씩 차로 다가갔다. 어둠에 익숙해진 눈에 사람의 실루엣이 보였다. 핸들 위로 엎어진 머리통. 그녀는 그제야 경보음이 경적 소리였다는 걸 알 수 있었다. 요즘엔 이런 소리로 경적을 울리는 사람은 없었다. 30년이 넘은 구형 밴을 몰고 다니는 노친네 외에는. 그 노친네의 회색 머리통이 똑바로 핸들 가운데를 누르고 있었다.

"외삼촌! 버질 외삼촌!"

그녀는 한 손으로 창유리를 마구 때리면서 소리쳤다. 머리통이 좌

로 우로 천천히 굴렀다. 그러는 동안에도 미친 것 같은 경적 소리
가 삐이익 울렸다. 제니스는 숨을 멈추고 회색 머리통이 서서히
구르는 걸, 멈추고 일어서는 걸 보았다.

"제니스?"

공포 영화의 프랑켄슈타인처럼, 버질 외삼촌이 고개를 돌려 그녀
를 보았다.

"아, 외삼촌."

제니스는 안도해서 차 문에 기댔다.

"이게 무슨 일이에요? 전 또 강도라도 당한 줄 알았잖아요."

그녀는 투덜대며 차 문을 열었다.

"연락도 없이 이 밤에 오시고. 연락하셨으면 마중 나갔을 텐데."

말하던 그녀는 혼자 피식 웃었다. 한밤중에 마중을 나가다니, 어
린애를 셋이나 데리고 있는 자신에겐 꿈도 못 꾸는 사치였다.

"깜빡 조신 거예요? 어쩌다? 아무튼 얼른 들어오세요. 이러다 이
웃집에서 신고 들어오겠어요."

제니스는 멍한 눈의 외삼촌을 끌고 집으로 들어섰다.

"여행은 어떠셨어요?"

제니스가 현관문을 잠그고 거실로 들어섰다. 버질 외삼촌은 꼼짝
도 하지 않았다. 제니스는 이상한 기분이 들었지만 외삼촌이 들어
오도록 안쪽으로 물러나며 공간을 내주었다. 하지만 외삼촌은 그
러는 그녀를 보며 현관에 멀거니 서 있었다. 생기를 잃은 하늘색
눈동자가 제니스의 뒤를 보고 있었다.

"왜 안 들어오세요?"

제니스는 외삼촌의 시선을 따라 자기 뒤를 돌아봤다. 거울이 걸려 있었다. 총을 든 그녀와 외삼촌이 또렷하게 비쳤다. '어머나, 내 정신 좀 봐.' 하고 깜짝 놀라 외친 그녀는 거울 속의 외삼촌에게 시선을 올렸다. 여전히 꼼짝 않고 그 자리에 선 버질 외삼촌이 탁, 탁, 탁, 손끝으로 현관문을 치고 있었다.

"외삼촌?"

"엄마······."

아이들 방에서 그녀를 찾는 소리가 났다. 토미의 목소리였다. 무서운 꿈을 꿨나 보다고 생각하며 제니스는 아이들 방 쪽으로 몸을 돌렸다. 외삼촌이 갑자기 고개를 들었다.

"내가 가지."

쉰 목소리였다.

"피곤하시잖아요."

"내가 간다니까."

제니스는 떨떠름한 얼굴로 외삼촌을 쳐다봤다. 초점 없는 눈빛에 경계심이 일었다. 이러면 안 돼. 그녀는 스스로를 타일렀다. 이렇게 별것도 아닌 일에 지레 겁부터 먹으면서 어떻게 같이 살겠다는 거야.

'여행 때문에 많이 피곤하셨던 거겠지.'

그녀는 가운을 여미며 자신의 침실로 발을 옮겼다. 아이들 방 쪽에서 웅성웅성 말소리가 나는 듯하다 끊겼다.

"엄마!"

알이 높이 째지는 소리로 그녀를 불렀다. 순간 제니스의 등에 소름이 쫙 돋았다.

"알?"

"저리 가! 놔줘!"

"알, 무슨 일이야?"

"엄마! 토미!"

알의 비명에 제이슨의 비명이 더해졌다. 이게 대체 무슨 일이야? 제니스는 허둥지둥 아이들 방으로 달려갔다.

"안 돼!"

버질 외삼촌이 토미를 깔고 앉아 목을 조르고 있었다. 토미의 몸이 작은 동물처럼 발버둥 쳤다. 그녀는 두 번 생각할 겨를도 없이 외삼촌에게 달려들었다.

"그만둬! 그만둬요!"

"안 돼!"

외삼촌은 아이들과 제니스를 쳐 냈다. 등 굽은 노인의 힘이라고 믿기 어려운 힘이었다. 토미의 눈이 하얗게 뒤집혔다. 안 돼. 안 돼. 안 돼. 제니스는 다시 달려들었다. 떠밀려 바닥을 구르는 그녀의 귀에 토미의 숨넘어가는 소리와 외삼촌이 중얼거리는 소리가 함께 들렸다. 허억. 네가 잘못한 거야. 억. 허억. 네가 잘못한 거야. 애들이 문제라고. 나는…….

탕.

소리가 먼저 들리고, 곧이어 화약 냄새가 퍼졌다.

토미의 목을 조르던 회색 머리의 노친네가 쓰러지면서 침대 밑으로 굴러 떨어졌다.

방 안의 누구도 비명 지를 정신을 못 차린 상태로, 한 여자와 세 아이는 서로를 쳐다보았다. 화약 냄새가 퍼지며 같은 공간에 있는 그들에게 공범자의 기분을 맛보게 했다.

침묵 속의 강력한 연대감. 제니스는 이상하다고 생각했다. 세 아이가 다 남자아이로 태어난 후 그녀는 내심 아이들과의 진정한 연대감을 느낄 희망을 버렸었다. 포기했던 소망이 생생히 살아서 나타난 순간, 그녀가 가장 먼저 한 일은 자기 손을 내려다보는 것이었다.

제니스는 자신이 쏜 줄 알았다.

그녀는 다시 고개를 들었다. 맞은편 창문에서 정원의 버드나무가 부르르 가지를 떨었다. 그 창문 아래에서 똑같이 떨며 그녀를 바라보는 알의 조그만 손에 권총이 들려 있었다.

* * *

환한 대낮이었다.

파리한 햇살이 펜션과 호수를 쓰다듬는 광경을, 연주는 손으로 그늘을 만들며 쳐다봤다. 얼어붙은 호수가 반짝여 눈이 시렸다. 호수 가장자리에 쭈그리고 앉은 남편을 발견한 그녀는 저도 모르게 입속 볼을 깨물었다.

호수로 쏟아지는 햇살에도 뺨을 더듬는 바람에도 소리는 없었다. 피비린내가 입안을 채우고, 차고 건조한 바람에 뺨의 잔털들이 일어났다. 눈은 햇빛을 견디지 못하고 잔뜩 찡그린 채, 연주는 온몸에 가시를 세우며 남편을 쳐다봤다. 비현실적인 기분과 왈칵 터지려는 짜증이 뒤섞여 혼란스러웠다. 감각이 이렇게 생생한데 사위는 너무 너무나 조용했고, 10여 년을 같이 산 남편은 세상에서 제일 이해할 수 없는 남자가 되어 있었다.

'여행을 오는 게 아니었어.'

연주는 후회하며 뒤를 돌아봤다. 펜션 입구에 조잡하게 꾸며진 테라스와 하트 모양의 벤치가 보였다. 그녀의 얼굴이 조소로 일그러졌다. 낯선 곳에 오면 남편이 입을 열지도 모른다고 생각했다. 기분 전환이 되리라고 생각했다. 안이한 생각이었다. 실수였다. 남편을 이해하려 드는 게 아니었다. 이 비정상적인 적막과 침묵. 이 소리 없는 세상이 알려 주고 있지 않은가. 설명할 생각이 없는 남자라는 것을. 그녀 혼자 믿으려 들고, 이해하려 들고, 기다리려 들고…….

'강일헌! 이게 다 당신 때문이야!'

보름 동안이나 연락 두절되었던 건 자신이 아니라 남편이었다! 피말리는 시간을 견뎌 낸 것도, 경찰에 들락거리며 실종자 수색을 해 달라고 애걸복걸한 것도 그녀였다. 그녀는 남편에게 해명을 들을 권리가 있었다. 연주는 새삼스런 분노로 몸을 떨며 뒤돌았다. 남편은 이상한 얼굴로 얼어붙은 호수 바닥을 쳐다보고 있었다.

넋이 나간 것 같기도 하고, 살기가 번득이는 것 같기도 한 낯선 얼굴이었다. 밑도 끝도 없이 말려야 한다는 생각이 들었다. 무엇을? 그녀가 스스로에게 반문하는 동안 남편은 머리로 얼어붙은 바닥을 들이받았다.

연주는 자신이 무슨 소리를 내는지도 모른 채 그 자리에 얼어붙었다.

얼음이 쩍쩍 갈라지며 남편을 빨아들였다. 얼음 구멍으로 피거품이 잠깐 올라오다 사라졌다. 사람을 불러야 한다는 생각이 들었지만 그녀는 털썩 주저앉았다. 한기가 엉덩이를 뚫고 올라오는 느낌이 섬뜩했다.

그 섬뜩한 한기 속에서 연주는 마음을 놓았다.

남편은 대답을 했다. 어쨌거나 그녀의 눈앞에서 끝장난 것이다. 이제 마음 졸이며 남편을 기다릴 일은 없을 터였다.

연주는 피 묻은 얼음 구멍의 모서리를 쳐다봤다. 여전히 얼음에 비친 햇살은 눈이 부셔서, 울지 않을 수가 없었다.

* * *

트램이 콴 우주공항 정류장에 멈춰 섰다. 쏟아져 내린 사람들은 들뜨고 바쁜 걸음으로 궤도 엘리베이터를 향해 몰려갔다. 몇몇 관광객들은 발을 멈추고 눈부시다는 표정으로 자신들이 탈 궤도 엘리베이터를 쳐다보며 아쉬운 한숨을 쉬었다.

높은 인조 대기층을 종으로 가르며 우주에서부터 뻗어 온 거대한 기둥이 지상까지 이어지는 모습은 아름다웠지만, 방금 트램에서 내린 야신은 그 모습에 감탄할 여력이 없었다.

'하필이면 소브컴에서 강연을 하다니.'

야신은 궤도 엘리베이터에 타기 위해 줄에 서려는 사람들을 헤치고 소브컴 본청을 향해 걸어가면서 시간을 확인했다. 강연이 끝나려면 20분 정도 남은 시각. 그는 초조하게 짧은 머리를 쓸었다. 소브컴 본청에서 하는 태양계 인권 협회 주최 강연회를 제 발로 찾아갈 일이 생길 줄이야.

카이야의 꿈 파장이 잡힌 것이 어젯밤. 파장이 잡힌 곳은 아난다 돔의 고급 회원제 시뮬레이션 센터였다. 주로 돈 있는 사람들이나 신원 노출을 꺼리는 유명인들, 타인의 꿈에서 영감을 얻는다는 사실을 숨기고 싶어 하는 잘나가는 예술가들이 애용한다고 알음알음 소문난 곳으로, 카이야의 꿈을 꾼 사람은 그중 두 번째 유형이었다.

마리온 밸러드. 아이만 골라 죽이던 연쇄 살인마에게 눈과 엄마를 잃고 어린 나이부터 유명해진 강연가. 그녀의 추종자들과 매스컴은 그녀에게 '눈먼 복수의 천사'라는 간지러운 별명을 달아 놓았다. 야신에게 정보를 흘린 시뮬레이션 센터 직원은 그녀가 마야에 올 때마다 이 꿈을 꾸고 간다고 귀띔했다. 그녀가 카이야의 꿈을 1년 넘게 독점 대여하고 있던 까닭에 이제껏 이 꿈이 수면 위로 떠오르지 않았던 것이다. 야신은 당장 마리온의 일정을 조사해 보고 가장 가까운 강연이 오늘 소브컴에서 하는 태양계 인권 협회 주최 강연이라는 걸 알아냈다.

'태양계 인권 협회도 요상해지는군. 마리온 밸러드는 자기 체험과 복수를 팔아먹는 강연가 아닌가. 인권 협회 꼴통들이 손잡을 인사가 아닌데.'

태양계 인권 협회……, 그중에서도 독하기로 소문난 린 지엔을 떠올리자 야신의 미간이 구겨졌다. 거기 걸려든 재스퍼를 생각하자 저도 모르게 쯧쯧 소리가 새어 나왔다. 야신은 걸음을 재촉했다. 허리춤에 매달린 체인과, 그 끝에 달린 합금 담뱃갑이 무겁게 느껴졌다. 야신의 손가락이 맨 오른쪽 구석의 담배를 헤집었다가 담뱃갑을 꼭 닫았다.

'이럴 때 이런 것을 가지고 다녀도……'

그 순간 야신은 멈춰 섰다. 평소보다 몇 배는 더 붐비는 것 같은 인파 속에서 검은 연기 같은 것이 휙 피어올랐다 사라지는 것을 보았던 것이다. 순식간이었지만 환영의 잔재가 분명했다.

아주 잠깐, 몇 초 동안 노출시켰을 뿐인데 거기에 반응해 환영을 만들어 내다니. 그것도 10여 미터는 떨어진 거리에서. 그 정도로 상상력이 강한 사람을 그는 딱 한 번 본 적 있었다. 야신은 그 검은 그림자를 좇아 눈을 굴렸다. 소브컴 본청 현관에서 문을 열고 절룩이며 사라진 인영은 분명 카이야였다.

'혼자 움직이고 있군.'

야신처럼 마리온 밸러드가 자신의 꿈을 가진 걸 알고 찾아온 것이다. 야신은 찜찜한 기분이 되어 카이야가 들어간 소브컴 본청 쪽을 노려봤다.

'나한테 의뢰하는 목적이 뭐지?'

그는 재빨리 소브컴 본청 쪽으로 움직이려 했지만 갑자기 정체되는 인파에 생각만큼 빨리 움직일 수가 없었다. 우주공항으로 올라가는 궤도 엘리베이터와 소브컴 본청 사이 대로를 메운 사람들이 하나둘 양손을 들어 올렸다. 그들의 손끝에선 홀로그램 메시지들이 피켓처럼 번쩍였다. 선두에 선 사람들이 외치기 시작했다.

"태양계 인권 협회는 마야에서 떠나라!"

"우리는 힙노스를 할 권리가 있다!"

야신은 시위대에서 빠져나오려고 했다. 쉬운 일이 아니었다. 콴 우주공항으로 올라가려는 관광객들이 밀리기 시작했고, 그들과 시위대가 얽힌 대로는 점점 혼잡해졌다. 경찰들이 달려왔고, 우주공항 화물용 궤도 엘리베이터 입구로 가려던 택배 트럭은 멈춰 서야 했다. 야신은 시위대에 휩쓸리지 않기 위해 택배 트럭 근처로 이동했다.

덜컹.

바퀴 소리와 함께 트럭에서 갑자기 커다란 게 튀어나왔다. 택배 박스에 코를 박을 뻔한 야신이 반사적으로 뒤로 물러섰다.

— 죄송합니……다.

택배로봇 특유의 기계 음성이 이지러졌다. 아예 짐을 내려서 궤도 엘리베이터로 갈 생각인가 보군. 야신은 택배 박스의 모퉁이가 젖어서 우그러진 것을 유심히 쳐다봤다. 저 정도로 모퉁이가 젖으려면 안에 차가운 것이나 액체가 담겨 있을 테니 굉장히 무거울 것이다.

앞을 지나쳐 가는 택배로봇을 따라 야신의 고개도 돌아갔다. 부딪칠 뻔한 것은 순간이었지만, 익숙한 냄새를 떠올리기엔 충분했다. 시위대와 관광객들 사이에서 경찰이 교통정리로 부산한 동안 택배로봇은 서두르며 카트를 밀었다.

— 죄송합니다. 잠시만 비켜 주세요.

사람들은 짜증스러운 얼굴로 길을 내주었다. 조금씩, 멈춰 섰다 다시 가속해야 하는 간격이 짧아졌다. 택배로봇의 몸체에서 윙윙대는 소리가 커져 갔다.

— 죄송합니다. 잠시만……

한순간 택배로봇이 균형을 잃었다. 로봇을 접어서 넣고도 남을 만한 거대한 짐이 함께 균형을 잃었다. 아차 하는 순간 택배로봇에서 상황이 종료되는 삐리릭 소리가 났다. 이상한 소리였다. 종료되기는커녕 일은 지금 막 벌어지고 있었던 것이다.

그랬다. 일은 이미 벌어진 게 확실했다.

쿵!

굉음을 내며 바닥에 떨어진 택배 박스의 윗부분에서 피투성이 사람 머리가 불쑥 튀어나왔다.

"꺄악!"

비명 지른 사람을 넘어진 택배로봇이 느린 동작으로 올려다보았다. 사람들을 막고 있던 경찰이 뛰어나와 택배로봇을 지나쳐 튀어나온 사람 앞에 쭈그려 앉았다. 젊은 동양인 남자였다. 경찰이 동양인 남자의 눈꺼풀을 뒤집었다. 살아 있었다.

택배 박스를 찢자 원통형 강화플라스틱 상자가 드러났다. 뚜껑에 달린 잠금장치가 충격에 열리면서 머리가 빠져나온 듯했다. 태아 같은 자세로 상자 안에 웅크리고 있는 남자의 얼굴과 목에는 붉은 줄 같은 상처가 구불구불했고, 팔에는 밀착형 링거가 두 개 꽂혀 있었다. 그중 하나가 찢어져서 새어 나오는 것을 보고 야신이 눈을 가늘게 떴다.

"이 냄새였군."

야신이 중얼거리는 것과 동시에 소브컴 본청에서 사람들이 우르르 쏟아져 나왔다. 마리온 밸러드의 강연이 끝난 것이리라. 야신은 다시 남자한테로 주의를 돌렸다. 사람들은 점점 더 모여들고 있었고 택배로봇은 사라지고 없었다. 어차피 마리온 밸러드를 만나긴 글렀군. 그는 에일로 지금 필요한 사람을 호출했다.

"난데. 지금 본청에 있어?"

* * *

콴 우주공항은 벌집을 떼다 놓은 꼴을 하고 있었다. 장식성이라곤 없는 미로 같은 우주공항은 관광객들과 가이드, 출입국 관리 직원들이 내는 소음들로 부산스럽고 시끄러웠다.

— 데이모스-마야 1025호, 도킹 지연으로 연착.

— 콜로니를 이용하실 승객 여러분께서는 콜로니 전용 스페이스 셔틀을 이용해 주십시오. 이용하실 출구는 21번, 25번, 46번입니다.

— 루니크-마야 209호, 2차 도킹 성공.

부산스럽고, 시끄럽고, 복작복작한 사람들을 헤쳐야 길이 뚫리는 이곳에서 그나마 평화로운 곳은 공항 입점 카페들이었다. 그중 한 곳에 자리 잡은 야신 카갈리스키는 카페가 제공하는 휴식이나 평화에는 관심이 없었다. 태양계의 온갖 인간들이 가득 찬 테이블, CCTV 없는 매장, 카페인의 각성 효과가 지금 그의 관심사였다. 야신은 고감도 플라스틱 의자에 앉아 커피를 홀짝이며, 의자 밖으로 나온 자신의 긴 다리를 내려다보고 있었다.

터벅.

그 다리 바로 앞으로 반질반질한 구두가 다가와 멈춰 섰다.

"오랜만입니다, 카갈리스키 씨."

야신은 고개를 들었다. 30대 초반의 멀끔한 사내가 그와 시선을 맞추었다. 야신은 일어나 사내가 내민 손을 잡고 가볍게 악수했다.

"안녕하십니까."

소브컴 팀장 데르크 아데마는 피식 웃었다.

"여전하시군. 앉죠."

탁자를 가운데 두고 마주 앉은 두 남자는 몇 초간 서로의 얼굴을 쳐다봤다. 둘은 서로가 그간 별로 변한 게 없다고 판단했다. 아데마가 먼저 입을 열었다.

"우리 세미나 들으러 왔었나?"

"농담이지?"

"왔으면 오랜만에 아는 얼굴도 봤을 텐데. 캠벨 박사도 왔어."

"줄리 캠벨이 인권 협회 주최 강연에? 첸 타이샨이라면 몰라도."

"안 그래도 첸 박사가 팀 이름으로 신청해 놓고 잠수 탔다고 이를 갈더군. 날이 갈수록 성격 나빠지는 것 같아, 그 여자는."

"제정신으로 버틸 만한 직장은 아니지."

아데마가 고개를 끄덕였다. 목소리가 갑자기 진지해졌다.

"어떻게 된 거야?"

야신이 담배를 물며 어깨를 으쓱했다.

"그걸 그쪽이 나한테 물으면 안 되지."

"눈앞에 경찰이 있는데 나한테 연락한 이유가 있을 거 아니야."

"경찰이 자기네 사건이래?"

"봤으면서 왜 이래? 경찰 코앞에서 피해자가 발견됐는데 우리가 나선다고 바로 손 떼겠어?"

아데마는 자기 앞에 놓인 물잔을 들어 입술을 축였다. 그는 넌더리난다는 표정으로 말을 이었다.

"우리도 사건에 대한 우선권을 존중해 주고 싶지. 문제는 우주경찰 놈들이 이게 지뢰라는 것도 모르고 설친다는 거야."

"경찰 쪽 수사관이 누군데?"

"있어. FBI 때려치우고 우주경찰로 온 특이한 놈인데……, 단순한 밀항 사건으로 처리하고 싶어 하는 것 같더라고. 흔한 힙노스중독자 발견 사건 아니겠냐면서. 아난다 돔 뒷골목에 가면 힙노스중독자들이 쌓여 있는 인간 쓰레기장 천지라 이거지."

야신이 담배에 불을 붙이고는 한 모금 빨았다.

"내가 폭탄을 던져 준 셈이군."

"터지기 전에 던졌으니 잘한 일이라고 해야겠지. 모르는 척 그만하고 말해 봐. 어디까지 감 잡았어?"

야신은 천천히 담배 연기를 뱉었다.

"고문을 당했더군."

"고문?"

"팔에 꽂혀 있던 밀착형 링거, 둘 중 하나는 렙탈롬(힙노스중독자 치료에 가장 널리 쓰이는 약물)이지? 그것도 3단계."

아데마가 고개를 흔들었다.

"그건 또 어떻게 알았어?"

"그 냄새는 외우도록 맡았거든."

"하긴……, 램스필드사라면 그러고도 남지."

야신이 못 들은 척 계속 말을 이었다.

"그 사람 의식이 아예 없던데. 피가 나고 있긴 했지만 머리 상처 자체는 대단찮아 보였어. 손톱 끝도 시커멓고, 얼굴과 목, 팔에도 생긴 지 얼마 안 된 경미한 상처가 있더군."

"흠."

"뭐, 간단한 거지. 머리 상처는 별게 아니고 팔에 가장 강력한 단계의 렙탈롬이 꽂혀 있었다면, 결국 의식불명이 된 원인이 힙노스란 이야기인데……. 그게 일반적으로는 말이 안 되는 얘기라서."

"어째서?"

"힙노스중독자들은 대개 행복감에 중독되는 거거든. 전혀 행복해 보이지 않는 꿈이라도 결국 뇌에 주는 자극은 그거야.

아드레날린 대폭발."

그렇겠지. 아데마는 턱을 쓸며 고개를 끄덕였다. 야신이 계속 말했다.

"인간의 뇌는 행복 상태를 계속 유지하려고 하지. 행복해서 의식불명이 된다는 얘기 들어 본 적 있어?"

"보통 반대겠지."

"그래. 정신적인 문제로 파생된 의식불명은 대개 도피 과정에서 나타나. 힙노스중독자라면 불행을 겪어도 의식불명이 되는 것보다는 끝내주는 힙노스 속으로 도피하는 걸 택할걸."

"그렇군. 그럼 이 남자 경우가 말이 안 된다는 게 그 얘기로군. 의식불명이 될 정도로 힙노스를 했지만 행복하진 않았다?"

"그거지. 행복하지 않은데 힙노스를 할 이유가 뭐가 있겠어? 게다가 그 상처들을 보면……."

야신이 가드 올리듯 팔을 들어 엑스 자를 만들어 보였다.

"……새로 생긴 상처들은 자해하기 쉬운 부분에만 집중되어 있더란 말이지. 손톱 끝부분이 새카만 것은 피가 굳어서일 테고."

"……."

"대충 그림이 나오지. 3단계 렙탈롬이 필요할 정도로 힙노스중독이 된 이 남자는, 꿈에서 깨어나자 손에 닿는 대로 자해를 하고는 머릴 갖다 박으면서 정신을 놔 버린 거야."

야신이 담뱃재를 털면서 어깨를 으쓱했다.

"난 이럴 이유는 한 가지라고 보는데. 누군가가 억지로, 꿩

장히 괴로운 꿈을 계속 꾸게 만든 거."

아데마는 깊게 한숨을 쉬었다.

"초대형 폭탄이군."

"내 생각엔 그렇다 이거지."

"아니, 네 말대로야. 아무리 봐도 대형사고 냄새가 나. 이런 기도가 실제로 있었다는 게 새 나가기라도 하면 마야엔 꽤 큰 폭풍이 올 거야."

충분히 짐작할 수 있는 일이었다. 마야에 넘치는 게 힙노스 중독자였지만 의식불명까지 가는 경우는 없었다. 열흘이나 계속 같은 꿈을 반복해서 꾸던 실비 클라우도 의식은 멀쩡했다. 최고 강도의 렙탈롬, 힙노스로 인한 의식불명, 은폐하려는 의도가 뚜렷한 뒤처리 방식…… 여러 상황들이 남자가 타의로 이렇게 되었을 가능성에 무게를 실어 주고 있었다.

"새 나갔다간 힙노스 장사는 완전히 접겠군."

아데마가 당연하다는 듯 고개를 끄덕였다.

"이게 린 지엔 쪽에 들어가 보라고."

말 그대로 마야가 뒤집히겠지. 마야만의 상상력 촉매 '란츠만'과 그것을 이용해 개발된 신반도체 '마야나', 그리고 그들을 활용한 상상력 임대 구역과 시뮬레이션 프로그램. 그것들이 신종 범죄에 활용됐다는 것이 공식적으로 알려지는 순간 마야의 관광지로서의 명성은 추락할 게 뻔했다. 야신은 자기도 모르게 오른손을 내려 합금 담뱃갑을 만졌지만 표정만은 무덤덤했다.

"태양계 인권 협회는 아직 냄새 못 맡았고?"

"주변을 맴돌고 있긴 하지."

그건 이미 냄새 맡았다는 거잖아. 야신의 묻는 시선에 아데마가 고개를 흔들며 대꾸했다.

"어쨌든 바로 날 호출한 건 잘한 일이었어. 안 그래도 인권 협회 린 지엔이 알게 되면 골치 아플 텐데⋯⋯. 뭐, 지금도 안전한 건 아니지만."

야신은 말을 끊고 물을 들이켜는 아데마를 쳐다보며 생각에 잠겼다. 린 지엔. 그 여자가 힙노스를 혐오한다는 거야 태양계 전역에 알려진 일이지만, 설마 인권 협회 화성지부장이 되자마자 힙노스 잡으러 마야로 득달같이 달려올 줄은 몰랐다. 뉴스한 번만 봤어도 피해 갈 덫에 재스퍼가 제 발로 날름 걸릴 줄은 더더욱.

'재스퍼는?'

어젯밤 오닐은 반쪽이 된 얼굴로 라다로 찾아와 불쑥 물었다. 조금 전 발견한 카이야 꿈보다 재스퍼 얘기를 먼저 꺼내는 그를 타소가 딱하다는 표정으로 쳐다보았다.

'다른 사람들까지 위험하게 할 순 없어.'

'⋯⋯.'

'린 지엔 컬렉트하려다가 그쪽에서 제안한 불법 컬렉트를 하겠다고 하다니⋯⋯. 이건 빼도 박도 못해. 며칠 내에 모든 방송에 나올걸.'

오닐이 고개를 가로저었다.

'그게 아냐. 우리까지 문제라고.'

'······우리?'

'재스퍼는 입이 싸.'

일당은 퍼뜩 사태를 깨달았다. 재스퍼는 그냥 소브컴에 잡혀간 게 아니라 드림 컬렉터와 힙노스의 약점을 잡으려는 태양계 인권 협회 독종 린 지엔에게 걸려든 것이다. 재스퍼가 어디까지 알고 있지? 린 지엔은 재스퍼의 말에서 어디까지 끌어낼 수 있을까? 그리고 또 매스컴은 그걸 얼마나 부풀리고 요리할 수 있을까?

야신은 시선을 느끼고 퍼뜩 상념에서 깨어났다. 아데마가 팔짱을 끼고 그를 빤히 쳐다보고 있었다.

"골치 아픈 여자지."

"······."

"인권 협회 인간들 중에서도 외골수랄까. 더 골치 아픈 게 뭔 줄 알아? 그 여자를 지지하는 사람들이 점점 는다는 거야."

"특이하긴 하더군. 요즘 보기 드문 이상주의자잖아."

아데마는 쓰게 웃었다.

"사람들이 그 여자가 이상주의자여서 좋아하는 거라면 차라리 쉽지. 힙노스는 하고 싶지만 드림 컬렉터는 마음에 안 드는데, 태양계 인권 협회 화성지부장이 떡하니 드림 컬렉터를 미워할 명분을 만들어 주거든."

야신은 낮게 한숨을 쉬었다.

"드림 컬렉터는 완전 동네북이로군."

"그뿐만이 아니야. 린 지엔은 드림 컬렉터뿐만 아니라 시뮬레이션 업계도 압박하거든. 그러니까 그녀를 지지하면 일석이조의 심리적 만족을 얻을 수 있는 거지. 드림 컬렉터를 그녀의 이름으로 욕하고, 괜히 쓸데도 없이 느껴지던 죄책감을 그녀를 지지하면서 벗어던지는 거야. 그러면서 주절대는 거지. '내가 힙노스를 한 건 그놈들 탓이야. 거대 자본과 사기꾼들이 같이 깐 덫에 누군들 안 걸리겠어?'라고."

"남 탓하는 게 편하긴 하지."

"그래. 골치 아픈 건 우리들이지. 솔직히 드림 컬렉터가 없으면 아난다는 제대로 안 돌아가. 그럼 닉스도 연달아 불황일 거고, 마야에 몰리던 돈줄이 표 나게 말라붙겠지. 그런데 린 지엔이 설치는 바람에 우리도 드림 컬렉터를 잡아들이는 시늉이라도 해야 할 판이거든."

"음."

야신은 담배가 다 타들어 갈 때까지 아무 말도 하지 않았다. 아데마도 별말 없이 그런 야신을 마주 보며 담배를 피웠다. 야신은 알뜰하게 태운 꽁초를 재떨이에 비비며 입을 열었다.

"그 얘길 지금 나한테 하는 이유가 있겠지?"

"린 지엔 때문에 너도 머리가 꽤 아플 것 같아서."

야신이 눈두덩을 문질렀다.

"설마 내 주위에 끄나풀이라도 심어 둔 건 아니겠지?"

"그럴 리가. 우리 요원들 고급 인력이야. 린 지엔 쪽을 캐다 보니 나오더군. 문제 일으킨 드림 컬렉터 이름이……, 재스퍼던가? 린 지엔이 아주 단단히 작정을 했어. 이틀 후면 전 태양계에 방송이 나갈 거야."

이틀이라. 야신이 말했다.

"그때까지 이 건 해결 못 한다면 이것까지 같이 퍼지겠군."

"그렇지. 이미 냄새는 맡았으니, 재스퍼 건을 터뜨리면서 이 건도 같이 흘릴 거야. 우리가 우왕좌왕하는 사이에 사건은 다 파헤쳐질 테고, 그때쯤엔 너나 나……."

끝나는 거지. 야신이 입속으로 아데마가 잇지 않은 말을 웅얼거렸다. 아데마가 양손을 깍지 끼며 몸을 앞으로 내밀었다.

"하지만 우리가 먼저 해결하면, 소브컴의 공식적인 문제는 없어져. 그럼 린 지엔과 재스퍼 건을 두고 협상할 거야. 드림 컬렉터 노출시키고 여론 시끄럽게 만드는 건 우리도 바라지 않으니까."

선택의 여지가 없었다. 야신이 물었다.

"내가 해야 되는 게 뭐야?"

"피해자의 꿈을 컬렉트해 줘."

야신의 회색 눈이 아데마를 마주 봤다.

"의식불명 아니었나?"

"그래서 너 같은 고급 인재가 필요한 거지."

사탕발림으로 들렸지만 야신은 이게 핵심이라고 생각했다. 결국 소브컴은 의식불명인 피해자의 꿈밖에는 매달릴 데가 없게 된 것이다. 다른 추적 과정이 전부 벽에 막힌 게 아니라면 의식불명인 사람의 꿈을 힙노스로 만들어야 한다는 무리한 계획을 실행하려 들지는 않았을 것이다. 그 리스크를 감당할 만한 외부 능력자를 포섭하는 일도 마찬가지였다.

　소브컴이 벽에 막혔다면 경찰 쪽 상황도 딱히 다르진 않을 터였다. 소브컴이 경찰보다 우위에 있는 점은 꿈과 환상을 다룬다는 것. 피해자가 렙탈롬에서 추정되듯이 힙노스를 오래 했고, 피해자의 꿈에서 그 힙노스를 알아내는 것이 가능하다면 수사의 돌파구가 될 수도 있다. 소브컴은 경찰과의 사건 경쟁에서 이길 뿐 아니라 이 사건이 소브컴의 사건이었다는 것을 보여 주게 되겠지.

　하지만 피해자의 꿈에서 사건에 도움이 되는 정보가 전혀 나오지 않는다면?

　그렇다면 야신은 소브컴과 거래할 것이 없어진다. 이번 사건을 해결 못 한 소브컴이 린 지엔과의 협상이라는 큰 부담을 질까? 어림없는 소리였다. 단순한 외부 용역 입장에서 일만 해 주고 사태를 관망할 게 아니었다. 소브컴이 이 사건을 해결해야 했다.

　"그 고급 인재한테 어디까지 오픈되어 있는 거야?"

　아데마가 웃었다. 그는 앞으로 내밀었던 몸을 뒤로 빼며 의자 등받이에 등을 파묻듯 기댔다.

　"이틀 동안 정보가 넘쳐 나게 될걸. 그건 약속하지."

* * *

　야신은 에어카에서 내려 긴 복도를 걸었다. 그의 앞뒤에서 걷는 소브컴 요원들은 차분한 걸음으로 그에게 손끝도 닿지 않게 하기 위해 주의하고 있었다. 조용하고 환한 복도와 정중한 소브컴 요원들. 위협의 낌새라곤 없었다.

"들어가시죠."

그의 앞에서 걷던 소브컴 요원이 검은색 유리문을 열며 옆으로 비켜섰다. 큰 테이블과 의자들로 꽉 찬 소규모 회의실이었다. 햇살을 받으며 문을 등지고 있던 아데마가 뒤돌아서는 것을 보고, 야신은 소브컴 요원보다 먼저 손을 뻗어 문을 닫았다.

"소브컴 에어카에 실려 올 줄은 몰랐는데."

아데마가 양손을 펼쳐 보이며 난처하게 웃었다.

"어쩔 수 없었어. 인권 협회 쪽에서 뭔가 있다고 낌새를 챘는지, 린 지엔 눈이 독사 눈깔이 됐거든."

"원래 독사 눈깔 아니었나?"

"방울뱀에서 살모사로 바뀐 격이지."

야신은 주위를 둘러봤다. 한쪽 면을 차지한 유리창 너머로 물 빠진 것 같은 파란색 하늘이 보였다. 화성이나 달과는 비교도 안 되게 지구와 닮은 하늘빛이었다. 하늘을 찌르는 궤도 엘리베이터 끝에 달린 우주공항이 보이지 않는다면 이곳이 마야가 아니라 지구라 해도 믿을 만큼. 이상하게 떨떠름한 기분이 들어 그는 방 안으로 시선을 돌렸다. 큰 테이블 양옆으로 의자들이 열 개쯤 마주 보고 있었다. 야신은 의자를 하나 끌어내 앉았다. 어쨌거나 아데마는 재스퍼가 풀려나올 때까지 인권 협회

린 지엔을 상대할 아군이었다.

"여긴 뭐하는 데야?"

"우리 아난다 돔 지부."

아데마가 야신 앞에 문서창을 띄우며 대답했다. 비밀 유지 각서의 사인란이 빈 채로 깜박였다. 야신은 아데마가 했던 말을 실감했다.

'설마 이 정도로 적극적인 개입을 바라고 있을 줄이야.'

아데마는 야신에게 비밀 유지 각서를 받아 낸 후 소브컴 팀장 직속 권한으로 만들어진 외부 특별팀으로 밀어 넣었다. 아데마가 보고받은 내용이 모조리 링크되고, 요구 사항이 소브컴에 직통으로 전달되며, 아데마와 동행하는 한 에어카를 비롯한 소브컴 전용 구역에 들락거려도 전혀 제지받지 않는 특급 대우였다.

이 특별팀에는 야신 말고도 팀원이 몇 명 더 있었다. 아데마는 그들이 일류 프로그래머들이며 수사에는 개입하지 않을 거라고 설명했다. 특급 드림 컬렉터에 소수의 일류 프로그래머들로 구성된 외부 특별팀.

즉, 빠르게 움직일 수 있는 소수의 초일류 전문가가 필요하다는 이야기였다.

야신은 사건에 대해 들으면서 왜 아데마가 직접 이런 특별팀을 만들고 파격적인 권한을 주었는지 납득했다. 소브컴은 유능한 집단이었지만 이 사건은 단서를 쫓아가는 상식적인 방식만으로는 부족했다. 택배 박스에서 남자가 발견된 후 반나절

동안 기본적인 신원 파악조차 못 하고 있었던 것이다.

"일단 신원을 알려 줄 만한 물건이 전혀 없어. 피해자는 알몸으로 발견되었고 몸에는 에일도 없었거든. 부착형 에일을 사용했다면, 떼어 버리는 거야 간단하지."

남자가 택배 상자에 담겨 지구로 가는 화물선에 실릴 예정이었다는 말에 야신은 콧방귀를 뀌었다. 콴 우주공항 시스템을 물로 보는군. 우주선은 구경도 못 하고 걸릴 게 빤한데.

"보낸 쪽은 아난다 돔에 있는 영세 시뮬레이션 센터로 되어 있었어. 택배 회사 기록도 거기에서 실은 걸로 되어 있고. 문제는 CCTV야. 놈들이 기본적인 CCTV 장치도 안 해 놔서 추적할 방법이 없어."

아데마가 홀로그램을 띄웠다. 아난다 돔에서도 후미진 곳에 위치한 건물이었다. 외양만 봐서는 시뮬레이션 센터라고 알아보기도 어려웠다.

"이게 택배 업체가 피해자를 받아 간 시뮬레이션 센터야."

야신은 고개를 끄덕였다.

"묻지 마 장기 임대도 충분히 가능하겠네."

아난다 돔 가득 찬 시뮬레이션 센터들. 최신 힙노스가 매일 나오고 손님들이 줄을 서서 시뮬레이터가 비기만 기다리는 잘나가는 시뮬레이션 센터가 있는 반면, 방마다 시뮬레이터를 들여놓고 여관인 양 임대하는 곳도 있었다. 가져온 힙노스를 하든 말든 상관하지 않는 이런 시뮬레이션 센터들에선 드림 컬렉터들이 희생양의 꿈들을 쭉쭉 빨아들인다는 괴담이 돌았다. 괴

담일 뿐이었지만 그만큼 시뮬레이션 룸 임대가 음지 산업이기
도 했던 것이다.

"CCTV도 없다고?"

"결제 내역, 예약 내역, 이름도 계좌도 목격자도 없지. 택배
로봇 블랙박스도 돌려 봤는데 포장된 상자째로 시뮬레이션 룸
앞에 놓여 있더군."

누가 일을 꾸몄는진 몰라도 사정 돌아가는 걸 잘 아는데다
아주 영악하군. 야신은 생각했다. 이런 영세 시뮬레이션 센터
라면 보안 업체에 가입하지 않고 자체적으로 장부나 CCTV를
관리할 확률이 높았고, 자체 보안도 형편없을 터였다.

"한 가지는 건졌어. 시뮬레이션 룸의 거울에 피해자의 피가
묻어 있더군. 머리의 상처는 시뮬레이션 룸의 거울에 부딪쳐서
생긴 거란 얘기지."

"거울이라."

"그냥 거울이 아니라 방 전체가 거울이야."

"거울방이라고?"

아데마가 고개를 끄덕였다. 야신은 시뮬레이터에서 일어난
피해자가 사방의 거울을 보고 발작하듯 자신을 할퀴다가 머리
로 거울을 들이받는 장면을 상상해 보았다. 그는 머리를 흔들
었다.

"좋아. 그럼 택배 회사와 시뮬레이션 센터 쪽은 아무것도 건
질 게 없는 거고……. 그래도 마야 입성 기록은 남아 있을 거
아냐?"

"없어."

야신은 아데마를 물끄러미 쳐다봤다.

"농담 아니야. 없다고."

"……지구라면 몰라도, 마야에서 그런 일은 불가능한 줄 알 았는데."

"우리도 그런 줄 알았지. 그런데 없어. 희미하게 해킹 흔적 을 잡긴 했는데, 그 정도로는 아무것도 알 수 없어."

"그래서 일류 프로그래머들을 팀에 넣은 거군."

아데마가 대꾸했다.

"우리 레벨로는 상대가 안 되니까."

파고들수록 까다로운 사건이었다. 의식불명에 힙노스중독 상태인 신원 미상 피해자. 피해자의 흔적은 어디에도 없고, 물 샐 틈 없다는 마야 입성 기록에서조차 누락되어 있다. 프로그 래머들이 마야 입성 기록을 재탐색하는 동안 소브컴 요원들은 실종자 기록을 뒤지는 일에 매달려 있었다. 듣고 있던 야신은 답답해져서 담배를 입에 물었다.

"그거 인력 낭비 아닌가?"

"우선 택배 행선지였던 지구 중심으로 실종자 기록을 뒤지 고 있어. 워낙에 방대해서 찾는 시점이 언제가 될지 미지수지 만 최근 기록부터 검색해 가면……. 아."

말을 잇던 아데마의 시선이 초점을 잃고 잠시 멍해졌다. 에 일로 보고라도 받는 건가? 뒷말을 기다리던 야신이 불을 붙이 려는 것을 아데마가 제지했다.

"그 담배는 다시 넣어 둬야겠어. 방금 피해자가 지하 2층으로 이송되어 왔다는군."

아데마가 일어섰다. 야신도 따라 일어섰다.

"지하?"

"아래쪽이 실험동이지. 이번엔 지정된 시뮬레이션 룸과 조정실을 사용하게 될 거야. 실험실을 사용할 거면 나한테 말하고."

아데마가 빠른 걸음으로 지하로 향하며 물었다.

"바로 작업 들어갈 수 있지? 얼마나 걸려?"

"프로그래머들한테 보고받고 오면 끝나 있을 거야. 피해자 상태는 어때?"

"똑같아."

"검사 결과는?"

"힙노스 급성중독. 새로울 게 없어."

지하 2층에 도착하자 병원을 연상케 하는 흰색 일색의 복도가 보였다. 개미 그림자 하나 없는 복도였지만 벽 너머로 사람들의 분주한 발소리가 들려왔다. 슬리퍼를 질질 끄는 소리, 훈련받은 구둣발 소리, 급한 종종걸음 소리. 피해자가 있는 시뮬레이션 룸으로 향하는 동안 둘은 입을 다물었다.

"한 시간 후에 다시 오지."

시뮬레이션 룸 앞에서 아데마가 말했다. 야신이 물었다.

"데리고 올 사람 있나?"

"당장은 없어. 내 전담 사건이라."

아데마는 말을 마쳐 놓고도 자릴 뜨지 못하고 시뮬레이션 룸 문과 야신을 번갈아 쳐다봤다. 그가 조용히 말했다.

"무슨 꿈을 반복해 꾸었는지 알 수 없으면 이름이라도 알아내."

야신이 어깨를 으쓱했다.

"그럴 리가."

아데마가 웃었다.

"그래, 야신 카갈리스키니까."

야신은 문을 밀고 시뮬레이션 룸으로 들어갔다. 의료돔에서 나 볼 법한 개방형 시뮬레이터가 놓여 있었다. 그는 그 위에 반듯이 누운 환자복 차림의 피해자를 두 번째로 마주했다. 얼굴 보면서 컬렉트하는 건 취향이 아닌데. 야신이 의식을 잃은 젊은 동양인 남자를 내려다보며 중얼거렸다.

하긴 취향이 무슨 상관이겠는가. 중요한 것은 필요한 사실을 정확하게 잡아내는 것. 야신은 아데마의 말을 들으며 머릿속에 떠올랐던 생각들을 몰아냈다. 지금은 이 남자의 꿈에 집중할 때였다. 상상력을 발휘하는 건 그 뒤에 해도 늦지 않았다.

* * *

눈앞에서 갑자기 | 번진 불꽃.

남자는 열기에 노출된 채 현관에 서 있었다. 꿈이구나. 남자는 땀을 뚝뚝 흘리며 깨달았다. 그의 꿈은 언제나 불과 함께 시작됐다. 불, 불꽃, 불길. 그것들은 언제나 벼락처럼 난데없이 나타났다. 그리고 꿈이 시작되는 거다. 이 지긋지긋하고 뜨겁고 속을 뒤집는 꿈이.

'숨 막혀!'

남자는 연기에 허둥대며 문을 잡았다가 바로 비명을 지르며 놓았다. 뜨겁게 달아오른 체인은 현관문을 칭칭 감고 남자를 집 안에 가두고 있었다.

'제기랄!'

그는 뒤로 돌아섰다. 다른 출구를 찾아볼 생각이었다. 문득 자신에게도 가족이 있었다는 기억이 났다. 그들을 찾아서 구해야 한다는 생각이 들었다.

그때 에일에서 웃음소리가 들렸다.

「큭.」

귀에 익은 목소리.

「큭큭.」

자신과 아주 닮은 목소리가 낮게 비웃었다.

"누구시죠?"

남자의 반응에 웃음소리는 더 커졌다.

"제 에일로 메시지 보내신 거 보면 저랑 잘 아는 분이시죠? 그렇죠? 여기 불이 났어요! 도와주세요! 여기 주소는⋯⋯."

「됐어.」

웃는 목소리가 말했다.

「그 주소는 나도 알아.」

남자는 침을 꿀꺽 삼켰다.

"진짜 누구십니까?"

「큭큭큭.」

"이 새끼, 너 뭐하는 새끼야!"

목소리는 즐겁게 대꾸했다.

「너 있는 곳에 불 지른 새끼지.」

"뭐?"

쯧쯧. 통화 상대는 혀를 찼다.

「류조, 넌 어째 매번 발전이 없냐?」

남자는 기억해 냈다. 이 목소리, 이 말투.

"형!"

「그래그래, 동생아.」

"미쳤어? 어머니, 아버지도 집 안에 계신데 무슨 짓이야!"

「아우, 이 고지식한 새끼. 널 어쩌면 좋냐.」

형이 낄낄 웃었다.

「남 걱정을 하면서 인생을 어떻게 재밌게 사냐?」

"부모님이 남이야?"

「어휴, 효자 났네. 효자 났어.」

와장창. 열기가 유리창을 깼다. 주방의 기름때에 찌든 경보기는 울리지 않고, 스프링클러는 연결된 호스가 삭은 지 오래. 남자는 현관을 포기하고 주방으로 달려가 물을 틀었다. 행주를 물에 적셔 얼굴에 붙이고 안쪽의 부모님 방으로 향하려는 그에게 형이 말했다.

「어차피 이 세상엔 이해 안 되는 일 천지야.」

"닥쳐, 미친 새끼. 이번에는 진짜 콩밥 먹게 해 줄 거야. 나도 더 이상 안 참아!"

낄낄대는 웃음소리가 길게 이어졌다.

「류조 네가 목숨 걸고 구해 봤자 부모님은 내 편 들걸?」

이건 꿈이야.

남자는 눈앞의 불길처럼 치솟는 화를 참으려고 애썼다. 이건 꿈이야. 사실이 아니라고.

「킥. 뭐하냐? 얼른 안방 문 열지 않고. 부모님 구해야지!」

그는 기계적인 동작으로 안방 문을 밀었다.

화악.

문틈으로 불길이 올라왔다.

피하지 못하고 비명을 지르면서, 남자는 불이 자신의 에일까지 녹이길 바랐다. 온 집 안을 다 태우길 바랐다. 눈물이 열기에 마르는 지옥에서, 녹은 유리창 너머로 사진기를 들이대는 형의 얼굴이 보였다.

「하이! 좀 더 웃어! 마지막 가족사진이잖아!」

* * *

"그러니까 이 꿈을 꾼 사람이 류조라는 거지?"

꿈을 보고 난 아데마가 머리를 짚고 서성대며 되물었다. 야신이 대답했다.

"꿈의 화자는 류조라는 이름이지. 꿈속에서 불을 지르는 형

얼굴이 이번 사건 피해자 얼굴이고."

"그래서 피해자가 류조라는 거야, 아니라는 거야?"

아데마가 답답하다는 듯 재차 물었다.

"왜 이딴 꿈을 꿨던 거고?"

아데마의 기대와 달리, 수사는 오히려 꿈을 보고 난 후 더 수렁으로 빠지고 있었다.

왜 이런 꿈을 꾸고 있었던 걸까?

왜 이 꿈을 꾸고 나서 의식을 놓았을까?

피해자는 본인 얼굴이 악역으로 나온 꿈을 계속 꿨기 때문에 착란 상태에서 거울을 보고 자해를 한 걸까?

의혹은 사건의 수렁 밑에서 뭉글뭉글 부풀며 거품을 일으키고 있었다. 야신도 아데마도 알고 있었다. 빠져나오려면 지지해 줄 징검다리가 필요했다. 증거라는 징검다리가.

첫 징검돌은 의외의 곳에서 떨어졌다. 모래밭에서 바늘 찾기라고 생각했던 실종자 조사에서였다. 최근에 들어온 실종자 신고 중에서 피해자를 발견했다고 연락이 온 것이다.

무라키 다쓰야. 지구, 일본 태생. 29세. 최종 학력은 고등학교 중퇴. 특정 직업이나 커리어는 없으며 잦은 이직과 주거지 변경으로 불규칙한 생활 패턴. 미혼. 가족 관계는 부모님과 남동생 하나.

택배 상자에서 알몸으로 발견된 것치고는 꽤나 평범한 인생이었다. 신상 명세를 훑던 야신이 눈썹 한쪽을 치켜세웠다.

"무슨 돈으로 마야까지 왔지?"

아데마가 어깨를 으쓱했다.

"지구에서부터 납치된 것일 수도 있지. 나갈 때처럼 택배 상자에 담겨서."

"흐음."

"아무튼 나온 정보는 이게 거의 다야. 전과 기록도 보석 한 번뿐이고."

전과 기록이라. 없는 것보다는 낫군. 조금 속이 편해진 야신이 물었다.

"죄목은?"

"주거침입."

야신은 팔짱을 끼었다.

"주거침입 고소인은 누구였어?"

"무라키 류조. 피해자 남동생이야."

"아."

야신이 무표정하게 감탄했다.

"꿈속의 그분이시군."

그러나 류조에게는 마야 입성 기록이 없었다. 기록상으로 그는 마야에 오기는커녕 평생 지구를 떠난 적도 없는 인물이었다.

무라키 다쓰야처럼 무라키 류조의 입성 기록도 누군가가 날려 버린 것일지도 모른다. 하지만 입성 기록을 해킹하고 삭제한 흔적이라도 발견되지 않는 이상 이건 그저 추측일 뿐이다. 그것은 즉, 지금 이 순간 그들이 기댈 곳이 특별팀의 프로그래머들밖에 없다는 이야기이기도 했다.

아데마는 의자에 주저앉았다. 이렇게 무력감을 느껴 본 적이 언제였던가. 적어도 최근 몇 년 동안은 없었지 싶었다. 그는 옆에 앉은 야신을 쳐다보았다. 야신 카갈리스키를 데려와 놓고 제대로 써먹지도 못하다니……. 그때였다.

「해킹과 삭제 흔적을 찾았습니다.」

아데마가 벌떡 일어섰다.

「한두 개가 아닌 것 같은데요.」

"누가 했는지는 알아냈습니까?"

「네.」

"마야에 있고요?"

「그렇습니다.」

"알겠습니다. 정보 링크하시고 계속 진행해 주세요."

아데마가 소브컴 요원들 몇 명에게 출동 명령을 내리는 동안 야신은 링크된 정보를 보았다. 소브컴 프로그래머들을 녹다 운시켰던 프로그래머는 여자였다. 최민영. 그녀의 주소는 닉스돔에서도 최신형 오피스텔이 밀집한 곳이었다. 야신의 작업실과는 제법 멀었다.

다행이군. 야신은 안심했다. 이웃과 교류 같은 건 없었지만 소문은 늘 등 뒤에서 돌기 마련. 소브컴의 에어카에서 내리는 모습을 아는 사람에게 들키면 곤란했다. 야신은 모자 달린 점퍼를 걸치면서 아데마를 따라나섰다.

프로그래머의 집 현관은 열려 있었다. 창문이 하나도 없는 원룸은 젊은 여자가 사는 방이라기보다 기계실 같았다.

"최민영 씨."

소브컴 요원 중 하나가 소리 내어 프로그래머의 이름을 불렀지만 대답은 없었다. 조심스레 안쪽으로 들어서며 방을 살피던 야신은 이 방이 원래 창문이 없는 곳이 아니라는 걸 눈치챘다. 창문은 플라스틱판으로 꼼꼼하게 막혀 있었고, 그 앞을 각양각색의 컴퓨터 장비들과 모니터가 차지했다.

그중에는 원룸 건물 입구와 복도의 CCTV 영상도 있었다. 야신은 집주인이 자신들이 들어오는 것을 봤을 거라고 생각했다. 그런데도 현관이 열려 있고 지금껏 아무 기척이 없다면 가능성은 두 가지였다. 도망쳤거나…….

"흡!"

야신의 왼편에서 방을 둘러보던 소브컴 요원이 숨을 삼키며 확 물러섰다. 야신은 본능적으로 그쪽을 돌아보았다. 책상 앞에 놓인 검은색 의자의 커다란 뒷모습 중간쯤에 손 두 개가 축 늘어져 있었다.

……죽었거나.

얼굴에서 핏기가 빠진 요원이 움찔하고 가까이에 있는 컴퓨터를 잡았다. 야신은 그러는 요원을 보고 말없이 양손을 들어 올리며 떼라는 시늉을 했다. 그는 예의 무표정한 얼굴로 검은색 의자의 앞쪽으로 다가갔다. 젊은 여자가 잠든 것처럼 죽어 있었다.

책상 위에 흐트러진 약병들과 부패의 기색이라곤 없는 시

체. 간발의 차이였나? 야신은 미간을 좁혔다. 특수 상황이었
다. 그는 자신 곁으로 다가오는 아데마를 향해 고개를 저었다.

"문제가 좀 생겼는데."

"그렇군."

여자를 잠깐 내려다보던 아데마가 고개를 돌렸다.

"지금 여기를 뒤지면 뭐가 나올까?"

야신은 아데마의 시선을 따라 방 안 가득한 기계들을 휘둘
러보았다.

"뒤지긴 해야겠지."

야신이 여자의 입가로 흘러내린 침 자국을 보며 대답했다.
토한 흔적은 없었다. 부서져라 앙다문 입매 사이로 피 섞인 침
이 흘러 말라붙었을 뿐. 그는 눈을 가늘게 떴다.

"나오는 건 없겠지만."

* * *

최민영은 입을 다물고 죽었지만 외부 특별팀의 프로그래머
들은 차근차근 그녀가 남긴 해킹 흔적을 캐 나갔다. 무라키 다
쓰야의 입성 기록을 지운 것이 가장 최근의 일이었다. 그리고
그 바로 전에 지운 것이 무라키 류조의 입성 기록.

의심스러운 용의자였지만 증거가 불충분했다. 무라키 다쓰
야는 힙노스로 고문받았는데, 그 힙노스의 화자가 류조였다.
게다가 류조는 다쓰야에게 원한이 있었다. 다쓰야의 마야 입성

기록을 지운 프로그래머가 류조의 기록 또한 지웠다.

빠져나갈 구멍이 너무 컸다. 형이 무슨 꿈을 꾸었는지 내가 알 게 뭐냐. 그 프로그래머는 모르는 사람이고 그 사람이 무슨 일을 했든 나는 모르는 일이다. 그렇게 모른다, 관계없다로만 일관해도 될 것 아닌가.

아니나 다를까, 화상 통화를 하는 무라키 류조의 반응은 냉담했다.

「피해자 가족에게 무슨 헛소릴 하는 겁니까.」

"피해자 가족에 가해자가 섞여 있는 경우도 많죠."

흰 가운을 입고 덥수룩한 검은 머리 가발을 쓴 야신의 대답에 류조는 어이없다는 듯이 웃었다.

「상대할 가치가 없군요.」

"마야에 오신 적 있죠?"

「없다고 몇 번을 말합니까.」

"오신 적 있는데요."

「증거 있습니까?」

"없었으면 제가 지금 무라키 씨하고 얘기하는 것 자체가 시간 낭비겠죠. 무라키 류조 씨의 마야 입성 기록이 피해자인 무라키 다쓰야 씨와 똑같이 날아갔던데요. 덕분에 우주공항 CCTV 뒤져서 얼굴 검색하느라 고생 좀 했습니다."

류조의 얼굴이 조금 굳었다. 야신이 여세를 몰아 압박했다.

"계좌 추적해 보니까 여행 자금이라기엔 상당히 거액이 빠져나갔던데요."

「당신들이 무슨 권리로 남의 계좌를 뒤집니까? 고소당하고 싶어요?」

"증거 있습니까?"

'이거 악질한테 걸렸군.' 하는 표정이 무라키 류조의 얼굴을 스치고 지나갔다. 곧 그 자리를 오기와 분노가 채웠다. 그는 야신을 노려보며 그르렁대는 목소리로 말했다.

「뒤지면 나오겠죠.」

"마찬가집니다. 다른 점이라면 저희는 먼저 뒤졌다는 거고."

야신이 여유로운 목소리로 천천히 덧붙였다.

"부모님이 참 속상하시겠죠."

「…….」

"형은 의식을 놓고 있고, 그렇게 만든 건 동생이고."

류조가 저도 모르게 입을 다셨다. 야신이 가볍게 몸을 뒤로 젖히며 웃었다.

"아니, 어차피 형의 편만 드는 부모님이니 상관없으려나?"

순간 류조의 눈에서 불꽃이 튀었다.

「당신이 뭘 안다고 그럽니까?」

"봤거든요. 당신 꿈."

약간 창백해진 류조를 향해 야신이 다시 말했다.

"봤다니까. '류조 네가 목숨 걸고 구해 봤자 부모님은 내 편 들걸?' 하는 꿈."

「이 개새끼가…….」

"개새끼는 당신이지. 부모 사랑 좀 못 받았다고 그 나이에

형을 납치하는……."

「웃기지 마! 그 새끼가 형인 게 어떤 건지 네가 알아?」

핀이 끊긴 것처럼 류조가 딱 멈췄다. 야신은 간신히 무표정을 유지하면서 류조를 쳐다봤다. 류조의 얼굴에서 서서히 과장된 오기가 가셨다.

「계시가 내려왔다고 불을 질렀다면 정신병원에 처넣었을 겁니다.」

"……."

「그게 차라리 간단하죠. 그 새끼는 그러지도 않았어요. 그냥 지 꼴리는 대로인 겁니다. 개차반이죠. 다른 개차반들이 주먹을 휘두르는 것처럼 다쓰야는 불을 질렀어요. 잘렸다고 지르고, 차였다고 지르고, 성질난다고 지르고. 그런 주제에 누울 자리만 보고 발을 뻗었죠. 차여도 여자 집에 불 지르는 짓은 안 해요. 사랑해서? 개뿔. 지도 감옥 가긴 싫은 거죠. 그런데 분은 풀어야겠고. 그럼 집에 와서 불을 지르는 겁니다. 그 양반들은 받아 주거든요. 가죽 소파 하나 못 들여놓으면서도 스프링클러는 최신식으로 번쩍번쩍했죠. 난 철들고 나서부터 계속 말했어요. 그 새끼를 더 봐주면 안 된다고. 그 새끼를 처넣어야 한다고. 그러면 입을 이렇게 늘어뜨리고 우는 시늉을 한다니까요. '그래도 얘, 네 형이 불쌍하지도 않니?'라고 하면서.」

류조가 옷을 걷어 올렸다. 왼쪽 팔과 가슴이 다 화상 자국이었다.

「그 불쌍한 형이 앙심을 품고 내 방 앞에 등유를 뿌렸습니다. 덕분에 결론을 내렸죠. 이 새끼 안 되는 새끼구나.」

철천지원수가 따로 없군. 야신은 외동 특유의 거리감을 느끼며 서로 물어뜯는 형제의 얼굴을 가만히 주시했다.

"죽이고 싶었겠군요."

「그랬으면 싶었죠. 결국 못 했지만. 그 양반들이 죽을 때까지 울고불고 할 텐데, 그것까지 감당할 자신은 없었거든요. 하지만…….」

류조의 검은 눈이 순간 파랗게 빛났다.

「……부모라면 최소한 그건 해야 할 거 아닙니까. 지가 무슨 짓을 하고 있는지는 알게 해야죠.」

"……."

「복수하라고 말들은 쉽게 합니다. 다들 하는 말이 그거예요. 그 인간은 형도 아니라고. 끌려 다니다간 내 인생도 망친다고. 무슨 짓을 했는지 알게 해 주라고 해요. 그런데 무슨 수로? 그 새끼는 사고 회로 자체가 달라요. 지가 뭔 짓을 하고 있는지 아는 놈이면 동생이 맘에 안 든다고 자고 있는 방 앞에 불을 지르겠습니까? 죽어라 패면 알까요? 알겠어요? 그 순간만 모면하고 저한테 앙심이나 품겠죠. 답이 안 나오는 종자들이 있어요. 전 재수 없게 그게 형인 거고.」

티셔츠를 내린 류조가 뚝뚝 끊어 말했다.

「하지만 그 말은 맞습니다. 맞는 얘기예요. 지가 무슨 짓을 하고 있는지 모르면 강제로라도 알게 해야죠.」

"……그랬군요."

야신은 깨달았다. 동생 시점으로 전개되던 그 꿈과, 이 증오가 사무친 형제간, 그리고 그 꿈을 기억에 남긴 채 반쯤 미쳐 발견된 실종자. 어떻게 된 건지 그린 듯이 알 수 있었다. 네가 무슨 짓을 했는지 깨달아 봐.

젠장, 꼭 쓰라는 용도로 안 쓰고 다른 방식으로 써서 귀찮은 일을 벌이는 놈들이 생긴단 말이지. 야신은 류조에게서 시선을 떼지 않고 생각했다.

이제 어떻게 해야 할까?

범인은 알아냈다. 아데마라면 태양계 인권 협회에서 이슈로 삼기 전에 잘 요리할 수 있을 것이다. 힙노스와 마야를 이용한 복수극, 새로운 방식의 응징, 그런 원론적인 문제를 덮고 가족 간의 문제로 단순화시킬 수 있을 것이다.

이 정도가 아데마가 바라는 것일까? 이 카드로 드림 컬렉터를 공격하려는 린 지엔으로부터 재스퍼를 빼낼 수 있을까?

아니.

이 정도론 약했다. 게다가 이 가족 간의 복수극엔 제3의 인물이 개입되어 있었다. 최민영. 마야 입성 기록을 지운 프로그래머. 조사된 바에 의하면 민영과 류조 사이에 개인적인 관계는 없었다. 그렇다면 고용한 것일까? 무라키 류조가 그런 일류 프로그래머를 고용해서 단독으로 일을 벌였으리라곤 보이지 않았다. 일단 무라키 다쓰야가 발견됐을 때만 해도, 류조는 지구에 있었지 않은가.

그렇다면 협력자들이 또 있을 거라고 가정하는 게 옳으리

라. 류조가 다수의 믿을 만한 협력자들을 고용해서 치밀하게 일을 벌였을까? 야신의 생각은 아니라는 쪽으로 기울었다. 주모자라면 좀 더 경계했을 것이다. 계좌에서 빠져나간 돈도 여행 자금이라기에는 수상한 정도지 인건비와 입막음 값으로는 턱없이 모자랐다.

그러면 도대체 최민영은 왜 류조를 도왔을까? 그리고 최민영 외에 누가 또 도왔을까? 그들의 의도와 규모에 대해 이쪽은 아무것도 몰랐다. 후에 뒤를 캐던 인권 협회가 먼저 알게 된다면 칼자루는 완전히 인권 협회 쪽으로 넘어갈 수도 있었다.

'일단 뒤를 계속 캐 나가야겠군.'

생각을 정리한 야신은 천천히 다음 각본으로 넘어가기로 했다.

"무라키 류조 씨, 소브컴은 당장에라도 무라키 씨 부모님께 계좌 내역을 알리거나 경찰 조사를 요청할 수 있습니다. 그런데 제가 지금 화상 통화로 무라키 씨와 면담하고 있는 이유가 뭘까요?"

무라키 류조는 평정을 가장한 얼굴로 야신을 쳐다봤지만 눈과 목에는 긴장한 기색이 역력했다. 야신이 부드럽게 말을 이었다.

"결정적인 한 방이 없기 때문이죠."

「무슨…….」

"그들도 당신이 형에게 원한이 있을지도 모른다고 생각은 합니다. 고소도 했었으며, 마야에 몰래 드나들었던 흔적도 발견됐고, 계좌 내역도 수상하죠. 하지만 달리 말하면 그뿐입니다."

「…….」

"왜냐? 소브컴은 당신이 형한테 꾸게 만들었던 꿈을 아직 모르거든요. 그건 제가 추출했습니다."

야신은 화면 너머의 무라키 류조를 찌르듯 쳐다봤다.

"저와 거래하지 않겠습니까?"

「당신도 소브컴 아닙니까?」

야신이 키들거리며 웃었다.

"전 연구돔 소속입니다. 뇌과학 연구원이죠. 소브컴이 저한테 당신 형 꿈을 추출해 달라고 의뢰한 거고요. 근데 생각보다 화끈한 게 있더란 말입니다."

류조는 입을 꾹 다문 채 침묵을 지켰다.

"도대체 어떻게 한 거죠? 힙노스를 피하려고 의식을 놓는다니, 우리 뇌의 메커니즘은 정말 따라잡을 수가 없다니까요. 창의적이지 않습니까? 이걸로 논문을 쓰면 태양계 2급 과학 저널에 실릴 겁니다. 더 하위 저널이면 표제 논문으로 실릴지도 몰라요."

「…….」

"무라키 씨, 당신은 잃는 게 없어요. 생각해 보세요. 소브컴은 아직 당신을 잡아넣지 않았습니다. 저만 입 다물고 있으면 되는 거고, 저야 당신 형제 얘기를 개인 논문에 써먹었으니 입을 열 처지가 못 되죠. 물론 당신이나 형의 개인 정보 같은 건 나올 리가 없고요. 공범이 되는 거니까요. 제가 이 건에 대해서 많이 알수록 당신의 안전은 확실해집니다. 거절할 이유가 없지 않습니까?"

그다음은 야신의 예상대로였다.

첫째, 무라키 류조는 아는 대로 불었다. 둘째, 무라키 류조는 아는 것이 거의 없었다.

그의 말에 의하면 사건의 전말은 이러했다. 어느 날 짧고 간단한 메일이 왔다. 복수에 대한 설문 조사였고, 류조는 솔직하게 답했다. 설문이 끝나면 감사 메시지나 싸구려 홀로그램이라도 뜰 줄 알고 방심하고 있었지만 그다음 일은 류조를 놀라게 했다. 메일이 흔적도 없이 터져 버렸던 것이다. 이런 설문 조사에 폭탄 프로그램이 내장되어 있을 거라고는 생각지도 못했던 그는 놀라고 어이없어하다가 화를 냈고, 며칠 안 되어 그 사건을 잊었다.

그리고 한 달쯤 지난 뒤에 온 다음번 메일의 내용은 류조의 은밀한 소망을 꺼내 놓은 듯한 것이었다. 복수에 드는 제반 비용만 지불한다면 그가 겪은 고통을 말 그대로 '똑같이' 가해자에게 겪게 해 준다는 것. 류조는 당장 돈을 지불하고 마야행 우주선에 올랐다. 약속한 시뮬레이션 센터에서 기다리고 있을 때 어떤 사람이 다가왔고, 그 뒤로 몇 시간 동안의 일은 기억에 없었다.

시뮬레이션 센터에서 혼자 깨어났을 때는 상황이 종료된 후였고, 모두 잘 끝났다는 메시지만 남아 있을 뿐이었다. 그마저도 한 시간 후에 폭발했다. 도깨비에게 홀린 듯했지만 어딘지

후련한 감정이 들어 모든 게 잘될 것 같았고, 실제로도 그랬다.

야신은 화상 통화를 끝내고 담배를 물었다. 담배 한 대를 다 태우고 커피까지 죽 들이켜자 기다리고 있던 아데마가 입을 열었다.

"중요한 부분에서만 기억이 없다고 하는 걸 보면 말하는 것보다 더 깊이 관련되어 있을 수도 있겠어."

야신은 가운과 가발을 벗었다.

"그건 아닐 것 같은데. 무라키 류조는 자금도 실행력도 부족했어. 최민영 같은 일류 프로그래머가 뒤를 봐줄 까닭이 없지. 내가 최민영이나 제3의 인물이라면 무라키 류조에겐 최소한의 정보만 노출시켰을 거야."

"제3의 인물이라……."

이 사건 뒤에 복수를 대행해 주는 조직이 있다는 게 확인됐다. 무라키 다쓰야는 이 사건에서 피해자였지만 더 이전에는 가해자였던 것이다. 피해자의 꿈을 힙노스로 만들어 가해자에게 오랫동안 꾸게 하는 복수. 프로그래머가 피해자와 가해자의 마야 입성 내역을 지우고, 드림 컬렉터나 최면술사가 피해자의 원한을 응축한 힙노스를 만들었을 터.

"제기랄, 도대체 몇 명이지?"

핵심을 잡았다는 흥분과 대형 사고에 얽혔다는 자각이 함께 와 어질어질했다. 카페인과 니코틴의 각성 효과가 시너지 효과를 일으켜 죽마를 타고 외줄을 건너는 것 같은 기분이었다.

그들이 지금 하고 있는 일도 크게 다르지 않았다.

　　　　　　　　　　* * *

　"스물세 명?"

　한번 물꼬가 터지자 특별팀 프로그래머들은 빠르게 최민영
의 해킹 흔적을 추적해 냈다. 그녀가 입성 기록을 지웠던 인물
들이 속속 드러났다. 근 1년 동안 스물세 명이나 되는 사람들
의 마야 입성 기록이 민영의 손에서 사라졌다는 것을 알고 소
브컴 요원들은 얼이 빠졌다. 보고를 받은 아데마는 잠시 말을
잊었고, 옆에 있던 야신은 피우고 있던 장초를 재떨이에 비벼
껐다.

　"일 한번 열심히 했군. 스물넷이 아니라 스물셋이라고?"

　아데마가 고개를 끄덕였다.

　"유명인과 경찰도 있더군."

　"이런."

　"스물셋 중 열한 명은 범죄의 가해자로 신고된 적이 있거나
미결 범죄의 범인이었어. 그들의 피해자가 열한 명이고."

　"다쓰야 그룹과 류조 그룹이라 이거군. 유명인과 경찰은 어
느 쪽이야?"

　"류조 그룹이던데."

　"흠."

　"그게 문제가 아니라 양쪽 그룹에 안 들어가는 나머지 한 명
이 문제야. 어느 쪽 기록도 없는데 최민영이 지웠단 말이지."

　야신이 심드렁하게 대꾸했다.

"최민영의 가해자겠지."

"최민영도 류조 그룹이었을 거라고 생각하는 거야?"

야신은 어깨를 으쓱했다.

"아니면 그 정도 되는 여자가 왜 이 짓을 했겠어?"

"내 말은, 잘난 여자이긴 했지만 문제가 있지 않았느냐 이 거지."

아데마의 말에 야신이 새 담배를 물었다.

"물론 그 여자 정신 상태가 좀 복잡하긴 하지. 강박증에 불안증, 대인 기피증 치료 전력까지 있으니. 그렇지만 그 나이에 몇 년째 마야의 닉스 돔에 있는 자기 오피스텔에 살고 있었다고. 소브컴 프로그래머들을 죄다 엿 먹인 것도 그 여자고. 특별팀 프로그래머들한테 한 명당 얼마나 줬어? 최민영도 살아 있을 땐 한 건에 그 정도 받았을 비싼 몸이었을 거란 말이야."

"무라키 류조 계좌에서 나간 돈은 푼돈이었고."

"그래. 돈 보고 한 짓은 아니란 얘기지. 은폐하려고 죽기까지 했고. 그런데 1년에 스물세 건이라. 이렇게 되면 스물네 번째 인물이 누구일지는 빤하지."

야신이 말을 끊고 연기를 뱉었다.

"열두 명 대 열두 명이군."

아데마가 동의했다.

얼마 되지 않아 스물네 명에 대한 조사 결과가 속속 올라오기 시작했다. 류조 그룹의 열두 명은 피해자였다는 것 외엔 특기할 만한 공통점이 없었지만, 다쓰야 그룹은 달랐다. 그들에겐 가해자라는 과거 외에도 무시할 수 없는 공통점이 있었다.

"다 죽었어."

"뭐?"

야신은 어이없어하며 반쯤 일어났다. 아데마가 다시 말했다.

"모두 죽었다고."

무라키 다쓰야는 의식불명이었고 같은 패턴에 걸린 열한 명은 죽었다. 우연이라고 볼 수 없는 숫자였다.

"사인은?"

"한 명 빼고 다 자살."

아데마와 야신은 다쓰야 그룹의 기록을 다시 훑었다. 열둘 중에 한 명은 의식불명, 한 명은 살해, 열 명은 자살. 열둘 중 여덟은 렙탈롬 처방 기록이 있었다.

렙탈롬.

렙탈롬은 힙노스중독을 치료하는 대표적인 약이다. 마야에서는 쉽게 구할 수 있는 약물이지만 기본적으로 특수 약물이라 다른 곳에서는 처방전이 있어야 구할 수 있고, 처방하는 의사 또한 때마다 약식 보고하게 되어 있었다.

"힙노스중독 증세로 고생했던 거군. 그래서 치료받으려고 한 거고."

"그러다 결국 자살한 건가?"

"다쓰야의 자해를 보면 있을 법한 얘기이긴 하지만……. 참, 한 명은 살해당했다고 했지? 그 한 명은, 아까 말한 최민영 가해자?"

"다른 사람이야. 최민영 가해자로 추정되는 사람은 강일헌. 이 사람은 자살했고. 버질 호르데라는 사람이 살해당했어."

자해, 자살, 살해. 둘은 잠시 말을 멈추고 이 사실이 의미하는 바가 무엇일까 곰곰 생각에 잠겼다. 범죄 기록이 있는 복수 대상자들을 마야로 끌어들이고, 꿈을 꾸게 하고, 다시 보내는 과정이 감춰졌다. 그들이 모두 죽었는데도 왜 그렇게 됐는지는 알려지지 않았던 것이다.

여기서 가장 이득을 보는 이가 누구인지는 분명했다.

아데마가 소브컴 요원들과 함께 가해자와 피해자들을 연관시켜 가며 힘겹게 신원 조사를 해 가는 동안, 야신은 가해자들의 사인을 확인하기 시작했다.

첫 번째 가해자는 자살했다. 화장실에서 면도칼로 목을 긋는 엽기적인 방식으로. 지역 경찰들이야 달갑지 않았겠지만, 진짜 문제는 그 후에 일어났다. 자살한 남자가 살인마 노릇을 하고 다녔다는 증거가 줄줄이 발견되었고, 위에선 범죄심리학 박사 출신의 특별 수사관이 내려왔으며, 언론과 해커 놈들은 해당 파일을 찾아 경찰 기록을 개구멍 뚫듯이 들락거렸다. 갑자기 사면초가 속으로 뚝 떨어진 담당자는 대단히 효율적으로 사건을 정리했다. 자료를 특별 수사관 쪽에 모조리 넘겨 버리고 손을 뗐던 것이다. 그쪽까지 뚫으려다간 형사 입건감이라는 것을 아는 해커들은 담당자의 약은 머리를 욕하며 물러났다.

세 번째 가해자의 사인도 자살. 최민영의 가해자로 추정되는 강일헌이었다. 아내와의 여행 도중 호수에 빠진 뒤 두 달 만에 시체가 발견되었다.

네 번째, 다섯 번째, 여섯 번째…… 열한 번째까지 다쓰야 그룹의 가해자들은 모두 자살로 생을 마감했다. 열두 번째인 무라키 다쓰야는 스스로 의식을 놓았다. 그중 두 번째 가해자의 사인만이 살인이었다.

살인은 확실했다. 버질 호르데는 조카와 그녀의 세 아들과 함께 살고 있었고, 조카의 큰아들이 그를 권총으로 쏴 죽였다. 어느새 보고받는 것을 멈춘 아데마가 야신을 빤히 쳐다봤다.

"뭐가 문제야?"

"확실한 살인이긴 한데, 조카와 같이 살고 있었는데 그 조카 아들이 권총으로 쐈다는군."

"흠."

아데마가 기록을 다시 살피며 약하게 신음했다.

"살해된 버질 호르데는 아동 학대로 신고당한 전력이 있군. 위탁 아동 학대."

"아동 학대 전력이 있으면 재판은 날로 먹겠네. 애가 소년원 갈 일은 없겠어."

야신의 말에 아데마가 고개를 끄덕이며 말했다.

"그래도 불안해하는 게 부모 마음이지. 찔러 보자고."

예상외의 반응에 야신이 아데마를 뚫어져라 쳐다봤다.

"뭘 하려고?"

"걸린다며? 확인을 해 보자고."

＊ ＊ ＊

「우리한테는 별말씀 없으셨어요. 그냥 여행 좀 하고 오겠다고. 원체 마이 페이스인 분이라 그러려니 했죠.」

감색 정장을 말쑥하게 차려입고 은테 안경까지 걸친 야신이 '흐음.' 하고 옆에 앉은 소브컴 요원을 돌아봤다. 역시 회색 정장에 긴 금발을 하나로 묶은 소브컴 요원이 서류를 들여다보는 척 뜸을 들었다. 화면 너머의 여자(두 번째 가해자인 아동 학대범 버질 호르데의 조카인 제니스 토메이)는 그런 둘을 쳐다보며 초조히 눈을 굴렸다. 야신이 짧게 물었다.

"여행 기간은 얼마나?"

「2주 정도?」

아데마가 물었다.

"그렇게 오래 여행할 만큼 경제적인 여유가 있으셨나요?"

「없었죠. 연금 나오는 걸로는 그냥저냥 생활하기 모자라지 않을 정도라. 여행 가신다기에 처음에는 좀 놀랐어요.」

"직접 물어보진 않았나요?"

제니스는 손사래를 쳤다.

「여쭤 봤죠. 어디 이벤트에 당첨됐다고 하셨어요. 교통비를 무상 제공하는 우주여행 이벤트라나? 솔직히 우주선 티켓 값이 싸진 않잖아요. 이거 우주여행 미끼로 노친네 등쳐먹는 사기꾼들한테 걸린 건 아닌가 싶어서 좀 꼬치꼬치 캐물었더니, 어휴, 일주일을 말을 안 하시더라고요. 그래서 그다음부턴 손

뗐죠. 알아서 하시겠지 하고.」

말을 끝낸 제니스가 갑자기 불안해진 듯 물었다.

「이렇게 얘기한다고 안 좋게 기록되는 건 아니겠죠?」

"걱정 안 하셔도 됩니다."

야신이 무뚝뚝한 어조로 대꾸했다. 소브컴 요원이 사근사근 하게 덧붙였다.

"저희는 어디까지나 도움을 드리려고 하는 거니까요. 있는 그대로 말씀해 주실수록 저희가 더 적절한 도움을 드릴 수 있 어요. 저희 쪽 변호사들이 비슷한 판례를 찾기에도 좋고요. 그 러니 최대한 솔직하게 말씀해 주세요."

제니스는 안심한 듯 웃었다. 그 웃음이 가시기도 전에 야신 이 딱딱하게 물었다.

"그러니까 어디를 갔다 오셨는지도 모르신단 말이죠?"

「네.」

야신은 냉정한 눈으로 화면 속의 제니스를 쳐다봤다.

"어디에서 무엇을 하셨는지 알면 훨씬 더 도움이 될 텐데요."

「도움이 못 돼서 죄송해요.」

'별로 얻는 게 없을 거라고 예상은 했지만······.'

야신은 담배 생각을 참으며 머리를 굴렸다. 버질 호르데. 두 번째 가해자. 그의 마야 입성 기록은 없었고, 당연히 마야에 온 뒤의 동선도 전혀 파악되지 않았다.

'······하지만 이 여자한테서 얻어낼 정보는 그쪽이 아니지.'

야신의 침묵에 제니스가 안절부절못하기 시작할 때쯤 소브컴 요원이 나섰다.

"같이 지내기는 어떠셨나요?"

「예, 나쁘지 않았어요.」

요원이 미소를 지었다.

"마음 편히, 있는 그대로 자세하게 이야기해 주세요."

제니스가 고개를 끄덕이더니 어깨를 들썩이며 크게 한숨을 내쉬었다.

「솔직히 사람 손이 필요했어요.」

"계속 말씀하세요."

「애들 아빠가 갑자기 그렇게 되고 나니까 혼자 막막하더라고요. 애들도 아직 어리고. 나중을 생각하면 복직을 해야 하는데 제가 하던 일이 좀 야근도 잦고 그래서. 엄마랑은 사이가 안 좋거든요. 외삼촌이랑은 어릴 때 몇 번 뵙고 크리스마스에 카드 정도 보내는 사이지만 어쨌거나 엄마보다는 나을 거 같았죠. 굉장히 차분한 분이고, 연금도 당신 생활 건사할 정도는 되거든요. 상처하신 후로는 혼자시니까 동지 의식이 생긴 것도 있었죠. 당신 자식은 없어도 위탁 가정 지원해서 애들도 맡아 키우셨고요. 같이 지내면 서로 괜찮을 것 같았어요.」

"그래서 지내는 동안 문제는 없으셨나요?"

「예, 잘 지냈다고 생각해요. 서로. 애들이 버질 외삼촌을 무서워하긴 했지만, 좀 지나치게 조용하시달까? 아니, 그보다 뭐랄까, 금욕적인, 맞아요, 금욕적인 데가 있으셨거든요. 하지만 그분이 겪은 일을 생각하면 그 정도는 양호한 편이죠. 그래도…….」

　제니스가 말을 잇지 못하고 주저했다. 야신이 틈을 놓치지 않고 끼어들었다.

　"그러니까 전과 기록에 대해선 전혀 모르셨군요?"

　제니스의 눈가가 순간 경련했다.

「제가 어떻게 해야 했겠어요?」

　그녀가 왈칵 소리쳤다.

「저만 보면 살인자라고 떠드는 엄마한테 애들을 데리고 가야 했을까요? 그 정도인 줄은 몰랐어요. 전 그냥, 전과가 있다는 것만 알았다고요. 외숙모의 유언으로 외삼촌이 정신과 치료를 오래 받았다는 것도, 제가 봤던 그 애가 외삼촌한테 죽을 뻔했다는 것도 몰랐어요! 제가 어떻게 알고 그 기록을 찾아봤겠어요!」

　봇물 터지듯 감정을 터뜨린 제니스가 양손으로 얼굴을 감쌌다. 그녀가 고개를 들었을 때, 그 자리에 있는 건 인권 협회 관계자의 연락에 굽실거리며 도움을 청하던 어머니가 아니었다. 혼란스러운 얼굴이었다. 피해자도 가해자도 아닌, 자살자 가족의 얼굴.

「이해할 수가 없어요.」

　"이해합니다. 혼란스러우시겠죠."

「아뇨, 아뇨! 이상한 얘기지만……, 네, 이상한 얘기란 거 알아요. 이상한 엄마 취급하리란 것도 아는데, 제가 이해 안 가는 건 그게 아니라고요!」

무슨 소리지? 야신과 요원은 둘 다 묻는 눈으로 제니스를 쳐다봤다.

「갑자기 미쳐서 애를 죽이려고 든 게 아니에요! 외삼촌은 제정신이었다고요.」

"평소에 잘 지내셨던 만큼 배신감을 느끼실 수 있습니다."

「그쪽도 그렇게 말할 건가요? 미치지 않으면 한밤중에 애 방에 뛰어들어서 목을 조를 수 없다고요? 아, 제발 순진한 소리는 그만둬요. 나는 그런 최면에 걸린 사람을 평생 봐 왔어요. 술을 마셔서 그래. 순간적으로 미친 거야. 대체 누가 더 미쳤다는 거예요? 자기 내킬 때마다 폭력을 휘두르는 사람이? 그걸 용납하는 사람이?」

"……."

「난 그딴 식으로 살진 않기로 했죠. 엄마가 맞는 걸 본 순간부터 생각했어요. 나는 내가 지키겠다고. 열네 살, 아빠가 나를 때리려고 했을 때 그 인간 배에 구멍을 내 줬죠. 그 뒤로 20년 동안 나는 늘 그런 식이었어요. 내 침대 옆 협탁에는 총이 있고, 내 손에는 잘 때도 반지 세 개가 끼워져 있어요. 신고하고 허가받은 최면 충격, 가스 충격, 전기 충격 반지들이죠.」

제니스가 말을 잊은 야신과 요원을 향해 낮게 말했다.

「외삼촌은 알고 있었어요.」

요원의 얼굴에서 살짝 핏기가 가셨다. 야신이 굳은 얼굴로 물었다.

"자살이었다는 말입니까?"

제니스는 대답하지 않았다. 그녀는 고개를 흔들며 중얼댔다.

「알고 있었다는 기분을 지울 수가 없어요.」

"……."

화면 너머 눈빛을 교환하는 야신과 소브컴 요원을 보면서도 제니스는 되풀이할 뿐이었다.

「알고 있었어요. 알고 있었다고요. 대체 왜 그러셨을까요? 왜?」

야신은 떫은 얼굴로 제니스를 쳐다보았다. 그녀가 그렇게 궁금해하는 이유를, 자신들은 싫어도 알게 될 터였다.

* * *

어둑어둑한 작은 회의실의 원형 탁자를 둘러싸고 야신과 아데마, 그리고 아데마의 직속 부하라는 소브컴 요원 둘이 모여 앉았다. 탁자 가운데에서 세 사람의 얼굴 홀로그램이 떠올랐다.

열두 명의 피해자들 중 세 명에게 큰 공통점이 있었다. 강연가 마리온 밸러드와 FBI 수사관 댄 프라이스, 그리고 죽은 프로그래머 최민영.

"마리온 밸러드?"

금발 요원의 반문에 아데마가 고개를 끄덕이며 이마를 짚었다.

"그래, 그 마리온 밸러드. 살인마의 손에 엄마와 눈을 잃고도 자기 발로 일어선 가련한 소녀 있잖아."

야신이 끼어들었다.

"더 이상 소녀는 아니지."

"엄청 유명하잖아요. 쟤가 방송에만 나오면 엄마들이 줄줄 울었다고요."

잠깐 기억을 더듬던 아데마가 이마를 짚었다.

"가지가지 얽히는군. 그 여자가 지금 누구랑 같이 있는지 알면 놀랄걸."

"누군데?"

"린 지엔."

야신이 휘익 휘파람을 불었다.

"마야 파괴의 여신들이 몰려다니는군. 같이 움직이고 있는 거야?"

"그건 아니야. 린 지엔은 마리온 밸러드가 태양계 인권 협회 쪽 인맥이라 달고 다니는 것 같더군. 요즘엔 논조가 좀 바뀌었다지만 인권 협회에서 쓰기엔 애매한 패지. 대중적인 전파력은 있는데 인권 협회 기치하곤 정반대니."

아데마의 말을 들으며 야신이 담배를 물었다가 입에서 뺐다. 그러고는 탁자 앞에 놓인 컵을 집어 벌컥벌컥 들이켰다. 세 명의 가해자들은 제일 먼저 마야의 입출성 기록이 지워졌고, 지구로 귀환하고 얼마 안 되어 자살했다. 그들에겐 렙탈롬 처방 기록도 없었다.

"치료받으려는 시도조차 안 했군."

"돌아가자마자 죽은 거나 마찬가지야."

"고문 강도가 강했던 걸까요?"

"또 있습니다. 마리온 밸러드, 댄 프라이스, 최민영, 이 셋은 마야 거주 등록자예요. 최민영은 몇 년 전부터 거주 등록이 돼 있으며 이후 출성 기록이 없고……, 마리온 밸러드와 댄 프라이스는 1년 전쯤 등록했어요."

"그럼 마야에 들고나는 기록이 좀 허술해지지."

아데마가 팔짱을 끼었다.

"시간 순서대로 재배열해 보자고."

야신이 다시 담배를 입에 물며 말을 이었다.

"첫 번째 복수당한 사람은 마리온 밸러드의 원수인 아동 연쇄 살인마였어. 이건 자살 후에 밝혀진 사실이고, 그 전에는 아는 사람이 없었지. FBI 쪽 담당 수사관이 댄 프라이스더군. 두 번째는 댄 프라이스의 아동 학대 피의자. 세 번째는 최민영의 이모부였지 아마? 고소는 없었고 말이야."

"그랬지."

"이후 네 번째, 다섯 번째, 열두 번째 무라키 다쓰야까지 복수당한 사람은 계속 고소됐던 피의자들이었어. 첫 번째 마리온 밸러드와 세 번째 최민영만 고소 없이도 보복했지."

"댄 프라이스가 경찰이었으니까……, 뒤에 가선 경찰에 신고된 사람들만 타깃으로 삼은 게 아닐까요? 하다 보니 손대기 쉬운 쪽만 다뤘던 것일 수도 있잖아요."

"그랬다면 미국 내에서 일어난 일들만 다뤘어야지."

그건 그랬다. 무라키 형제들과 프로그래머 최민영의 경우를 떠올리며 그들은 야신의 말에 동의했다. 야신이 계속 말했다.

"일처리에 나름대로 룰이 있어. 무라키 류조의 증언에 따르면, 처음에 온 메일은 복수에 대한 설문 조사였어. 일단 경찰에 신고했던 전력이 있고, 복수에 대한 어떤 기준을 만족시키는 사람들한테만 기회를 줬던 거라고."

"굉장히 본격적인데요."

"이건 더 이상 복수자들이 아니라 일종의 테러리스트들 아니야?"

야신이 고개를 끄덕이며 말을 이었다.

"게다가 초반의 셋과 네 번째 사이엔 두 달의 간극이 존재해."

아데마가 신음했다.

"주모자들의 복수가 끝나고 테러리즘으로 변하기에 충분한 시간이군."

"하지만 정황증거일 뿐입니다. 이것만으론 잡아넣을 수 없어요."

요원의 지적에 아데마는 초조하게 입술을 핥았다.

"이 셋이 주모자라면 분명 연결된 시뮬레이션 센터나 드림 컬렉터가 있을 거야."

"마리온 밸러드의 단골 시뮬레이션 센터라면 이 건과 관계없을걸. 회원제 고급 시뮬레이션 센터야."

"드림 컬렉터는 있을 거 아니야. 기억을 꿈으로 만드는 게 핵심이니."

"그야 잡으면 줄줄이 나오겠지. 잡기만 하면……."

야신의 말에 아데마와 두 요원은 얼굴을 구겼다.

"셋의 계좌를 추적하면 뭐가 나올까요?"

야신이 어깨를 으쓱했다.

"은폐하려고 자살하는 프로그래머가 있는 판에?"

아데마와 요원들은 끙 소리 내며 신음했다. 넷은 세 사람의 얼굴 홀로그램을 한참 노려보았다.

"그런데 말이죠, 좀 이상하지 않아요?"

금발 요원이 말했다.

"이 셋이 주모자라면, 지금껏 안 들킨 것도 말은 돼요."

다른 이들도 고개를 끄덕였다. 지구에서 나름대로 잘나가는 강연가와 범죄학 박사 출신의 FBI 수사관, 여기에 일류 프로그래머가 합류했으니 희생자가 열두 명이나 생기도록 꼬리도 안 밟혔던 게 이해가 갔다.

"하지만 굉장히 옛날 일이잖아요. 왜 하필 지금 와서, 이런 방식으로 복수를 하려고 했을까요? 마리온 밸러드라니, 이런 일에 발 담그기엔 너무 유명 인사 아닌가요? 이거 터지면 강연으로 먹고사는 자기 인생은 어쩌려고?"

"그렇게 치면 FBI 수사관은 어떻고? 목이나 경력이나 남는 게 있겠어?"

잠시 정적이 흘렀다. 모두 똑같은 생각을 차마 입 밖으로 내지 못하고 있었다. 마리온 밸러드, 댄 프라이스, 불행한 과거를 딛고 나름대로 자수성가한 그들. 그런 그들이 나머지 인생 접어도 좋다는 각오로 뛰어들었다는 것 아닌가.

"마리온 밸러드는 그렇다 쳐도, 그 수사관은 무슨 생각이지? 보통 아동 학대 받아도 그 정도까지 성공하면 잊거나 묻어 버리지 않나?"

"그러게. 나 같아도 정 걸리면 뒤에서 처리해 버리고 입 닦겠어. 지금도 어느 정도 성공하고 인정받으면서 사는데 다른 사람들한테까지 이런 복수 전파하려고 들 건 없잖아."

야신은 사람들의 대화를 들으며 앞의 홀로그램 얼굴을 다시 훑었다. 강연가와 경찰과 프로그래머. 포지션이 확실한 조합이었다. 선동하고 사람들을 모으고, 찾아내어 처벌하고, 뒷수습을 한다. 마리온 밸러드는 살인마에게 당하고 복수를 주장하던 강연가였으니 존재 자체가 구심점이었을 것이다. 최민영은 뒷수습을 하다가 무라키 다쓰야가 걸리게 되자 자신의 정보를 모두 지우고 자살했다.

'정말 광신적인 테러리즘 같군.'

생각보다 감정적인 문제였다. 하긴 언제부터 복수가 논리의 영역이었던가. 그리고 동력이 되는 감정이 크고 강할수록 이념은 논리를 먹고 자라난다.

"그 말이 맞아. 복수를 하고 싶어 한다고 진짜 복수를 하게 되는 건 아니지. 복수가 시작된 이유가 있을 거야."

야신이 골똘히 말했다. 아데마가 고개를 끄덕였다.

"이건 한두 사람의 즉흥적인 의기투합으로 가능한 게 아니야. 이 정도 규모와 지속력과 열정을 가진 테러리즘이라면 거의 종교적 신념이라고. 영감을 받지 않으면 일어나기 힘든……."

야신은 아데마의 말을 들으며 입을 벌렸다. 영감. 마야에서 일어나는 사건에 영감을 주는 것. 퍼뜩 떠올랐다. 마리온 밸러드의 강연에 카이야의 꿈을 찾으러 갔던 일과, 소브컴 본청 안 강연장으로 사라지는 카이야를 보고 담뱃갑 속의 맨 오른쪽 담배를 꺼냈던 일, 그리고 즉각 반응하듯이 놈에게서 검은 상상이 퍼졌던 일.

"카이야 레만."

야신이 중얼거렸다. 소브컴 요원 둘이 흠칫했다. 아데마가 얼굴을 굳히며 야신을 쳐다보았다.

"마리온 밸러드가 카이야의 꿈을 독점으로 장기 대여하고 있었어."

"언제부터?"

묻는 아데마의 목소리가 쉬어 있었다.

"1년 좀 더 되었던가."

"최민영이 기록을 지우기 시작했던 때와 일치하는군."

아데마가 자리에서 일어섰다. 야신과 소브컴 요원들도 따라 일어났다.

"카이야 레만의 꿈을 확인해야겠어."

* * *

퍼억.
강제로 일으키고 뺨을 후려친다. 부은 눈을 향해 스포트라이트를

퍼붓는다. 소년은 땅바닥에 뒹굴었다.

"일어서."

소년은 일어났다. 다시 누군가가 주먹을 날렸다. 소년은 또 쓰러졌다. 처음에는 물었다. 왜 이러세요? 네 번째에는 무릎을 꿇었다. 그다음부터는 세지 않았다. 폭력은 그냥 계속 소년의 곁에 머물렀다. 그들이 소년을 패는 만큼 계속. 아무 설명도 없이.

소년은 쓰러진 채 시멘트 바닥에 고개를 박았다.

"차라리 굴복하니 편하지?"

소년은 고개를 끄덕일 뻔했다. 미처 생각을 끝내기도 전에 정강이부터 발길질이 퍼부어진다. 곤봉이 등을 때린다. 생각을 하기도 전에 본능이 외쳤다. 자, 무릎을 꿇어라. 이해할 수 없는 이 폭력에 복종해라.

왜?

왜?

왜?

그딴 질문들은 아무 소용없었다. 아니, 소용이 있긴 있었다. 그런 질문을 떠올리면 행동은 굼떠지고 주먹은 더 많이 날아왔다.

"그래, 다들 그러지."

담담한 목소리에 소년은 실눈을 떴다. 하얀 운동화가 보였다. 쿡쿡 웃는 소리가 위쪽에서 들렸다.

"하는 짓들이 똑같아."

하얀 운동화가 다가와 소년의 턱을 발끝으로 들어 올렸다.

"무서워서든 알량한 오기든, 다들 눈을 완전히 감지도 못하고 확

뜨지도 못하고 실눈을 뜨고 쳐다보지. 너처럼."

아주 짧은 순간 확 눈을 떠 버리고 싶은 충동이 지나갔다. 하지만 소년은 오히려 눈을 꼭 감았다. 하얀 운동화의 주인이 웃으며 소년의 얼굴을 발끝에서 털어 내듯 떨어뜨렸다.

"그래, 네게도 기회를 주지."

하얀 운동화의 말이 끝나자 갑자기 얼굴에 차가운 것이 닿았다. 소년은 움찔하며 몸을 굳혔다.

"이제 넌 자유야."

차가운 것은 점점 더 빠른 간격으로 소년의 얼굴과 몸에 떨어졌다. 소년은 움찔움찔하며 숨을 죽였다.

"내기할까?"

하얀 운동화가 웃음기 섞인 목소리로 말했다.

"넌 그들이 가는 벌판에 갈 거야. 다른 곳으로 갈 수 있어도 말이지."

소년은 멍하니 고개를 들고 눈을 떴다.

"그리고 자신을 파괴하거나 남을 파괴할 테지."

평범한 얼굴의 젊은 남자가 자신을 내려다봤다. 그 남자의 머리 위에서부터 천장이 사라지고 비가 쏟아지고 있었다. 조금씩 조금씩 천장이 지워지듯 사라지고 머리 위로 비 오는 보라색 밤하늘이 넓어지는 걸 소년은 무감각하게 쳐다봤다.

"넌 망가졌거든."

소년은 남자의 티 하나 없는 하얀 운동화를 바라봤다. 그리고 갑자기 운동화에 침을 뱉었다. 남자는 웃었다.

"이제 좀 용기가 생겼나? 기대하지. 그래 봤자겠지만."

하얀 운동화의 남자가 소리 없이 사라진 뒤 소년을 둘러싼 모든 것이 변했다. 폭력을 휘두르던 남자들은 퍼즐이 쏟아지듯 해체됐고, 스포트라이트는 수증기처럼 날아갔고, 그들을 담고 있던 회색 방은 알루미늄 캔처럼 우적우적 구겨졌다. 구겨지는 방의 절단면에서 시멘트 부스러기가 분가루처럼 떨어졌다. 소년은 쓰러진 채 그 하얀 가루를 맞았다. 추웠다. 어둠 속에서 빗방울만 그에게 다가와 적시고 열을 빼앗았다.

숨이 차서 소년은 힘겹게 고개를 들었다. 어느새 그가 엎드려 있던 바닥은 진흙탕이 되어 있었다. 소년은 몸을 옹송그리고 옆으로 누웠다. 점차 부옇게 주변이 보이기 시작했다. 부슬비가 내리는 진흙 벌판에, 미라 같은 사람들이 묘지의 십자가처럼 죽 늘어서 박혀 있었다.

소년이 눈을 깜박였다.

천천히, 미라 같은 사람들이 눈만 돌려 소년을 바라봤다.

"당신들은 누구예요?"

들판 가득 꽂힌 사람들이 드문드문 입을 벌렸다.

"망가진 사람."

"슬픈 사람."

"죽고 싶은 사람."

소년은 손을 뻗어 눈과 뺨을 문질렀다. 진흙과 시멘트 가루가 눈 위를 긁었다. 따끔한 느낌에 소년은 갑작스레 이를 악물며 일어났다. 소년이 악을 썼다.

"왜 여기 이러고 있죠?"

소년의 가까이에 박힌 사람이 그를 향한 눈동자를 움직이지도 않고 말했다.

"너 냄새나."

"그놈들이 가둬 둬서……."

말하던 소년은 입을 다물었다. 아무것도 말하고 싶지 않았다. 아무것도. 모든 것이 다 부끄럽고 수치스러웠다. 그 수치감에 또다시 화가 났다. 자신이 피해자인데 왜 자신이 수치스러워해야 한단 말인가?

"부끄럽지?"

누군가가 말했다.

"나도 부끄러워."

살아 있는 묘비처럼, 십자가처럼, 관처럼, 그렇게 늘어선 누군가가 말했다.

"부끄러워."

"뭐가요?"

"모든 게."

"냄새나. 냄새나. 다들 냄새나. 너한테서도 나."

소년은 대리석 같은 얼굴들에서 조금이라도 움직이는 눈동자와 입술을 찾아 눈을 부산히 움직였다.

"너 그거 아니? 꺾이고 상처받고 죽은 것들에게선 유난스러운 냄새가 나."

"몰라요."

소년의 날 선 대꾸에도 누군가는 꺾이지 않고 말했다.

"태풍에 나뭇가지들이 꺾인 숲, 잔디들이 베인 운동장, 치여 죽은 고양이. 다들 유난스러워. 날이 선 냄새가 나. 강제로 부러뜨린 냄새가 나."

대리석 같은 얼굴이 흉하게 일그러졌다.

"나, 죽은 개 같은 냄새 나지 않니?"

소년은 무슨 대답을 해야 할지 몰랐다.

"……안 나요. 당신은 살아 있잖아요."

"아니야."

"난 죽었어."

"죽었어."

입을 다문 대리석 같은 얼굴 위로 빗방울이 떨어져 흘러내렸다. 눈을 깜박이지도 않는 사람들. 좀비보다 더 생기 없는 얼굴들. 미라 같은 몸뚱이들. 스스로 자신의 묘비처럼 대지에 발을 묻고 서 있는 자들이 벌판을 가득 채우고, 비에 젖은 진흙은 스멀스멀 그 자들의 다리로 기어올랐다.

소년은 그제야 그들의 말이 거짓말이 아니라는 걸 깨달았다. 그들이 어떻게 만들어졌는지, 흰 운동화의 남자가 말한 '그들이 가는 벌판'이 어딜 말한 거였는지 깨달았다.

몸이 관으로 변한 이들이 부슬비에 젖으며 우우 신음했다.

'싫어.'

그는 중얼거렸다.

부슬부슬 내리는 비가 체념하라는 듯 소년의 가슴으로, 머리로 계

속 떨어졌지만 그의 가슴속 불은 계속 타서 옷에, 손에 옮겨 붙었
다. 그들이 말했다.

"그 고통을 계속 겪을 생각이니?"

"우리와 함께 산 채로 죽자."

불길에 휩싸여, 불길 자체가 되어 소년은 하늘을 올려다봤다. 비
를 말리고 이 들판을 태운다. 그렇게 해서 불러내리라. 소년을 때
린 자들을. 소년을 비웃은 자들을. 그리고 다 태우리라. 벌린 입으
로 열기를 토해 내며 소년은 대답했다.

"싫어."

* * *

복수의 점화.

마리온 밸러드에게 불꽃을 붙인 꿈 또한 카이야의 것이었다.

야신은 카이야의 꿈이 유도미사일 같다고 생각했다. 이제까
지 찾아낸 카이야의 꿈들은 모두 그 꿈에 반응할 것 같은 사람
들이 꾸었고, 반응했고, 결국 사건이 일어났다.

"지나친 생각이야."

소브컴 에어카 뒷좌석에 앉은 아데마가 말했다.

"카이야 레만의 꿈이 강력하고 동화현상도 남다른 건 인정
하지. 그건 위험한 게 맞아. 그런 꿈을 그렇게 많이 생산하고
팔았으니, 그중에 반응하는 사람도 많은 게 당연해."

"표본이 많은 것일 뿐이라 이거군."

아데마는 약간 지친 얼굴로 이마를 긁으며 점점 아래로 멀어지는 시뮬레이션 센터를 내려다봤다. 갑자기 그가 시선을 야신 쪽으로 돌렸다.

"그보다, 마리온 밸러드가 이 꿈을 대여하고 있었다는 건 어떻게 안 거야?"

"꿈 찾다가 들었거든. 저기 직원한테."

"직원?"

"방금 나온 시뮬레이션 센터의 직원 말이야. 소브컴은 시뮬레이션 센터 직원들 정보원으로 안 쓰나?"

"CCTV가 있잖아. 전자기록도 있고."

"아하."

야신은 고개를 끄덕였다.

"그쪽이 확실하지. 소브컴이야 기록 요청하면 되고, 안 되면 소속 프로그래머도 많으니까."

"드림 컬렉터들 중에도 프로그래머는 많지 않나?"

야신이 어깨를 으쓱했다.

"뭐, 우리는 개인플레이니까 일단 직원한테 슬쩍 찔러 주는 게 편하거든. 기록 뒤지는 건 그다음 단계지. 좀 더 확실해진 다음에."

"흠……."

아데마가 생각에 잠겼다. 앞좌석에 있던 소브컴 요원이 한숨을 쉬었다.

"우리도 좀 더 확실한 걸 원해요. 확실하게 잡아들일 수 있는 증거 말이에요."

"맞아. 마리온 밸러드가 그 꿈에 반응했던 건 사실이겠지만, 그렇다고 뭘 어쩔 수 있는 것도 아니고."

"그림이 더 세세해졌잖아."

야신이 말했다.

"마리온 밸러드는 방금 전의 꿈을 보고 복수를 시작했어. 주변인들을 끌어들였지."

"댄 프라이스와는 아동 연쇄 살인마 수사로 얽혀 있었고, 최민영과는 강연가와 팬이었죠."

"마리온이 구심점이었지. 처음에는 개인적인 복수심 때문에 셋이 뭉쳤을 거야. 주 계획은 마리온 밸러드가 짜고, 댄 프라이스와 최민영이 각각 법과 프로그램의 사각지대를 뚫어서 보조했겠지."

"꿈을 보고, 영감을 얻고, 꿈으로 복수할 생각을 한 거죠."

"그렇지. 힙노스가 현실보다 훨씬 생생하니까."

앞좌석에 있던 요원 둘이 좌석을 180도 돌렸다. 마주 앉은 그들에게서 시선을 돌리며 야신은 담배를 물었다.

"원수들을 꼬여 내서 자신들의 괴로운 기억을 응축한 꿈을 반복적으로 보여 줬어. 그리고 돌려보냈지. 가해자들은 차례로 끝났어. 화장실에서 면도를 하다 자기 얼굴을 보고 면도날로 목을 그었고, 아이를 보고 기억이 떠올라 애 엄마가 총을 가진 줄 빤히 알면서 목을 졸라 댔고, 얼어붙은 호수에 비치는 자기 얼굴을 보고 그대로 얼음을 깨며 뛰어들었지."

"……."

"공통점이 무엇인 것 같아?"

"자살?"

"반만 맞았군. 놈들은 더 알아냈어. 그리고 시뮬레이션 센터에서 거울방을 빌려 가해자들을 넣기 시작했지."

두 요원의 안색이 바뀌었다.

자살하고 미쳐 버린 가해자들.

화장실에서, 얼어붙은 호수에서, 거울로 둘러싸인 시뮬레이션 룸에서.

공통점이 있었다. 무시할 수 없는 공통점이.

"그들은 오랫동안 반복해서 자신이 가해자로 나오는 꿈을 꿨어."

야신이 중얼거리듯이 속삭였다.

"가해자인 자신의 얼굴을 정면으로 본 거야."

"맙소사."

안경을 쓴 요원이 신음하며 좌석 손잡이를 꽉 움켜쥐었다. 야신은 길게 담배를 빨았다.

"놈들이 처음부터 그걸 의도했는지 아닌지는 몰라. 하지만 가해자들의 자살을 보면서 확실하게 알게 됐겠지. '너도 내가 겪은 고통을 당해 봐.'와 '너를 죽이고 싶어.' 두 가지 소망을 모두 만족시키는 복수를."

아데마가 나직하게 말을 받았다.

"그리고 이 끝내주는 걸 다른 사람들한테도 알려야 한다고 생각했겠지. 비슷한 처지의 다른 사람들에게도."

"정답. 그렇게 다른 사람들한테까지 손을 뻗게 된 거야. 경찰에 신고한 피해자들만 골라서 복수에 대한 설문 조사 메일을 보냈어. 그 기준을 통과한 이들에게 자신들이 고안한 복수의 기회를 줬지."

"빼도 박도 못할 테러리스트군요."

"운도 따랐지. 다섯 번째로 복수당한 가해자는 돌아가는 우주선에서 난동을 부렸던 기록이 있더군. 마야 출성 기록이 없었지만 기록 누락인가 하고 넘어갔던 거야."

아데마가 이를 갈았다.

"그때 터졌어야 하는데."

"무라키 다쓰야 팔에 꽂혀 있던 렙탈롬이 이제 설명이 돼요. 그 난동 이후부터 복수당한 가해자를 우주공항에 보내기 전에 렙탈롬과 수면제를 강제 투여했을 테니까요."

아데마는 제정신이 아닌 사람처럼 몇 번이나 얼굴을 문질러 댔다.

"돌겠군."

아데마가 내뱉었다.

"언론에 흘러들었다간 지옥도가 펼쳐지겠어."

"이런 발상은 꽤 전파력이 강하니까. 사람들 머릿속의 지옥이 온 태양계에 흘러넘칠걸. 이게 터지면 난 마야를 떠날 거야. 진짜 엿 같은 세상이 뚫릴 테니까."

복수의 춘추전국시대가 지나가고, 그 뒤엔 서로의 마음속을 확인하겠다고 배우자나 아이들을 끌고 마야에 오는 의심쟁이들이 줄줄이 늘어설 것이다. 아데마는 한숨을 쉬며 양손을 깍지 꼈다.

　　"차 돌려."

　　그의 명령에 요원들이 당황해 눈을 껌벅였다.

　　"어디로 말입니까?"

　　"거울방을 갖춘 시뮬레이션 센터들을 모조리 검색해. 무라키 다쓰야의 혈흔이 발견된 곳부터 가 보자고."

　　"그런 곳은 거의 영세 시뮬레이션 센터인데요? 말씀하신 곳도 CCTV 기록이 없어서 수사 진행이 불가능했었는데……."

　　아데마가 짜증스레 부하를 쳐다봤다.

　　"아까 뭐 들었어? CCTV가 없어도 직원을 조사해야 할 것 아냐."

　　야신이 아데마를 쳐다봤다. 아데마가 계속 말했다.

　　"영악한 놈들이야. CCTV 없는 영세 시뮬레이션 센터만 골랐을 거라고. 그러면서 복수극 진행을 위해 거울방을 골랐겠지. 거울방을 갖추고 있는 영세 시뮬레이션 센터는 많지 않을 거고, 그렇다면 한 곳에 여러 번 갔을 수 있어. 물론 기억하고 있는 직원도 있을 수 있고."

　　"작업한 드림 컬렉터 말이지?"

　　"그래."

　　아데마의 말을 따라잡은 요원들 얼굴이 환해졌다.

"그럼 얼굴을 기억하는 직원이 있을 거예요. 몽타주 전문가를 부를까요?"

"급합니다. 뇌에서 직접 이미지를 뜨죠."

"불법으로 수사하자고요?"

"누가 불법인 걸 모릅니까? 지금 이게 느긋하게 절차 밟고 있을 사안으로 보여요?"

야신은 요원들의 언쟁을 흘리며 아데마에게 물었다.

"몇 명일까?"

"고용한 거라면 한 명이겠지. 비밀 유지를 위해 말이야."

"한 명이라."

야신이 재차 중얼거렸다.

"맞아, 한 명일 거야. 왜 그 생각을 못 했지?"

"무슨 생각?"

"최면 면허."

"최면?"

"기억을 그대로 꿈으로 만든다는 건 불가능해. 정확히 말하면, 기억을 되살려 꿈을 꾸게 만드는 것에 가까워."

안경 쓴 요원이 인상을 찡그렸다.

"무슨 차이가 있다는 겁니까?"

"기억을 되살리는 것은 드림 컬렉터의 기술이 아니란 얘기야. 그 분야는 다른 전문가가 있거든."

"최면술사?"

야신이 고개를 끄덕였다.

"난 이제껏 최면술사와 드림 컬렉터의 조합을 생각했어. 하지만 한 명이라면 얘기가 다르지."

아데마가 빠르게 요원들에게 명령했다.

"최면 면허가 있는 드림 컬렉터들도 검색해 봐."

일당을 태운 소브컴의 에어카는 거울방을 찾아 정신없이 아난다 돔을 오갔다. 영세 시뮬레이션 센터들은 그들을 물 먹이기 위해 존재하는 것처럼 수색 대상에서 빠져나갔다. 일주일 전까지 있던 곳이 사라지고, 두 달 이상 일한 직원이 없으며, 거울방을 창고로 쓰고 있는 일들이 너무 많아서 마침내 어느 시뮬레이션 센터의 직원이 최면 면허를 소지한 라지에 샤바지라는 드림 컬렉터를 짚어 냈을 때에는 오히려 현실감이 들지 않을 지경이었다.

라지에 샤바지의 얼굴이 소브컴 비상망에 올라간 지 10분도 안 되어, 여덟 대나 되는 소브컴 에어카가 샤바지의 거주지를 향해 한꺼번에 날아들었다.

＊ ＊ ＊

소브컴 측의 증거 나열에 마리온 밸러드는 순순히 혐의를 시인했다.

"그래요. 개인적인 복수에서 끝낼 수도 있었죠. 하지만 보다시피 내게 남은 건, 혼자 실행하는 능력이 아니라 선동하고 꼬드기는 능력이거든요."

"그 능력으로 처음의 동료들과 복수한 후에 멈출 수도 있었 잖습니까?"

"그럴 수 있었겠죠."

"왜 그렇게 하지 않았죠?"

"운명을 믿으세요?"

마리온의 되물음에 취조하던 소브컴 요원은 할 말을 잃고 그녀를 쳐다보았다. 벽 너머에서 취조를 지켜보던 아데마와 야 신도 마찬가지였다.

"전 늘 제 운명을 믿어 왔어요. 제가 그렇게 운명을 만들 거 라고. 언젠가는 그 남자를 제가 죽일 거라고. 언제나 그것을 위 해 노력했지만, 시신경을 복원하는 수술에는 천문학적인 돈이 들었죠. 저는 이 몸으로 할 수 있는 방법을 찾아야 했어요. 그 남자가 멋대로 죽어 버리기 전에."

마리온의 얼굴에 미소가 떠올랐다.

"그러다 마야에 오게 된 거예요."

그녀는 즐거운 듯이 말을 이었다.

"마야에 와서 딱 한 번 힙노스를 했죠. 그리고 운명이 내게 보여 주는 길을 보았죠. 복수는 언제든지 할 거였어요. 하지만 그 꿈을 꾸는 순간, 내가 어디까지 나갈 것이고, 또 어디까지 나아가야 하는지 알 수 있었죠."

꿈.

추측이 맞았는데도 입안 가득 쓴물이 고였다. 사건의 처음 과 끝에 늘 닿아 있던 그 인간의 꿈. 야신은 천천히 혀끝을 깨물었다. 이에 닿는 혀끝이 꺼끌꺼끌했다.

"제가 정신 나간 여자 같나요?"

"그래 보이진 않지만, 위험해 보이긴 하는군요."

"글쎄요. 많은 경찰과 정치가를 만나 봤지만 전 잘 모르겠어요. 당신들이 위험하다고 하는 게 도대체 무엇인지. 당신들이 말하는 죄라는 게 뭐죠? 복수란 건 뭐고? 칼을 든 어린애나 여자가 습격하려는 건장한 남자에게 죽으면 아무 죄가 없이 깨끗한 거고, 반격에 성공하면 습격하던 놈보다 더한 형을 받기도 하는 게 '위험하지 않은' 건가요? 그걸 참는 게 '위험하지 않은' 건가요? 까놓고 말해서 '나한테 이렇게 했으니 너도 그만큼 당해 봐라.' 하는 마음은 누구나 있잖아요. 약자라면 그 마음도 없어야 한다는 건가요?"

"죄인은 그쪽이고 당신은 갚아 줬을 뿐이란 겁니까?"

"솔직히 죽여도 시원찮죠."

딱 잘라 말한 마리온이 덧붙였다.

"하지만 난 적어도 사람을 죽이진 않았어요."

"사람이 죽었는데요."

"그놈이 한 짓이 뭔지 알려 줬을 뿐이에요. 말 그대로 '그만큼 당해 봐라.'였을 뿐이라고요. 칼 대신 기억으로! 이 정도 복수도 안 되나요?"

"죽을 때까지 몰아갔잖습니까!"

마리온이 탁자를 치며 소리쳤다.

"난 그보다 더했어요!"

"그건 비교할 수 없는 겁니다!"

"정말 그렇게 생각해요? 죽을 때까지 몰아갔다고? 그럼 난 수백 번, 아니, 수천 번 죽었어요! 그 사건 이후 다시 본 게 없다고요. 내가 그 소름 끼치는 순간을, 그 살인마 얼굴을 몇 번이나 봤을 것 같아요?"

할 말을 잃은 소브컴 요원 앞에서 마리온 밸러드는 당당하게 말했다.

"내가 이겼어요."

"……."

"나와 똑같은 고통을 그 남자는 이겨 내지 못했죠. 나는 극복했는데."

마리온의 얼굴은 눈부시게 빛나고 있었다.

"그 남자는 내 인생을 망쳤지만 말이에요. 보세요……."

마리온이 속삭였다.

"……이긴 건 나예요."

* * *

댄 프라이스는 침착한 얼굴로 취조에 응했다. 꼬박꼬박 대답을 하고 혐의를 인정하는 모습에 취조하던 소브컴 요원은 결국 참지 못하고 묻고 말았다.

"무슨 일을 했는지 알고 있습니까?"

댄이 그린 듯이 상냥하게 웃었다.

"모르고 했기를 바라겠죠. 당신들한텐 남의 일일 겁니다."

"무슨 뜻입니까?"

"남의 불행 말입니다. 그런 건 방송만 봐도 차고 넘치죠. 하지만 당신들이 혀를 차고 채널을 돌리는 거 외에 뭘 더 하겠습니까?"

댄은 어깨를 으쓱하면서 덧붙였다.

"우리들조차 서로의 고통을 귀찮아하고 외면하는데."

"지금 그런 이야기를 하자는 게……."

"최민영, 그 여잔 피곤할 정도로 망가진 여자였죠."

댄이 입꼬리를 올렸다.

"그 여자를 망가뜨린 게 뭔지 되씹어서 뭐하겠습니까? 남의 불행인데. 결국 그겁니다. 남의 불행. 환멸을 느끼기는 쉽죠. 외면하기는 더 쉽고. 구경거리로 소비하기는 더더욱 쉬워요. 우리라고 어렵게 살고 싶겠습니까? 우리도 쉽게 가고 싶죠. 근데 이게, 한번 지독하게 피해자 입장이 되어 보면, 역치가 확 내려가 버려요. 자기가 공감할 수 있는 고통에 대한 역치가. 더 이상 구경거리로 삼으면서 편하게 사는 인생은 물 건너 간 겁니다. 그럼 우리가 뭘 더 어떻게 하겠습니까? 일생을 울면서 보내야겠어요?"

댄의 손이 탁자 위를 꾸불텅꾸불텅 가로질렀다.

"꾸물꾸물 움직이는 겁니다. 편하게 사는 사람들의 세상이랑 우리랑 맞춰 보려고."

"……."

"나는 말입니다, 이대로는 안 된다고 생각했습니다. 우리는 굼벵이처럼 힘겹게 세상에 맞추려 기고, 보통 사람들은 손쉽게 채널을 돌리죠. 가해자들은 우리의 인생을 그렇게 어그러뜨려 놓고 활개치고 다닙니다. 우리의 고통을 강조하고 광고하자는 건 아닙니다. 하지만 가해자들한테만이라도 우리가 어떻게 고통받았는지는 알려 줘야 할 것 아닙니까?"

"감정적인 자경단 노릇이 정당하다는 겁니까?"

"자경단 노릇을 하자는 게 아닙니다. 눈에는 눈 이에는 이라지만, 그 눈과 이를 개개인이 다 뽑겠다고 나서면 세상이 어떻게 되겠어요. 그 함정에 빠질 만큼 본 게 없는 것도 아니고. 그래도 말이죠, 손 못 대는 영역, 법으로 해결 안 된 사건, 그런 걸 그냥 놔둔다는 것도 말이 안 되잖습니까. 사람이 달로 가고, 화성으로 가고, 마야 같은 데가 생기고 하는 세상인데, 어째서 사람 사이의 사건 처리만 발전 없이 근대에 머물러야 한단 말입니까?"

"그렇게 높은 이상을 가진 사람이 왜 복수 대상자를 고르는 테스트를 한 겁니까?"

"원하는 사람만 복수에 참가하게 하기 위해서죠."

"당신들의 기준에 부합하는 사람만 끌어들이려고 한 건 아니고요?"

"독재적이고 폐쇄적인 단체로 포장하려는 겁니까? 그 포장은 어디에나 잘 먹히죠. 하지만 분명히 말하는데, 우리의 복수는 개개인이 원했던 것이고 사회가 실현하지 못하는 일련의 정의를 실행했습니다. 그들에게 피해를 줬던 것은 인정합니다. 하지만 그렇다고 우리가 정당하지 못하다고 말할 수 있습니까? 그들이 준 피해가 그들이 받은 벌과 단죄에 비해 적다고 할 수 있습니까? 그들이 진짜 반성하고 피해자의 처지를 되새겨 봤다고 확신할 수 있습니까?"

"그런 확신을 당신은 할 수 있습니까? 당신들의 행동이 정말 정당하기만 했다고?"

댄은 쓸데없는 것을 묻는다는 듯 고개를 저으며 계속 말했다.

"정당하기만 했다고? 아니죠. 그런 게 어디 있습니까? 하지만 더 정당한 걸 위해 여기까지 온 건 사실입니다. 경찰 노릇을 하면서 계속 생각했습니다. 이건 말이 안 된다고. 새로운 시스템, 새로운 단죄, 새로운 반성, 좀 더 정당한 그런 것을 만들 수 있다고. 당신들 말대로 개인적 복수심일 수 있습니다. 그것을 위해 시작했으면서 의미를 부여하고 정당화시키는 것일 수도 있습니다. 하지만 개인적 복수심이든 뭐든, 이런 세상에 이 시대의 기술을 사용해서 고통받은 기억을 가해자한테 그대로 되돌려준다는 것 자체가 의미 있는 일 아닙니까."

소브컴 요원은 댄을 흉내 내듯 고개를 저었다.

"죽을 때까지 몰아갔잖습니까. 당신들은 지나쳤어요."

"그건 인정합니다."

"당신들은 복수를 위해 이전의 가해자들을 고문했지만, 그 과정에서 피해 입은 건 그들뿐만이 아닙니다. 최민영도 당신들이 벌인 일의 피해자죠. 안 그렇습니까? 이 일에 엮이지 않았다면 그 여자는 자살하지 않았을 겁니다."

소브컴 요원이 눈을 내리깔았다.

"최민영은 처음부터 자기 복수만 하고 싶어 했어요. 그렇죠? 다른 복수까지 개입할 여유 같은 건 없었을 겁니다. 하지만 당신들은 이미 끌어들인 그 여자를 놔줄 생각이 없었죠. 유능한 프로그래머였고, 그녀 없이는 일의 진행이 힘들어지니까. 은폐는 모두 최민영의 손을 거쳤습니다. 그러다 사고로 무라키 다쓰야가 의식불명으로 발견되자, 당황한 당신들은 그녀를 압박했어요."

댄이 반쯤 일어섰다.

"우린 그녀를 압박한 적 없습니다. 그런 초강수를 둘 거라곤 생각도 못 했어요."

"압박한 적 없다?"

"우리가 한 일이 아닙니다. 그 여자가 멋대로 자기가 벌인 일을 감당 못 하고 죽은 것까지 우리 책임이란 말입니까?"

"그럼 우주경찰 내부 서버는 왜 알려 줬습니까?"

댄이 멈칫했다.

"최민영은 모든 기록을 지웠지만 서버에 남은 해킹 기록은 보존됐죠. 무라키 다쓰야가 발견되고 하루도 안 지나서 그녀는 우주경찰 내부 기록을 뒤졌어요. 누가 알려 줘야 흘러 들어갈 정보였죠."

"전 우주경찰이 아닙니다."

"그렇죠. 전직 FBI인 우주경찰의 FBI 시절 선배이자 멘토일 뿐이지."

소브컴 요원이 댄을 쳐다보며 말했다.

"담당 수사관이 그로 걸려서 다행이라고 생각했겠죠. 운이
좋다고. 최민영 하나의 희생으로 잘하면 모두 빠져나갈 수도
있다고."

"……."

대답하지 않는 댄을 보며 소브컴 요원이 싸늘하게 물었다.

"당신도 다른 테러리스트들처럼 대를 위해 소를 희생하는
것이었다고 말할 겁니까?"

댄은 입을 다물고 침묵했다.

* * *

사건의 전모를 들은 린 지엔은 기함하며 뒤를 돌아보았다.
마야에 온 뒤 늘 린 지엔의 뒤에서 웃고 있던 마리온 밸러드는,
여전히 같은 얼굴로 웃고 있었다. 양옆에 소브컴 요원들을 매
달고 소브컴 유치장으로 향하고 있는 것만이 전과 달랐다.

'대체 무슨 짓을 한 건가요?'

배신감이 뚝뚝 떨어지는 얼굴의 린 지엔을 보자 아데마와
야신은 새삼스레 마리온이 저지른 뒤통수치기가 어느 정도인
지 알 수 있었다. 하지만 과연 린 지엔은 허투루 태양계 인권
협회의 화성지부장까지 오른 여자가 아니었다.

"이런 식으로 모함하는 건가요?"

재빨리 표정을 수습한 린 지엔이 처음 한 말이었다.

"도덕성 흠집 내기를 노리고 있다면 잘못 짚었어요."

린 지엔은 한 시간을 넘게 버텼다. 태양계 인권 협회가 무른 곳이 아니라는 것을 충분히 보여 줄 만한 시간이었다. 그러나 이미 지고 들어가는 싸움이었다. 열한 명이나 죽인 태양계 인권 협회 소속의 강연가라니, 엔간한 연쇄 살인범 찜 쪄 먹을 숫자 아닌가. 기자들이 한마디라도 건지려고 인권 협회에 달라붙을 게 빤히 보였지만 린 지엔은 자기주장을 굽히지 않았다.

"이게 다 힙노스가 있기 때문에 일어난 일입니다. 기술의 혁신이니 인간의 한계니 운운하면서 보여 주지 말아야 할 것을 보여 주고, 소통되지 않아야 할 것을 이어 주고 있어요. 힙노스로 인한 사생활 침해로 자살한 피해자 이후로 저는 늘 힙노스의 위험성에 대해 경고를……."

아데마가 활짝 웃었다.

"진심으로 하는 얘깁니까?"

"그럼요. 저희 쪽에선 그 경고를 마무리할 준비가 다 되어 있습니다. 곧 터뜨릴 거예요. 힙노스가 얼마나 말도 안 되는 것인지 알게 될 겁니다."

"그리고 이번 기회에 태양계 인권 협회가 얼마나 힙노스의 응용에 관심이 있었는지도 알게 되겠죠."

린 지엔이 입술을 깨물었다. 아데마가 파고들었다.

"지금이 비상사태인 것은 이해하실 겁니다. 우리가 서로 목을 졸라 봤자 공멸이에요. 저희는, 밸러드 씨를 사건 기록 없이 보내 드릴 용의가 있습니다."

"……저희 쪽 증인과 맞바꾸자는 제안이신 것 같은데, 그건 덮어 버리자는 것 아닌가요? 말도 안 되는 이야기입니다."

"기어이 터뜨리겠다는 겁니까?"

"거래의 대상이 아니란 말입니다. 벌 받을 사람은 벌 받고, 폭로되어야 할 것은 폭로되어야죠. 이렇게 덮는다고 해결될 일이……."

"……아닌 것이야, 저희도 알죠."

야신이 아무렇지 않게 말을 자르며 끼어들었다.

"폭로되어야 하는 게 뭡니까? 복수에 힙노스가 이용된 것? 힙노스가 위험한 것이라는 것?"

야신의 말에 린 지엔이 그를 노려보듯 턱을 들었다. 그 행동에 움찔하지도 않고 야신이 그녀를 마주 보았다. 야신은 린 지엔의 시선을 맞받으며 생각했다.

힙노스가 문제라고? 그들을 봐. 주모자들을 보라고. 괴물을 죽이려다 괴물이 된 아이들과 보복 후에 자신을 놓아 버린 여자를.

"그 가해자들이 주모자들의 고통을 알아서 죽은 거겠습니까?"

"아까 얘기와 다른데요. 분명히 그들이 다 자살했다고……."

"그냥 괴로워서 한 자살인지, 정신이 망가진 건지, 반성하는 마음이 조금이라도 있었는지 우리가 어떻게 압니까?"

린 지엔의 얼굴이 굳었다. 아데마가 밀어붙였다.

"이 사건이 알려지면 소통 방식이 바뀔 수도 있겠죠."

아데마는 넥타이 매듭을 손끝으로 끌어내리며 린 지엔에게 가까이 다가갔다.

"여전히 이런 인류인 채로 처음엔 복수와 보복이 들끓겠죠. 그리고 서서히, 자기 시야로만 세상을 보고 해석하면서 끊임없이 다른 사람들의 진심과 진의를 보고 싶어서 안달 난 사람들이 마야로 밀려들어 올 겁니다. 그때도 사람들이 당신들 인권협회의 판단에 박수를 칠지는……."

"정말 그렇게 생각하나요?"

린 지엔의 질문에 아데마는 망설이지 않고 고개를 끄덕였다.

"어떤 고통을 겪는지 대리 체험을 해 본다고 해서 뭘 알겠습니까? 그 가해자들이 남의 고통이 진짜 고통스러워서 죽은 걸까요? 반복되는 꿈 고문에 그냥 휩쓸린 게 아니라?"

"……."

"이건 그냥 복수일 뿐이고 어떤 의미도 둘 필요가 없어요. 그렇지만 언론에 나가고, 드라마틱하게 포장되면 많은 사람들이 반대로 생각할 겁니다. 저는 우리가 사람들을 보호해야 한다고 생각합니다."

"보호가 아니라 은폐일 수도 있어요."

"저 또한 사람들이 하는 일에는 대개 이유가 있다고 생각합니다. 저희는 음모론자가 아닙니다. 이런 위치에 놓인 똑같은 사람이에요. 이런 기관에서 일하는 이상, 최대한 가치판단을 접어 두고 일해야 한다고 믿습니다만……, 대규모 참사가 예상되는 일까지 방치하는 건 직무유기 아니겠습니까."

린 지엔은 쉽사리 대답하지 못했다.

* * *

"당신 진술에는 이상한 점이 있군요."

취조하는 요원이 물었다.

"처음 셋은 면대면으로 정확히 요구 사항을 제시했지만 뒤의 사람들은 준비가 안 된 상태였다고 했는데, 어떻게 최면과 컬렉트가 가능했죠?"

드림 컬렉터 라지에 샤바지가 대답했다.

"그 사람들은 방에 들어가면 이미 반쯤 잠들어 있었어요. 그럼 매번 정해진 말을 하면 되었고요. 처음 의뢰한 사람들이 알려 줬거든요. 그 말엔 모두 반응할 거라고."

"그게 뭡니까? 암호 같은 거였나요?"

"아니요. 간단한 말이었어요."

"무슨 말이었죠?

드림 컬렉터가 말했다.

"당신은 지금부터……, 그날로 돌아갑니다."

* * *

남자는 웃고 있었다. 아이의 발목을 잡아챈다. 양말이 끌어내려진다. 양말이 벗겨진 자리가 허전해서 아이는 발목에 남은 고무

밴드 자국을 쳐다보았다. 이상했다. 남자의 손안에서 다리가 미끄러진다. 웃는 얼굴과 어울리지 않게 손이 이상하게 뜨거웠다. 엄마나 아빠가 잡을 때와는 힘의 세기가 달라서 아이는 점점 기분이 나빠졌다.

"아저씨, 아파요."

남자는 웃는 얼굴로 아이를 내려다봤다. 대답은 없었다. 아프다니까요. 아이는 반복했다. 남자는 여전히 웃고만 있었다. 뜨거운 손. 놔줄 것 같지 않은 힘센 손. 아이는 얼른 자신의 방으로 가고 싶었다. 아이는 발가락을 꼼질거렸다. 남자의 손아귀에 잡힌 발목 위로 갈색 발이 햇빛을 받고 있었다. 너무 타고 지저분한 발이었다.

"방에 갈래요."

남자는 아이의 뺨을 갈겼다.

"그런 말은 하는 게 아냐."

남자가 웃으며 말했다. 놀라고 갑작스러워서 아이는 울지도 못하고 멍하니 있었다. 서서히 볼이 뜨거워지자 그제야 끅끅 신음 소리가 나왔다. 울음이 같이 새어 나오려고 했다. 아이는 울고 싶었지만 이젠 남자가 무서웠다.

그때 엄마가 비명을 지르며 달려와 아이의 손을 끌고 잡아당겼다. 아이는 엄마 얼굴을 보자마자 안도감과 서러움에 자지러지게 울었다. 남자는 약간 짜증스러워하며 머리를 긁었다. 시끄럽잖아. 남자가 초조하게 말했다. 엄마가 소리쳤다.

"제발!"

남자는 그러거나 말거나 아이에게 더 다가갔다. 놀러 나온 것처럼 가볍게 발을 굴렀다. 아이와 눈을 맞추고 입맛을 다시면서 말했다.

"가지 마⋯⋯. 나랑 놀자."

아이는 고개를 저으며 엄마에게 매달렸다.

"안 돼! 제발! 제발! 살려 줘! 살려 주세요! 누가 좀 도와주세요!"

엄마가 소리쳤지만 남자는 아랑곳하지 않고 다가오며 안됐다는 듯 속삭였다. 나랑 놀았으면 네가 죽었을 텐데. 엄마가 그렇게 소리 질렀는데도 남자의 목소리는 또렷하게 들렸다.

"네가 선택한 거야."

엄마는 목에서 가래 끓는 소리를 내면서 휘청거렸다. 아이는 내려앉는 엄마의 무게를 지탱하려 했다. 역부족이었다. 함께 바닥에 쓰러졌고, 아이는 울었다. 남자는 쓰러진 엄마를 계속 찔러 댔다. 아이는 눈을 감지 못했다.

칙 하고 샤워기 소리를 내며 피가 솟구치는 순간에도. 그 피가 얼굴에 튀는 순간에도.

남자가 즐거워 죽겠다는 듯 웃으면서 아이의 눈을 향해 칼을 박는 순간에도.

* * *

어린 오리 새끼의 솜털 같은 잿빛 머리털 한 움큼만 남은 아줌마가 그의 손을 힘겹게 잡았다. 소년은 죽음의 냄새를 맡을 수 있었다. 햇빛에 먼지 한올 한올이 떠다니는 이런 날에 이런 냄새를 맡게 된다는 게 이상했다. 나쁜 일은 모두 물 냄새와 함께 일어나는 것 아니던가.

"댄."

아줌마가 속삭였다.

"이 집을 떠날 걸 알고 있단다."

"전 나쁜 애니까요."

"아니야. 넌 정말 좋은 아이야. 알고 있단다."

턱없는 소리라는 듯 손을 잡힌 채 고개를 푹 숙인 소년에게 아줌마는 느리게 말했다.

"넌 내가 죽을 때까지 기다리려고 했어. 오랫동안. 정말 오랫동안."

"……."

"내가 죽으면 경찰에 가려고 했지. 나 때문에 도망치지 못했어. 댄, 미안하다."

아줌마의 목소리가 아주 작아졌다. 소년은 아줌마에게 몸을 더 붙이며 귀를 기울였다. 바짝 마르고 시큼한 냄새를 훅 풍기며 그녀가 말했다.

"아저씨를 용서해 주렴."

소년은 손을 잡힌 채 천천히 주먹을 쥐었다.

"……제가 어떻게요?"

아줌마의 머리 위로 버드나무 그림자가 출렁이는 걸, 소년은 공포와 분노로 창백해지며 바라보았다.

마당을 다 차지하고 반신불수 거인처럼 솟은 미친 버드나무.

바람 부는 밤이면 버드나무는 커다란 늙은 여자처럼 소년의 창문까지 그림자를 뻗어 왔다. 처음 이 집에 왔을 때 어린 소년은 그 버드나무 그림자가 너무 무서웠다. 벼락에 맞아 반만 살아남은 버드나무의 기괴하고 긴 그림자. 하소연할 어른 없이 공포를 견디는 것에 익숙했던 소년은 견뎌 냈다.

그때까진 견딜 수 있었다. 비바람 불고 번개 치던 어느 새벽녘, 화장실로 도망치려던 소년을 아저씨가 낚아채기 전까지는. 아저씨가 소년을 질질 끌고 마당으로 가는 동안 소년은 운동화가 젖도록 오줌을 쌌다.

그 비바람 치던 밤들.

우르릉.

우렛소리가 들리면 소년의 등은 식은땀으로 미끈거렸다. 창백해진 소년의 얼굴에 마녀의 머리채 같은 버드나무 그림자가 껌뻑껌뻑 너울거렸다. 멀리 번쩍하고 낙뢰가 들판에 내리꽂히면, 어느새 아저씨가 다가와 침대 옆에 서서 소년을 내려다봤다.

소년은 이해할 수가 없었다. 평소엔 반쯤 넋을 놓고 있는 아저씨의 눈이 저렇게 이상한 빛을 뿜어내는 것을 보면 다리에 힘이 풀렸다. 정말로 이해할 수가 없었다. 왜 천둥 치는 밤이면 아저씨가 변하는지. 왜 그의 방으로 오는지. 소년을 바라볼 때면 늘 힘없이 웃고, 낚시를 가르쳐 주고, 함께 눈을 치울 때는 말없이 자기 장갑을 벗어 주는 그 다정한 아저씨가 왜 이렇게 변하는 것일까? 소년은 고개를 들지 못하고 아저씨의 처분을 기다리며 몸을 떨었다. 아저씨는 소년의 어깨에 한 손을 올려놓고, 소년이 보던 곳으로 눈을 돌렸다.

네가 나쁜 거야.

어째서 아저씨는 그렇게 말하는 것일까? 정말 내가 나쁜 탓일까? 소년은 흠칫 아저씨를 올려다봤다. 아저씨는 다정하게 웃으며 손을 뻗었다. 어린 제자에게 비밀을 전하는 노사제처럼 낮게 속삭였다. 벌을 받아야 해. 번쩍. 창밖이 하얗게 변했다.

다가오는 손이 느리게 느리게 보였다.

쾌쾅!

가까워져 오는 천둥소리와 함께 아저씨가 소년의 몸을 침대에서 끌어냈다.

오늘은 죽을지도 모른다. 점점 힘이 들어가는 손아귀에 속절없이 끌려가며 소년은 생각했다. 하지만 그렇게 되지 않으리라는 것도 알고 있었다. 아줌마가 비명을 지를 것이다. 아저씨의 이름을 부르며 그만하라고 소리치고는 아저씨의 손에서 소년을 끌어당길 것이다. 아저씨는 듣지 않고 소년을 나무에 매달 것이다. 아줌마의 비명과, 천둥소리와, 빗물에 쓰라린 시야로 번쩍거리는 낙뢰의 궤적. 아저씨는 소년이 눈을 까뒤집고 의식을 잃을 때쯤 밧줄에서 손을 뗄 것이다. 그리고 유령처럼 휘적거리며 자신이 피해자인 양 눈물을 흘리면서 들어가 버릴 것이다.

차라리 끝났으면. 죽었으면.

소년은 바랐다.

아저씨도 그렇게 죽어 버렸으면 좋겠다고. 혀를 쑥 빼 밀고, 아기처럼 바지를 적시면서. 아저씨가 자신을 나쁜 애라고 하는 것도 당연했다. 자신이 나쁜 애여서 벼락이 치는 거다. 그래서 아저씨가 화를 내는 거다. 아저씨가 벼락 치는 밤이면 나무에 매다는 것도 다 자신 탓이었다.

번쩍.

점점 숨 가빠 흐릿해진 시야로 왼쪽 얼굴에만 하얀 빛을 받은 아저씨의 얼굴이 보였다. 오싹한 감각에 감전된 개구리처럼 튀어 오르며 소년은 이를 악물었다.

"전 나쁜 애예요."

퍼뜩, 꿈처럼 아줌마의 곁으로 돌아온 소년이 악문 이로 되풀이했다.

"전 나쁜 애예요."

"아니야……."

"아저씨가 죽어 버렸으면 좋겠다고 빌었어요. 죽이겠다고 생각했어요. 아줌마만 아니었다면 진작 경찰에 신고했을 거예요."

"댄……, 미안하다. 미안해……."

"다 아줌마 때문이에요. 그냥 도망치는 건요, 아줌마 때문이에요. 아시겠어요?"

고통스러운 기억에서 벗어나 햇빛 비치는 현실로 돌아와도, 목매다는 아저씨가 아닌 손잡아 주는 아줌마 옆에 있어도 그 둘이 서로 붙어 있다는 사실은 변하지 않았다.

"그러니까 저한테 그 말까진 하지 마세요."

소년이 손을 빼며 아주 작게 웅얼거렸다.

"저한테 용서할 자격 같은 건 없으니까요."

소녀는 파랗게 질려서 떨었다. 10시 30분. 결코 이르지는 않지만 너무 늦었다고 할 수도 없는 시각에. 어디로 도망가지도 못하고 차렷 자세로 서서.

오늘 밤도, 오늘 밤도, 말 못 하는 장난감처럼.

처음으로 돌아간다면 말할 수 있을까? 그 남자를 이모가 데려왔던 그 순간으로. 아니면 처음 이모도 부모님도 없는 집에 그 남자가 들어섰던 그 순간으로. 이렇게 될 줄은 정말 몰랐다. 잘 봐 달라고 이모는 말했다. 내가 잘 봐서 뭐해, 어른들이 잘 보셔야지. 소녀는 입을 비죽이며 이모를 놀렸다. 남자는 소녀를 귀여워했다. 어른이 아이를 좋게 보기는 쉽다. 손을 뻗기도, 위협하기도, 입을 막기도 쉽다.

욱.

소녀는 헛구역질을 했다. 입안 가득 시고 역한 냄새가 고였다. 사람이란 건 싫어. 소녀는 생각했다. 진하고 역한 사람의 살 냄새. 살이 닿는 감촉. 손이 닿은 곳에 남는 미지근한 열. 술 냄새와 섞인 남자의 구취. 옷에 밴 고기 냄새. 그것들이 마구 뒤섞인 냄새들 속에서 유독 진하고 선명한 남성용 스킨 냄새. 울컥울컥 식도로 치솟는 이 시고 역한 냄새.

속이 쓰려. 토할 거 같아.

문을 열고 술 냄새를 풍기면서, 경계하면서도 경계심 가지는 걸 부끄러워하는 소녀의 마음을 다 안다는 듯 비죽이 웃으면서, 이제 가족이 될 건데 너무 거리감 느껴진다며 소녀의 죄책감과 부끄러움을 헤집으면서, 소녀 앞으로 다가와 손목을 잡고 선물이라고 팔찌를 채워 주면서, 몸을 비틀어 빠져나가고 싶은데도 곧 가족이 될 사람인데 너무 불순한 모습으로 비치는 게 아닐까 싶어 적극적으로 저항하지 못하는 소녀의 귀에 대고 바람을 불어넣으면서, 느물느물하게 잘난 척하면서.

'이게 뭔지 알아, 응? 호르몬 측정 팔찌라고, 비싼 거야.'

이모에게 주라고 정중히 거절하는 소녀의 팔을 꽉 잡고 화내면서.

'너는 너무 까다로워. 쪼끄만 게.'

도망치려는 소녀에게 떠밀려 바닥에 벌러덩 넘어지면서, 진짜 시뻘게진 얼굴로 발목을 잡아채고 머리채를 잡아채면서, 이모한테 이를 거라는 소녀의 뺨을 때리면서, 빌어먹을 호르몬 측정 팔찌 하나를 가리키면서.

'봐, 불이 들어왔잖아. 나만 흥분한 게 아니야.'

수치심과 무력감과 굴욕감이 덩어리져 소녀의 목을 졸랐다.

아. 아. 아.

누가 날 구해 줘. 이 상황에서 빼내 줘. 이 억울함을 어떻게든 해 줘. 아는 애의 일이라며 돌려 털어놓자 친구는 말했다. 걔는 왜 말을 못 하는 거야? 적어도 엄마한테는 말씀드려야지. 친척인데 계속 피해 다닐 수는 없잖아. 어른이 중간에서 끊어 줘야 해.

맞는 말을 듣는데 이렇게 화가 나는 건 왜일까? 소녀는 울면서 생각했다. 맞는 말을 하는 건 정말 쉬워. 네 이야기가 아니면 용기는 필수지. 사람으로서 그 정도 용기는 누구나 있는 것만 같지? 네가 알아? 알아? 하지만 동시에 스스로가 모자라 견디고 있는 느낌. 내가 겁쟁이여서 일이 이렇게 되고 있는 것 같은 기분. 애초에 더 단호했으면 시작되지도 않았을 것이라는 자책. 그럴 리가 없다고 말해 주는 사람이 필요했는데. 네가 잘못한 게 아니라고, 그놈이 잘못한 거라고 말해 주는 사람이 필요했는데.

클리셰 덩어리 같은 순간이 삶으로 풍덩 떨어진다.

풍덩, 풍덩, 풍덩.

소리 내어 떨어질 때마다 뜨겁고 끈적끈적한 것이 튀었다. 그것들이 튈 때마다 몹시 아팠지만 비명을 지르지도 못했는데, 소녀는 납득해야 했다. 내 편을 들어주는 사람이 필요한 내가 이상한 거야. 충분히 강하지 못한 내가 잘못된 거야.

생각해 보면 소녀는 계속 사람 냄새가 싫었다.

사람이 아닌 게 되고 싶어. 여자라는 게 싫어. 남자가 되는 건 더 싫어.

소녀는 기계가 되고 싶었다. 태양계. 은하계 저 멀리로 가고 싶었다. 지구로부터 멀리멀리 떨어져, 상처받지 않고 비참해지지도 않는 기계가 되어 낯선 행성에서 녹슬어 가고 싶었다.

7. 과학의 여신

야신은 소포 포장을 뜯다 말고 재차 보낸 이의 이름을 확인
했다.

첸 타이샨.

아는 사람이었고, 포장지 안쪽에서 나오는 것은 다시 봐도
은색으로 번쩍이는 힙노스였다. 그는 포장을 마저 뜯고 힙노스
를 살펴보았다. 아무 표시도 없는 보통 힙노스였다.

첸 타이샨이 왜?

야신은 뜬금없이 자신에게 이것을 보낸 첸의 의중을 추측해
봤지만, 아직은 아무것도 알 수 없었다. 그는 담배를 물고 벽에
걸린 재킷을 노려보았다. 아난다 돔에 나가면 24시간 시뮬레이
션 센터는 널려 있다. 무인택시도 호출하면 바로 올 것이고.

하지만 야신은 담배에 불을 붙이고도 한참을 떨떠름한 기분

으로 고민했다. 이 힙노스를 꿔야 할까? 첸 타이샨이 대체 왜 자신에게 이 힙노스를 보냈을까?

그리고 며칠 후 첸의 아내가 그를 찾아왔다.

* * *

초콜릿 덩어리인지 초콜릿 케이크인지 정체 모를 진득한 갈색의 물체에서 포크를 떼며 야신은 미간을 찌푸렸다. 맞은편에 앉은 줄리가 포크 끝을 빨며 그러는 야신을 쳐다보았다. 각질이 인 연회색 입술 안쪽에 초콜릿이 묻어 있었다. 그녀가 변명하듯 말했다.

"호텔 제과점에서 사 왔어."

야신이 뚫어져라 쳐다보자 줄리는 느릿하게 고개를 꼬았다.

"여자들은 이런 거 좋아하는데."

"네가 좋아하는 거겠지."

야신은 타소가 내주는 커피 생각이 간절해졌다. 대신 담배를 꺼내는 그를 줄리가 제지했다.

"담배 피우지 말라고 사 온 거야."

"무슨 상관이지?"

"금연할 때 사탕이나 초콜릿 같은 거 먹으니까."

야신은 케이크 접시를 줄리 앞으로 밀어 놓았다. 몇 년 만에 전 직장 동료가 급히 만나자고 연락을 해 왔다. 망설이는 사이 찾아오기까지 했다. 멈칫하는 야신 앞에 줄리 캠벨은 불쑥 케이크 상자를 내밀었던 것이다. 그는 담배를 도로 집어넣으며 한숨을 참았다.

"어쩐 일이야?"

줄리는 단도직입적인 야신의 태도에 신경도 쓰지 않았다. 그녀는 포크로 초콜릿 케이크 귀퉁이를 자르며 뭐라 웅얼거렸다. 다디단 초콜릿 케이크가 순식간에 줄리의 입속으로 사라졌다. 거무튀튀해진 입술을 본 야신은 휴지를 건네주었고, 그녀는 제대로 받지 못하고 헛손질했다. 줄리의 긴장이 전해지는 것 같아 야신은 침을 삼키며 그녀를 쳐다봤다.

"개발 중이던 힙노스 매칭 프로그램 새 버전이 사라졌어."

야신이 입을 쩍 벌렸다가 다물었다.

"이제 나와는 관계없는 일이야."

줄리 캠벨은 램스필드사의 수석 연구원이었다. 죽을 때까지 램스필드로부터 거액의 연금을 받게 되어 있는. 그녀는 그 정도 인센티브를 받을 자격이 있었다. 램스필드가 은하계 굴지의 시뮬레이션 업체가 되게 만든 일등 공신인 힙노스를 개발한 연구팀의 공동 치프였으니까.

줄리의 연구팀은 독특했다. 까놓고 말하면 아슬아슬했다. 원인은 리더에게 있었다. 10대에 인지과학 박사가 된 줄리의 능력만 보면 아무 문제 없어 보였지만, 천재적인 연구 능력과 달리 그녀의 의사소통 방식은 일방적이고 폭력적이었다.

줄리는 휘하의 연구원들이 그녀의 발상을 따라오지 못하면 티를 내며 심드렁하게 굴었고, 다른 공동 치프와 의견을 나눌

때에도 화를 내기 일쑤였다. 경영진들과의 회의 때에는 자기 뜻을 제대로 설명하지 못할 때마다 머리칼을 쥐어뜯었다. 아무리 능력이 뛰어나다고 해도 거대 연구팀을 이끌 만한 인물은 아니었지만, 그녀에겐 남편이 있었다.

"나와는 관계없는 일이라고."

야신이 반복했지만 줄리는 듣지 않고 있었다.

"난 지금 돌아 버리기 일보 직전이거든. 감사는 다음 주고."

"첸은?"

"타이샨이 사라진 지 한 달이 지났어."

야신은 놀라서 줄리를 쳐다봤다. 남편 첸 타이샨 없이 그녀가 한 달이나 버텼다고?

"어떻게 된 거야?"

"관계없는 일이라며."

통명스레 쏘아붙인 줄리가 다시 케이크를 퍼먹기 시작했다. 야신은 접시를 끌어당겼다.

"첸이 사라진 것과 상관있는 건가?"

"뭐가?"

"힙노스 매칭 프로그램 새 버전 말이야."

줄리가 웃었다.

"역시 그이 말이 맞다니까."

"상관있느냐고."

"그이가 사람 보는 눈 있는 거 알지? 똑똑하잖아. 그이가 그랬어. 카갈리스키는 믿을 수 있다고."

야신이 코웃음 쳤다.

"날?"

"눈이 투명하다고 했어. 사물을 있는 그대로 본다고. 그이가 당신 눈썰미와 판단력을 인정한 거야. 야신 당신은 잘 모르겠지만, 그런 사람은 무척 드물어. 사람들은 우리를 박사라고 부르고 똑똑하다고 하지만, 우리는 머리가 좋은 거지 똑똑한 건 아니잖아. 똑똑한 건 타이샨 같은 사람이지."

"첸 타이샨이 똑똑하긴 하지."

야신이 기억하는 첸 타이샨은 판단이 정확한 남자였다. 연구진들이 무엇에서 막혔고 어떤 조치를 원하는지, 경영진들이 바라는 결과가 무엇이고 이 연구에서 나올 수 있는 것인지 그는 매번 귀신같이 알아들었다. 뿐만 아니라 양쪽이 딱 받아들일 수 있는 지점까지 상대의 뜻을 전해 주었다. 명목상 줄리의 연구원이었지만, 중재자이자 치프 대행이었던 셈이다.

어떻게 보면 환상적이지만, 또 달리 보면 기형적인 커플이었다.

"그러니 회사 재산을 빼돌리면서 잠적하는 짓은 안 했을 거고……."

야신의 말에 줄리가 움찔했다. 야신은 내심 놀랐지만 모르는 척 말을 이었다.

"어쨌든 램스필드에서 개발 중이던 프로그램 아냐. 회사에서 해결하는 게 빠르잖아."

"사실은……."

줄리가 우물거렸다.

"……남편이 가지고 사라졌어."

"확실한 거야? 그럴 사람이 아니잖아."

"확실해. 나랑 그 사람밖에 못 여는 파일이었으니까. 뒤져 봤는데 그이가 가져갔다는 증거만 계속 나왔어."

울려고 하는 줄리를 보고 야신은 더는 참을 수 없어졌다. 그는 허리춤에 매달린 합금 담뱃갑을 뒤져 담배를 꺼냈다.

"복구는?"

"못 해. 손상 정도가 너무 심해서. 야신, 나 어쩜 좋아? 우린 부부이자 한팀이었어. 동반 커리어라고. 이 소문이 나면 우린 웃음거리가 될 거야. 사람들은 줄리 캠벨이 결국 남편까지 잡았다고 신 나 하겠지?"

"뭔가 오해하고 있는데, 너흰 셀레브리티가 아냐. 업계 사람들이 아닌 한 너희 부부를 모른다고."

"그 업계 사람들이 내가 아는 사람들 전부란 말이야!"

줄리가 소리쳤다.

"비슷하지만 다른 직업을 찾을 수도 있어. 대학교수라든지."

"내가? 난 연구 말고 할 줄 아는 게 없어. 이 직업을 잃으면 난 저기 아난다 돔에 있는 힙노스중독자들이나 마찬가지야."

야신은 지나친 비유라고 생각했지만 그녀의 심정이 이해 안 가는 것도 아니었다. 줄리는 어릴 때부터 영재교육을 받으며 고립되어 살아왔다. 소통은 배우지 못하고 두뇌는 명석했던 그녀에겐 자신의 지적 능력, 즉 직업이 곧 정체성일 터였다. 정점에 오른 자아실현과 성공을 놓치고 매사에 서툰 존재가 된다는 건 그녀에게 참을 수 없는 일일 것이다.

게다가 정말 첸 타이샨이 회사에서 개발 중인 프로그램을 빼돌린 것이라면 문제가 심각했다. 그들이 개발하고 있었다 해도 엄연한 회사의 재산. 부부의 커리어만 달린 게 아니라 법적 공방으로 이어질 수 있는 사안 아닌가.

"하지만 첸이 사라진 건 경찰이 나설 일 같은데."

야신이 지적했다.

"실종 신고는 한 달 전에 했어."

갑자기 지친 기색을 드러낸 줄리가 말했다.

"프로그램 얘기는 뺐지만. 사설탐정한테 사람 찾는 의뢰도 해 봤지만 아무 흔적도 못 찾았고."

"전문가들도 못 찾는 사람이 가져간 걸 나더러 찾으라고?"

"넌 다르잖아."

야신은 무슨 말이냐는 표정으로 줄리를 쳐다봤다.

"우리 둘이었어. 힙노스를 상상하고 이해한 사람은."

"다 지난 일이야."

"네가 타이샨까지 찾아 주길 기대하는 건 아니야. 하지만 힙노스 매칭 프로그램이라면 야신 넌 나만큼이나, 아니, 나보다 더 힙노스에 대해 잘 알잖아. 너라면 새 힙노스 매칭 프로그램의 흔적을 찾을 수 있을 거야."

"손 뗀 지 몇 년째야. 그리고 그건 너희가 개발하던 거잖아."

줄리가 고개를 저었다.

"넌 힙노스 출시 직전에 회사를 떠났고, 나는 남았지. 난 지금 인간 상상 도우미를 대체할 상상 도우미 프로그램 개발팀에 있어."

"흠, 램스필드가 판타소스 돔까지 접수할 속셈인가? 그래서?"

"난 너랑 달라. 넌 위험하다고 했지만 힙노스의 가능성은 더 크다고. 회사에선 미련이 남은 거라고 했어. 그이는 상상 도우미 프로그램 개발에 만족하지 못해서 그런 거라고 했고. 그런지도 몰라. 힙노스 때와는 달리 상상력을 발휘할 연구 분야는 아니니까. 어느 쪽인지는 나도 확실히 모르겠어. 아무튼 나는 맞춤 힙노스를 찾아 주는 뇌파–란츠만 연동 매칭 폼을 더 강화시키려고 구상하고 회사에 기획안을 제출했지만……."

야신이 말을 가로챘다.

"상부에서 기각했겠지."

줄리가 눈을 크게 떴다.

"어떻게 알았어?"

"기존 제품 실적이 괜찮은데 쓸데없이 돈을 쓰려고 하겠어?"

야신이 담배를 빨았다. 줄리는 짜증스러워하며 말했다.

"마케팅부에서 새 매칭 프로그램을 적용하지 않는 편이 힙노스 매출에 더 도움이 될 거라고 예측했대."

"그건 왜지?"

"70퍼센트야. 지금 뇌파와 힙노스의 매칭 성공률이. 우리는 95퍼센트 이상으로 올리려고 했거든. 마케팅부 말로는, 70퍼센트 정도면 고객이 허용하는 범위 내라는 거지. 그 안에서라면 고객이 헛발질을 할수록 돈을 쓰는 셈이니 내버려두는 게 회사에는 이익이라는 거야."

"전혀 설득력 없는 얘긴 아니군."

"도대체 어디가 설득력 있단 거야?"

줄리가 발칵 화를 냈다.

"말도 안 돼. 이게 제대로 활용되면 힙노스중독을 피할 수도 있을 거야. 힙노스는 그냥 환상이 아니라 꿈이라고. 그저 그런 오락 시뮬레이션이 아니란 말이야. 뇌파와 란츠만이 딱 맞는 꿈을 공급하면 무의식을……."

야신이 손을 저으면서 말을 끊었다.

"그래서 그렇게 기각된 기획을 넌 혼자 몰래 작업했고?"

"그래. 나 혼자 했는데도 그이는 회사에 이미 기획안이 올라갔던 거니까 완성해도 회사 재산이 된다면서 그만두라고 했어."

"그런데 그 프로그램을 가지고 첸이 사라졌다고? 이상하군."

"이상하지? 그이가 애착이 있는 것도 아니고, 그렇다고 회사에서 중요시하는 것도 아닌데. 그런데 가지고 갔다고. 야신, 타이샨이 그럴 사람이야?"

"아니지."

"그이는 보통 연구원이야."

야신도 동의했다. 줄리가 입술을 깨물며 말했다.

"이상하지 않아? 그이는 상식적인 사람인데. 경찰이랑 탐정 일도 그래. 프로그램 얘기를 빼놓긴 했지만 경찰도 탐정도 못 찾는 건 이상해. 말이 안 돼."

야신이 재떨이에 담뱃재를 털었다. 마야의 경찰은 늘 과로에 시달리고 있었는데, 때문에 경찰은 대체로 실종 사건보다 절도나 살인 사건에 집중하기 마련이었다. 증거가 있고, 피해자가 있으며, 정정당당하게 과실을 따질 수 있는 사건들에. 프로그램 이야기를 빼놓은 첸 타이샨의 이야기는 단순 실종으로 보기 딱 좋지 않은가. 경찰의 수사 우선순위에서 밀렸을 확률이 높았다.

하지만 탐정이 못 찾아냈다니 그건 확실히 이상하군. 야신은 생각했다. 첸 타이샨은 연구원이지 은신 전문가가 아니었다.

"첸이 누군가에게 이용당하고 있다고 생각하는 거야?"

줄리가 고개를 끄덕였다. 야신은 생각에 잠겼다. 첸 타이샨은 연구 능력이 뛰어난 연구원도 아니었고 가지고 간 힙노스 매칭 프로그램 새 버전은 시장성이 없었다.

'하지만 달리 생각할 수도 있지.'

첸은 실질적인 치프 노릇을 하면서 힙노스가 만들어지는 전 과정을 지켜봐 왔고, 줄리나 야신에 비해 램스필드사로부터 견제도 훨씬 덜 받았다. 그리고 힙노스 매칭 프로그램 새 버전은 그 자체로는 이익이 없는 것일지 몰라도, 힙노스 개발자가 만든 것이니 힙노스의 작동 원리에 대한 단서가 있을 수도 있다. 힙노스 개발 이후 램스필드를 못 따라잡는 시뮬레이션 업체들이라면 침을 뚝뚝 흘릴 게 분명했다.

"회사에 알려야 할 사안 같은데."

"안 돼!"

줄리가 깜짝 놀랄 만큼 크게 소리쳤다.

"야신, 일주일이야. 일주일 후면 어차피 감사 기간이란 말이야."

"그러니까 차라리 지금 알려. 경찰도 탐정도 못 찾았다면서. 나더러 사라진 남편과 프로그램 양쪽을 다 찾아 달라고? 나한테 와서 이러지 말고 회사에 보고해. 일이 더 커지기 전에."

줄리는 야신을 쳐다봤다.

"왜 다시 안 돌아와?"

야신이 어깨를 으쓱했다.

"지금 일이 적성에 더 맞아서."

줄리가 이해할 수 없다는 얼굴을 했다.

"너라면 다들 환영할 거야. 회사에선 너한테 고마워할 거고. 그리고 힙노스는 우리 작품이잖아."

"무슨 말을 하고 싶은 거야? 일이 더 커지기 전에 회사에 얘기해."

줄리는 크게 숨을 들이쉬더니 도전하듯이 야신과 눈을 마주쳤다.

"그러면 너도 나와 함께 연구하고 있었다고 할 거야."

"……."

"회사에선 너한테 책임을 씌워서 좋아할걸. 램스필드는 널 놓친 걸 두고두고 아쉬워했어. 내가 알지. 이번 일로 널 다시 램스필드 연구실에 앉혀 놓을 거야."

야신은 담배를 재떨이에 눌러 끄고 일어나 물을 가져왔다.

그는 단숨에 물 한 잔을 다 들이켰다. 정말 사춘기 소녀 같은 협박이었지만 먹혀들고 있었다. 야신은 빈 잔을 쾅 소리 나게 내려놓았다.

"첸이 도망간 것도 이해가 되는군."

"그이는 후회하고 있을 거야."

"나도 후회하고 있어."

야신이 내뱉었다. 내쫓았어야 했는데. 그녀의 이야기에 호기심을 보인 게 실수였다.

배시시 웃는 줄리에게 야신은 터무니없을 만큼 비싼 의뢰비를 청구했다. 흔쾌히 고개를 끄덕인 줄리가 남은 케이크에 손을 뻗었다. 야신은 그녀의 자그마한 머리통을 내려다보다, 배달되어 온 첸의 힙노스 이야기를 안 했다는 것을 깨달았다. 그렇지만 그녀에게 그 꿈을 보여 줄 엄두는 나지 않았다.

* * *

어쩌다 이렇게 **되었지?**

실실 웃음이 새어 나왔다. 우스운 일이었다. 어쩌다 이렇게 되었냐고? 나는 나 자신이 우스워서 피식피식 자꾸 웃었다. 여자의 머리를 썰면서 하는 생각치곤 식상하다고 여기면서.

그러니까 그건 하얀 방 때문이었다. 그 방에 있던 그림자 때문이었다. 그 그림자에 홀린 줄도 모르고 눈을 뜨니 믿지 못할 일을 보게 되었다.

난생처음 보는 여자였는데, 홀딱 벗은 채로 내 눈앞에 누워 있었다. 눈앞이라고 해 봤자 몇 미터는 떨어져 있는 것 같았지만 어쨌건 눈 뜨자마자 그거부터 딱 보였단 말이다. 그러니까 나는 그런 경우가 오면 내가 뭔가 좀 색다른 행동을 할 줄 알았는데, 발가벗은 여체가 처음 눈에 들어왔을 때는 당황해서 눈을 돌렸고, 눈을 돌리다 두 번째, 세 번째로 여체를 본 뒤에는 머리를 쳐들었다.

넓고 둥근 하얀 방 귀퉁이가 내가 있는 자리였다. 그 넓은 하얀 방의 벽면마다 매몰된 유리관 속에 여자들이 알몸으로 떠 있었다. 깜짝 놀라 몸을 일으키다 무언가에 머리를 꽝 부딪히며 중심을 잃었다. 출렁, 액체가 흔들리는 반동에 몸이 휘었다. 나 또한 그녀들처럼 유리관 속 투명한 용액에 잠겨 있었던 것이다.

'드디어 일어났군.'

하얀 방을 서성이던 그림자가 나에게 말했다.

'너 같은 이가 필요했어.'

나는 꺼내 달라고 하려 했다. 그렇지만 말이 나오지 않았다.

'너는 앞으로 내가 말하라고 할 때만 말할 수 있어.'

그림자가 당연하다는 어조로 말했다.

그리고 그 어조로 계속 말했다. 세계 멸망이 다가오고 있다고. 오염된 꿈들로 인해 세계가 인류를 저버렸다고. 그래서 자신이 세계를 구하러 나섰다고.

나는 용액에 잠겨서 그림자의 논조를 깨 줄 이를 기다렸다. 어떤 용기 있는 지식인이, 강대국의 원수가, 우주를 연구하는 과학자가 나서기를. 그래서 말해 주길 바랐다. 이것은 집단 최면입니다. 지구는 무사합니다. 인류 또한 마찬가지입니다. 여러분 깨어나십시오. 이성을 찾고 용기 있게 대처하십시오. 우리는 이런 광기의 유포자를 엄벌할 것입니다. 더 이상 이 현상을 좌시하지 않을 것입니다.

그러나 아무도 말하지 않았다. 그림자는 다시 말했다.

'꿈을 정화시켜야 한다.'

그림자는 내 유리관을 열어 나만 꺼내 주었다. 그리고 명령했다.

'여자들의 머리를 잘라라.'

내가 머리를 자르면, 그림자는 그 머리를 자신이 만든 순수한 꿈에 넣어 절였다. 그리고 그 머리를 다시 몸에 붙여 유리관에 넣었다. 사흘이 지나면 여자는 눈을 떴고, 그러면 다른 여자들처럼 갈팡질팡하면서 하늘에서 떨어져 집으로 돌아갔다.

하늘에서 손이 내려와 집어 가듯이 그림자는 여자들을 잡아왔다. 여자들은 매번 무언가에 끌려오는 것처럼 덥석, 위로 올라오기 시작했던 것이다. 치마를 입은 여자, 바지를 입은 여자, 발버둥 치는 여자, 이미 죽은 물고기처럼 반응 없는 여자, 어린 여자, 나이 든 여자. 어떤 법칙도 없이 여자들이 하늘로 들려 올라왔다. 올라온 여자들은 다음 날 아침이면 내 손에 머리를 잃고 꿈에 절여져, 되살아나 떨어져 돌아갔다.

'정화하는 거야.'

그림자는 말했다. 나는 고개를 끄덕였다. 끄덕였다. 끄덕였다.

아니야.

'정화하고 돌려보내는 거야.'

아니라고.

기계처럼 무감각하게 머리를 자르다가 깨닫는다. 정육점의 고기를 썰듯 톱질을 하다가 깨닫는다. 이 여자는 머리카락에 컬을 넣어서 톱에 잘 걸리고, 이 여자의 입술은 유행 지난 어두운 핑크색이고, 그리고 이 여자는 살아 있고.

누가 여자들을 죽이는가?

나는 세상을 내려다봤다. 쿵. 멀리 되살아난 여자들이 떨어진다. 지축이 울리는 소리가 발뒤꿈치부터 머리털까지 올라왔다. 쿵. 심장을 떨어뜨릴 것 같은 충격파가 꼭 북소리 같았다. 아아, 그런 거였다. 나는 깨달았다. 저렇게 울리도록 하늘에서부터 떨어졌는데, 일어나서 집으로 돌아가는 여자들이라니.

그들은 이미 죽은 것인데.

"살려 줘."

나는 마음을 다해 비명을 질렀지만 쉿소리 나는 속삭임만이 목에서 그르렁댔다.

살려 줘. 벗어나고 싶어. 그만해.

하얀 방 가득 그림자는 노래를 흥얼거리며 돌아다니고 있었고 내 손은 그 리듬에 맞춰 여자들의 목을 내리치고만 있었다. 나는 울고 싶었지만 눈물이 나오지 않아서 계속 그르렁댔다. 나 좀 살려 줘. 도와줘. 목에서는 한참 전부터 꺽꺽대는 소리만 났다. 여자들과 함께 나도 떨어지고 싶었다. 다리부터 머리까지 땅에 박히며 반 토막으로 쭈그러진다 해도 뛰어내리고 싶었다.

그러나 내 손과 팔은 길들여진 개처럼 움직였고, 그림자의 노랫가락은 점점 더 빨라지기만 했다.

* * *

 램스필드 인사팀에 있는 야신의 옛 지인은 첸 타이샨이 실
종되자마자 인사팀에서 경쟁사 연구소 직원 명단부터 싹 훑었
다고 했다.
「첸 연구원의 안전을 위해서지.」
 악의도 거드름도 느껴지지 않는 사무적인 목소리로 그가 말
했다.
 "그뿐인가?"
 야신의 질문에 그는 죽 주워섬겼다.
「아니, 더 뒤졌지. 산하 연구소, 제휴 회사의 연구소, 의료
돔, 달 화학 센터…….」
 "가외로 작은 인디 레이블도 운영하지 않았나?"
「그건 부업이 아니라 첸 연구원 취미야. 그쪽도 다 봤어. 친
구가 운영하는 녹음실까지 다 뒤지고 다녔다고. 기획자나 소속
가수랑 작곡가는 물론이고 음향 엔지니어까지 모두. 다들 최근
1년간은 연락한 적도 없다고 하더군. 손 놓은 거 아니었냐고.」
 "최근 논문 검색은?"
「농담해?」
 코웃음 친 그가 목소리를 낮췄다.
「이봐, 카갈리스키. 첸이 죽었을 거라고 생각하지?」

"글쎄."

「인사팀에서는 내기 중이야. 죽은 게 아니면, 줄리 캠벨에게서 도망쳤다고. 어느 쪽이든 캠벨도 이제 끝난 거지.」

"줄리는 뛰어난 연구원이잖아. 회사 입장에선 첸처럼 보조해 줄 사람을 붙이는 게 낫지 않아?"

「램스필드에 들어오는 연구원들도 쟁쟁하다고. 자기 밥값하는 연구원이 누구 보조를 하려 하겠어? 첸이 좀 특이했던 거지. 그리고 너야 공동 치프여서 캠벨이 잘 대해 줬던 모양이지만…….」

"힙노스 개발 때엔 나나 다른 연구원이나 비슷하게 대했어."

「그러니까 그게 다 옛날 일이라니까. 여왕님이야. 숟가락 쥐여 주지 않으면 혼자 밥도 안 먹는다고.」

"흠, 그럼 사표부터 내고 이혼 신청을 하는 게 나았을 텐데."

「우리도 그렇게 생각하지. 그런데 말이야, 사람이 어떻게 맨날 이성적이겠어.」

그는 깊이 이해한다는 듯이 혀를 차며 덧붙였다.

「첸처럼 멀쩡한 남자가 평생 시종 노릇이나 할 수는 없지 않겠어.」

연구돔, 의료돔, 판타소스 돔으로 향하는 노선이 겹치는 트램 정류장 근처에선 홀로그램 쇼가 한창이었다. 바로 뒤에 있는 인두발호텔의 주관으로 펼쳐지는 쇼였다. 라 바야데르의 음악에 맞춰 하늘하늘한 흰옷을 입은 홀로그램 무용수들이 허공에서 춤을 추며 내려오고 있었다. 고급 홀로그램답게 무용수들의 표정과 옷자락은 잔상 없이 생생했고 군무 동작은 완벽했다. 야신은 3층까지 세 개 층에 전면 창을 설치한 호텔 바에서 쇼를 내려다봤다.

"저거 보는 사람이나 있나?"

바에 앉은 남자 하나가 투덜거렸다.

"돈 낭비야. 분수를 놓는 편이 훨씬 싸게 먹힐 텐데."

"뭐, 앞에서 기념사진 찍는 관광객들도 있으니까요."

바텐더의 대꾸에 남자가 코웃음을 쳤다.

"저거 앞에서? 다 돈 안 되는 초짜들이야. 마야 다시 오면 여긴 들르지도 않을걸?"

남자의 말대로였다. 래빗홀에 가 본 사람이면 홀로그램 쇼 같은 것을 찾아보진 않을 것이다. 관광객들은 쇼를 보는 것보다 판타소스 돔의 래빗홀에서 취향에 맞는 환상을 직접 경험하길 원했고, 도박보다 힙노스에 중독되었으며, 대규모 파티보다 래빗홀을 빌려 상상 도우미를 끼고 끼리끼리 노는 파티를 즐겼다. 대형 호텔들이 야심차게 준비한 최고의 쇼, 유명 도박사들이 나타나는 도박장, 눈부신 의상을 입은 셀레브리티들이 휩쓰는 화려한 파티……, 그 모든 것이 실패했다.

마야는 호텔 사업가들이 예상한 유흥 행성이 아니었던 것이다. 지금 호텔 앞에서 벌어지는 라 바야데르 홀로그램 쇼는 찌꺼기였다. 좌절과 적응 뒤에 남은 야심의 찌꺼기.

"치프! 뭐해요?"

오랜만에 만난 옛 팀원 슐로가 야신의 앞자리에 앉으며 물었다. 슐로는 뚜렷한 이목구비에 장난스러운 미소가 잘 어울리는 젊은이였지만 눈 밑에 짙게 진 그림자 때문에 5년은 더 나이 들어 보였다. 그는 야신이 마시고 있는 것을 보더니 자신도 술을 주문했다.

"치프는 여전히 잘생겼네요."

"원체 우수하지."

"그거야 두말하면 잔소리죠. 더 젊어진 것도 같고. 스타일이 바뀌어서 그런가? 이야, 이제 어디 가서 과학자 같다는 소리는 안 듣겠는데요?"

"적어도 과로하는 과학자 소리는 안 듣겠지."

그들은 서로 마주 보며 씩 웃었다.

"저 지금 엄청 피곤해 보이죠?"

"장난 아닌데."

"아, 죽겠어요. 지금 연구실 초상집 분위기예요."

야신은 보드카를 홀짝이며 슐로의 잔이 나오기를 기다렸다.

"왜? 무슨 문제 터졌어?"

한 모금 죽 들이켠 슐로가 탐색하듯 야신을 쳐다봤다. 야신은 모르는 척 술잔을 입에 가져다 대며 호텔 유리창 밖의 홀로그램 쇼에 눈길을 주었다.

야심의 찌꺼기.

예전의 야신을 알던 사람들은 그에게도 그런 것이 있으리라 믿었다. 그런 것이 있지 않는 한 마야에서 드림 컬렉터 노릇을

할 리가 없다고 말이다. 무슨 꿍꿍이지? 무슨 생각이야? 슐로
가 가볍게 물었다.

"캠벨 자리 노리는 거 아니었어요?"

"내가?"

"치프가 갑자기 연락하니까 좀 이상해서요. 요즘 분위기가
좀 그런데 딱 맞춰서, 하하."

"내가 왜? 내 자리 정도는 언제든지 생길 텐데."

슐로의 얼굴이 구겨졌다.

"제가 또 치프를 저희 보통 사람 기준으로 생각했네요. 그렇
죠. 치프가 돌아온다고만 하면 회사에서 꼭대기에 자릴 만들어
주겠죠. 개인 에어카도 줄지 몰라요."

"그거 타다가 나 죽을까 봐 안 줄걸."

"그럼요. 인사팀은 그러고도 남죠. 아주 고약한 놈들이라니
까요."

키득거리며 슐로가 야신에게 잔을 부딪쳤다. 한 모금씩 더
마신 뒤 야신이 물었다.

"줄리한테 무슨 일 있어?"

"지금 초상집 분위기예요."

슐로가 몸을 숙이며 말했다.

"타이샨이 가출한 거 같아요. 뭐, 인사팀 말로는 실종이라
는데."

"첸 타이샨이?"

"네, 타이샨이요! 줄리 캠벨의 영원한 통역관이자 매니저이

자 집사인 첸 타이샨이 집에도 연구팀에도 안 온다니까요."

"줄리는 뭐래?"

"캠벨 치프가 우리한테 뭐라고 제대로 말하는 거 봤어요? 그 사람이 나이 들어서 자폐가 생기는 것도 아니고."

"예전엔 안 그랬는데."

"치프가 있었던 석기시대엔 말이죠. 아, 정말 치프가 나가서 우리가……."

슐로는 술을 죽 들이켜더니 머리를 벅벅 긁었다.

"그 얘긴 그만할게요. 아무튼 타이샨은 잘 생각한 거예요. 원형 탈모도 생겼던데."

"문제가 심각했나 보군. 심리 치료라도 받아야 했던 거 아니야?"

"심리 치료야 다녔죠. 이제는 관성이려니 했는데. 가출 전날도 평소와 똑같았거든요. 회사에서 일하고 심리 치료 받으러 가고."

"그냥 카운슬링 같은 건가?"

"아, 치프는 몰랐겠구나. 치프 나가고 힙노스 상용화된 뒤부터 타이샨은 계속 심리 치료 받고 있었어요."

"그럼 꽤 오래됐잖아."

"그렇죠."

"그래서 좋아졌나?"

슐로가 고개를 저었다.

"전혀요. 이건 회사에서는 모르는 건데, 그냥 상담이 아니라 무슨 꿈 치료? 그런 거라고 하더라고요."

"흠, 힙노스를 이용한 건가?"

"그렇겠죠. 그럴 거면 차라리 우리한테 돈을 내라고 농담도 했었거든요. 아무튼 거기 좀 이상했어요. 계속 같은 꿈을 꾼다고 하고, 좀 거기 사로잡히는 것 같기도 하고, 타이샨답지 않게 예민하게 굴고…….."

"그건 치료가 아니라 악화시키는 것 같은데."

"그러니까요. 다들 휴직계 내라고 권했는데 듣지 않고 그 꿈 치료를 두둔했는데……. 타이샨 원래 똑똑하잖아요. 좀 예민해지고 스트레스 받아도 사리 분별 없어질 정도로 바보는 아니니까 다들 얘기해 보다 그만뒀죠. 본인이 효과가 있다니까. 또 일이 워낙 스트레스 받을 만하니까요."

슐로가 한숨을 쉬었다.

"이렇게 될 줄 알았으면 좀 더 말릴걸 그랬다 싶어요."

"아까는 첸이 잘한 거라더니."

"답답하니까 하는 소리죠. 타이샨은 캠벨 치프나 치프 같은 다 알아주는 천재가 아니잖아요. 지금 타이샨이 정신 차려서 돌아와도 램스필드 연구소 내에 설 자리가 있겠어요?"

게다가……, 야신은 속으로 생각했다. 연구 내용 유출이 퇴사 이유라면 램스필드의 경쟁사들도 첸 타이샨을 꺼리겠지.

"다 문제로군."

"그렇다니까요. 회사도 캠벨 치프도 그놈의 꿈 치료도 다 문제예요."

"줄리 옆으로 돌아오면 램스필드 연구소 안에서 살아남기는 하겠지."

슐로가 절레절레 고개를 저으며 술을 털어 넣었다.

"굴러 떨어지는 지옥이냐 바짝바짝 마르는 지옥이냐의 차이죠."

* * *

싸구려 호텔방으로 불려 온 오닐은 설명을 듣더니 어처구니없어했다.

"아난다 돔에 왜 치료실 같은 게 있어?"

첸 타이샨이 다녔다는 꿈 치료실은 아난다 돔의 빌딩 2층에 있었다. 1층에는 큰 시뮬레이션 센터가 있는 대형 빌딩이었다. 위치 때문에 1층의 큰 시뮬레이션 센터를 해킹하라는 줄 알고 긴장했던 오닐에게 야신은 '그 위'를 주문했다. 의료돔도 아니고 아난다 돔에 웬 치료실? 야신이 오히려 잘됐지 않느냐는 듯 어깨를 으쓱했다.

"그러니까 해킹하기 용이한 거지."

"불법이라?"

야신이 고개를 끄덕였다.

"카운슬러가 힙노스를 심리 치료에 쓰는 것은 불법이거든. 자격증을 소지한 카운슬러가 지정된 의료돔에서 허가받고 하는 경우에만 합법이지. 그 전에 힙노스를 치료에 사용한다고 환자에게 알리고 동의를 얻어야 하고."

"뭐가 그렇게 복잡해?"

옆에 앉아 멋대로 냉장고를 뒤지며 재스퍼가 투덜댔다.

"어쨌거나 불법이 한두 가지가 아니란 거네. 그러니까 해킹도 아주 티 나게만 안 하면 되는 거고."

"편할 대로 생각하는군. 걸렸는데 저쪽에서 청부업자라도 부르면 어쩌려고?"

"쳇, 내 일도 아니잖아."

재스퍼는 오닐이 노려보자 그제야 입을 다물었다. 오닐이 한숨을 쉬며 물었다.

"찾아내야 하는 게 뭐야?"

"첸 타이샨에 대한 정보."

오닐은 바로 작업에 들어갔다.

"내담자 명단엔 3년 전 기록밖에 없는데. 꿈 치료 명단에도 최근 기록은 없고……."

"가장 최근 기록이 한 달 전쯤 아니야?"

"어, 맞아."

3년 전 카운슬링 기록에는 거의 정보가 없었다. 첸 타이샨이 불안해하고 의심이 많으며, 상담을 거의 하지 않고 꿈 처방만 기다리는 경우가 많다는 이야기가 다였다. 재스퍼가 어이없어했다.

"뭐야? 이게 다야? 이건 나도 쓰겠네."

"꿈 처방 기록은 어떻지?"

야신이 물었다. 동료였던 슐로의 말에 따르면 첸은 꿈 이야기를 많이 했다고 했다. 이런 불법 상담 시설이라면 효과를 보여 주려고 센 힙노스를 처방했을 수도 있다.

"기록이라고 해 봤자 보유한 힙노스가 30여 종밖에 안 돼서……."

"30여 종?"

"장난하나? 아난다 돔 시뮬레이션 센터 중에 제일 파리 날리는 곳도 그거 다섯 배는 있겠네. 와, 진짜, 하여간 배운 놈들이 더해. 그렇지 않냐, 오닐? 꼴랑 카운슬러 명함 내걸고는 힙노스 30개 가지고 뺑뺑 돌려 가며 반복해서 틀어 줘서 돈을 벌고. 돈 벌기 쉽네, 그냥."

"처방된 힙노스가 어떤 내용인지 알고 싶은데."

야신의 요구에 오닐이 난색을 표했다.

"나더러 보안장치까지 먹통으로 만들라는 얘기야? 불법 침입까지 하고 싶진 않다고."

야신이 팔짱을 끼었다.

"그럴 수도 있지."

힙노스는 복사도 불가능하고 컴퓨터나 다른 저장장치와 연동도 안 되는 물건이었다. 그러니 오닐은 내용을 알아내야겠다는 그의 말을 몰래 들어가 훔쳐보겠다는 것으로 해석한 것이다.

"스누핑 버전(각막 센서로 화면만 읽어 낸 꿈. 드림 컬렉터들은 종종 고객에게 각막 센서를 부착해 꿈을 꾸는 동안 내용이 얼마나 상품 가치가 있을지 모니터링하며 꿈을 조작하기도 함)이 있을 수도 있잖아."

야신의 말에 오닐과 재스퍼는 멍한 표정으로 그를 쳐다봤다.

"그게 왜 여기 있을 거라는 거야?"

"그건 우리가 쓰는 거잖아. 꿈 내용을 확인하려고."

"힙노스를 처방하는 카운슬러라면 가지고 있을 거야."

"왜?"

"그게 일하기 편하거든."

야신의 짧은 대답에 둘은 떫은 것이라도 씹은 얼굴이 되었다. 야신이 덧붙였다.

"전에 여자애 깨울 때 기억 안 나? 걔가 꾸는 힙노스를 계속 돌려 봤잖아."

재스퍼와 오닐의 얼굴이 한층 더 구겨졌다.

"토하는 줄 알았지……."

"그때 너무 봐서 내가 아직도 가끔 그 꿈을 꾼다니까."

"힙노스 처방하거나 다루는 카운슬러들은 그런 일이 직업이라고. 스누핑 버전 없이 매번 힙노스로 꾸면서 분석할 수 있겠어?"

오닐이 느리게 고개를 저었다.

"어림없지."

재스퍼가 생각만 해도 메슥거린다는 듯 손을 저으며 끙 소리를 냈다.

오닐은 금세 힙노스의 스누핑 버전들을 찾아냈다. 그들은 입을 굳게 다물고 홀로그램 모니터에 떠오르는 영상에 집중했다. 세 편도 보지 않아 그들은 집중하기 위해 노력해야 했다.

첸 타이샨에게 처방된 꿈들은 지루하고 심심했다. 태양이 내리쬐는 바닷가나 새벽 숲 같은 잘 팔리는 풍광의 나열, 강하지 않은 자극들, 거의 없다시피 한 스토리 라인까지 소위 치유 계열의 흔한 이미지를 죽 붙여 놓은 것 같은 모양새였다. 아마 음악도 그런 풍이겠지. 야신은 이 불법 카운슬러가 거저 돈을 벌고 있다는 재스퍼의 말을 더 이상 반박할 수 없었다.

"설마 이것뿐만은 아니겠지."

아니면 첸 타이샨이 이런 빤한 수작에 넘어갈 만큼 바보였나? 직접 힙노스를 만들던 그가? 아무리 사람 바보 되는 게 한순간이라지만. 야신은 담배를 꺼내려 손을 뻗치다 합금 담뱃갑을 쥐고 과거를 떠올렸다. '이것'을 개인 소장하기로 마음먹었을 때 케이스를 합금으로 하라고 충고했던 것은 다름 아닌 첸 타이샨이었다. 야신은 담뱃갑을 다시 주머니에 넣고 오닐에게 물었다.

"뭔가 더 있을 거야. 다른 꿈들은 없어?"

"대체 첸 타이샨이 누군데 그래?"

재스퍼가 물었다.

"이번 일은 타소 통하지도 않고, 배분 이야기도 없고. 나중에 타소가 알게 되면 화내는 거 아니야?"

"개인적인 일이라."

야신이 잘라 말했다. 재스퍼는 개의치 않고 계속 투덜거렸다.

"그럼 우린 너한테 고용된 거니까 뭔 일이 생겨도 타소한테 보호받을 수가 없잖아. 하아, 이 의리 없는 놈 하나 믿고 해킹을 밥 먹듯이 해야 하다니…….”

“재스퍼, 지금 일하고 있는 건 나거든.”

오닐이 퀭한 눈으로 돌아봤다.

“그리고 우린 밀린 빚이 있다고.”

“하, 하긴 야신 카갈리스키 씨 정도면 아주 훌륭한 고객이시지.”

“아니 다행이군.”

야신이 재스퍼에게 대꾸하며 오닐을 쳐다봤다. 오닐이 말했다.

“네 말대로 그것뿐만이 아니었어. 그 꿈 치료실 아래 대형 시뮬레이션 센터 있지? 거기와 연계해서 가끔 그쪽 힙노스를 처방하기도 했나 봐.”

“오너가 아주 멍청이는 아니었군. 시뮬레이션 센터 쪽은 걸리면 면허 취소겠지만.”

“연동된 힙노스 중에서 지속된 게 세 개쯤 되고, 그중에 하나는 최근에 계속 꿨다고 나오는데.”

“일단 그걸 빌려 봐야겠군.”

야신이 짧은 머리를 벅벅 쓸며 일어섰다.

“힙노스 코드 넘버는 메시지로 보내 줘. 필요하면 또 부르지.”

“그런데 이 일 정말 개인적인 거지?”

야신은 오닐을 내려다보았다.

“왜?”

“아니, 별건 아닌데…….”

"흠."

심드렁하게 말을 받은 것과는 달리, 그는 발을 떼지 않고 서서 오닐을 뚫어져라 쳐다봤다.

"······누가 이미 '첸 타이샨'으로 한번 뒤졌더라고."

오닐이 주저하며 말했다. 재스퍼가 더럭 겁먹은 목소리로 끼어들었다.

"혹시 뭐, 남의 일에 끼어들고 있는 건 아니겠지? 일 터지면 안 돼. 오닐은 빚 갚아야 하고 나는 이번에 또 걸리면 화성 감옥행이라고."

"재스퍼······, 그 빚 말인데, 지금처럼 계속 안 갚으면 난 올해 안으로 파산 신청하고 달로 돌아갈 거거든."

재스퍼가 턱이 떨어질 것 같은 얼굴로 오닐을 봤다.

"뭐?"

야신이 짧게 평했다.

"드디어."

"지금 그딴 말이 나오냐! 오닐, 갑자기 왜 그래? 내가 뭐 잘못했냐? 응?"

오닐이 폭발했다.

"이래서 안 된다는 거야, 이 새끼야!"

야신은 고개를 흔들며 호텔방을 빠져나왔다. 복도까지 들리게 고성이 오가는 와중에도 힙노스 코드 넘버는 메시지로 정확히 도착했다. 이런 인재가 재스퍼 같은 놈에게 피 빨리면서 오래도 버텼다 싶었지만, 사실 오닐도 재스퍼도 모르고 있진 않을 것이다. 재스퍼는 악의 없이 기생하면서 살아야 하는 놈이었고, 오닐은 인간관계에 심약한 구석이 있어 결국 누구에게든 피 빨리기 쉬운 성격이었다. 둘 다 서로에게 최선은 아니어도 차악 정도는 되었던 것이다.

그러나 서로 감수하기로 하고 합의된 파트너십이어도 지나친 불균형이 오래되다 보면 분열이 생기고 무너지기 마련. 야신은 줄리와 첸을 생각했다. 그가 아는 첸은 지금의 오닐처럼 되려면 다섯 번은 다시 태어나야 하는 남자였다. 아니었다면 줄리와 오래갈 수도 없었을 것이다. 그는 고개를 다시 흔들며 담배를 꺼내 물었다. 오닐은 누가 이미 첸 타이샨으로 뒤졌다고 말했다. 사라진 지 한 달이 넘고 그동안 꿈 치료실에 발걸음을 하지 않았던 첸을 찾을 사람이 누가 있을까?

야신은 담배를 천천히 빨며 트램 정류장을 향해 걸었다. 어쨌거나 일단 첸이 계속 꿨던 힙노스를 빌려 꾸는 게 우선이었다.

* * *

참고 살아왔지만, 사랑하는 여자가 생겼다. 이렇게 말할 수 없어 유감이다. 나는 아내와 함께 살아온 9년간 한 번도 참은 적이 없었다. 그건 아내 역시 마찬가지였다. 그렇다고 우리가 매일 밤의 싸움으로 이웃들도 알아주는 시끄러운 소란범들이라거나 그랬던 것은 아니다. 여느 부부처럼 어떻게 해야 상대의 신경을 최대한 굶는지 잘 아는 부부였을 뿐이다.

우리는 꽤 잘 맞았다. 아내가 생리휴가를 낼 때 나는 냉장고 가득 초콜릿이며 아이스크림이며 케이크며 푸딩을 채워 놓았고, 내가 몸이 안 좋을 때 그녀는 아로마 향을 피우고 하루 종일 모차르트 자장가풍의 클래식 소품을 틀었다. 아내는 결국 8킬로그램이 찐 다음에야 생리휴가 챙기는 걸 포기했고, 나는 그 달콤하고 나른해서 죽어 버릴 것 같은 음악 때문에 오전 내내 퍼진 다음에야 일어났다. 그날이 중요한 마감이 있는 날이었던 것은 물론이다.

이렇게 말하니 아내를 원망하는 것 같아져 버렸지만 나도 나름대로 공평한 사람이다. 아내의 몸무게를 불려 놓은 일과 내 마감을 놓친 일을 비교하면 솔직히 내 잘못이 좀 더 컸다. 뭐, 이건 인정한다. 아내 쪽의 손해가 더 크니까. 그녀의 8킬로그램은 보통 집에서 살림을 하거나 고만고만한 회사에 나가는 다른 부인네들의 8킬로그램과 그 무게감이 달랐다. 아내는 언제나 홀로그램, PDA, 대형 스크린 따위를 통해 사람들의 눈에 노출되는, 소위 유명 인사라 불리는 부류이니 말이다.

게다가 그녀는 요새 세상의 관심을 집중시키는 프로젝트의 총지휘자였다. 유인 탐사선이 천왕성까지 진출한 다음부터 더 이상 앞으로 나가지 못하던 우주개발은 아내의 등장으로 새 전기를 맞았다. 그녀는 해왕성까지 유인 탐사선을 보냈고, 명왕성을 밟았으며, 유인 탐사선을 카이퍼 벨트까지 보내겠다고 공언했다. 그리고 그 유인 탐사선이 출발한 것이 5년 전인 것이다. 이제 유인 탐사선으로부터 슬슬 정보가 들어올 때였다. 당연히 언론에서는 아내를 향해 집중 포화를 쏟아 붓고 있었다.

'박사님, 이번 카이퍼 벨트 유인 탐사에서 어떤 소득이 있을 거라고 예상하십니까?'

'탐사대원들의 안전은 보장되는 겁니까? 기술적인 애로 사항은 없으셨는지요?'

'박사님의 활동으로 인해 인류는 태양계의 끝이라는 카이퍼 벨트에 대해 지금까지와 전혀 다른 생각을 가지게 되었습니다. 앞으로 자라날 세대는 해왕성이 태양계의 마지막 위성이라고 생각하지 않게 될 겁니다. 박사님의 업적으로 인해 카이퍼 벨트에 진출하겠다는 연구팀과 기업체들이 줄을 서고 있는데요, 그들에게 특별히 해 주실 말씀은 없습니까?'

그런 아내가 살이 올라 나타났을 때 과학계의 반응은 화끈했다. 부동의 세계 1위 과학 잡지 『미러클&사이언스』에서는 아내의 비만과 우주 과학 재단의 방만한 경영을 함께 묶어 '과학의 여신은 다이어트 중'을 표제 기사로 내보내 버렸고, 그녀는 그 잡지를 꺼내 든 순간 '악!' 하고 소리를 질렀다. 나는 부엌에서 커피를 뽑아 나오다가 감탄했다. 어째서 이런 인재가 우리 잡지엔 없는 것일까. 난 넘치는 존경심을 담아 점잖게 칭찬했다.

"천재적인 카피 센스로군."

나는 그녀가 던진 재떨이에 머리통이 날아갈 뻔했다.

어쨌거나 결론은 『미러클&사이언스』 편집부의 승리였다. 아내는 꼬박 6개월을 다이어트에 투자해야 했으니까. 하루가 멀다 하고 쇄도하는 강연 요청과, 인터뷰와, 숱한 세미나와 프로젝트 사이에서 말이다. 나를 욕할 준비가 끝났겠지만, 나도 그 6개월 동안 4킬로그램은 빠졌으니 대가는 톡톡히 치렀다고 본다.

'여기는 제나, 제나입니다. 위성 가브리엘 너머로 별빛이 계속됩니다……'

태양계 열 번째 위성이니, 카이퍼 벨트의 행성 중 하나니 말이 많던 제나. 명왕성 너머 행성에서 처음 들려온 탐사대원의 육성은 온 지구를 들끓게 만들었다. 나는 출근 전 화장실 변기에 앉아서, 거울을 스크린 모드로 돌리고 멍청히 그 뉴스를 보고 있었다.

프로젝트의 총지휘자인 아내의 모습이 스크린 모드로 전환된 화장실 거울 가득 클로즈업됐다. 변기에 앉아 기자들 앞에서 여왕님처럼 미소 짓는 아내를 바라보는 기분은, 확실히 유쾌하진 않았다.

아내는 눈에 승리감을 가득 담고, 턱을 만지던 왼손 약지를 들어 보였다. 아내는 내게 메시지를 보내는 것이다. '날 긁어 놓으려 했지? 나를 봐. 내가 이겼어.' 나는 거울을 일반 모드로 전환하고 면도기를 턱에 갖다 댔다. 거울에 움푹하고 까칠해진 중년 남자가 비쳤다. 4킬로그램의 위력은 대단했다.

"제길."

그리고 그 순간, 나는 잡혀 버린 것이다. 대개의 사람들이 사로잡히는 그 생각에 말이다.

왜 이렇게 살아야 하나?

특이할 것도 없는 생각이었고, 예의 다음 수순도 특이할 것 없이 진행되었다. 삶에 회의를 느끼는 순간, 사람들은 여행을 떠나고 사표를 던진다. 내 경우에는 이혼이었다. 빤한 이야기 아닌가. 그린 것 같은 여피 부부였지만 별로 행복하진 않았습니다. 그게 크게 중요한 문제는 아니었습니다만, 어느 날 갑자기 아내와의 신경전에 지치더군요. 결국 이혼이나 해 볼까 생각이 들었죠.

"이런."

나는 중얼거렸다.

"이런."

뭔가 너무 간단해서 실감나지 않으면서도 기분은 제법 좋았다. 나는 왼손을 들어 거울 속의 나에게 인사했다.

"안녕, 과학의 여신의 남편이었던 양반."

바이. 거울 속의 남자가 입을 일그러뜨리며 면도기 든 손을 움직이기 시작했다. 바이. 신경전의 날들, 초코 아이스크림과 모차르트 자장가와 다이어트의 시대여 잘 가거라.

그렇지만 일은 쉽게 돌아가지 않았다.

서른이 넘도록 지구에서 자기 자릴 찾지 못한 한 남자는 외계의 메시지에 귀를 기울였다. 그 결과 남자는 내 아내의 연구소 주변에 불을 질렀다. 당연히 경찰은 연구소가 불타서 외계인이 무슨 이득을 보는지는 관심 없었고, 남자는 호송 내내 계속되는 구경꾼들의 달걀 세례에 한쪽 눈이 실명됐다. 여기까지는 한 정신병자의 해프닝이었다.

나는 부하 직원들의 '오래 살려면 이혼하셔야겠다.'는 농담을 웃어 넘겼다. 그때는 아직 웃을 여유가 있었다. 그러나 인도 타밀나두 지방의 한 브라만으로부터 내 아내가 사라스와티의 현신이라는 주장이 나오고, 7억 힌두인의 70퍼센트가 동의한다는 발표가 나오자 나도 웃고 있을 수만은 없었다. 급기야 지난달 말에는 한 신생 종교의 교주가 과학의 여신이 인류를 더 멀리 이끌게 하기 위해 자신들의 희생이 필요하다며 집단 자살 제의를 했고, 결국 아홉 명의 사상자가 나왔다고 발표했다.

이제는 직원들도 광고주들도 친구들도, 이혼해야 오래 살겠다는 농담을 걸어오지 않는다. 한 일도 없이 공짜로 브라흐마 신 취급을 받게 됐다는 농담도 더 이상은 없다. 슬픈 일이다. 이제 아무도 이 일을 웃음거리로 여길 수 없게 되었다는 증거 아닌가.

그렇다. 유명인의 배우자라는 자린 때로 많은 위험부담을 감수하게 만든다. 뤼비끄의 수석 디자이너 페테르 샤보노프의 새 연인은 클럽 댄서 시절의 날치기 전과가 밝혀졌고, 사하라사막 인공 호수 사업을 뒤집어엎게 만든 우주적 환경 운동가이자 동물 보호 운동가 이윤진의 동성 아내는 모피 코트를 사다 국제적으로 망신을 당했다. 나라고 예외일 수는 없다. 하지만 이혼 때문에 폭탄 테러를 당해 죽을지도 모른다는 건 좀 심하지 않은가.

"이혼이 안 된다면 살해는 어떻습니까?"

천사처럼 생긴 남자가 내 침실 화장실의 거울에서 걸어 나오며 말했다. 이런. 이혼도 못 해 보고 미쳤다는 생각이 들었고, 미친 와중에도 아름다운 것만 골라 보는 내 심미안이 흡족했다. 하지만 정말 미쳤다면 천사 같은 여자가 나왔을 것이다. 미친다고 무의식이 파업하는 것은 아니니까.

쓸데없이 잘생긴 남자는 자신을 외계인이라고 소개했다. 그리고 나를 비롯해 지구 사람들 대부분이 아내와 탐사 본부에 속고 있다고 했다. 아내가 유인 탐사선에 태워 보낸 사람들 중 과학자는 소수이고 군인과 기술자들이 대부분이라고 말이다.

당신들의 문명 수준을 어느 정도 조사했습니다. 외계인이 말했다. 왜 지금 시대에 유인 탐사선이 필요합니까?

흠, 나라고 알겠는가?

쇼가 필요했나 봅니다. 내 대답에 외계인이 우아하게 고개를 끄덕였다. 카이퍼 벨트 외곽에 워프 존이 있는데 그곳에서 도약하면 자신이 온 4차원의 세계로 올 수 있다고 했다. 아내와 탐사 본부는 도약을 위한 전초기지를 세우기 위해 외계인들을 죽이고 있다고.

왜 전초기지를 세우기 위해 외계인들을 죽이고 있다는 것인가? 외계인이 대답했다. 건설에 필요한 에너지를 외계인들의 생체 에너지인 전기로 채우고 있다고. 그렇군요. 내가 건성으로 대꾸했다. 그럼 당신들이 하세요. 감전이라도 시키란 말씀입니까? 외계인이 경기 든 것처럼 기겁을 하며 말했다. 왜, 안 됩니까?

잠깐, 얼마 전에도 똑같은 대사를 쳤던 것 같은데?

'왜, 안 돼?'

내가 물었었고 아내가 답했었다.

'이혼은 안 돼.'

외계인이 아니라 내 기억에서 튀어나온 누군가가 말하고 있는 게 아닐까? 난 정말 미쳐 버린 것일까? 아니면 정말 아내가 4차원의 세계를 발견해서 나부터 끌어들이고 있는 것일까?

'이혼한다고 당신 경력에 문제 생기는 것도 아니잖아.'

아내가 뭐라고 했더라?

'정해 뒀단 말이야.'

외계인이 말했다.

"그렇군요. 모든 것은 이미 정해져 있던 거로군요."

"아니야!"

내 거센 반박에 천사 같은 외계인이 다시 말했다.

"하지만 과학의 여신이 그렇게 말했지 않습니까."

나는 갑자기 떨치고 일어났다. 주방으로 걸어가자 냉장고 문이 활짝 열려 있고, 녹은 초콜릿 아이스크림이 폭포수처럼 주방 바닥으로 쏟아지고 있었다. 2층 서재에서 흘러나오는 빌어먹을 클래식 자장가에 맞추어 외계인이 얼빠진 얼굴로 피겨 선수처럼 스핀을 돌았다. 외계인의 맨발에서 뼈 부러지는 소리가 계속 들렸다. 발가락, 발등, 발목, 종아리, 허벅지, 허리가 우적대며 접히듯 무너지는 외계인을 보고, 초콜릿과 유지방의 강에서 여신처럼 떠오른 뚱뚱한 아내를 보고, 나는 지구가 4차원의 세계로 진입하고 있다는 것을 깨달았다. 이대로 있을 순 없었다. 나는 떠오른 아내를 향해 소리쳤다.

"제발 이혼하자!"

안녕, 과학의 여신. 제발 헤어져 줘. 응답하듯 눈앞에서 공간이 우그러져 갔다. 내 다리가 뒤통수를 긁는 것이 느껴졌다. 고통을 예감하며 미간을 찌푸리자 눈에 힘이 들어갔고, 반작용처럼 눈이 떠졌다.

"사랑해."

처음 만났을 때처럼 눈을 뗄 수 없는 모습으로 아내가 내게 말했다.

마법에 홀린 것처럼 나는 더듬더듬 그녀 앞으로 다가섰다. 초콜릿과 유지방의 강이 깎아 놓은 크리스털처럼 빛나는 자갈들로 변해 아내의 발을 받치며 하프 소리를 냈다. 뭉개 놓은 천사처럼 변했던 외계인은 완전한 모습의 검은 머리 천사들에게 둘러싸여 활활 타올랐다. 보라색 연기가 하늘로 솟아오른다. 그 모습에 넋을 잃은 내 가슴에 볼을 비비며 아내가 말했다.

"속여서 미안해. 이곳에 당신과 함께 오고 싶었어."

그러니까 모든 것은 갑작스런 깜짝쇼였다고 말해야 하는 거겠지. 모든 일은 사랑 고백의 배경이라고. 나는 아내를 밀어낼 작정이었다. 과연 당신이 오고 싶어 할 만한 곳이라고 말하면서. 그런 상식적인 해결을 볼 생각이었다. 흠, 그렇지만 여기는 4차원이니까.

나는 과학의 여신을 끌어당겨 키스했다. 검은 머리의 천사들 사이에서 검은 머리의 신이 나를 지켜보며 웃고 있었다.

* * *

꿈은 현실과 다른 영역이다. 야신은 잘 알고 있었다. 누구라도 힙노스에선 굉장히 그럴싸한 것과 얼토당토않은 것에 동시에 사로잡힐 수 있다.

그렇지만 역시 이것은 너무 노골적이지 않은가. 야신이 알고 지내던 첸 타이샨에겐 마음속 비밀번호 같은 꿈이었다. 이런 꿈을 몇 번 반복해서 꾼다면 첸은 분명 사로잡히고 말았을 것이다.

힙노스 자체보다 무서운 점이 그것이었다. 가랑비에 옷 젖는 것처럼 부지불식간에 사로잡히게 되는 것. 만약에 카이야의 옛 동료 드림 컬렉터가 말했듯이 이런 꿈들을 계속 꾸게 된다면……

카이야?

그 이름이 떠오른 순간 야신은 확신했다.

"오닐, 카이야의 꿈 파장 샘플 가지고 있지?"

「넘쳐 나지. 왜?」

"파장 비교해 볼 게 나왔어."

「알았어. 금방 끝나지?」

"뭐, 그렇지. 재스퍼가 이리 와 줘야겠는데."

「나는 왜?」

대화에 호출된 재스퍼가 볼멘 목소리로 물었다.

"힙노스를 꾸는 사람 뇌파를 비교해야 되니까."

「네가 꾸면 되잖아.」

"나는 안 돼."

야신이 천연덕스럽게 말했다.

"머리에 칩을 박아서."

재스퍼가 헉하고 숨을 삼키는 소리가 들렸다.

「그 소문 진짜였냐?」

"무슨 소문인지 듣기 겁나는군. 시뮬레이션 센터 위치와 힙노스 번호 보낼 테니까 서둘러 줘."

야신은 모노레일과 트램 중에 어느 쪽이 더 빠를까 고민하면서 라다로 향했다. 닉스 돔에 도착할 무렵 오닐에게서 메시지가 왔다. 예상대로 카이야의 꿈에서 나오는 파장과 방금 전 재스퍼가 꾼 꿈에서 나오는 파장이 일치했다. 카이야의 꿈이라는 이야기였다. 그것은 첸 타이샨이 카이야의 꿈에 사로잡혔다는 이야기이기도 했다.

그렇다면 첸이 야신에게 보낸 힙노스도 카이야의 꿈이거나, 혹은 카이야의 꿈을 반복해서 꾸고 영향을 받은 뒤 꾸게 된 꿈일 것이다. 야신은 타소에게 바로 연락했다.

"카이야 레만한테 알려. 꿈 찾았다고."

「어쩌지? 카이야 레만은 의뢰 끝냈는데.」

야신은 혀를 씹을 뻔했다.

"끝냈다고?"

「그래. 더 이상 자기 꿈 찾는 작업 할 필요 없다면서 계약 완료했어.」

"언제?"

「오늘 아침에.」

야신이 아무 대답 없자 타소가 말을 이었다.

「라다에 오면 얘기하려고 했지. 다른 일 있다고 하지 않았어? 언제 카이야 레만 꿈을 찾은 거야?」

"중간에 걸려들었어."

「그거 아깝게 됐네.」

타소의 목소리에서 아쉬움이 잔뜩 묻어 나왔다.

「어떻게, 하나 더 찾았다고 연락해 볼까?」

"됐어."

야신은 소브컴 강연장에 카이야의 꿈을 찾으러 갔을 때 앞서 가고 있던 카이야를 떠올렸다. 처음에 의뢰할 때도 그랬었지. 루게릭병 환자를 사로잡은 카이야의 꿈을 찾아내고 흥정으로 빌렸을 때, 카이야도 그 꿈을 추적해 직원을 매수해 놓고 있었다. 카이야 스스로도 찾을 수 있는 꿈들이었다. 야신이 좀 더 빼내기 유리한 조건이었을 뿐이다.

의뢰를 맡길 때 카이야는 자신을 실험체로 쓰라는 둥, 전문가에게 맡기면 속도가 빠를 것을 기대한다는 둥 신빙성 없는 소리를 늘어놨었다. 그랬던 그가 야신이 의뢰를 수행하는 주변을 맴돌면서, 자신은 자신대로 꿈을 찾고 있었던 것이다.

「왜 그렇게 기운이 없어? 좋아할 줄 알았는데. 카이야 레만 의뢰 싫어했잖아.」

"그놈이 하는 일은 뭐든 꿍꿍이가 있는 것 같아서."

찜찜했다. 놈은 그에게서 뭘 원하고 있었던 것일까? 그리고 지금은 왜 물러났을까? 사라진 첸 타이샨이 카이야의 꿈을 꾸고 있었다는 것은 더 찜찜했다. 힙노스 전문가가 최악의 힙노스에 걸려든 꼴이었다.

이것이 우연일까? 누군가 첸이 카이야의 꿈에 사로잡히게 조종한 것은 아닐까?

야신은 생각을 멈췄다. 음모론은 좋지 않다. 아직은 전체 맥락을 잡을 때가 아니었다. 현실을 더 알아내야 했다.

카이야의 꿈과 관련된 사건들은 늘 당사자의 현실과 카이야의 꿈이 상호작용을 하면서 일을 키우곤 했다. 꿈은 두 개가 나타났지만 그 꿈들과 현실의 고리는 보이지 않았다. 여자에게 사로잡히고 여자를 미워하는 남자들은 첸 말고도 많았다. 첸이 줄리와 기울어 있는 부부 관계였다는 것만으로 실종과 은닉과 폭력적인 꿈이 모두 설명될 수는 없지 않은가.

"야신 카갈리스키 씨죠?"

라다 앞에서 서성대던 남자가 야신을 붙잡았다. 머리가 복잡했기에 야신은 조금 늦게 반응했다.

"누구신지?"

남자가 씩 웃었다. 약빠른 척하는 미소와 책상물림 같은 생김새가 어색한 불균형을 이뤘다. 호감 가는 인상은 아니었지만 묘하게 순진해 보이는 구석이 있었다. 야신은 남자가 잡은 팔을 떨어냈지만 그는 기분 상한 기색도 없이 야신에게 바짝 붙어 섰다.

"첸 타이샨 씨랑 아는 사이라고 들었습니다."

야신은 태연한 척 남자의 얼굴을 흘깃 쳐다봤다.

"뭐, 모르는 사이는 아니죠. 그런데 무슨 용무로?"

"아, 저는 탐정입니다."

남자는 얼른 명함을 건넸고, 야신은 명함을 눈으로 훑었다. 에일이 명함에 적힌 탐정 면허가 진짜라고 알려 주었다.

"지금은 첸 타이샨 씨 일을 봐 드리고 있죠."

"흐음, 탐정이라."

야신이 그게 나와 무슨 상관이냐는 듯이 무표정하게 탐정을 쳐다봤다.

"첸 타이샨 씨는 카갈리스키 씨가 꼭 알아야 할 일이 있다고 하던데요……."

"뒤졌던 흔적이 당신입니까?"

기습 질문을 받은 탐정이 눈을 깜박이며 야신을 봤다.

"그 사이비 꿈 치료실 말입니다."

탐정의 표정이 빠르게 바뀌었다.

"거기까지 가 보셨으면 얘기가 빠르겠군요."

"나는 그쪽을 줄리 캠벨이 고용했던 걸로 아는데."

"지난 의뢰지요. 카갈리스키 씨도 저를 곧 이해하실 겁니다."

탐정의 말에 야신이 어깨를 으쓱했다.

"왜 못 찾았나 했더니 고용한 사람이 한패가 됐군요. 나한테 힙노스 보낸 것도 당신 작전입니까?"

"첸 타이샨 씨의 생각입니다. 저는 택배 보낸 것밖에 한 게 없어요."

"그건 당신과 함께 있다는 얘기로 들리는데요."

"맞습니다."

탐정이 망설임 없이 시인했다.

"왜 알려 주는 겁니까?"

"왜 같이 있냐고는 안 물으시는군요?"

"그걸 바로 대답해 줄 거라면 당신이 첸과 함께 왔겠지."

"지금도 저와 함께 가시면 바로 들으실 수 있습니다."

야신은 팔짱을 끼었다.

"한패가 되라는 겁니까?"

"요약하면 그렇게 되겠군요."

"왜 그래야 합니까?"

"제 생각에는……."

탐정이 잠시 말을 골랐다.

"……첸 타이샨 씨가 이런 일을 벌인 것은 힙노스 부작용 때문입니다."

"그럼 더 치료를 받아야죠."

"아니, 그게 아닙니다."

탐정이 말했다.

"첸 타이샨 씨는 힙노스 부작용을 고발하려는 겁니다."

* * *

"탐정?"

줄리가 물을 마시며 되물었다.

"그래. 먼저 조사했던 탐정을 만나면 정보가 있을까 해서."

"중간에 그만뒀는데 도움이 되겠어?"

줄리는 내뱉으면서 아보카도 살사 소스를 듬뿍 얹은 타코를 집어 들었다.

"저녁 안 먹었어?"

"실험실에 계속 있었어."

"또 샌드위치였겠군."

"센스 있는 애들이 없어. 첸이 있었으면 간단한 중국요리라도 시켰을 텐데."

야신은 줄리가 더 신경질적으로 타코를 집어 대는 것을 가만히 지켜보았다.

"탐정은 왜 고용한 거야?"

"남편이 나갔으니까."

"줄리."

야신이 맥주잔을 툭툭 두드리며 말했다.

"네가 남편이 나갔다고 탐정 부를 생각을 한다고? 첸이 없으면 늘 먹던 중국요리도 시킬 줄 모르는 네가?"

"야신, 너야말로 언제부터 날 그렇게 잘 알았어?"

"돈을 받고 조사를 하다 보면 어쩔 수 없거든."

발끈하던 줄리는 야신의 말에 조용해지며 맥주를 들이켰다. 생각해 보면 돈 주고 조사를 부탁한 건 자신이 아닌가.

"처음엔 탐정 생각까진 못했어."

줄리가 털어놓았다.

"그런데?"

"전에 아는 사람이 탐정 개업했다고 한 게 생각나서. 경찰서에서 나오는데, 이대로 있으면 안 되겠다는 생각이 들었거든."

"하지만 더 소문나는 건 싫었고 말이지."

"그래!"

줄리가 맥주잔을 탕 놓으면서 말했다.

"그래서 아는 탐정까지 동원했다고! 첸 타이샨을 찾으려고! 왜 내가 남편도 제대로 간수 못 한 여자 취급을 받아야 돼?"

"사내 커플이니 어쩔 수 없지."

"그렇다고 회사까지 내 탓으로 돌려? 말이 돼? 인사팀장 그 새끼는 내 고과를 형편없이 줬어. 뭐라는 줄 알아? 자기 배우자하고도 제대로 소통 안 되는 사람한테 소통이 중요한 연구 책임자 자리를 맡겨 두는 게 불안하대. 그렇게 말하는 그 새끼 이혼 경력이 몇 번인 줄 알아? 전처랑 낳은 애하고는 통화도 못 해! 내가 했던 프로젝트 아니었으면 지금 받는 연봉은 꿈도 못 꿨을 게!"

"타이샨과 무슨 문제 있었어?"

줄리가 엄청나게 재밌는 농담을 들은 듯이 높은 소리로 웃었다.

"문제 있었냐고? 문제야 늘 있었지. 너도 그 사람이 어떤 사람인지 모르겠지? 겉보기엔 점잖고 박식한 엘리트 박사님이지만, 딱 그것뿐이지."

야신은 맥주를 삼켰다. 줄리가 내뱉었다.

"한 가지밖에 못 본다고."

"그거 이상하군. 다른 사람들은 네가 그렇다고 하던데? 괴팍하고 자기만 아는 천재라고."

"아무것도 모르는 놈들이. 그렇게 치면 그이는 잘 닦인 로봇

같다고!"

로봇이 꾸기에는 꽤 격렬한 꿈이었다고 야신은 속으로 생각했다. 줄리가 말했다.

"그 사람의 장점은 능력뿐이야."

"그런 것치곤 잘 지내 왔잖아."

"아하, 무슨 얘길 하는지 알겠네. 네가 하고 싶은 말은 그거지? 잘 지내 왔다? 그이가 납작 엎드려서 말이야?"

"흠."

줄리는 야신을 노려보았다.

"지금 무슨 생각하는지 맞혀 볼까? 알면서 결혼한 거 아니냐고 생각하지? 로봇처럼 날 챙기는 능력에 반했던 거 아니냐고."

"솔직히 아니라곤 못 하겠군."

"너라면 다를 줄 알았는데. 하긴 네가 결혼 생활에 대해 뭘 알겠어? 가끔씩 꺼지라고 목구멍까지 올라오는 기분을……."

"아니면 첸처럼 꺼지거나."

야신의 말에 줄리는 조용해졌다. 야신도 더 말하지 않았다.

한참 만에 그녀가 물었다.

"무슨 생각 하는 거야?"

"네가 첸이 사라지길 바랐던 거 아닌가 하고."

"누군들 안 그렇겠어?"

줄리가 되물었다.

"그렇지만 진짜 사라지는 건 달라. 완전히 다른 문제라고."

생각만 하는 건 죄가 아니라고 말한다. 꿈만 꾸는 건 죄가

166

아니라고.

야신은 수없이 꺼지라고 소리쳤을 줄리와, 꿈속에서 여자를
죽이던 첸을 생각했다. 저울 양쪽에 둘을 각각 올려놓을 기분
은 들지 않았다. 그는 가정법원 판사가 아니었으니까.

대신 든 생각은 빌어먹을 카이야 레만과 꿈의 반복.

그리고 힙노스의 부작용이었다.

* * *

탐정의 이름은 요르요스 카포디스트리아스. 기억하기 어려
우면서도 인상적인 이름이었다. 탐정 등록제가 제대로 돌아가
는 덕에 야신은 오닐의 손을 빌릴 것도 없이 요르요스의 기록
을 조사할 수 있었다. 면허를 딴 지 몇 달 안 된 초짜로, 의뢰인
의 신고 사례는 아직 없으며, 무기 소지 허가증 또한 없고, 사
무실은 닉스 돔의 변두리인 살루트 거리에 있는, 여러모로 믿
음직하지 않은 신출내기 탐정이었다. 야신은 턱을 쓸며 생각에
잠겼다. 줄리의 의뢰를 받았음에도 첸을 두둔하며 탐정이 뭐라
했던가?

'고발하려는 겁니다.'

야신은 마야 기자 협회로 들어가 뒤지기 시작했다. 얼마 안
가 야신은 지금은 망한 영세 시사 잡지 과월호에서 요르요스
카포디스트리아스라는 이름을 찾아냈다.

요르요스는 시사 잡지에서 일하던 기자였다. 사이비 종교를

파헤치는 데 열의가 있어 보였으나, 주로 집필한 원고는 신흥 직업군의 인권 착취에 관한 것이었다. 야신은 요르요스의 기사를 읽으며 그 까닭을 알 것 같았다.

사이비 종교의 수법에 유행은 없다. 속이고, 거짓 희망과 위안을 주고, 의지하게 만든 뒤에 재산을 바치게 하고, 종교 이외의 것에서 고립시킨다는 정통 루트만이 존재할 뿐. 그렇지만 최근의 사이비 종교들은 더 교묘해져서, 초반에 끌어들일 때 신기술을 이용한 기적을 체험시키는 방식이 성행하고 있었다.

요르요스의 원고에는 그 신기술에 대한 이해가 결여되어 있었다. 과학치로군. 야신은 정말 관심 있는 분야를 자기 이해력의 부재로 번번이 놓치고 말았던 요르요스의 심정을 상상해 보았다. 그리고 그가 첸 타이샨에 대해 비쳤던 존경심도.

"언제부터 아는 사이였습니까?"

후미진 카페로 불려 나온 요르요스는 야신의 물음에 눈을 천천히 껌벅였다. 손에 쥔 아메리카노 잔에서 김이 올라와 안경에 서리면서 표정을 지웠다. 야신은 왼손을 뻗어 그의 잔을 지그시 눌렀다. 덜걱, 테이블 위에 잔이 닿게 하면서 야신이 말했다.

"좀 식은 뒤에 마셔요."

"……."

"첸과 당신, 언제부터 아는 사이였습니까? 이번에 처음 만난 게 아니죠?"

"이번이 처음입니다."

"그럼 알고 지낸 건?"

요르요스가 어색하게 웃었다.

"카갈리스키 씨는 사람을 취조하듯 하시네요. 좋은 탐정은 못 되시겠어요."

"좋은 기자는 못 되겠다고 하는 게 정확하겠죠."

요르요스의 얼굴에 긴장감이 감돌았다. 야신이 말했다.

"당신 기자 출신이잖습니까."

"안 될 거라도 있나요? 힙노스를 만든 사람이 드림 컬렉터질을 하는데."

"첸이 시켰습니까? 줄리에게 접근하라고?"

"말도 안 되는……. 우리가 뭘 얻겠다고 그런 짓을 합니까?"

"대어를 물었잖아요. 첸이 제보자고 당신이 기사를 쓰겠죠. 가까이서 보니 어땠습니까? 줄리 캐릭터는 비호감인 과학자 캐릭터로 아주 딱 어울렸겠어요."

"지금 보니 악당은 카갈리스키 씨도 어울릴 것 같군요."

"원래 그러려는 줄 알았는데요."

야신이 물었다.

"저한테 바라는 게 그거 아닙니까?"

"이보세요, 카갈리스키 씨."

요르요스가 한숨을 쉬었다.

"아까부터 무슨 음모론입니까? 제가 얼치기 탐정이긴 하지만 당신한테 이런 말 들을 이유는 없어요."

"글쎄요, 전 그렇게 생각 안 하는데요. 저한테 기자로 사건

취재할 생각이면서 탐정 직함을 내세운 건 그쪽 아닙니까.”

“그건……, 우리가 초면이었으니까요. 지금 직업을 직함으로 말한 거죠.”

“거짓말은 한 적 없다, 뭐 그런 식으로 말이죠? 당신이 진짜 노리는 건 기사 아닙니까? 아니면 책. 끝내주게 유명한 르포라이터로 만들어 줄 하이라이트.”

요르요스는 안경을 벗고 얼굴을 손으로 벅벅 문질렀다.

“미안합니다. 끝까지 숨길 생각은 없었어요. 이렇게 예민하게 생각할 줄 몰랐습니다.”

예민하다고? 야신은 짜증스러웠다. 정말로 그 같은 경력을 가진 사람이 언론에 노출되면 어떤 일들이 생길지 생각도 안 해 본 것일까? 야신은 요르요스를 삐딱하게 쳐다봤다. 요르요스가 억울하다는 듯 말을 이었다.

“당신을 기사에 메인으로 등장시킬 생각도 없고요. 당연히 악역을 맡길 생각도 없습니다. 지금 이런 말 해 봤자 당신한테 우습게보이기만 하겠지만, 기사에서 당신을 정의의 반대편으로 놓는다면 어려울 것 없습니다. 너무 쉬워서 당신을 만날 필요도 없을 정도죠. 첸이 알려 준 걸 묘사하는 것만으로도 충분하단 말입니다.”

“그럼 날 왜 찾은 겁니까?”

“첸 타이샨 씨가 원했습니다.”

“힙노스를 보낸 것도 말입니까?”

요르요스가 어깨를 으쓱했다.

"전 그 힙노스의 내용도 모릅니다. 첸 타이샨 씨가 당신에게 지금 벌어지는 일을 설명하려면 그편이 좋다고 하더군요."

야신은 요르요스의 얼굴을 빤히 쳐다보다 담배를 꺼내 물었다.

"제대로 얘기해 보죠. 뭘 증명해 달란 겁니까?"

첸과 요르요스는 요르요스가 인턴일 때 만났다. 그때 요르요스는 줄리의 담당 기자 뒤에 따라붙었던 인턴 기자였다. 줄리 과학 기사의 팬이었던 요르요스는 원고의 분위기와 딴판인 줄리의 성격에 깜짝 놀랐다. 합리적인 구성, 머리가 무거운 문과 출신 기자들도 알아들을 수 있는 쉬운 내용. 그 기사를 쓰는 사람이 저렇게 괴팍하고 감정적인 과학자라고?

요르요스는 곧 알게 되었다. 실질적으로 줄리의 원고를 고치는 게 동료 연구원이자 남편인 첸이라는 것을. 줄리와 첸이 몇 번인가 과학 칼럼을 기고하는 동안 요르요스는 수습기자가 되었다. 요르요스는 첸에게 호감을 가졌지만 첸은 그의 존재도 잘 모르고 있었다.

"원래 좀 더 잘나가는 사람이 그러기 마련이죠."

요르요스가 어깨를 으쓱하면서 말했다.

요르요스는 곧 수습 딱지를 떼게 되었고 바쁜 일상 속에 첸을 잊었다. 사실 사회 초년생일 때 좋은 인상을 받아 오래 기억했던 것일 뿐, 말 몇 마디 안 나눠 본 사이 아닌가. 요르요스가 과학자를 동경해서 더 호감을 가졌던 것도 있었다.

"다니던 시사 잡지사가 망하지 않았다면 다시 못 만났을 거예요."

"어쩌다 탐정 일을?"

"밥벌이를 위해서라면 다른 언론사에 취직했겠죠."

요르요스가 말했다.

"하지만 아직 젊잖아요. 제 입으로 말하긴 그렇지만 야망도 있고요. 책상 치우면서 생각했습니다. 5년. 딱 5년 동안 기한을 잡고 르포라이터로 이름을 얻어야지. 그렇지만 이 바닥도 포화 상태라 저 같은 초짜는 일단 튀어야 하는데, 자신만의 아이템 없이는 튈 수가 없잖아요. 엄청 고심했습니다."

그는 자신이 마야에서 기자 생활을 한 것이 경쟁력 있으리라 여겼지만 '상상 도우미의 고된 일상'이나 '힙노스 체험기' 등은 이미 식상해진 지 오래. 차고 넘치는 레드 오션이었다. 마야에서 크게 한탕 하려는 글쟁이는 그 말고도 많았던 것이다. 마야는 르네상스 시대의 서유럽 모험가들 상상 속의 동방 기독교 국가, 아틀란티스, 파라다이스 같은 곳이었다. 너 나 할 것 없이 여행기나 르포 쓴다는 사람들은 다 몰려들어 마야를 상상하고 묘사해 댔다.

"그러다 궁리해 낸 것이 탐정이었죠."

요르요스는 웃었다.

"마야의 탐정이라니, 일단 구미를 끌지 않나요? 바로 연상되는 것도 있고, 궁금증도 생기고. '마야의 탐정이라면 환상과 실재가 섞인 업무를 맡지는 않을까?' 뭐 그런 것 말이죠."

"그럴 리가 없잖습니까. 일단 일반인은 소브컴처럼 환상을 제어할 수도 없고."

"그렇죠. 그렇지만 그건 아는 사람 얘기고, 일단 모르는 일반인들이 듣는다면 딱 관심 가질 것 같다고 본 거예요. 그 뒤로는 아시다시피."

요르요스가 다 식은 커피를 후룩 마셨다.

"신참 탐정한테 일이 술술 잘 들어올 리가 없었죠. 일이 없으니 솔직히 좀 초조해지고 있었어요. 혹시라도 도움이 될까 싶어 연락처 아는 사람들에게 일일이 탐정 개업했다고 알렸지만 기대는 안 하고 있었는데……."

요르요스는 흥분을 감추지 못하고 부르르 떨었다. 야신의 재촉에 그가 양손을 꾹 쥐며 몸을 내밀었다.

"……줄리 캠벨이 연락을 해 온 겁니다!"

"운이 좋은 겁니까?"

"대박이죠! 첸 타이샨 씨를 만나 이야기를 듣고 이거다 싶었습니다. 힙노스 실험 중에 죽은 사람이 있다는 이야기잖아요. 어떻게 이 얘기가 아직 안 새어 나간 건지……."

야신의 담배 끝에서 툭 하고 재가 떨어졌다.

"뭐라고요?"

"힙노스 실험 중에 죽은 피실험자 이야기 말입니다. 새파랗게 젊은 사람이었다면서요. 다른 요인 없이 죽은 사람이 정말 실험으로 인해 죽었는지 증명할 수 있다면 모두 주목할 겁니다."

야신이 무표정하게 대꾸했다.

"금시초문인데요."

"카갈리스키 씨, 저희는 진실을 증명해 줄 사람이 더 필요한 것뿐입니다. 이미 사고 증언을 해 줄 그때 당시의 피실험자와도 접촉했어요. 그쪽에서도 굉장히 협조적으로 나왔고요."

"그만둔 다음의 일이라."

요르요스는 당황한 듯했다. 그래도 그는 포기하지 않았다.

"그렇지만 카갈리스키 씨는 기록을 보고 증명해 줄 수 있는 전문가 아니십니까."

야신은 왜 자기냐고 묻지 않았다. 그는 다른 것을 물었다.

"왜 첸이 그걸 폭로하겠다고 나선 겁니까?"

"이제야 용기를 냈다고 하셨습니다."

"이제야. 그 말은 그나마 납득이 되는군요. 왜 이제 와서?"

"이해 못 하시겠습니까? 그간 양심의 가책에 시달렸던 겁니다, 첸 타이샨 씨는."

요르요스가 힘주어 말했다.

"첸 타이샨 씨는 누군가 책임져야 한다고 했습니다."

누군가.

애매한 지칭이었지만 야신은 그 화살 끝이 명확하게 줄리 캠벨을 가리키고 있다고 느꼈다.

꿈의 공통점과 차이점.

힙노스에서 일관되게 나오던 것. 죽음. 억눌린 분노와 증오.

"첸을 만나 보고 싶은데요."

요르요스가 어깨를 으쓱했다.

"만나 봤자 별 도움은 안 될 겁니다."

"첸이 당신과 함께 있기는 한 겁니까?"

"아니라면 제가 어떻게 카갈리스키 씨를 찾아올 생각을 했겠습니까?"

야신은 대꾸하지 않았다. 첸은 망설이고 있었다. 그는 힙노스를 야신에게 보내거나 이 빤질빤질해 보이지만 속은 허술한 인간을 만나게 할 것 없이 직접 모든 걸 털어놓을 수도 있었다. 그렇지만 그는 줄리의 뺨을 때리며 진심을 말하는 대신 도망쳤고, 꿈과 기자 뒤에 숨어 야신이 알아서 해석하고 쫓아오기를 바랐다.

어디가 책임을 묻는 정의의 용사란 말인가?

* * *

야신은 요르요스와 헤어져 작업실로 돌아가며 오닐을 시켜 램스필드사의 2XXX년 실험 파일을 해킹했다. 오닐은 보수를 올려 달라고 하면서도 순순히 응했다.

「뭘 찾으면 돼?」

"그해의 프로젝트 A-2에서 피실험자 기록 삭제 흔적이 있나 찾아봐."

「피실험자 조가 한두 조가 아닌데?」

"담당자가 줄리 캠벨, 타카타 케이타, 안드레아 프리스인 조를 우선 찾아봐."

곧 오닐의 보고가 왔다.

「있어.」

"안드레아 프리스?"

「맞아. 그 사람 담당 피실험자 조 세 개 중에 한 조에서 기록
이 삭제됐어. 줄리 캠벨 담당 피실험자 한 조에서도 삭제된 흔
적이 있고.」

야신이 중얼거렸다.

"그럴 줄 알았어."

줄리 캠벨과 타카타 케이타, 안드레아 프리스는 결과를 내
기 위해서라면 팀원에게 설사약이라도 먹일 수 있는 연구원들
이었다. 줄리는 자신의 머릿속에 있는 것이 제대로 구현 안 되
는 상황을 끔찍하게 싫어했고, 타카타 케이타와 안드레아 프
리스는 좋게 말하면 성취 욕구가 강한 사람들이었으니까. 그중
에서도 윗선의 압력에 가장 약하고 스트레스를 많이 받는 신입
연구원이 안드레아 프리스였다.

하기야 치프인 그도 떨어져 나오는 판국에 신입 연구원인
프리스가 무슨 수로 버텼겠는가. 야신은 고개를 흔들었다. 과
거는 과거일 뿐이고 이미 일어난 일은 어쩔 수 없다고 생각했
지만, 바로 그 과거에서 비롯된 일로 첸이 사건을 일으키자 과
거는 순식간에 시간을 거슬러 그의 앞에 나타났다.

'사고를 친다면 줄리 캠벨일 거라고 생각했는데, 첸 타이샨
이라니.'

첸 타이샨. 연구팀 모두가 믿었던 첸 타이샨. 첸은 야신과

줄리와 함께 일하며 줄리의 공동 치프 역할도 대행했던 힙노스 개발 연구원이었다. 야신이 램스필드를 나가고 난 뒤 힙노스 실험에서 인명 사고가 났다. 이후에도 첸은 줄리의 팀에서 줄리의 치프 대행 노릇을 하면서 살았다.

요르요스의 말에 따르면 첸은 그 몇 년 동안 인명 사고에 대한 죄책감에 시달렸다. 여러 정황으로 볼 때 부부 사이도 좋지 않았다. 첸은 꿈 치료실을 다니기 시작했고, 그곳에서 카이야의 꿈을 몇 번 반복해서 꾸었다.

그리고 한 달 전, 첸은 줄리가 개발하고 있던 맞춤 힙노스 매칭 프로그램을 가지고 사라졌다.

남편을 소리 소문 없이 찾아내고 싶었던 줄리의 의뢰를 맡은 요르요스가 첸을 찾아냈지만 일은 줄리의 바람대로 풀리지 않았다. 첸은 인명 사고 건을 폭로하겠다고 요르요스를 끌어들였고, 르포라이터로 자리매김할 아이템이 고팠던 요르요스는 흔쾌히 손을 잡았던 것이다. 첸은 주소를 밝히거나 설명을 덧붙이지 않은 채 자신의 꿈 힙노스를 야신에게 보냈다. 그러고는 야신 앞에 직접 나타나지 않고 요르요스를 보냈다.

원하는 게 진짜 폭로전이고 책임지는 것이라면 좀 더 적극적으로 행동했을 것이다. 카이야의 꿈을 꾼 사람들이 은연중에 했던 것처럼. 물론 카이야의 꿈이 부추기지 않았다면 첸 타이샨이 맞춤 힙노스 매칭 프로그램을 가지고 사라지는 일 자체가 없었을지도 모르지만, 둘 사이의 연관이 확실하지 않은 한⋯⋯.

야신은 길 한복판에서 멈춰 섰다.

부추기는 카이야의 꿈.

첸이 가지고 사라진 새 버전의 힙노스 매칭 프로그램.

자신이 아데마에게 카이야의 꿈에 대해 뭐라 했던가? 유도 미사일 같다고 했었다. 상사 때문에 스트레스를 받는 여자에게는 용감하게 맞서는 직원의 꿈이, 인생을 후회하는 루게릭병 환자에게는 여러 인생을 파멸로 몰아넣는 지적 기생체의 꿈이, 어머니를 엿 먹이고 싶은 소녀에게는 어머니의 부재가 세계를 관통하는 꿈이……. 그간 카이야의 꿈들이 의도한 것처럼 영향을 주기 쉬운 사람에게 갔던 일들을 떠올렸다.

카이야와 오래 일했던 드림 컬렉터는 카이야의 꿈이 란츠만 호응도가 정말 높아 사람들이 사로잡혔다고 했었다. 카이야가 자신의 과거가 반영된 꿈을 꾼다고 했었다.

그렇지만 카이야의 꿈들이 알아서 주인을 찾아가는 것 같다는 말은 없었다.

그리고 첸 타이샨이 들고 사라진 것은 개개인의 뇌파에 맞춰 힙노스를 골라 주는 힙노스 매칭 프로그램의 새 버전이었다.

언제부터였지?

언제부터 카이야의 꿈들이 가장 영향을 줄 수 있는 사람에게 가기 시작했을까?

"줄리."

「야신? 미안한데 내가 지금 회의 들어가야 돼서…….」

"힙노스 매칭 프로그램 새 버전 말이야."

줄리의 목소리가 확 달라졌다.

「찾았어?」

"찾고 있어. 줄리, 그거 완성형이었지?"

에일로도 줄리의 당혹감이 느껴졌다.

「어떻게 알았어? 내가 그런 말도 했어?」

"완성한 지 좀 되지 않았나?"

「……보고는 안 했지만.」

"언제야?"

「세 달 전.」

그러니까 그 이전에 일어났던 일들은 기존 매칭 프로그램의 70퍼센트 그물 속에 걸려든 그야말로 사고였단 말이군. 첸이 완성된 95퍼센트 버전을 가지고 사라졌고. 속이 시원해지면서도 머리를 쥐어뜯고 싶은 기분이었다. 야신은 필사적으로 감정을 가라앉히면서 물었다.

"배포는?"

「했냐고? 당연히 안 했지. 회사에 소송당할 일 있어?」

"배포 방법 말이야. 간단한가?"

「쉬워. 힙노스가 가동되는 시뮬레이터 어디에나 간단하게 설치할 수 있는 것으로 기본 포맷을 잡았기 때문에……. 잠깐, 야신. 지금 무슨 말이야? 설마?」

"아직 확실한 건 없어."

하지만 회사 감사팀은 얼른 부르는 게 좋을 거야. 야신은 뒤의 말을 삼켰다. 말할 시기는 따로 있었다. 좀 더 안개가 걷히고 확실한 것들을 찾아낸 순간에.

만약에 그의 생각처럼 일이 진행되었다면, 즉 첸이 사라지기 전부터 이미 뇌파 맞춤 힙노스 매칭 프로그램 새 버전을 유출시켰다면, 첸은 우선 자신을 대상으로 실험했을 것이다. 자신에게 익숙한 장소, 이를테면 꿈 치료실 같은 곳에서. 그런데 하필이면 카이야의 꿈이 걸려들었고, 첸은 카이야의 꿈에 사로잡혀 반복해 꾸면서 자신이 누르고 있던 감정과 욕망에 굴복했다.

그리고 힙노스 매칭 프로그램 새 버전을 배포했을 것이다. 새로이 생긴 목적을 위해.

야신은 카이야의 꿈에 사로잡혔던 의뢰인들을 떠올렸다. 아무 공통점도 없고 이용하던 시뮬레이션 센터도 겹치지 않던 사람들이었다. 그런데도 그들이 힙노스 매칭 프로그램에 의해 자신도 모르는 사이에 카이야의 꿈을 꾸게 되었다. 만약 새 버전의 힙노스 매칭 프로그램이 기존 프로그램만큼 많이 퍼져 나간다면 피해는 이제까지보다 훨씬 더 어마어마할 터.

효율적으로 하는 방법이 있겠군. 야신은 오닐을 불렀다.

"힙노스에 부수적으로 따라오는 프로그램을 빠르게 널리 퍼뜨리는 방법이 뭐가 있지?"

「뜬금없이 무슨 소리야? 힙노스 부속 프로그램?」

"부속 프로그램이라기보다, 힙노스를 증폭시키거나, 매칭시켜 주거나, 뭐 그런 사제 프로그램을 깐다면 말이야."

「듣기만 해도 위험천만이잖아.」

"그렇지. 그래도 방법이 있을 것 같은데."

「그거야, 뭐.」

"너라면 어떻게 하겠어?"

오닐은 잠시 생각하는 듯했다.

「나라면 시뮬레이션 센터 관리 프로그램에 얹겠어.」

"범용으로 쓰는 관리 프로그램이 있나?"

「있지. 램스필드사에서 제공하는 게 있거든. 편리하면서 가볍기 때문에 힙노스 관리 프로그램 중에선 제일 낫다는 평이야. 시뮬레이션 센터들은 거의 다 그거 쓸걸?」

"흐음. 그 관리 프로그램에 사제 프로그램을 얹는다는 건 무슨 말이야? 이미 다 쓰고 있는 관리 프로그램을 일일이 해킹한다는 소린 아닐 테고."

「계속 쓰이는 프로그램이면 패치 업데이트를 하게 되잖아.」

"아."

야신이 감탄했다.

"관리 프로그램 패치를 해킹해서 그 속에 숨기면 된다는 거군."

「이론상으로는 그래.」

"실제로 하면 램스필드사가 가만 안 놔둘 테니까."

「그거지.」

하지만 첸 타이샨이라면 들키지 않고 해낼 수 있을 것이다. 그는 신용 있는 내부 인력이니까. 물론 램스필드에서는 첸이 무슨 일을 벌이고 있는지 모르고 있을 것이고. 알았다면 가만있지 않았겠지. 야신도 카이야와 얽히고 그를 주시하지 않았더라면 몰랐을 일이었다.

그간의 일들이 머릿속에서 아귀를 맞추며 큰 그림을 그렸다. 줄리와 첸이 힙노스 매칭 프로그램을 만들고, 활발히 유포되고, 많은 사람들이 알지도 못한 채 자신의 뇌파에 딱 들어맞는 카이야의 힙노스를 꾸었다. 딱 들어맞는 꿈. 그것도 유달리 란츠만 호응도가 높은 카이야의 힙노스였기에 그들은 영문도 모르고 꿈에 휘말렸다.

그리고 지금, 줄리는 매칭 성공률을 70퍼센트에서 95퍼센트로 올리는 새 버전을 개발했고, 첸은 그것을 자신에게 실험한 것이다.

'설마 이미 퍼뜨렸을까?'

첸은 자신이 무슨 짓을 벌였는지 확실히 모르리라. 그렇기에 매칭 프로그램 새 버전을 빼돌린 척 가지고 사라진 것이다. 실종은 일종의 시위였고 쇼였다. 이미 일은 배후에서 다 벌어지고 있었다.

당장이라도 첸을 한 방 먹이고 싶은 기분이었다.

* * *

요르요스의 아파트는 그의 탐정 사무실 바로 옆 건물이었다. 사무실과 아파트에서 5분 미만의 거리에 있는 호텔은 네 곳. 동네가 워낙 변두리인지라 싼 호텔들뿐이었다. 야신은 가까운 호텔부터 프런트 직원에게 돈을 찔러 주고 숙박 명부를 훑어 나갔다. 두 번째로 들른 호텔의 숙박 명부에서 그는 익숙한 이름을 발견했다.

'야신 카갈리스키.'

자신의 이름이 아는 필체로 적혀 있었다. 획이 살아 있는 장식적인 글씨체. 첸은 글씨를 잘 써서 치프 대행을 할 때에도 한자가 섞인 멋들어진 사인을 그려 넣곤 했었다. 야신은 미간을 찌푸리면서 돈을 더 꺼냈다.

"이 손님 몇 호실에 있습니까?"

돈을 받아 든 직원이 바로 가르쳐 주었다.

"803호요."

엘리베이터는 충분히 느렸다. 야신이 감정을 가라앉히고 침착하게 803호를 노크할 만큼.

"누구세요?"

안에서 들려온 것은 요르요스의 목소리였다.

"카갈리스키입니다."

예상했던 대로 문 너머가 조용해졌다. 잠시 후 부스럭대는 소리와 발소리가 들려왔다.

"혼자 왔습니까?"

"줄리도 데려올까요?"

야신의 반문에 바로 문이 열렸다.

"요르요스 씨도 계셨군요."

야신이 들어서며 말했다. 거실 하나에 침실 하나인 나름대로는 스위트룸이었지만 거실은 맥주 캔 따위로 너저분했다. 야신은 흘깃 침실 쪽을 보았다.

"첸은 어디 있습니까?"

"욕실에요."

야신은 침실 안에 널브러진 티셔츠와 추리닝 바지를 보고 대충 상태를 짐작했다. 요르요스가 들렀을 때 첸은 정신 못 차리고 있는 주정뱅이의 몰골이었으리라.

"첸이 많이 힘들어하나 보군요."

"여긴 어떻게 알고 왔습니까?"

"간단하죠."

야신이 맥주 캔을 밀어내고 소파에 앉으며 말했다.

"첸은 처음부터 폭로전을 원한 게 아니었으니까요."

"예?"

요르요스가 어이없다는 듯이 야신을 쳐다봤다. 야신은 신경 쓰지 않고 오른쪽 허리에 찬 합금 담뱃갑에서 담배를 꺼내 들었다.

"실종 후 첸은 갈팡질팡 갈피를 못 잡고 있었어요. 저한테 힙노스를 보내질 않나, 그러면서 연락은 안 하질 않나. 게다가 뒤늦게 나타난 조력자란 사람은 지나치게 열의가 넘쳤고 말이죠."

"하고 싶은 말이 뭡니까?"

"계획한 일이라기엔 빈틈이 상당히 많았단 말입니다. 진짜로 폭로를 원했다면 실종 전부터 유력 언론사와 접촉하는 게 먼저 아닐까요? 태양계 인권 협회에 제보하는 방법도 있죠. 잠적 이후에는 기회도 더 많았을 겁니다."

"제가 첸 타이샨 씨를 압박했다는 얘깁니까?"

"압박이라기보다는 부담이었겠죠."

야신이 담배를 빨며 어깨를 으쓱했다.

"첸의 잘못입니다. 감정에 휩싸여 일을 벌였지만 어떻게 해야 할지 모르겠는데, 당신이 접촉해 오니 확 붙어 버린 거죠. 자신의 불행과 정당함을 알아주는 대화 상대를 만나는 건 신나는 일이었을 겁니다. 더 크게 엿 먹일 수 있는 기회가 얻어걸렸다고 생각했겠죠. 뭐, 초반에는요. 당신은 당신대로 기회라고 여겼고요. 당신은 둘의 목적이 일치하고 잘해 나갈 수 있을 거라고 생각했을 겁니다. 하지만 첸이 비틀거리기 시작했죠."

"첸 타이샨 씨로서는 부담을 느낄 수 있는 상황이었습니다. 상황 자체가 커리어냐 정의냐 선택을 강요하고 있었어요."

야신은 연기를 뿜었다.

"그 말도 아주 틀린 말은 아니죠. 그렇지만 당신도 느끼고 있었잖습니까. 첸이 자꾸 빠져나가려고 한다는 걸요. 그래서 본능적으로 잡아 두려 한 것이고."

야신이 호텔방을 둘러보며 계속 말했다.

"첸 또한 당신에게서 거리를 두려 노력했겠죠. 그도 당신 뜻대로만 움직이긴 싫었을 테니까. 하지만 첸은 당신한테 더 내밀 패가 없는 상태였고, 당신도 그를 몰아세우다 도망가게 만들 순 없었을 겁니다. 절충안을 생각해 보면, 당신 사무실과 거주지에서 가까운 호텔 정도로 타협이 되겠죠."

"하, 첸 타이샨 씨한테 들은 그대로네요. 우리 머리 위에서 노는 것처럼 말씀하시는군요."

"그렇게 느낀다면 그거야 당신 자유죠."

야신은 담배를 빨았다.

"전 상식적인 이야기를 하고 있는 겁니다. 첸 타이샨은 뇌과학 박사였고, 굴지의 시뮬레이션 기업 램스필드의 연구원이었죠. 머리가 돌아가는 사람이라면 직업과 커리어를 건 일을 이 정도까지 중구난방으로 처리하진 않을 것이고, 당신도 그걸 아주 모르진 않았을 거란 얘깁니다."

야신이 덧붙였다.

"욕심이란 게 그렇죠."

요르요스의 얼굴이 일그러졌다.

"첸 타이샨 씨가 선의로 했다고는 전혀 못 믿는 겁니까?"

"당신은 그렇게 좋은 사람입니까?"

야신이 재떨이에 담뱃재를 털었다.

"커리어가 망가지고, 언론에 노출되고, 거대 기업을 상대로 싸우고……. 다시는 이전의 삶으로 돌아갈 수 없죠."

"이전의 삶이 만족스럽지 않았을 수도 있지요."

야신이 어깨를 으쓱했다.

"램스필드사의 연구원보다 화성 감옥의 죄수가 만족스럽기는 힘들죠."

"카갈리스키 씨는 죄책감 안 느껴 보셨습니까? 저는 결국 자수하거나 폭로하는 인터뷰이들을 많이 봤습니다. 굉장히 힘들어해요. 감정적으로 빚이 있는 거나 마찬가집니다."

요르요스는 순진해 보이는 표정으로 야신을 쳐다봤다.

"첸 타이샨 씨의 죄책감은 충분히 이해할 수 있는 문제지요. 직접적인 책임자는 그가 아니었지만, 피실험자라고 해도 오랜 프로젝트 끝물에는 얼굴을 아는 사이가 되지 않습니까. 그때 사건을 증언하겠다고 한 피실험자를 만난 뒤 첸 타이샨 씨는 굉장히 힘들어했어요. 자본주의 사회에서 갑과 을로, 실험자와 피실험자로 역할을 나누고 있다 해서 그런 인간적인 마음이 사라지진 않습니다. 첸 타이샨 씨는 그런 사람이 자기 팀의 과오로 죽었다는 것을 받아들일 수 없었던 겁니다."

"흠, 그게 이번 기사의 프롤로그입니까?"

"물론 언론을 이용하는 게 순수하다고 보기 힘들다는 것은 압니다. 공명심이 작용 안 한다고는 할 수 없죠. 하지만 진짜 중요한 건 선의라는 거죠. 죽은 이에게 사죄할 줄 아는 선의 말입니다."

"기자를 직업으로 택한 사람에게 공명심은 중요한 가치죠. 하지만 첸 타이샨은 아니었을 겁니다. 그가 익숙한 것을 모두 포기하고 자신이 포함된 프로젝트의 위험성을 폭로한다?"

야신이 잘라 말했다.

"저라면 그렇게 안 합니다."

"그만큼 좋은 사람이 아니라서?"

"그렇죠. 그리고 전 첸도 그렇게 좋은 사람은 아니라고 생각합니다."

"첸 타이샨 씨는 할 겁니다. 당신 생각보다는 좋은 사람인 거죠."

"아니요. 저는 다른 얘기를 하고 있는 겁니다."

야신이 말했다.

"첸 타이샨을 움직이는 게 다른 동력이라는 이야기요."

요르요스는 무슨 말을 하느냐는 얼굴로 야신을 쳐다봤다.

"이를테면 배신당한 남편이라든가 불륜, 그런 것 말입니다."

요르요스가 입을 떡 벌렸다.

"아닙니까?"

야신이 요르요스 뒤를 보며 말했다. 요르요스가 고개를 돌렸다. 욕실 가운을 입은 젖은 머리의 첸 타이샨이 서 있었다.

"그만두세요."

갈라진 목소리였다.

첸이 야신의 맞은편, 요르요스의 옆자리에 앉으려고 했다. 야신은 그러는 첸을 제지했다.

"옷 입으세요. 나가 봐야 합니다."

야신이 시간을 확인했다.

"길 건너 호텔 레스토랑에 제 이름으로 예약해 놓았습니다. 저녁 7시로."

첸이 엉거주춤한 자세로 일어서며 야신을 뚫어져라 쳐다보았다.

"줄리가 올 겁니다."

"감사팀을 끌고요?"

"글쎄요."

첸은 한숨을 쉬며 침실로 들어갔다. 요르요스가 벌떡 일어나 냉장고에서 맥주를 꺼내 왔다.

"도대체 어떻게 된 건지 얘기를 해 주시죠."

"저희는 나가 봐야 합니다."

"그럼 저도 가겠습니다."

야신은 요르요스를 물끄러미 쳐다봤다. 그가 꽁초를 재떨이에 비비며 말했다.

"줄리 캠벨을 당신도 만나겠다고요?"

"……."

첸이 정장 차림으로 침실에서 나왔다.

"전 못 갑니다."

야신은 눈살을 찌푸리고는 정돈된 첸의 모습을 훑어보았다. 꽈직. 요르요스가 급하게 일어서느라 맥주 캔을 우그러뜨렸다.

"도울 게 아니라면 가시죠."

"줄리가 30분 후에 길 건너 호텔 레스토랑으로 올 겁니다. 광둥요리가 제법 괜찮죠."

첸이 야신을 떫은 얼굴로 보았다. 야신이 어깨를 으쓱했다.

"줄리를 거절하는 게 첸 당신의 버킷 리스트 아닙니까?"

"전 안 나갑니다."

첸이 다리를 떨며 강하게 말했다. 요르요스가 야신 쪽으로 다가섰다.

"나가세요."

"도울 게 아니라면 가라고 하지 않았습니까. 일어서서 나가야 할 사람은 그쪽이죠."

야신이 담배를 꺼냈다.

"줄리는 숨겼지만 옛날 기록에 좀 재밌는 게 숨어 있더군요. 램스필드에서 언론에 손댄 적이 있는 줄은 몰랐습니다."

"그 정도 기업에선 다 합니다. 제대로 못 해서 그렇지."

"줄리가 바로 탐정을 생각해 낸 것도 이상하다 싶었죠. 실험 중에 죽었다는 피실험자가 실려 간 곳은 램스필드 소속의 응급 병동이었습니다. 피실험자는 가족과 연락 끊긴 지 오래인 젊은 독신 남성으로 보험 하나 든 게 없었고요. 소리 소문 없이 묻힐 수 있었죠. 마침 그 시점에 응급 병동에 실려 온 인터뷰이를 쫓아 들어온 기자만 아니었다면 말입니다. 기자는 기사를 독점하려고 했고, 정전으로 인한 서버 다운 때문에 원고를 잃었습니다."

"그 당시엔 환상 허리케인 때문에 정전이 잦았습니다."

"인턴 기자였던 요르요스 카포디스트리아스 씨가 당직이었고, 정전 뒤 복구되지 않은 원고는 그게 유일했죠. 사실 요즘에도 정전이나 서버 다운으로 데이터를 잃는다는 게 가능한지는 모르겠습니다만."

첸이 입술을 깨물었다.

"……내 발로 램스필드 감사팀에 걸어 들어가려 했군요."

"아닙니다. 그건 옛날 일입니다. 아무것도 모르던 사회 초년생일 때요. 정직원이 되기 위해선 지원이 필요했어요. 회사에

선 손 더럽힐 초짜가 필요했고요. 수습 안 되면 내쫓으면 그만이니까요. 정직원이 된 후에 램스필드에 요구하거나 받은 것은 전혀 없습니다. 제가 램스필드를 뒷배로 삼았다면 지금까지 왜 이러고 있었겠습니까?"

"하지만 그때 그 사건을 뒷배로 삼아서 떠볼 작정 아니었습니까!"

"그렇게 치면 야신 카갈리스키 씨 당신도 마찬가지 아닙니까? 힙노스를 만든 사람이 그걸 가지고 드림 컬렉터로 일하잖아요. 당신이야말로 램스필드가 영원한 뒷배 아닙니까!"

"그러니까 두 가지가 같은 경우라고 생각한다는 말이죠."

흠. 신음을 흘리며 야신이 첸을 돌아보았다. 요르요스가 아차 싶은 얼굴로 첸에게 얼굴을 돌렸지만 이미 늦었다.

"이걸로 뜰 생각인 줄은 알았죠. 그 사건에 뭔가 개입되어 있다는 것도 알았고요. 그때 소개받았으니까."

첸이 말했다.

"근데 원고를 없앨 수도 있는 사람인 건 제가 몰랐네요."

"첸 타이샨 씨, 박사님, 제 말 좀 들어 보세요. 저 그렇게 잘 움직이는 사람 아닙니다. 그때의 저하고 지금 저는 달라요."

"기자님 아니어도 저 지금 힘듭니다."

"그럼 어쩌실 건데요? 저더러 나가라고요? 그러실 겁니까? 저치 말을 듣고요? 박사님, 여기가 방공호라고 하셨잖아요. 나가면 휘둘린다고 하셨잖습니까!"

"그럼 저더러 어쩌라고요? 지금 저에게 기자님을 믿으라고요?"

요르요스가 싸대기를 맞은 것 같은 얼굴로 첸을 쳐다보더니 그대로 몸을 돌려 쿵쾅대며 나갔다. 첸이 소파에 주저앉아 얼굴을 양손에 묻었다.

야신이 재떨이에 담배 끝을 탁탁 털면서 천천히 말했다.

"당신들 부부 사이에 무슨 일이 있었는지 저는 모릅니다. 몇 년간 못 보기도 했고요. 그렇지만 조사하면서 들리는 이야기들이 있었죠. 몇 년 전보다 훨씬 이기적이고 인내심이 없어진 줄리, 동료들이 도망치는 게 나을 거라 입을 모으던 당신들의 결혼 생활, 그리고 요르요스라는 기자가 말해 준 힙노스 피실험자의 죽음. 들은 적 없던 이야기들이었죠. 당신이 그로 인한 죄책감에 시달린다는 말도요. 이쯤 되면 당신 부부의 관계에 집중을 안 하고 싶어도 안 할 수가 없게 되죠. 하지만 내밀한 부분은 두 사람이 입을 다무는 한 밝힐 수가 없습니다."

"……전 여기서 꼼짝도 안 할 겁니다."

첸이 낮게 말했다. 야신이 무성의하게 고개를 끄덕였다.

"첸 당신이 사로잡힌 힙노스도 찾아보았죠. 두 힙노스에서 일관되게 나오는 것은 죽음, 여자에 대한 분노와 증오, 두려움, 그런 것이더군요. 당신을 몰랐으면 지금 상당히 위험한 인물의 내면을 보는 게 아닐까 의심했을 겁니다."

첸은 침묵을 지켰지만 이야기에 집중하고 있었다. 야신은 입술을 축였다.

"둘 사이의 문제만으로 보기엔 당신이 죄책감을 느낀다는 죽은 피실험자도 걸렸죠. 조사해 봤습니다. 피실험자의 친구들은 그 시기에 피실험자가 만나는 여자가 있었다더군요. 무척 똑똑하고 화끈한 여자라며 자랑이 이만저만이 아니었다고 하네요. 그가 어디서 그런 여자를 만났는지 다들 궁금해했다더군요."

야신이 재미없는 이야기를 한다는 듯이 툭 말했다.

"아내가 딴 놈이랑 놀아나면 분노에 사로잡히게 되겠죠."

"……."

"좀 의외다 싶었습니다."

야신이 새 담배를 꺼내며 말했다. 첸이 멍한 눈으로 그를 쳐다봤다.

"제가 이런 일을 벌인 게 말인가요?"

"제가 의외였던 건 첸 당신이 줄리 때문에 이런 일을 벌였다는 겁니다. 당신들은, 뭐랄까 상대의 불륜 때문에 커리어를 더럽힐 타입으로는 안 보였거든요."

"하하하."

첸은 건조하게 웃었다.

"우리 관계가 파트너십일 거라고 생각했습니까?"

"어느 정도는 그렇게 생각했었죠."

"그 애도 그렇게 생각했죠. 전 그 애를 싫어했습니다."

첸이 조용히 말했다.

"에너지를 어디에 써야 될지 몰라 우왕좌왕하면서 자기중심도 없는 애였죠. 뜨겁고, 직선적이고, 원한다고 생각하면 돌진해서 강아지처럼 매달렸어요. 아주 귀찮았습니다."

야신은 묵묵히 그의 말을 들었다. 첸이 말을 멈추고 야신을 쳐다봤다.

"죽은 남자애가 몇 살인지 압니까?"

"20대 초반이었던 걸로 알고 있습니다."

"저와 열두 살이나 차이 나죠."

"……."

"치프도 얼굴을 보면 기억날지도 모릅니다."

"그럴 것 같진 않은데요. 워낙 오래전 일이라."

첸은 억지로 미소 지었다.

"전 치프의 그런 점이 늘 부러웠어요. 이성적이고 자존심 강하고. 그가 죽기 전에 회사를 떠난 것도요."

"타이밍 덕이죠."

"위험하다고 판단하자 바로 출시를 미루자고 건의했잖습니까. 경영진이 거부한다고 사표를 썼고요."

첸이 눈을 빛내며 야신을 쳐다봤다. 야신이 그 눈빛을 외면하며 말했다.

"과학자로서의 양심이나 윤리 의식 때문에 그런 건 아닙니다."

"저도 치프를 몇 년간 봐 왔습니다. 그런 이유가 아니라는 것은 알죠. 치프는 정당한 요구를 해도 묵살당하고 경영진에게 좌지우지되는 게 자존심 상했던 겁니다."

야신은 대꾸하지 않았다.

"저도 그런 자존심이 있어야 했습니다. 그 남자애도요. 그랬으면 그런 일이 일어나진 않았을 겁니다."

첸이 오른손을 들어 얼굴을 쓸었다.

"도대체 언제부터 둘이 그런 사이였던 걸까요? 저는 몰랐습니다."

"전혀? 짐작도 못 했습니까?"

"전혀요. 마주칠 일 자체가 별로 없었어요. 그 애는 제가 관리하는 실험조도 아니었으니까요. 저를 노려보는 눈빛을 못 느낀 건 아니지만 그런 쪽으로는 전혀 생각도 못 했죠. 인종주의자인가? 잠깐 그렇게 생각했어요. 그리고 잊었죠. 늘 정신없이 바빴으니까요."

첸이 계속 말했다.

"힙노스 출시 이틀 전이었나……, 밤샘 작업 중에 줄리 연구실에 들렀을 때 처음 현장을 봤죠. 그 남자는 줄리에게 매달리고 있었고, 전 단박에 상황을 깨달았습니다."

괴로운 목소리였다.

"저도 딱 그렇게 매달렸었거든요. 제발 결혼해 달라고. 그해 여름, 뇌 활용 프로그램 증진 연구를 위한 제17차 홍콩 학회에 줄리가 나와서 생각지도 못한 비전들을 연달아 제시할 때부터 저는 그 여자한테 홀딱 빠졌으니까요. 그 여자는 진짜 천재였어요. 살아 있는 과학의 여신이었다고요. 줄리는 제가 그렇게 우러러봐 주는 게 좋아서 저와 결혼했죠. 그리고……, 보셨잖아요? 저는 오랜 세월 줄리를 위해 성심성의껏 보조하면서 살아왔어요. 그녀의 천재성을 꽃피우는 데 도움이 될 수 있다면 힘들 것도 아까울 것도 없었다고요. 그런데 줄리는 더 어린놈이 더 우러러보니까 바람을 피운 겁니다! 제가 어떻게 해야 했겠습니까?"

"......."

"모르는 척했습니다. 왜 그랬는지 모르겠어요. 바로 나서면 이혼할 수 있었는데."

"그래서 어떻게 했습니까?"

"줄리가 안드레아의 실험조로 그를 옮기는 것도 모른 척했습니다. 일정이 꼬인 안드레아가 분을 삭이는 것도 모른 척했습니다. 그가 저를 죽일 듯 노려보고 줄리를 버림받은 개 같은 눈으로 좇는 것도 모른 척했습니다. 그가 실험 참가자 규정을 어기고 술 냄새를 풀풀 풍기며 실험실로 가는 것도 모른 척했습니다."

첸이 조용히 말했다.

"그리고 죽은 것도 모른 척했습니다."

"......."

"그가 쓰러져서 실려 갔을 때, 저는 줄리의 얼굴을 쳐다봤습니다. 그냥 아무 변화도 없었어요. 쌍년."

흐흐흐. 고개를 숙인 첸이 이상한 웃음을 흘렸다.

"이건 배신이에요."

"배신이죠."

"제 존재가 그것밖에 안 됩니까? 제가 한 것으로는 모자란단 말이냐고요. 게다가 제가 왜 그 애를 기억해야 합니까? 왜 제가 죄책감을 느껴야 하죠? 그 새파랗게 어린애랑 놀아난 것도, 죽음으로 몰고 간 것도 줄리 그 여잔데!"

"당신을 닮았다면서요."

"빌어먹을. 그 남자애가 사랑을 조르던 모습은 옛날의 저와 몹시 닮았어요. 정말 짜증 나는 일 아닙니까. 줄리도 아닌 제가 왜 그 남자애를 못 잊고 있어야 하죠?"

야신은 침묵을 지켰다. 담배가 다 타들어 갔지만 야신은 꽁초를 재떨이에 비빌 뿐 새 담배를 꺼내지 않았다. 이야기가 끝나 가고 있었다. 한참 만에 첸이 말했다.

"누군가 책임을 져야 합니다."

"첸 당신이 질 겁니까?"

야신이 물었다.

"아니면 안드레아가?"

첸은 대답하지 않았다. 야신이 말했다.

"솔직하게 줄리가 책임을 져야 한다고 말하시죠."

"……."

"그리고 그다음엔 당신이 저지른 일을 책임지면 됩니다."

"제가 저지른 일이요?"

"프로그램은 왜 가져간 겁니까?"

"줄리가 망신당했으면 했습니다."

야신이 무표정한 얼굴로 첸을 쳐다봤다.

"줄리는 줄곧 부정했지만, 그 프로그램을 퍼뜨려서 마케팅부 의견이 맞다는 걸, 힙노스가 줄리 생각대로 대단한 물건이 아니라는 걸 알리고 싶었어요. 그 대단하신 천재성을 엿 먹이는 거죠. 그 꼴을 보면 속이 좀 풀릴 것 같았습니다."

"그러다 뜻대로 일이 풀릴 기미가 없자 직접 행동에 나서기로 한 겁니까?"

"그럴 생각까진 없었습니다."

"하지만 꿈 치료실에서 그 힙노스를 몇 번째로 꾸는 순간 더이상 참을 수 없게 됐겠죠."

첸이 고개를 번쩍 들고 야신을 보았다.

"그 힙노스 이상하지 않았습니까? 다른 힙노스보다 강렬하게 사로잡히고, 힙노스를 하지 않을 때조차 그 꿈을 꾸게 되죠. 저는 그 힙노스를 만든 사람을 압니다. 란츠만 호응도가 비정상적으로 강한 꿈을 꿔 대는 놈이죠."

"제가 그 꿈에 사로잡힌 건 내용 때문입니다."

"첸 당신이 한 일이 그겁니다."

"예?"

"많은 이들이 당신이 유포한 힙노스 매칭 프로그램 새 버전 때문에 돌연변이 꿈에 사로잡혀 휘둘렸을 겁니다. 당신 또한 그랬고요."

"무슨 말을 하고 있는 건지 모르겠습니다."

"당신은 어떤 일이 일어날지 짐작도 못 했을 겁니다. 개발자들은 상용화되었을 때 예상 밖의 사태가 벌어질 가능성이 많다는 것을 잘 인지하지 못하니까. 프로그램은 의도대로 돌아갈 것이라고 믿었겠죠."

야신은 그가 봐 왔던 카이야의 꿈과, 그 힙노스를 꾸는 바람에 사건을 일으키고 말았던 사람들에 대해 말했다. 왜 사람들은 그저 힙노스를 골랐을 뿐인데 카이야의 꿈이 유도미사일처럼 그들에게 찾아가는지 고민했던 것도. 첸의 얼굴이 창백해졌다.

"그게, 우리가 힙노스 매칭 프로그램을 유포했기 때문이란 겁니까?"

"새 버전을 유포해서 그런 일들이 더 많이 일어나게 될 겁니다."

"그럴 리 없습니다."

첸이 단박에 부정했다. 야신은 아무 말도 하지 않았다. 첸은 점점 목이 졸리는 것 같은 얼굴이 되었다.

"어떡하죠? 램스필드에선 저를 내쫓을 겁니다. 다른 회사들도 안 받아 줄 거예요."

"기술 유출범이죠. 산업스파이만큼 골치 아픈."

"고소하겠죠?"

"램스필드 말입니까? 그렇겠죠. 게다가 소브컴도 이 사건을 쫓고 있습니다."

첸은 비 오듯 땀을 흘리기 시작했다.

"전 끝장이에요."

"각오하고 시작한 일 아닙니까?"

"저……, 전 그러니까……, 그 꿈에 휘말린 겁니다. 그 돌연변이 힙노스에 휘말리지만 않았으면 이렇게까지 일을 벌이진 않았을 건데……."

인과관계가 잘못됐잖아. 야신이 냉정하게 생각했다. 첸이 힙노스 매칭 프로그램 새 버전을 실험해 보지 않았다면 카이야의 꿈에 사로잡힐 일도 없었을 것이다.

"전 딱 세 군데 시뮬레이션 센터에 적용해 봤을 뿐이에요. 그래요. 확 퍼뜨릴 생각을 안 한 건 아닙니다. 그렇지만 진짜 하지는 않았어요!"

야신은 첸을 뚫어져라 쳐다보았다.

"……무서웠으니까요."

그 말을 힘들게 하면서 첸의 얼굴에 났던 땀이 잠깐 사이에 말라붙었다. 야신은 순식간에 차갑게 식은 첸의 이마와 목을 보며 물었다.

"뭐가 더 있는 겁니까?"

첸은 대답하지 않았다.

"왜 여기 계속 있으려는 거죠? 사실은 폭로하기 싫잖아요. 못 견디고 저질렀지만 금세 후회했겠죠. 한참 전부터 마음속으로 발을 빼고 있지 않았습니까."

"치프는 왜 그렇게 자신하죠?"

"아니라면 조금 전에 요르요스를 잡았을 테니까요."

"제가 그를 내칠 기회를 기다리고 있기라도 했단 겁니까?"

"아닙니까?"

"저는 줄리가 아닙니다."

"그녀를 괴물로 만들면 당신이 좀 더 편해지긴 하겠죠."

야신이 조소했다.

"외계인도 인류도 안중에 없는 과학의 여신, 여자들의 목을 치는 미치광이 괴물 같은 그림자 주인으로 말입니다."

첸의 눈이 번득였다. 딱딱해진 얼굴에서 눈에만 감정이 실려 위협적인 기색이 감돌았다. 화를 내는 건지 공포에 질린 건지 알 수 없는 표정이었다.

"그 여자가 나를 먼저 배신했어요."

"그리고 무시했고요. 그러니까 당신이 피해자처럼 구는 건 어쩔 수 없는 일이고, 다른 사람들을 카이야 레만의 꿈에 끌어넣는 것도 당신 잘못이 아닌 거겠죠. 그런 겁니까?"

"전 더 견딜 수가 없었어요!"

첸이 소리치며 일어섰다.

"치프도 그렇게 생각합니까? 제가 그 정도 인간이라고?"

"지금 그게 중요합니까?"

야신이 되물었다.

"지금 이 방 밖에서 무슨 일이 일어나고 있는지, 첸 당신이 어떤 일을 저질렀고 어떻게 수습해야 하는지는 관심 없습니까?"

"네, 없습니다! 없어요! 제가 저질러 버렸으니까요!"

첸이 외쳤다.

"뭘 말입니까?"

심상치 않다는 것을 느낀 야신이 첸의 팔을 잡았다.

"무슨 일입니까. 뭔가 더 있죠?"

잠시 첸이 야신을 벼랑 끝 동아줄 잡듯 쳐다봤다. 첸은 눈을 껌벅였다. 충혈된 눈으로 그가 빈 샴푸 통을 흔들어 누른 것 같은 소리를 내며 웃었다.

바람이 빠지고 덜거덕대는 소리였다. 첸의 내면에서 저울이 한쪽으로 기울었다. 문이 닫혔다는 것을 알아챈 야신이 손을 놓았다.

놓자마자 첸은 도망치는 것처럼 호텔방을 빠져나갔다.

야신은 호텔방에 홀로 남아 우두커니 서 있었다. 냉장고를 열어 맥주 캔을 꺼내고 소파에 앉기까지 무척 오랜 시간이 걸렸다. 진창 속에 발을 담그고 있는 것 같은 기분이었다. 첸이 나가면서 속삭인 말이 자꾸만 귓가에 휘휘 돌았다.

'과학의 여신은 짐작도 못 할 일이요.'

8. 소버린의 천사들

어두워지자 판타소스 돔의 도로는 무인택시들로 꽉 찼다. 유명한 래빗홀 앞에는 정차할 곳을 찾는 무인택시들이 줄을 섰고, 골목 깊숙이 자리 잡은 보다 비싸고 은밀한 고급 래빗홀들로 찾아드는 무인택시들은 미등을 끄고 움직였다. 무인택시 안에 탄 승객들을 노리고 래빗홀의 홀로그램들이 도로를 향해 번쩍였다. 섹시한 미남 미녀의 홀로그램들이 차창에 맺히면서 잠재 고객들을 유혹할 때마다 차랑차랑 방울 소리 같은 동전 소리가 울리며 누군가 유혹에 넘어갔음을 알렸다.

남자는 이 시각의 판타소스 돔에서만 느낄 수 있는 분위기가 좋았다. 복작대면서도 나른하고, 향락을 약속하지만 아직은 조금 점잔 빼는 이 분위기에는 셔츠 단추를 두 개쯤 풀게 만드는 마력이 있었다.

선팅한 차창에 손가락을 갖다 대면 요정 같은 얼굴의 홀로그램이 그의 손가락에 자기 손가락을 거는 시늉을 하며 달콤한 목소리로 자기네 래빗홀에 와 달라고 조른다. 귀엽다는 듯 뺨 부근을 툭툭 치는 손짓을 하면 홀로그램은 금세 섹시한 빨간 머리 미녀로 바뀌어 좀 전과는 다른 래빗홀의 이름을 허스키하게 속삭인다. 남자는 저도 모르게 문에 바짝 몸을 붙였다. 그리고 미녀가 말하는 래빗홀의 이름을 따라 하기 위해 입을 벌렸다.

그 순간 총에 맞은 것처럼 홀로그램 미녀의 이마에 커다란 구멍이 뚫렸다.

남자가 비명을 지르기도 전에 홀로그램이 차창에 달라붙었다. 홀로그램이 마치 질량을 가진 물체처럼 무너지는 모습에 남자는 잠깐 의아해했지만 차창의 유리가 함께 녹아내리고 있는 눈앞의 광경을 보자 그런 여유는 사라졌다.

창밖은 아비규환이었다. 도로를 향해 빛나던 홀로그램들이 일제히 꺼지고 택시들 위로 뜨거운 검은 비가 쏟아졌다. 진흙이나 타르처럼 끈끈한 검은 비에서는 악취가 났고, 비를 맞은 무인택시 지붕에서는 김이 올랐다. 택시에서 뛰어내린 사람들이 검은 빗줄기에 맞고 좀 전의 홀로그램처럼 쓰러져 갔다.

콰앙!

폭발음이 들리자 남자는 차라리 안도하는 기분으로 소리가 난 쪽을 쳐다보았다. 이 상황보다는 폭발음이 훨씬 익숙했다. 이 굉음은 적어도 상식의 영역에서 온 소리 같지 않은가.

그렇지만 폭발로 입구가 터져 나간 래빗홀 앞에서는 상식과는 몇만 광년은 떨어진 일이 벌어지고 있었다. 래빗홀 입구에 장식되어 있던 싸구려 천사상이, 검은 빗줄기를 맞을수록 고장 난 마리오네트처럼 흔들리며 깨어났다. 천사였다. 검은 머리에 상아처럼 흰 피부가 극명한 대비를 이루고, 긴 속눈썹이 파르르 떨린 후 열린 눈은 찬란한 녹색이었다.

천사는 비명 소리를 들으며 무표정하게 서 있었다. 사방으로 날리는 유리 조각들과 강화플라스틱 파편들을 피해 달아나고 엎드렸던 사람들이 뒤를 돌아보았다.

그 순간 남자와 사람들은 똑같은 생각을 했다.

이것이 현실일까?

꿈에서 오려 내 붙인 것 같은 아름다운 소년 천사가 난데없이 나타나, 지금 일어난 사고를 비현실로 만들었다. 비현실 같다는 느낌이 공포로 마비된 이성을 손톱으로 긁는 것처럼 깨웠다. 조금씩 다른 가능성들이 생각났다. 엉덩이를 차인 토끼처럼 도망치느라 미처 떠올리지 못했던 가능성들. 이곳이 판타소스 돔이라는 것. 판타소스 돔에서는 환상이 새어 나오거나 그에 휘둘리는 일이 잦다는 것. 그러므로 이 모든 일이 결국 환상일 수도 있다는 것.

그가 아름다운 천사를 쳐다보았다. 천사 옆, 폭파된 래빗홀 밖에 서서 피를 흘리던 소녀가 짐승처럼 소리쳤다.

"천사!"

드디어 해냈다는 듯 격한 목소리였다.

남자는 어지러워하며 눈을 깜박였다. 그렇게 하면 눈앞의 상황이 바뀌고 멀쩡해질 것처럼. 착각이었다. 환상인지 현실인지 모를 상황은 아직 강력했다. 남자가 탄 무인택시의 문이 검은 비를 맞고 김을 피워 댔다. 파편에 다리를 찔려 길바닥에 누운 사람이 검은 비를 맞으며 고통스럽게 버둥거렸다.

갑자기 세찬 바람이 불고 에어카 몇 대가 동시에 급강하하면서 소녀를 에워쌌다. 소브컴의 에어카들이었다. 잠깐 망설이던 소녀가 재빨리 천사를 곁눈질하고는 손에 쥔 것을 입에 털어 넣었다.

소녀가 쓰러지면서 검은 비가 멈췄다. 천사가 사라졌다. 녹아내렸던 무인택시들이 원래의 모습을 되찾고 홀로그램들이 다시 반짝이기 시작했다. 다시 원상태로 돌아온 택시의 차창에 이번에는 청순한 브루넷의 미녀 홀로그램이 맺히며 자신이 소속된 래빗홀의 이름을 수줍게 말했다.

"하, 하하……."

남자가 웃었다. 목이 졸리는 기분이었다. 그는 주위를 둘러보았다. 처음과 달라진 것은 폭파된 래빗홀 하나뿐. 그리고 래빗홀 폭파 잔해 앞에 쓰러진 소녀 하나와 그녀를 가리듯 에워싼 소브컴의 에어카들뿐이었다.

무슨 일이 있었던 건지 알 수도 없고 알고 싶은 마음도 없었지만, 소리치고 쓰러진 소녀가 환상을 만들고 천사를 불러냈다는 것은 명백했다. 아무것도 못 봤어. 남자는 다짐하듯 중얼거렸지만 그 말이 자신의 귀에도 너무 약하게 들렸다.

남자는 판타소스 돔의 저녁 공기가 갑자기 차갑게 느껴져 몸을 떨었다. 사방에서 반짝이는 홀로그램들이 그의 앞에 펼쳐진 그물 같았다.

* * *

일리야 노리친은 소녀가 자결하는 것을 멀리서 지켜보면서 대기하고 있었다. 옆에 선 첸 박사가 그가 보는 방향을 바라봤다.

"구할 수 있었는데."

"늦었습니다. 폭파 팀이 빠져나가는 것이 우선입니다."

첸 박사는 새삼스럽다는 듯이 일리야를 훑었다.

"진짜 전문가 같네요."

"아닙니다."

"전에 경찰이었다고 했나요?"

"예."

"지금 봐선 전직 군인 같은데요. 노련하고."

"특수 분과였으니까요. 첸 박사님이야말로 이런 상황에서 침착하십니다. 과학자이시라고 들었는데."

첸은 애매하게 웃었다. 그는 깍듯한 일리야의 태도에 영 적응하기 어려웠다. 이번 계획만이 아니라 다른 계획들도 그의 머릿속에서 나왔다는 것을 알면 일리야가 어떤 반응을 보일까 생각하면 편치 않은 기분이었다.

"뭐 좀 여쭤 봐도 됩니까?"

일리야가 물었다. 첸이 고개를 끄덕였다.

"그럼요."

"지금까지는 부활 작업을 하면 천사를 부활시키는 환상만 있었는데, 이번에는 왜 천사 부활을 신청한 신도에게 폭파 팀을 붙이셨습니까?"

"음……."

첸은 말을 고르며 고개를 들었다. 소브컴의 에어카가 한 대만 남고 떠오르고 있었다. 그는 황급히 고개를 내렸다.

"……지금까지는 우리만 있었죠."

"우리요?"

"소버린과 저, 그리고 당신 같은 신도들 말입니다. 소버린의 꿈과 환상과 그 힘에, 에너지에 매료된 사람들. 우리는 기적을 만들 수 있다고 믿었어요. 그렇지 않습니까?"

"네, 우리는 기적을 만들었습니다."

"그렇죠. 소버린을 믿게 된 신도들이 천사를 부활시키는 기적을 보였어요. 그 기적을 행하면 사도가 되는 영광이 주어졌고요."

일리야가 고개를 끄덕였다. 첸이 물었다.

"지금까지 몇 번의 천사 부활이 있었죠?"

"아홉 번입니다."

"이제 우리가 아닌 다른 사람들도 슬슬 알게 되었을 거예요. 일관된 천사 환상이 나타나고 있다는 것을요. 그래서 소브컴의 에어카가 몇 대나 왔을 테죠. 마야 사람들이 천사라는 존재를 인지하게 만들었으니 초석을 다진 셈이에요. 이제 기둥을 세울 때입니다. 천사 부활이 있을 때마다 진짜 사고를 일으키는 겁니다."

일리야는 이해가 가지 않는다는 얼굴로 첸을 쳐다봤다.

"왜 그런 일이 필요합니까?"

"그야 당연히, 마야를 소버린께서 지배하는 환상의 왕국으로 만들기 위해서 아니겠습니까. 그러려면 포교를 해야죠."

"이런 일들이 포교와 무슨 관계가 있는지 모르겠습니다."

일리야가 빠르게 말했다.

"포교는 지금도 충분히, 다른 식으로 하고 있잖습니까. 소버린의 꿈을 꾼 사람들이 제 발로 찾아와서 충성을 맹세합니다. 저도 그랬고."

"뭐가 마음에 안 들어요?"

첸의 질문에 일리야는 잠시 주춤했다.

"소버린의 뜻에 이러쿵저러쿵할 뜻은 없습니다."

하지만 이건 네 뜻이고 네 작전이잖아, 더럽게 머리 굴리는 엘리트 자식아. 일리야의 눈빛에서 그런 비난이 읽혔지만 첸은 모른 척했다.

"큰 그림의 일부입니다. 제 발로 찾아오지 않는 사람들도 소버린의 영광을 알게 만들어야지요."

"그래서 이런 일이 필요하다고요?"

일리야는 여전히 납득되지 않는다는 표정이었다.

"소버린께선 '사람은 작은 것에서 큰 것을 상상해 낸다.'고

하셨죠. 그분 말씀이 옳아요. 우리는 소버린의 힘을 조금씩 보여 줄 겁니다."

첸이 계속 말했다.

"소버린의 힘을 처음 접하면 겁먹을 사람들도 있을 것이고, 소브컴 같은 반대 세력들은 초반부터 우릴 방해하려 설칠 테니까요. 점진적으로 다가가야 합니다."

"……."

"사고가 일어날 때마다 천사가 나타나면 사람들은 천사가 사고를 부른다고 생각하게 되겠죠. 파괴의 아이콘이 되는 거지요. 권능의 천사처럼요. 그러면 자연스럽게 연상하게 될 겁니다. 천사를 부리는 신이 있다고요. 적어도 천사를 나타나게 하는 존재가 마야에 있다고 말이에요."

첸의 얼굴이 빛났다.

"그때 소버린께서 나타나 기적을 행하시면 마야의 진정한 신이 누구인지 모두 알게 되겠지요. 마야는 환상의 왕국이 될 겁니다."

일리야는 딱딱한 표정으로 그러는 첸을 보고만 있었다. 일리야가 당연히 동조할 줄 알았던 첸은 머쓱해졌다. 사이비 종교의 2인자가 된 후 신도들에게 소버린과 환상의 왕국 마야 이야기만 하면 격한 공감을 받아 왔건만, 일리야 노리친은 가장 열성적인 신도 중 하나면서도 가끔 예상치 못한 지점에서 헛발질하게 만드는 데가 있었다. 첸은 일리야의 이런 점이 영 어려웠다.

"이런 유흥 행성 따위가 아니란 말입니다. 소버린이 이끄는 환상의 왕국이 시작되는 겁니다."

첸이 강조하듯 다시 한 번 말했다. 일리야가 고개를 끄덕이며 폭파 현장을 흘깃 쳐다보았다. 소녀의 시신을 수습한 소브컴의 마지막 에어카가 출발하고 있었다.

"그녀는 사도가 되었습니다. 가시죠, 첸 박사님."

일리야가 말하더니 걸음을 떼었다.

"어쨌든 천사를 부활시켰으니 사도가 된 것이 맞습니다. 그렇죠? 그러니 영원한 환상 속에서 살겠지요?"

부러움과 불신이 뒤섞인 말투였다. 첸은 당황하면서 일리야를 뒤쫓았다. 일리야는 카이야 레만의 충견이었다. 그래서 카이야 레만이 그를 첸의 보디가드로 붙였던 것이다.

지난번 호텔에서 야신 카갈리스키의 추궁을 받고 뛰쳐나와 바로 카이야에게 돌아갔을 때, 카이야는 관대한 척 웃었었다. 그렇지만 신도들 중 제일 열성적이고 믿음직한 자를 첸에게 붙여주었다.

일리야 노리친. 첸과 카이야가 엄선한 카이야의 꿈을 퍼뜨리기 시작한 초기에 찾아온 열성 신도였다. 제일 충성스런 사냥개를 책사에게 내린 셈이었다. 카이야도 첸도 일리야도 알고 있었다. 일리야는 첸이 또다시 도망가지 못하도록 감시하러 보낸 카이야의 최측근이었다.

그런데 방금 그 반응은 뭐란 말인가?

첸은 일리야와 보폭을 맞추느라 헐떡이며 반쯤 뛰다시피 했다. 일리야 노리친은 골똘한 얼굴로 기계적으로 걷고 있었다. 첸은 일리야에게 소녀가 사도가 된 것이 부럽냐고 물을 생각이었다.

"당신은 왜 사도가 되지 못했습니까?"

갑자기 튀어 나간 것은 본심에 더 가까운 말이었다. 일리야가 멈춰 섰다.

"첸 박사님을 지켜야 하니까요."

"천사를 부활시켜도 절 지킬 수 있잖습니까. 아까 그 신도는 소브컴에 잡힐까 봐 순교한 겁니다. 사도가 된 것과는 상관없어요."

다른 가능성에 생각이 미친 첸이 물었다.

"아, 혹시 다른 꿈을 꾸고 소버린께 감화됐나요?"

"저도 천사 꿈을 꾸었습니다."

일리야가 대답했다. 작은 목소리였다.

"뭐라고요?"

"저도 천사 꿈을 꾸었습니다, 첸 박사님."

"그런데 왜?"

"저는 천사 부활을 할 수 없습니다. 천사를 상상할 수 없어요. 부활도 시킬 수 없습니다."

"소버린을 믿지 않습니까?"

"믿습니다. 박사님도 아시지 않습니까. 소버린께서는 제 삶에 동아줄을 내려 주셨습니다."

대화가 계속될수록 첸은 점점 더 오리무중으로 빠지는 기분이었다.

"그럼 왜?"

"죄책감을 느낄 이유가 없기 때문입니다."

일리야의 말에 첸은 어리둥절해졌다. 일리야가 말했다.

"그 꿈은 살인자의 꿈입니다. 부도덕한 살인자의 꿈이요."

"어……, 그, 그런 면이 없지는 않죠. 하지만……."

첸의 말을 일리야가 단호하게 끊었다.

"전 잘못하지 않았습니다."

"그야 그렇겠죠. 하지만 그 꿈을 꾸고 난 뒤, 천사를 살리고 싶다는 생각이 든 신도들이 모두 살인자의 심정이었던 건 아니잖아요."

"조금씩은 있었을 겁니다."

그러는 당신도 그 꿈을 꾸고 카이야 레만을 믿겠다고 찾아왔잖아. 첸은 따지고 싶은 마음과 예상치 못한 완고함에 질린 기분 사이에서 갈팡질팡하면서 멈춰 섰다.

"허, 거참. 말이 되는 소리를 해야지."

첸은 부러 큰 소리로 투덜거리면서 일리야의 뒷모습을 쳐다봤다. 일리야는 혼자 뚜벅뚜벅 걸어가다가 딱 시야 끝쯤에서 다시 돌아왔다. 얄밉다는 생각이 들어야 했지만 첸에게 그런 생각은 없었다. 돌아오는 일리야의 모습에서 그가 처음 카이야와 자신 앞에 나타났을 때가 겹쳐 떠올랐기 때문이다.

소버린에게 구원받았다고 확신하는 일리야 노리친이, 왜 그 때의 불면증 환자처럼 보이는 것인지 알 수 없는 노릇이었다.

라우라는 귀신에 홀린 기분으로 눈앞의 조각상을 바라보았다. 조각상은 칠이 다 까진 채 폭파 현장의 먼지를 고스란히 뒤집어쓰고 있었다. 늘씬하니 매끈하게 뻗은 다리 표면에 박힌 강화플라스틱 파편과, 페인트칠 끄트머리가 금방 떨어질 듯 펄럭대는 두상과, 금이 가 흔들거리는 손목까지.

모든 것이 지금 이 일이 현실이라고 알리고 있었다.

'꿈에서 본 것과 똑같아.'

일주일 전 마야에 처음 오자마자 아난다 돔에서 꾼 힙노스는 상상 이상이었다. 주인공이 우연히 천사와 마주치고 바로 이어지는 사고를 목격하면서 자신을 부르는 신의 목소리를 듣게 되는 이야기. 라우라는 대번에 그 꿈에 사로잡혔지만 그래도 자신이 이 정도로 푹 빠지게 될 것이라고는 생각지 못했다. 모처럼 갖게 된 마야에서의 시간을 한 가지 힙노스로 보내는 것은 너무 아깝지 않은가.

그녀는 즐길 수 있는 한 즐기고 갈 예정이었다. 다양한 힙노스는 물론, 판타소스 돔의 유명한 래빗홀과 모피어스 돔의 촬영장도 둘러볼 생각이었다. 때마침 모피어스 돔에서는 그녀가 좋아하는 감독이 신작을 촬영 중이라고 했다. 그녀는 호텔 침대에 누워 눈을 감으면서, 내일은 꼭 모피어스 돔부터 가서 사인을 받아야겠다고 다짐했었다.

하지만 다음 날 일어나자 라우라는 아난다 돔으로 향했다.

자꾸만 생각나는 힙노스가 꼭 자신의 꿈인 것만 같았다. 힙노스가 너무 강력해서 그런 거야. 그녀 안의 이성적인 부분이 설득했다. 다른 힙노스를 꿔 보면 그런 기분에서 벗어날지도 모른다고.

그렇지만 그녀가 고른 어떤 힙노스도 처음의 그 힙노스만큼 강력한 체험을 주지 못했다. 몇 번이고 다시 그 힙노스를 꾸면서 라우라는 자신이면서도 자신이 아닌 존재가 되어 기적을 목격하고, 자신이 계시를 받았음을 깨닫고, 신을 만나는 일을 반복했다. 어떻게 그러지 않을 수 있겠는가. 그 꿈에서는 자신이 특별한 사람이었다. 선택받은 사람이며 황홀한 종교적 체험을 하는 사람이었다. 진짜 주인공이었다.

'이상해.'

라우라는 손을 떨었다. 천사 조각상이 다시 한 번 흔들렸다. 꿈이 현실로 파고 들어오다니, 이게 말이 되는 건가? 원래 꿈이 현실의 반영이고 무의식이 필터인 게 아니었나?

'아니, 어쨌건 그 꿈은, 그 힙노스는 남의 꿈이잖아. 다른 사람의 꿈이 왜 내 현실에서 똑같이 일어나는 거지? 이상해. 이상하다고.'

지금도 그런 꿈의 연속이 아닐까 싶은 기분이었지만, 무릎을 꽉 잡은 손에서 느껴지는 열기와 떨림은 꽤 생생하고 현실적이었다.

'어디까지 이어지려는 거지?'

시작은 트램이었다. 힙노스 속에서 일어나는 트램 사고의 트램, 그 트램이 그녀가 마야에서 타는 트램과 똑같이 생겼다는 것을 깨달으면서부터였다. 닉스 돔의 호텔에서 아난다 돔의 단골 시뮬레이션 센터에까지 이어지다 판타소스 돔을 가로지르는 53번 노선의 회색 트램.

꿈의 주인공은 트램 정류장에서 도로 건너편을 바라보면서 앉아 있다. 그리고 검은 비가 내리고 천사가 깨어난다.

53번 트램을 타고 가다가 내릴 곳을 지나친 것은 우연이었다. 꿈속의 도로와 천사상이 보이는 정류장을 발견한 것도. 홀린 듯이 그곳에서 내려 정류장 한편에 자리 잡은 것은 호기심에서였다. 꿈에서와 똑같은 각도로 정류장이 한눈에 들어왔다. 53번 회색 트램이 오가는 것을 스무 번은 지켜보면서 못 떠나고 있던 것 또한 호기심 때문이었다.

무엇을 기대했던 걸까?

이상하다고, 이상하다고 생각하고 또 생각하면서도 그녀는 그 자리에 앉아 기다렸다. 그리고 검은 비가 내렸고 천사가 나타났다. 가까이 있어도 거리를 가늠하기 어려웠지만, 꿈에서라도 상상하기 힘들 정도로 아름다운 소년이라는 것은 분명히 알 수 있었다.

그리고 사고가 일어났다. 꿈속에서처럼.

에에에에에엥!

사이렌 소리가 크게 울렸다. 멀리서부터 귀를 찢는 소리를 내며 앰뷸런스 에어카들이 날아오고 있었다. 우왕좌왕하다 흩어진 사람들 사이에서 부상자들이 들것에 실려 옮겨졌다.

명치께가 간질거렸다. 누군가 사고를 일으킨 사람의 공범이 된 것 같은 기분이 들었다. 누구와? 천사의 환상과? 스스로도 말이 안 되는 이야기라는 것을 알았지만 죄책감과 비밀을 공유한 것 같은 두근거림이 손을 잡고 혈관 속을 뛰었다.

에에에에엥!

앰뷸런스 에어카들이 다시 날아올랐다. 소리가 멀어지는 방향으로 고개를 들자 빗줄기가 광고 속의 슬로우 모션처럼 천천히 떨어지기 시작했다. 라우라는 숨을 멈췄다. 이상한 일투성이였다. 대관절 꿈속의 일이 현실에서 일어난다는 것이 말이나 되는 소리인가. 그것도 자신의 꿈도 아닌 빌려 꾼 힙노스에서 나온 대로? 그녀가 빌린 힙노스가 예언자의 꿈이라도 된단 말인가? 더 이상한 것은 그것을 따라가고 있는 자신이었다.

'그렇지만 궁금하잖아.'

이상한 일이었다.

'이런 이상한 일들을 겪으면서 바로 돌아가는 게 더 이상한 일 아니야?'

궁금했다. 앞으로 어떤 일이 벌어질지 궁금했다. 지금까지처럼 앞으로도 꿈과 똑같이 진행될지, 힙노스에서와 똑같이 가슴이 터질 것 같은 경험을 할 수 있을지 궁금했다. 그녀는 가방을 움켜쥐고 일어섰다.

비를 맞으며 뛰는 동안 라우라는 불안했고 의문투성이였으며 행복했다. 그녀의 인생에서 이렇게 불확실한 것을 위해 힘껏 뛰어 본 적이 있던가? 이렇게 바보스러운 일에 온몸을 던져 본 적이 있던가? 그녀는 이별 앞에서 상대의 발을 잡고 매달리는 여자들을, 눈이 튀어나올 듯이 경마에 몰입하는 족속들을, 제 욕심에 눈이 멀어 사기의 덫에 질질 끌려가는 인간들을 경멸의 눈으로 지나치며 약빠르게 살아왔다. 그렇지만 지금, 전혀 현명하지 않은 이 순간, 꿈속의 메아리를 찾아 현실의 도로를 질주하는 이 순간만큼 스스로가 용감하게 느껴진 적은 없었다.

빗줄기와 내려앉은 어둠으로 어스름해진 시야 속에서 '천국 시뮬레이션 센터'를 발견했을 때 라우라는 걸음을 멈췄다. 그녀는 홀린 것처럼 시뮬레이션 센터 입구로 들어섰다. 꿈에서와 똑같은 하얀 로비에서 꿈에서 본 남자가 그녀를 맞이했다.

"……."

남자는 아무 말 없이 라우라에게 은색 원통을 건넸다. 힙노스였다. 라우라는 갑자기 꿈에서 깨어난 것처럼 눈을 크게 뜨고 돌아서 나가는 자신을 그렸다. 잠깐이었다. 1초도 안 되는 시간 만에 그 상상은 사라졌고, 들고 있던 가방마저 팽개치며 힙노스를 양손으로 공손히 받는 그녀만이 있을 뿐이었다. 남자가 말했다.

"그대에게 내리는 메시지입니다."

라우라는 이것이 계시임을 직감했다. 꿈을 꾸고 나자 그녀는 확신했다.

이곳 마야에서 그녀는 신을 만났다.

* * *

　일리야 노리친은 첸 타이샨 박사가 숙소에 들어간 것을 확인하고 문을 밖에서 잠갔다. 교대하러 온 신도가 입버릇처럼 하는 소리를 또 되풀이했다.

　"잠그는 건 너무하잖나."

　"그럼 싱이 열어 주든가요."

　그 말에는 대답 않고 신도가 말했다.

　"첸 박사님처럼 소버린을 위해 많은 일을 하는 신도가 어디 있나? 첫 번째 신도였다면서. 처음 꿈을 퍼뜨리자고 한 것도 첸 박사님이라며."

　"……."

　"공이 있는 사람을 이리 대우하면 안 돼. 첸 박사님 아니었다면 우리들이 이렇게 소버린을 만나고 믿을 수 있었겠어?"

　그런 이야기를 늘어놓을 때마다 그랬듯이 일리야는 입을 다물었다. 이자는 더 나중에 소버린을 따르기 시작했기 때문에 모르는 것이다.

　첸 박사는 양순해 보이는 얼굴에 점잖은 말투를 쓰는 호감 가는 사람이었지만 보이는 것과는 꽤 다른 인물이었다. 그는 소버린의 첫 번째 신도이며 오른팔이고 브레인이었지만, 소버린을 배신하고 도망쳤던 유일한 신도이기도 했다.

　일리야가 첸 박사의 첫 배신을 눈치챘던 것은 그가 초기 신도이면서 첸 박사의 보디가드였기 때문이다. 초기 신도로서 둘 사이에 흐르는 봉합 후의 미묘한 기류를 느꼈던 일리야가 이후 첸의 보디가드 노릇을 하면서 알게 된 단편적인 사실들과 맞춰 보면서 진실을 알아차렸던 것이다.

"……."

일리야는 앞에 선 신도를 빤히 응시했다. 그에게 첸 박사의 배신 행적을 이야기하면 뭐라고 할까? 지난 일이라고, 진짜 신을 찾은 진실한 신도도 인간이기에 한 번쯤은 흔들릴 수 있다고 말할까?

"왜 그렇게 봐?"

일리야가 고개를 흔들었다. 첸 박사님처럼 소버린을 위해 많은 일을 하는 신도가 어디 있냐고 묻는다면 할 말은 없었다. 하지만 그 일들이 정말 소버린을 위한 것일까? 일리야는 후드 점퍼 지퍼를 잠그며 숙소를 나섰다.

"어디 가나?"

"밖에 좀."

"소버린님 호출?"

"개인적인 용뭅니다."

신도가 다 안다는 듯 미소 지었다. 종종 보는 표정인데도 새삼 울컥하는 기분이 들어 일리야는 서둘러 그 자리를 떠났다.

낮에 천사 부활 현장에서 들었던 이야기들이 머릿속을 떠나지 않았다. 천사 환상을 마야 사람들에게 알린 다음에 천사가 나올 때마다 사고를 일으킬 거라는 말. 그러면 마야 사람들은 천사가 사고를 불러온다고 생각할 것이고, 점점 더 천사의 보스인 신의 존재를 궁금해하게 될 거라는 예측. 그래서 소버린이 마야를 장악하게 만들겠다는 비전.

첸 박사는 환상을, 신도를, 천사 부활을 장기판의 말처럼 보고 있었다. 소기의 목적을 향해 이런저런 사건을 일으키는 악당처럼. 일리야가 고개를 저었다. 차라리 그런 것이었다면 기분이 더 나을 텐데. 첸 박사의 어조에 야망이나 악의는 없었다. 그는 마치 회사 프로젝트나 실험실 실험처럼 예측하고, 계획을 세우고, 차근차근 진행해 나가고 있었다. 순교하는 신도들이 늘어나고 사고나 환상에 휩쓸려 죽고 미치는 사람들이 늘어나도 첸 박사는 경과나 실적 보고하듯이 말할 것이다.

일리야의 발걸음이 빨라졌다. 소버린의 아지트로 향할수록 뺨은 차가워졌지만 머릿속은 반대였다. 화가 났다. 신도들을 소모품처럼 생각하는 것에도, 환상의 왕국을 만든다면서 정작 환상과 꿈을 그런 용도로 쓰는 것에도. 그는 바보가 아니었다. 첸 박사의 말이 무엇을 뜻하는지 충분히 짐작할 수 있었다. 천사를 죽이는 꿈을 꾸게 만들어서 신도를 끌어들이더니, 그 신도들에게 천사를 부활시키면 사도가 될 것이라고 꾀고, 말한 대로 천사 부활 환상을 이뤄 내면 거기에 사고를 덧붙여 마야 여론을 호도하겠다는 것 아닌가. 범죄 집단이나 다단계 피라미드들의 행태와 다를 게 없었다.

'우리는, 소버린은 그런 게 아니야.'

일리야는 소버린의 천진하고 유약해 보이는 얼굴을 떠올렸다. 보호해야 할 것 같은 왜소한 소년 같은 체구에 다리를 절었지만 눈빛은 형형하고 어조에는 품위가 있었다.

그리고 그가 꾸는 꿈들.

그가 보여 주는 환상들.

다른 이들의 꿈을 꾸기 위해 마야에 왔지만 어떤 꿈에도 동화된 적이 없었다. 은색 원통 안에 담긴 힙노스들은 어느 것이나 최상의 경험을 약속했지만, 일리야는 늘 부자연스러움을 느끼며 깨어날 뿐이었다. 모든 꿈들이 일리야에게 알렸다.

너는 여기에 어울리지 않는 사람이다.

시뮬레이터에서 눈을 뜰 때마다, 싸구려 호텔방에서 마야의 기막힌 일출을 볼 때마다 꿈들이 알려 준 메시지가 그의 입을 뚫고 나왔다.

나는 여기에 어울리지 않는 사람이다.

어디에도, 어느 꿈에도 그가 있을 곳은 없었다. 카이야의 꿈을 꾸기 전에는. 일리야는 카이야의 꿈을 꾼 후 참으로 오랜만에 잠을 잤다. 잃었던 감각을 찾았다. 자연스러움과 편안함이 무엇인지 기억해 냈다.

사흘을 쓰러져 잔 뒤 침대에 앉아, 일리야는 자신이 살려면 이 꿈을 잡아야 한다는 것을 깨달았다. 꿈의 말미에 울렸던 말을 따라 그는 곧장 소버린에게 달려왔다. 믿게 해 달라는 일리야에게 소버린은 환상을 보여 주었고, 그는 그 자리에서 영원한 믿음과 충성을 맹세했다.

일리야는 소버린의 환상이 펼쳐진 은신처에 들어서면서 그때의 기억에 다시 사로잡혔다. 걸음을 떼는 발밑에서 푹신하게 눌리는 흙의 감촉이 느껴진다. 걸어가는 흙길 왼쪽으로 쭉 이어진 돌담을 뒤덮은 담쟁이덩굴에서 살아 있는 식물 특유의 싱그러운 냄새가 난다. 오른쪽에서 그늘을 드리우는 활엽수들이 진한 여름을 난 가을 초엽의 숲 내음을 뿜는다. 늦은 오후의 햇빛은 이 길이 주는 행복을 더 생생하고 완벽하게 만든다. 일리야는 눈을 가늘게 뜨고 천천히 걸으려 했다. 하지만 되지 않았다.

길은 점점 변해 갔다. 발밑이 딱딱하고 차가운 돌바닥으로 변하고 가끔 날카로운 모서리에 찔려 발에서 피가 흐른다. 언제부터 맨발이 되었는지 알 수 없다. 절룩이며 걷는 길은 어느새 경사져 숨이 가빠 오고, 언덕 너머 찬란하게 빛나는 마지막 햇살이 그의 정수리를 안타까운 듯 쓸며 꺼져 간다. 빛이 약해지자 등 뒤에서 짙어지는 어둠이 일리야의 드러난 팔을 춥게 만든다.

일리야는 바랐다. 저 햇살이 얼른 어둠에 먹혔으면. 더 이상 아름다운 것도 없게, 고통과 추위와 어둠 속에 자신을 놔두고 가 버렸으면. 누구도 그를 보지 못하게. 이 자연스러움과 편안함. 누구도 될 필요 없고 누구처럼 될 필요도 없고 과거의 자신일 필요도 없다.

이것이 구원이 아니라면 무엇이 구원이겠는가.

일리야는 길의 끝에서 빛의 잔영에 싸여 있는 소버린을 경애의 눈길로 바라보았다. 늘 자신조차 알지 못하는 마음속 환상을 경험하게 해 주는 소버린이었다.

이런 분이 그런 일들에 동의했을 리가 없다.

일리야는 환상에 잠긴 소버린을 먼발치에서 바라보며 무릎을 꿇었다. 이렇게 가까이에서 소버린을 지키고 경애하다 그분을 위해 죽을 수 있다면. 그는 문득 오늘 낮에 순교한 소녀를 떠올렸다. 그리고 소버린을 위해 목숨을 버린 몇몇 신도들도. 자신이 그들보다 소버린의 은혜를 덜 받았던가? 아니었다. 절대 아니었다. 일리야는 바닥에 이마를 대고 자신 또한 소버린을 위해 모든 것을 바치고 싶은 열망에 흐느꼈다.

달아오른 귓가에 소버린이 잠꼬대처럼 중얼거리는 소리가 들렸다. 누군가의 이름이었다. 일리야는 소버린을 위해 자신이 무엇을 해야 하는지 깨달았다.

＊ ＊ ＊

일기예보에서는 비가 온 뒤 늦은 오후부터 갠다고 했지만 벌써 해 질 녘이었다. 하늘은 구정물에 커피를 쏟은 것처럼 우중충한 채 어두워지고 있었다. 서쪽 하늘에서 구름을 비집고 황혼이 새어 나와 근처의 구름들이 밝은 오렌지색으로 빛나다가 점점 물 빠진 것처럼 색을 잃으며 주위와 섞여 들었다.

그 모습에 트램 정류장 뒤쪽 주점 테라스에 앉아 있던 사람들이 탄성을 올렸다. 관광객들의 들뜬 목소리에 재스퍼가 어깨를 옹송그리며 투덜거렸다.

"이런 염병, 지구에서 노을 한번 못 봤나."

오닐이 팔짱을 낀 채 고개를 크게 끄덕였다.

"지구 촌놈들은 조금만 특이한 걸 봐도 역시 마야니 우주니 하면서 부산을 떠니까."

"우주란 말이야 저딴 게 아니야. 저런 토한 것 같은 색은 목성 근처에나 가야 볼 수 있을걸."

"토성쯤 가야 보는 거 아냐?"

야신은 사이좋게 장단을 맞추고 있는 화성 촌놈과 달 촌놈을 지그시 쳐다보았다. 예측 불허의 날씨에 단련이 안 된 재스퍼와 오닐이었다. 요즘 마야의 일기예보가 맞는 날이 드물다고는 했다. 그렇지만 예고 없이 비를 맞은 것도 아닌데 둘은 쫄딱 젖은 노숙자처럼 굴고 있었다.

그렇다고 몰골이 그보다 낫지도 않았다. 드림 컬렉터 영업을 뛰어야 하는 재스퍼의 머리는 덥수룩했고, 덕분에 깨끗이 면도한 턱도 필사적으로 사회인 흉내를 내는 것인 양 부자연스러웠다. 그나마 재스퍼는 나았다. 오닐은 색 바랜 구겨진 티셔츠를 입고 있었는데, 그에겐 너무 작아 보였다. 척 보기에도 버리려고 옷장에 처박아 둔 남의 옷을 입은 모양새였다.

아마 재스퍼의 옷이겠지. 야신은 담배를 물며 타소가 얼마나 빌어먹게 옳았는지 생각했다.

'너를 보호할 인맥을 만들라고. 나 말고도 너와 이해관계가 얽힌 사람을 만들란 말이야.'

그 말을 한 뒤 타소는 재스퍼와 오닐을 그에게 붙여 주었다. 재스퍼의 무능함은 끔찍한 수준이었고 오닐은 요령 없고 소심

했지만, 둘은 드림 컬렉터들 사이에서 평판이 좋았다. 특히 재스퍼가.

함께 일할 일 없는 동종 업계 사람이라면 좀 허술하고 무능할수록 가깝게 느껴지는 법. 그런 의미에서 재스퍼는 닉스 돔을 통틀어 최고로 유쾌하고 친근한 캐릭터였다. 재스퍼가 야신을 밥줄로 삼자 많은 드림 컬렉터들이 야신에게 인간적인 면이 있다는 둥 호의적인 시선을 보냈다. 덕분에 이비크 패거리는 예전과 달리 야신을 압박하거나 회유하지 못하고 손가락만 빨 뿐이었다.

게다가 오닐은 제법 유능했고, 야신을 동료와 오너 사이의 중간 지점에서 대해야 한다는 것도 파악하고 있었다. 야신은 담배에 불을 붙였다. 타소가 옳았다. 정말로. 이 콤비가 둘이서만 일한다면 최소한의 품위 유지도 못 할 만큼 무능해진다는 것을 제외한다면 말이다.

"이번 의뢰, 빨리 해내면 추가 수당이 있을까?"

어느새 옆에 바짝 붙은 오닐이 소곤거리며 물었다.

"의뢰인 마음이지."

"하아……."

야신의 대답에 오닐은 한숨을 쉬었다. 그러는 오닐의 등을 재스퍼가 툭툭 쳤다.

"야야, 어깨 펴. 딱 보기에도 돈 있어 보이는 마나님이던데, 뭐. 게다가 안달복달하던데."

"하기야 그 정도 부자니까, 자식이 힙노스 때문에 사라졌으면……."

"마야에 와서 내내 시뮬레이션 센터에 붙어 있었다며? 부모가 더럽게 비싼 재활 시설에 처넣을 돈이 있으면 힙노스중독자가 아닌 게 되냐? 글렀어. 찾아내도 머릿속까지 절었을 게 뻔해."

흐음.

의뢰인을 직접 보지 못했던 야신은 재스퍼와 오닐의 말에 귀 기울이며 슬쩍 고개를 뒤로 돌렸다. 뒤쪽 인파 속에 익숙한 인영이 보였다. 개성 없는 얼굴과 재스퍼 뺨칠 만한 덥수룩한 머리 스타일이었지만, 며칠째 계속 주변을 맴돌면서 같은 옷을 입고 있었다. 덕분에 야신은 회색 항공 점퍼에 달린 단추 개수까지 외울 지경이었다. 어디서 보낸 놈이고 목적이 무엇일까? 생각에 잠긴 야신 옆에서 재스퍼가 계속 떠들었다.

"시뮬레이션 센터에 붙어 있던 시간 보면 빤한 거지. 근데 자식이 그 지경이 됐으면 두들겨 패서라도 우선 재활 시설에 넣어야 되는 거 아니냐? 무슨 놈의 부모가 어떤 꿈에 사로잡혀 있었냐고 묻고 앉았냐? 그런 건 일단 처넣고 의사들이 분석하게 두란 말이야, 이 양반들아. 뭐가 어떻게 되어 가는지 모르고 팔자가 아주 늘어져요."

"그 덕에 우리가 의뢰를 받는 거지."

야신이 지적하면서 담배를 입에서 떼어 냈다.

"그래도 좀 이상하긴 하군. 의뢰는 힙노스에 빠진 딸을 찾아 달라는 거 아니었나?"

"그렇겠지? 결국 바라는 건 그거겠지? 그런데 어제 의뢰할 때 묘한 소리를 하더라고. 그냥 힙노스에 빠진 게 아닌 것 같다나."

오닐의 말에 재스퍼가 손을 저었다.

"부모들은 그게 문제야. 그냥 힙노스가 아니면 뭐, 힙노스가 힙노스지 특별한 힙노스, 그냥 힙노스 따로 있나? 오닐 넌 그 말을 귀담아 들었냐?"

"내 생각이 아니라 의뢰인이 그렇게 말했다는 거지."

"야, 그 뒤로 한 말 기억 안 나? 자기 딸이 힙노스에 중독될 애가 아니라잖아. 또래에 비해 굉장히 이성적인 애래. 그렇게 이성적인 애가 힙노스중독이 되냐? 이건 뭐, 앞뒤가 맞는 소릴 해야 들어 줄 거 아니냐고. 힙노스중독이 뭐 한번 해 봤는데 덜컥 되는 것도 아니고."

야신은 담배를 문 채 턱을 쓸었다. 의뢰인이 한 말이 조금 걸렸다. 보통 부모들이 자기 자식 감쌀 때 이성적이라는 말을 쓰던가?

걔는 이런 짓을 할 아이가 아니에요. 착한 아이예요. 얌전한 아이입니다. 친구 중에 질이 안 좋은 애가 있는데, 우리 애가 마음이 약해서 같이 어울리다가 그랬나 봐요. 정이 많아서요. 이제껏 이런 적이 없었는데. 오닐과 재스퍼가 옥신각신하는 동안 다양한 레퍼토리들이 머릿속을 스쳐 지나갔다.

흠. 담배 연기를 들이마시며 야신은 고개를 저었다. 쓸데없이 깊게 생각할 필요는 없지. 사고의 종류가 달라져서 변명도 그에 맞춰 변형된 것뿐일지도 모른다.

뎅뎅.

갑자기 들리는 소리에 야신은 생각을 멈추고 등을 곧추세웠다.

뎅뎅.

멀리서 들리던 트램 종소리가 가까워져 왔다. 일상적인 그 소리가 유독 선명하게 들려 야신은 조금 몸을 굳혔다. 금발망령 때의 사고가 떠올랐다. 그는 긴장을 늦추려 노력하면서 주위를 살폈다. 줄지어 기다리던 트램 정류장의 사람들이 조금씩 좁혀 서기 시작했다. 입씨름을 하던 재스퍼와 오닐도 얌전히 간격을 좁히고 있었다. 누군가의 팔꿈치가 야신의 등을 스치듯 찔렀다. 그저 재촉하는, 힘도 악의도 없는 동작이었다. 야신은 반 발짝 왼발을 내딛었다.

그리고 정류장의 인파 속에서 비현실적으로 아름다운 소년을 보았다. 천사라 불릴 법한 소년이었다. 검은 머리의 천사. 지금 막 성화에서 빠져나온 것처럼 후광이 비치는 듯했다. 판타소스의 래빗홀 아니면 아난다 최상의 힙노스에서나 꿈꿀 법한 미소년이 닉스의 트램 정류장에 서 있는 모습은 이질적이었다. 어울리지 않는 정도를 넘어서 소년만 다른 그림에서 떼어내 붙인 것 같았다.

무언가 잘못되었다. 야신은 직감했다. 그는 몸을 돌렸다. 되도록 빨리 트램에서, 사람들에게서 멀어져야 했다.

몸을 돌린 야신을 보고 그가 보던 쪽을 돌아본 오닐이 헉 숨을 삼켰다.

"천사다!"

그 말에 순식간에 주변이 아수라장이 되었다. 줄을 서 있던 사람들이 마구잡이로 대열을 이탈했다. 야신은 성큼성큼 인파를 헤치면서, 재빠르게 피하는 사람들과 영문을 모르고 굼뜨게 움직이는 사람들이 뒤섞인 트램 정류장과 그 아수라장 속에서도 미소 띤 얼굴을 살짝 찌푸린 채 서 있는 검은 머리의 천사를 쳐다보았다. 불가사의한 혼란이었다.

"천사야!"

눈앞에서 집 앞에 나온 것처럼 헐렁한 반바지에 슬리퍼를 신은 여자가 소리치며 도망쳤다. 어리둥절해 있는 젊은 커플은 잘 차려입고 있었고, 둘의 왼손에는 새것 같은 결혼반지가 쨍하니 반짝였다. 야신은 바짝 마른 입술을 핥았다. 내가 여기 없는 동안 무슨 일이 있었던 거지? 관광객이 아닌 이들은 태풍 앞의 새 떼처럼 도망치고 있었다.

뎅뎅.

시야에 트램이 나타났다. 조심스레 속도를 줄이며 코너를 돌아 들어오고 있는 트램의 모습만이 이 혼란 속에서 정상적으로 보였다. 검은 머리의 천사가 여전히 살짝 찡그린 미소 띤 얼굴로 트램을 돌아보았다. 그와 동시에 트램이 가속하기 시작했다. 불에 닿은 지네처럼 펄쩍 구부러지며 코너를 돌았다.

야신은 원래 기적을 믿는 타입이 아니었다. 그게 닉스 돔에서 일어나는 일이라면 더했다. 그런 건 정말이지 취향이 아니었다. 천사가 나타나고 사람들이 도망치는 일 같은 건 힙노스만으로도 충분하지 않은가. 그러나 눈앞의 천사는 그렇게 생각하지 않는 모양이었다.

뎅뎅.

마치 날카롭게 깎아 낸 효과음처럼 종을 울리며 트램이 옆으로 기울었다. 승객들의 비명 소리가 밖의 외침들과 뒤섞였다. 천사의 미소가 사라졌다. 트램이 균형을 잃었다.

그때 누군가가 엄청난 힘으로 야신을 밀었다.

"윽!"

뒤에서 누군가 신음 소리를 내며 몸을 꺾었다. 야신은 순간적으로 밀린 방향으로 굴렀다. 비명과 진동이 온몸을 두들겼지만 야신의 신경은 한 군데로 쏠려 있었다. 머리 위로 드리우는 거대한 그림자. 썰물처럼 인파가 빠져나간 정류장 한가운데로 트램이 덮치듯 쓰러졌다.

* * *

"재수가 없으려니."

재스퍼가 투덜거렸다. 앞에 앉아 있던 경찰관이 그를 흘끔 쳐다봤다.

"댁은 재수가 좋은 거죠. 사람들 다친 거 못 봤어요?"

"아, 그 사람들은 더럽게 재수 없는 거고. 저도 충분히 재수 없거든요. 죽을 뻔했다니까? 오랜만에 일 개시하려는데 천사를 보지 않나, 경찰서에 잡혀 오지 않나. 짜증 나네, 짜증 나."

재스퍼의 말소리에 경찰서 가득 앉아 있던 트램 사고의 목격자들이 그를 돌아봤다. 땅값 비싸기로 소문난 마야의 공공 기관답게 좁디좁은 경찰서는 꽉 찬 사람들로 인해 실내 기온이 올라가 있었다. 타박상을 입은 채 벽에 기대어 진술 순서를 기다리고 있던 사람들 몇은 열 받아서 더 더워진 것 같은 표정으로 재스퍼를 노려봤다.

계속 훌쩍이는 새신부와 달래던 새신랑이 한바탕 싸우고 나간 지 한 시간이 지난 터였다. 덥고 지루하고 지친데다 잘못 없이 경찰에 잡혀 있다는 억울함까지 더해져 부글부글하고 있던 사람들에게 때마침 좋은 먹잇감이 나타난 것이나 다름없었다. 옆에 앉은 오닐이 재스퍼를 슬쩍 찔렀다.

"그래도 천사가 나타난 것치고는 작은 사고였어."

오닐이 말했다.

"들었죠, 경찰관님? 얘 말대로라니까요. 경찰관님도 우리 같은 아무것도 모르는 시민들 붙잡고 있느라 짜증 나잖아. 퇴근 시간도 지났을 텐데 대충 하고 빨리 좀 보내 줘요."

"엉덩이 붙이고 앉으시죠. 사고 현장엔 왜 있었어요?"

"일하러 가고 있었다니까요."

"저녁 시간에 말입니까?"

"드림 컬렉터는 원래 밤에 주로 일하거든요."

경찰관은 재스퍼를 계속 상대해 봤자 나올 게 없다고 생각했는지 오닐에게로 주의를 돌렸다.

"다른 목격자들 말로는 오닐 씨가 제일 먼저 소리 질렀다는데요."

오닐은 야신 쪽을 보지 않고 고개를 비뚜름하게 숙이며 어물거렸다.

"그런데요."

"어쩌다 봤습니까?"

"그냥 어쩌다 보니. 트램 기다리면서 줄 서 있다가 봤어요."

"따로 이유가 있었던 건 아니고요?"

"그냥 기다리다 봤어요."

"그때 상황을 자세히 설명해 주시죠."

"자세히 설명하고 말고 할 것도 없는데……."

오닐이 어물어물 난처해하며 말했다. 야신은 생각보다 집요한 경찰관의 태도에 질려 팔짱을 끼었다. 목격자가 이렇게 많은 상황이면 대충 조사하고 보낼 줄 알았다. 주위의 다른 이들보다 재스퍼와 오닐이 훨씬 오래 붙들려 있었다. 자신 또한 마찬가지일 것이라는 생각이 들었다.

"야신 카갈리스키 씨?"

야신이 경찰관을 쳐다봤다.

"트램 정류장 CCTV에서는 카갈리스키 씨가 제일 먼저 움직이던데요."

이거 때문이었군. 야신은 깨달았다. 유레카를 외칠 기분은 전혀 아니었지만.

"그럼 저를 민 사람도 나왔겠군요."

"그 건은 따로 말이 있을 겁니다. 우선 그 전 얘기부터 해 주시죠. 카갈리스키 씨가 제일 먼저 움직였죠? 일행분이 뒤이어 소리쳤고."

"그랬던 것 같군요."

"왜 그러셨습니까?"

"아, 지금 그게 문제예요?"

재스퍼가 끼어들었다.

"따로 말이 있을 거라고요? 누굴 밥으로 보시나? 우리가 여기서 제일 피해자라고요. 이 인간, 레이저 건에 맞아 죽을 뻔했거든요?"

"사망자가 있습니다."

"아이고, 말 잘하시네. 난 또 우리 이야기는 이쪽 귀로 들어가서 저쪽 귀로 나오는 줄 알았지. 경찰관님, 그러니까 말입니다, 우리가 하고 싶은 말이 그 사망자 이야기라고요. 그게 뭐, 트램 사고 때문에 난 거랍니까? 예? 그 사람이 이 인간 밀쳤다고 우리가 아까부터 얘기했잖아요! 그렇지 오닐?"

갑자기 불린 오닐이 얼결에 고개를 끄덕였다.

"어, 그랬지. 야신 등에 갑자기 녹색 원이 뜨더라고요. 그리고 그 사람이 밀치다가 맞았고……."

"아니, 뭐 우리가 말을 안 한 것도 아니고. 진짜, 트램 사건이 뭐 얼마나 중요한지는 몰라도, 사람이 죽을 뻔했으면 그거 먼저 어떻게 된 일인지 말을 해 줘야 되는 거 아니냐고. 이거 살인미수예요, 살인미수."

재스퍼의 언성이 점점 높아졌다.

"아니면 뭐 지금 그러는 건가? 드림 컬렉터 하나 죽을 뻔한 건 일도 아니다? 와 씨발, 내가 드림 컬렉터 몇 년을 하는데 태양계 인권 협회에 막 전화하고 싶은 건 처음이야. 진짜 이럴 수가 있나?"

"어휴, 이 친구가 좀 시끄럽죠. 죄송합니다."

"내 말이 틀려? 죽을 뻔했는데 범인 잡아 준다는 소리는커녕 아주 붙잡아 놓고 묻고 묻고 또 묻고. 사람 이렇게 차별하면 안 됩니다, 네?"

오닐이 머리를 긁적였다.

"경찰관님, 이 친구 말이 시끄럽긴 해도 아주 틀린 말은 아니에요. 야신 저 친구 죽을 뻔했는데 좀 안정을 취해야……."

"아, 빨리 풀어 줘야 안정을 취하든 말든 하지. 일단 보내 달라고요. 우리 마야 거주민이거든요? 나중에 또 부르면 되잖아."

경찰관이 마뜩잖은 얼굴로 야신과 재스퍼와 오닐을 번갈아 쳐다봤다. 정리되지 않은 눈썹이 미간 주변에서 눈가 주름 근처까지 이리저리 움직였다. 입술 주변의 슬쩍 처진 살이 그 움직임에 따라 실룩거렸다.

"일어나시죠."

"……."

야신은 바로 일어나지 않고 경찰관을 쳐다봤다. 가 보라는 게 아니라 일어나라고?

"뭐, 이대로 보내 드리고 싶지만, 조사 좀 더 받고 가셔야겠습니다. 너무 기분 나쁘게 생각하지 마시고요. 질문 몇 개 더 하는 거니까."

야신이 한숨을 쉬며 일어섰다. 이제는 재스퍼와 오닐뿐만 아니라 경찰서 내의 주목을 한 몸에 받고 있었다.

"보내는 거예요?"

계단 앞에서 그를 인수받은 젊은 경찰관이 실룩이던 경찰관에게 작게 물었다. 실룩 경찰관이 대꾸했다.

"그쪽에서 알아서 하겠지."

그쪽이라. 야신이 귀를 세우며 양쪽 경찰관의 반응을 살폈다. 젊은 경찰관의 솜털 보송한 얼굴이 잠깐 긴장했다. 더 이상의 대화는 없었고 실룩 경찰관은 자리로 돌아갔다. 야신은 젊은 경찰관의 긴장이 '그쪽에서 알아서 하겠지.'라는 말에서 왔다고 확신했다. 원인이 되는 감정이 무엇일지는 정확히 알 수 없었다. 부담이었을까? 아니면 불만?

"이리로."

젊은 경찰관은 그의 신원을 확인하더니 위층으로 그를 안내했다. 혼잡한 아래층과 달리 조용하고 서늘한 복도 양쪽으로 문이 줄지어 닫혀 있었다.

"잠깐만 기다리세요."

똑같은 문들 중 하나를 열고 야신이 들어가도록 한 뒤 젊은 경찰관이 나갔다. 밀폐된 작은 방 안에 야신 홀로 남았다. 야신은 내부에서의 이동과 고립이 무얼 의미하는지 생각해 보았다. 용의자까지는 오버겠지만 중요 참고인 정도로는 충분히 찍혔을지 모른다. 그는 의자에 깊숙이 몸을 기대며 한숨을 쉬었다. 탁자에 재떨이가 없는 것이 아쉬웠다.

안이했던 것일까? 어쩌면 너무 의뭉을 떠는 것처럼 보였을지도 모른다. 경찰이나 소브컴의 푸대접은 감수해야 한다는 걸 잊고 지냈군. 야신은 씁쓸히 웃으며 턱을 쓸었다. 코에 걸면 코걸이 귀에 걸면 귀걸이처럼 온갖 혐의를 씌울 수 있는 직업이 드림 컬렉터 아니던가. 아무 관계없는 사건이라 무죄를 주장해도, 수사권을 가진 자들은 판단은 자신들이 한다고 말할 것이다.

야신은 생각에 잠겼다. 그를 여기 데려다 놓은 이유가 있을 텐데 아직 경찰의 패가 짐작되지 않았다. 여기로 데려다 놓으면서 경찰관이 뭐라고 했더라?

'그쪽에서 알아서 하겠지.'

그쪽이라. 경찰이 책임도 권한도 쿨하게 넘길 수 있는 상대가 누구일까? 그러고 보면 닉스에서 환상사고가 발생했는데 소브컴이 아닌 경찰이 나서는 것도 이상하긴 했다. 진짜 사고였던 것도 맞고, 목격자가 굉장히 많았기 때문에 경찰이 온 것도 아주 납득 안 되는 일은 아니었지만…….

덜컹.

문이 열렸다. 야신은 소브컴 요원 둘이 들어오는 것을 보고 표정을 바꾸지 않으려 조심했다. 그럼 그렇지. 경찰과 소브컴 연계 수사였군. 그럴 만한 사안이긴 하다고 스스로 납득하며 요원들의 뒤를 본 순간 그는 멈칫했다.

이 정도 사안이던가?

요원 둘을 앞세워 들어온 세 번째 남자가 그와 눈을 마주치며 슬쩍 웃어 보였다. 야신은 마주 웃어 줄 기분이 전혀 아니었다. 그가 물었다.

"담배 피워도 됩니까?"

감색 양복을 단정하게 입은 세 번째 남자가 두 요원을 향해 말했다.

"그럴 거 없이 간단하게 끝내지. 내가 조사할 테니까 둘은 옆방에 좀 가 봐."

"팀장님, 아는 분입니까?"

"대학 동창."

짧게 대꾸한 소브컴의 팀장 데르크 아데마는 야신 앞의 의자를 끌어당겼다. 야신이 군말 없이 문을 닫고 나가는 요원들의 등을 쳐다보고 있는데 아데마가 픽 웃었다.

"네가 소문의 드림 컬렉터 탐정이냐고 묻는데?"

에일로 뒷말하는 건 소브컴도 똑같은 모양이었다. 야신이 툴툴거렸다.

"소브컴에서 내가 그렇게 유명할 줄 몰랐군."

"그 사건이 워낙 충격적이었으니까. 담배?"

야신이 허리춤에 손을 뻗으며 고개를 끄덕였다. 아데마가 탁자 귀퉁이를 누르자 가운데가 열리며 내장형 재떨이가 나왔다.

"나 하나 때문에 여기 행차했을 리는 없고, 이번 일이 단순 목격자한테 소브컴 팀장까지 붙을 사건인가?"

"글쎄, 내가 듣기로 단순 목격자는 아니었어. 수상하다고 했지. 천사를 보자마자 트램 반대 방향으로 도망쳤다며?"

"사람들도 빨리 반응하더군."

"그야……. 아."

의아한 얼굴을 하던 아데마가 무언가를 떠올린 듯 인중을 긁으며 끄덕였다.

"그렇지. 넌 지난 2주 동안 마야에 없었지?"

"누가 도망칠까 봐 감시하느라 휴가도 짧게 썼지."

"이런, 그게 누구야?"

야신은 자신의 입출성 기록을 조회한 게 경찰일까 소브컴일까 잠깐 고민하다 곧 쓸데없는 짓이라고 결론지었다. 어차피 어느 쪽이든 달라질 게 없었다. 중요한 것은 그가 지금 소브컴이 주도권을 잡고 있는 사건에 목격자로 불려 왔고, 의심받고 있다는 사실이었다. 그리고 아데마는 양쪽 다 능히 해결해 줄 수 있는 인맥이었다. 야신이 누그러진 목소리로 물었다.

"언제부터 저런 게 나타난 거야?"

"지난 2주 동안 계속 나왔어. 네가 운이 좋았지."

"지금 상황을 보면 딱히 그런 것 같지도 않은데."

야신이 담배 연기를 빨아들였다.

"모두 그걸 천사라고 불렀어."

"그랬겠지."

"처음부터 천사라고 부른 건가?"

아데마가 고개를 끄덕였다. 야신은 문득 우스워졌다. 밀폐

된 방 안에서 성인 남자 둘이 마주 앉아 마야에 천사 나부랭이가 나타난다는 이야기를 하고 있다니. 초현실적으로 느껴질 지경이었다.

이대로 가다간 유흥 행성 마야가 아니라 기적의 행성 마야라 불릴지도 모르겠군. 야신은 냉소하며 사고 현장에 나타났던 천사라 불리는 미소년을 떠올렸다. 확실히 천사라는 별명이 이해 안 가는 건 아니었다. 옛날 성화에 나오는 소년과 청년 중간쯤에 있는 무성의 존재처럼 생겼으니까. 야신의 개인적 감상으로는 피부는 희멀끔한 게 예쁘장해 가지고 여자애들이 손이라도 잡으면 백 미터는 도망갈 것 같은 얼굴로 보였지만. 아데마가 야신을 쳐다보았다.

"이제 내가 물을 차례군. 어떻게 그렇게 빨리 피했지?"

"반사적으로."

"그동안 마야에 없었잖아. 천사 본 건 처음일 텐데."

"보기 전부터 뭔가 잘못되었다고 느꼈거든. 뭐, 그 시점에서 사고 날 만한 건 트램 아니면 인파니까."

"사고를 예감했다는 건가?"

야신은 한숨을 쉬었다.

"미행이 붙어서 예민해져 있었어."

"미행? 널?"

아데마가 미간에 주름을 세웠다.

"누가?"

"그걸 알면 지금 너한테 얘기했겠지. 마야에 돌아오자마자

붙더군. 그래서 주위를 경계하느라 좀 날이 서 있었는데……,
그땐 더했거든."

"레이저 건도 널 노렸다며. 누군가 살의를 가지고 노려보고
있어서 느꼈을 수도 있지."

"그거까진 모르겠고, 날 밀치고 총 맞은 사람이 날 미행하던
사람이었어."

아데마의 표정이 심각해졌다.

"문제가 있군."

"그래."

두말하면 잔소리 아니냐는 얼굴로 야신이 대꾸했다. 아데마
가 다시 본론으로 돌아갔다.

"그래서 그게 다야? 예민해져서 사고를 예감했던 거라고?"

야신은 어깨를 으쓱하고는 팔짱을 끼었다. 이제 와 생각해
보니 천사가 나타나기 직전 트램 정류장에서는 현실이 아닌 환
상의 냄새가 났었다.

"환상 같았거든."

"환상 같았다고?"

야신이 느끼기에는 환상과 현실 사이엔 미묘한 차이가 있었
다. 환상 쪽이 좀 더 감각에 직접적으로 다가왔다. 눈에 확 띄
는 미인, 선명하게 들리는 속삭임, 솜털 하나하나를 쓰다듬으
며 부는 바람 등 보정한 사진처럼 좀 더 사람의 입맛에 맞춰 가
공된 흔적들이 있었다.

"실제보다 더 세상이 아름다워 보이거나 감각이 선명해지는

그런 느낌 있잖아."

"닉스 돔이었어."

"나도 닉스 돔은 환상에서 안전한 줄 알았지. 금발망령이 나돌아 다니기 전까진 말이야."

아데마가 얼굴을 찌푸렸다. 야신이 계속 말했다.

"명색이 안전 구역인데 좀 심한 거 아냐? 닉스에서 환상사고가 나고, 환상 속 미소년을 천사 운운하고 있고."

야신의 말에 아데마가 표정을 굳히며 한숨을 쉬었다.

"그래서 내가 여기까지 온 거지."

"그렇겠지."

야신이 고개를 끄덕였다. 누군가 환상을 닉스에 뿌리고 다니는데 가만히 있을 소브컴이 아니었다.

"천사는 환상일 거 아니야?"

"환상이지."

아데마가 단호하게 답했다.

"두 번이나 뚫렸다면 방어 시스템에 문제가 있단 얘긴데."

중얼거린 야신이 아데마를 보며 물었다.

"같은 경우야?"

"뭐가?"

"금발망령이랑 천사, 환상이 방어 시스템을 뚫는 방식이 비슷하냐고."

아데마는 조금 화난 목소리로 응수했다.

"뚫리지 않았어."

"그럼 환상들이 왜 나타난 건데?"

"그것들은 시스템이 통하지 않는 돌연변이들일 뿐이야. 소버린–마야의 란츠만 통제 시스템 자체는 굳건해."

"아하."

야신은 이제 일이 어떻게 돌아가고 있는지 조금은 알 것 같았다. 일반적으로 알려진 것과는 달리 소버린–마야의 환상 통제 시스템은 물리적인 방식으로 돌아가지 않는다. 많은 이들이 믿는 것처럼 판타소스 돔에는 란츠만을 남겨 두고 닉스 돔에서는 란츠만을 싹 치웠기 때문에 판타소스 돔에서 환상을 보는 게 가능하고 닉스 돔에서 일상생활이 가능한 것이 아니었다. 닉스에서 일상생활이 가능한 것은 란츠만과 코어의 반응을 막는 방해 주파 때문이었다.

"방해 주파 영역을 넘어서거나 우회한 돌연변이 뇌파가 환상을 만들어 냈다는 얘기로군."

"우회라고 해야 할까?"

"1이야, 100이야?"

아데마가 묻는 눈으로 쳐다봤다. 야신이 어깨를 으쓱했다.

"란츠만과 마야의 코어가 반응하는 게 1에서 100까지라고 치면, 인간의 뇌파는 그중 30~40 정도에서 놀잖아, 보통. 그래서 너희 쪽에서 20~50 영역 대에 방해 주파를 흘리는 걸로 아는데."

"60."

아데마가 낮게 말했다. 그리고 말하자마자 바로 정정했다.

"70. 아니, 75."

"허."

야신은 놀라 신음하면서 아데마를 흘긋 보았다.

"그래도 시스템이 문제인 건 아니군. 뭐, 그러면 금방 해결하겠네."

"너무 낙관적인 것 아닌가?"

"금발망령 때 소브컴이 아무것도 안 하고 손 놓고 있었을 리 없잖아."

대비를 했겠지, 안 그래? 되묻는 표정으로 아데마를 쳐다보자 그는 딱히 부인하지 않고 한숨을 쉬었다.

"환상만이 아니라는 게 문제지."

야신은 '흠.' 하고 턱을 문질렀다.

"사고 자체는 만들어 낸 환상이 아니던데."

"그게 우리 일을 더 힘들게 하고 있지."

아데마는 이를 갈았다.

"초반에는 이러지 않았어. 사고도 환상이었고 그곳에 나타난 천사도 환상이었거든. 나타난 곳도 판타소스 돔이라 그저 근처 래빗홀에서 새어 나온 환상이라 여겼고."

"그랬겠군."

"하지만 지금은 닉스 돔에서 천사 환상이 나타나고 있어. 사고가 진짜 일어나는 경우도 잦아지고."

"사고를 일으키는 건가?"

"그걸 확신할 수가 없어."

아데마가 이마에 주름을 세우며 팔짱을 끼었다.

"사람들이 너무 자주 천사와 사고를 봤어. 너무 빨리 천사에 적응해 버렸다고. 초반에는 천사도 사고도 환상이었지. 환상이 아니라 진짜 사고가 났을 때에도 천사가 나타난 건 정말 예상 밖이었어."

"자연 발생이라기엔 찜찜하고, 의도적이라고 하기엔 미흡하다 이거군."

"넌 어떻게 생각해? 범인이 의도적으로 사고를 내고 현장 근처에서 천사를 상상했을까?"

"그랬을 수도 있지."

"그래, 그렇지만……."

아데마는 말을 못 잇고 고개를 흔들었다.

"……이제는 괴담이 되어 버렸다고."

"특정 범인을 잡기엔 늦었다는 거야?"

"사고가 났을 때 목격한 사람들이 천사를 상상하는 경우도 있었어. 머릿속에 이미 사고와 천사가 붙어 다니게 된 거지."

야신은 천사라 불리는 검은 머리의 미소년이 군중 속에서 도드라지던 모습을 떠올렸다.

"하지만 아까는 사고 전에 그게 나타났는데."

"그랬지."

아데마가 짧게 대답했다. 그리고 담배를 꺼내 물었다. 딱딱해진 표정으로 담배에 불을 붙이는 아데마를 보며 야신은 재떨이에 피우던 꽁초를 비볐다. 담배 끝에서 힘의 방향에 따라 회색 재가 눌리고 부스러졌다. 약간의 바람이라도 불면 재는 사방으로 흩어질 것이다. 아까 트램 정류장에서 우왕좌왕하던 사람들처럼.

그가 처음 천사라 불리는 미소년을 보았을 때 어땠던가? 환상일 것이라는 막연한 직감을 느꼈고, 말썽이 생길 수 있는 곳에서 벗어나려 했다. 다른 사람들은 어땠던가? 재난 영화 속엑스트라들처럼 공포와 혼란을 동시에 표출하며 도망쳤었다. 야신은 경찰과 소브컴이 왜 자신을 의심했는지 잘 알 것 같았다. 가장 빨리 위험을 감지하고 두려움 없이 피하려 한 인물이었기 때문이다.

"내가 범인이 아닐까 생각했겠군."

"이름을 보기 전까진 가장 유력한 용의자로 지목됐었지."

"죽을 뻔한 사람에게 가차 없는데? 내가 범인이면 거기서 멀리 떨어져 있었겠지. 도망치다 총 맞을 뻔하거나 밀쳐져서 구르는 일도 없었을 거고."

"같은 팀에서 범행 후에 제거하려 했을 거라 생각할 수도 있지."

아데마의 지적에 야신이 눈살을 찌푸렸다.

"뒤집어쓸 뻔했군. 다른 사람들처럼 다음 상황을 상상하고 도망친 게 아니었으니⋯⋯."

말을 하던 야신이 멈칫했다. 잠깐. 다음 상황을 상상한다고? 2주라면 조건반사가 일어나기에 충분한 기간이었다. 그가 속삭이듯 작게 말했다.

"마야 체류인들이 천사를 보면 사고를 상상하게 된 거 아냐?"

"끔찍한 소리 하지 마. 이번 사고는 진짜였어. 그렇게 많은 사람들이 똑같은 사고를 상상할 리도 없고."

"환상이 작용하는 방식을 알고 있잖아. 양이 아니라 농도라고. 가장 강한 상상이 다른 상상과 현실을 제치게 되지. 천사를 보고 사고를 상상하고, 그 환상이 실제로 일어났을 가능성도 있어."

"가능성이야 있지. 아주 낮은 확률로 말이야. 천사의 환상을 만들어 내는 놈이 있고, 거기 반응해서 사고를 생생하게 상상하는 놈이 있다고? 그런 놈들이 한자리에 모일 확률이 얼마나 되겠어? 판타소스의 일류 상상 도우미들을 데려와도 성공 못해. 만약에 누가 그런 놈들을 모았다 치더라도 성공 확률이 굉장히 낮은 도박이야. 몇 번 시도해 보면 계란으로 바위 치기를 하고 있다는 것을 알게 될걸."

"천사의 환상을 만들어 내는 놈만 있으면 돼. 사고를 상상해 줄 사람은 준비되어 있으니까."

아데마가 날카로운 눈으로 야신을 쳐다봤다.

"무슨 말이야?"

"사고는 트램이 전복되면서 일어났어."

아데마는 담뱃재가 떨어지는 것도 모른 채 야신에게서 시선을 떼지 못했다. 야신이 계속해서 작은 목소리로 말했다.

"트램이 일으킬 수 있는 사고는 많지. 코너를 돌다 가속으로 넘어가는 일을 가장 생생하게 두려워하고 머릿속에서 반복해 본 사람이 누구겠어? 트램 운전자겠지. 그 환상대로 실제 사고를 일으킬 수 있는 것도 트램 운전자고."

"……."

"트램 운전자가 사고 날 거라는 암시에 사로잡히면 도리가 없어."

"……그런 의도를 가진 놈들이 있다면 벌써 우리가 찾았을 거야."

"그건 네 일이지. 내 추측은 조금 달라."

아데마가 담배를 난폭하게 비벼 껐다.

"말해 봐."

"만약 앞으로 천사가 계속 나타난다면 일어나는 사고들은 트램 위주가 될 거야."

"앞으로, 앞으로란 말이지."

"내 생각에, 마야 사람들은 이미 '사고를 몰고 오는 천사'라는 존재에 익숙해지고 암시에 걸렸어."

아데마의 한탄을 넘기며 야신이 말을 이었다.

"그리고 마야의 교통수단 중 무인 시스템으로 돌아가지 않는 것은 트램뿐이고."

아데마가 발작적으로 머리를 움켜쥐었다.

"그러니까 이대로는 트램 사고들이 예정되어 있다는 거로군. 줄줄이 말이야."

"자동 연쇄적으로 일어나겠지."

"천사에 반응해서 말이지?"

왜 하필 천사일까? 왜 반복해서 천사가 등장하는 사고가 일어날까? 천사에 반응해 사고가 일어나기 시작한 지금의 이 사태를 누군가 의도한 것일까? 아데마의 히스테릭한 목소리를 들으며 야신은 한 가지는 확신할 수 있었다.

아마도 당분간 마야에서 천사 홀로그램을 찾아볼 수는 없으리라는 것을.

* * *

트램 사고 직후의 현장은 아수라장이었다. 일리야 노리친은 당황한 사람들 틈을 비집고 사고 현장을 빠져나왔다. 트램 정류장 CCTV 카메라에 잡히지 않는 골목으로 들어서자 누군가 그의 팔을 잡았다.

바로 쳐 내면서 뒤돌아 목을 누르려던 일리야가 손을 내렸다. 첸 박사였다. 새파랗게 질린 첸이 일리야를 골목 안으로 잡아끌었다. 일리야는 당황했다. 첸 박사가 천사 환상사고를 지켜보는 것이야 자주 있는 일이었지만 이렇게 가까이에서 보고 있을 줄은 몰랐다.

"여기서 대기 중이셨습니까?"

"무슨 짓입니까!"

첸의 추궁에 일리야는 뚱한 얼굴로 침묵을 지켰다.

"거기서 왜 당신이 사고를 치려고 해요? 진짜 사람을 죽일 작정이었습니까? 당신이 내 보디가드인 걸 잊었어요? 사고 현장 CCTV에라도 찍혔으면 어쩌려고……."

"그곳이 저격하기 적격인 장소였습니다."

일리야가 단호하게 말했다.

"붐비는 트램 정류장인데다, 곧 사고가 벌어질 거였잖습니까. 잘하면 사고에 묻혀서 저격인지 모르고 넘어갈 수도 있었습니다."

정확히 노렸었다. 갑자기 나타난 청년이 야신을 밀고 대신 맞지만 않았어도 성공했을 것이다. 일리야는 입술을 깨물며 주머니 속의 레이저 건을 꽉 잡았다. 총탄이나 탄피가 남지 않게 하기 위해 일부러 레이저 건을 선택했는데. 레이저 건으로 입은 상처와 트램이 일으킨 열상을 구분하지 못한다고 가정하면, 야신 카갈리스키는 대형사고 사망자 1이 되어 경찰 기록 틈새로 사라질 수 있었다.

레이저 건은 저격 지점이 드러난다는 단점이 있지만 붐비는 트램 정류장에서 누가 얼핏 보이는 녹색 점에 주의하겠는가?

그런데 주의한 놈이 있었다. 그리고 야신 대신 맞았다. 일리야는 계획이 실패한 것에 화가 났지만, 그에 못지않게 어안이 벙벙한 상태였다. 소음이 없고 열상이 남지만 레이저 건도 엄연한 총이다. 녹색 저격 지점을 보고 야신을 밀친 놈도 알고 있었을 것이다. 총을 대신 맞는다……. 그게 쉽게 될 일이던가? 일리야는 첸 박사의 보디가드였지만 그 대신 총을 맞을 자신은 없었다. 대체 그놈은 야신과 무슨 관계기에 그랬던 것일까?

"당신이 단독으로 행동하라고 내가 일정을 공유하는 줄 압니까?"

첸의 날카로운 질책이 일리야를 생각에서 끌어냈다.

"이러려고 오늘 아침에 오전 일정은 빠지겠다고 했어요? 왜 그렇게 멋대로예요? 당신이 할 일은 암살이 아니라 현장에서 나를 보호하는 겁니다!"

"케말, 빅셀, 트레드, 부로, 구티에레즈."

첸이 움찔했다. 일리야가 낮게 말했다.

"그들도 했습니다."

"다, 당신은 그들과 달라요."

"뭐가 다릅니까?"

"그들은 소버린의 명령을 받고 행동했습니다. 당신처럼 소버린이 내린 최우선 명령을 무시하고 독단적으로 나선 게 아니었어요."

케말, 빅셀, 트레드, 부로, 구티에레즈. 그들은 소버린의 마야 행적(마야에서 카이야 레만으로 살아온 과거)을 지우기 위해 목숨을 건 신도들이었다. 다섯 모두 사건 직후 달려온 소브컴이나 경찰 앞에서 순교했다.

"하지만 소버린께서 가장 없어졌으면 하고 바라는 건 야신 카갈리스키잖습니까."

이번엔 첸이 침묵했다.

"바라면서도 후환이 두려워 못 하시는 거잖아요. 그런 일들을 위해 소버린께 저 같은 놈이 필요한 것 아닙니까."

"과잉 충성입니다. 야신 카갈리스키는 쉽게 당할 사람이 아니에요. 어설프게 쑤시는 것보다 놔두는 게 안전할 겁니다."

"제가 처리하고, 소버린께 아무 해도 안 가게 하면 됩니다. 입도 뻥긋 안 할 수 있어요."

"당신이야 소버린을 위해서라면 죽을 수도 있겠죠. 그렇지만 소버린이 그걸 바랄까요? 야신 카갈리스키를 밀친 사람은 우리 신도였습니다. 소버린께서 직접 카갈리스키를 감시하라고 보냈다고요."

일리야는 놀라 되물었다.

"우리 신도라고요?"

"우리 신도였습니다."

"왜?"

순간적으로 소리친 일리야에게 첸이 말했다.

"사고였어요. 종종 있는 일이지만……."

"종종 있는 일이라고요?"

"잘못 받아들인 겁니다. 어디까지 해야 하는지 몰랐던 거예요."

"감시와 보호를 헷갈릴 수 있습니까?"

"신도들은 다 아마추어니까요, 일리야 노리친. 당신처럼 훈련받은 사람도 명령에 불복종하고 명령보다 자기가 생각하는 소버린의 진의를 더 좇지 않습니까!"

일리야가 입을 다물었다. 첸은 계속 말했다.

"야신 카갈리스키는 당신 생각보다 훨씬 골치 아픈 사람입니다. 벌집이에요. 소버린께서도 그래서 암살 대신 미행 명령을 내리신 겁니다."

"……."

"명령에 복종하세요, 일리야 노리친."

일리야는 여전히 말이 없었다. 첸이 한숨을 쉬었다.

"그 사람들은 암살조였어요. 일리야 노리친 당신은 소버린의 최측근이잖아요. 경찰 근무 경험도 있고."

"일회용이란 얘깁니까? 그 사람들이?"

"그런 게 아니라……."

"첸 박사님, 당신은 죄책감을 느낍니까?"

일리야 노리친이 불쑥 물었다. 첸은 대체 무슨 뜻으로 그런 말을 하는 거냐고 소리 지르고 싶은 기분을 꾹 눌렀다. 그는 일리야 같은 유형의 사람과 오래 어울린 것이 처음이었다. 일리야와 이런 이야기를 나누고 있는 상황이 몹시 불편했다.

"소버린이 하시는 일에 죄책감을 가질 리가 있나요."

일리야가 웃지도 않고 되물었다.

"그런 분이 연락도 없이 사라지십니까?"

첸은 툭툭 말하는 일리야를 쳐다보면서 위장이 꼬이는 기분이었다.

"무슨 말입니까?"

"말 그대롭니다."

어떻게 알았지? 첸은 긴장했다. 첸이 카이야에게서 도망쳤던 것은 둘만의 비밀이었다. 도망친 다음 폭로전에 끌어들였던 요르요스도, 자신을 찾아냈던 카갈리스키 치프도 그가 카이야의 꿈에 중독되어 있으며, 또한 줄리에게서만 아니라 카이야에게서도 도망쳤다는 것은 알아채지 못했다. 신도들 또한 마찬가지인 줄 알았는데, 일리야 노리친이 어떻게 그 일을 알고 있을까? 첸은 우물거리며 최대한 애매한 말을 골랐다.

"혼란스러웠던 거죠. 워낙에 기적 같은 분이시니까."

"관대한 분이시기도 하죠."

일리야가 못마땅하다는 얼굴로 첸을 쳐다보았다. 첸은 더 이상 견딜 수 없어졌다.

"어떻게 알았습니까?"

"제가 처음 신앙과 충성을 맹세했을 때 박사님은 이미 소버린의 측근이었습니다. 전 조금 존경심을 가지고 있었어요. 그런데 박사님은 똥 마려운 개처럼 소버린 주위를 맴돌았죠."

모욕적인 말에 첸의 얼굴이 붉어졌다.

"당신이야말로 소버린의 강아지잖아."

"저는 켕기는 데가 있는 사람들이 어떤 행동을 하는지 압니다. 그래서 이상하다고 생각했습니다. 첸 박사님의 보디가드를 하면서 왜 그렇게 행동하셨을지 생각해 봤죠."

"언제 알았습니까?"

"조금 됐습니다."

첸이 의자 위에 주저앉았다.

"초기부터?"

일리야가 고개를 끄덕였다. 첸은 깊이 한숨을 쉬었다. 일리야가 자신에게 노골적으로 거리를 두는 것이 마음에 걸리긴 했지만 이런 이유일 줄은 몰랐다.

"그런데 왜 지금 와서 이러는 겁니까?"

"순교자들은 일회용이 아닙니다."

"일회용이라고 한 적 없습니다."

"야신 카갈리스키 박사가, 박사님 아는 사람이라 이러는 겁니까?"

첸은 숨이 턱 막혔다.

"내 뒷조사를 했어요?"

"아니면 제가 쓸모가 있어서 이러는 겁니까? 폭파도 지휘할 수 있고, 사고 현장에서 빠져나가는 법도 알아서?"

"무슨 소리를 하는 거예요?"

첸이 작게 반문했다. 스스로 느끼기에도 확신 없는 목소리였다.

"우리는 소버린을 믿을 뿐입니다. 첸 박사님은 우리를 맘대로 할 권리가 없습니다."

일리야의 목소리는 첸의 목소리에 반비례해서 커졌다. 목소리만 커진 게 아니었다. 그는 점점 더 단정적으로, 피해자인 양 말하고 있었다. 첸은 울컥했다.

"소버린이라면 있고요?"

"……."

"왜 대답이 없어요. 나는 안 된다고? 소버린이라면 좌지우지당해도 좋고?"

"그런 말은 안 했습니다."

"하, 그 말이잖아요! 등신들, 이러니까 내가 당신들을 우습게보는 거야. 누가 누굴 만들었는지도 모르고!"

일리야 노리친은 순간 아무 말이 없었다. 첸은 헛숨을 삼키고 딸꾹질을 시작했다. 일리야가 표정이 싹 지워진 얼굴로 되물었다.

"지금 뭐라고 하셨습니까?"

* * *

마리아 프리스는 쥐어뜯긴 머리를 벽에 문지르며 울었다. 퀴퀴한 쓰레기 냄새가 나는 좁은 골목, 술집 뒷문 옆에 앉아 벽에 머리를 비비며 다리를 쳐 대자 다리 사이로 시커먼 것이 지나갔다. 깜짝 놀란 그녀가 소리를 지르자 그것이 구석에 숨어 휙 돌아보았다. 커다란 시궁쥐였다. 쥐 주제에 토끼만큼 큰 녀석의 안광이 번쩍이는 눈에는 두려움이라곤 없었다.

반사적인 놀람이 공포로 바뀌었고, 겨우 잦아들던 서러움이 다시 몰려왔다. 울고 있던 마리아는 대성통곡하기 시작했다. 다 집어치워야 했다. 진작 그래야 했다. 그녀는 울면서 엉망이 된 보라색 머리칼을 잡아당겼다. 두피가 벗겨질 것처럼 아프고 입속에서는 피 맛이 났다.

카이야 레만과 짝을 이뤄 드림 컬렉터 짓을 할 때 그녀의 보라색 머리는 멀리서도 손님을 끄는 전광판이었다. 그녀를 질투하는 드림 컬렉터들은 꿈 좀 꾸는 어수룩한 화성 촌놈에게 빨대 꽂은 주제에 과시욕 하난 끝내준다고 쑥덕댔지만 그런 뒷말조차도 달콤했다. 그녀는 행운아였다. 뒷말 따위는 인생의 승리자들에게 달라붙는 폭죽의 연기 같은 것이었다. 매캐했지만 결코 싫지 않았다.

그렇지만 그 보라색 머리가 지금, 그 술집에 가면 늘 붙어 있는 보라색 머리 계집애가 있더라는 소문으로 돌아올 줄은 몰랐다. 마리아도 어떻게 술김에 한번 자 볼까 하는 남자들이 있다는 건 알고 있었다. 그래도 그게 소문이 되고, 낯모르는 남자가 다짜고짜 자자고 들이대고, 거절하자 머리채를 잡혀 패대기쳐질 줄은 상상도 못 했다.

그녀는 자기 인생이 망가졌다고 생각했지만 아직 밑바닥을 보진 않았다는 걸 뒤늦게 깨달았다. 알코올중독이라고 생각도 못 했고, 늘 술에 취해 있는 젊은 여자가 주위에 어떻게 보일지도 몰랐다. 자기 고민에 코를 박고 옆을 신경 쓰지 않는 일상을 살아왔던 것이다. 그래서 과거의 유산인 튀는 머리색을 영광스런 트로피라도 되는 양 전시하고 있었던 것이다. 진작 버렸어야 했던 것을.

"괜찮아?"

한참 만에 뒷문을 열고 들어가자 바텐더가 걱정스레 물어왔다.

"괜찮겠냐? 그 새끼는?"

"경찰이 끌고 갔어."

마리아는 바텐더가 밀어 주는 진토닉을 죽 들이켰다.

"야."

"어, 어. 왜?"

오래전부터 서로 갈구는 사이인 바텐더가 자꾸 눈치를 보자 마리아가 술잔을 탕 내려놓았다.

"나한테 이상한 소문 도냐?"

"아까 그 새끼가 미친놈이지. 신경 꺼."

"내가 저기로 나가서, 쓰레기 사이에 앉아 쳐 울면서 생각을 해 봤는데, 소문이 나지 않고는 이런 개 같은 일이 있을 수가 없어. 나 오늘 진짜 멀쩡했는데."

"오늘은 그랬지."

툭 튀어나온 바텐더의 말에 마리아는 입을 다물었다. 한 짓도 없이 소문만 더럽게 났다고 하소연하려던 말들이 목구멍으로 말려 들어갔다. 차라리 술이나 얻어먹고 다녔으면, 치근대는 남자들이랑 자기라도 했으면 억울하지나 않았을 텐데. 마리아는 붉어진 눈으로 고개를 돌렸다. 며칠 전부터 술집 한구석에 앉아 그녀를 쳐다보던 남자가 눈에 들어왔다. 그녀는 충동적으로 남자에게 다가갔다.

"안녕."

가벼운 인사에 남자는 아무 대답이 없었다. 마리아는 남자의 맞은편에 앉았다.

"같이 마셔도 돼?"

남자는 고개를 푹 숙였다. 수줍음이 있는 타입인가? 조금 귀엽다는 생각이 들었다. 하긴 일주일 넘도록 말 한번 걸지 않고 멀리서 보고만 있었으니까. 그녀는 미소 지었다. 어린 소녀일 때나 느꼈던 기분이 되살아나는 것 같았다. 순진한 소년들을 상대할 때의 간질간질한 우쭐함.

"날 계속 보고 있었지? 왜 말 안 걸었어?"

대답은 여전히 없었다. 마리아는 술잔을 움켜쥔 남자의 손등에 핏줄이 선 것을 보고 놀랐다. 이 정도로 긴장했으면서 고개 숙인 얼굴이며 귀가 빨갛지 않고 하얀 것을 이상하게 생각했다. 그녀가 저도 모르게 관찰하는 동안 가만히 있던 남자가 어느 순간 움직였다. 술잔을 내려놓고 일어서서는 부리나케 가게 밖으로 도망쳤다.

"뭐야?"

마리아는 황당하고 얼이 빠졌다. 내가 뭘 어쨌다고? 엿 같은 기분으로 그녀는 자신이 할 수 있는 일을 했다. 욕을 하고, 짜증을 내고, 머리를 단발로 자르고 갈색으로 염색했다.

술집 화장실에서 여자의 비명이 들린 건 이틀 후였다.

문 잠긴 화장실에서 쿵쿵 벽에 찧는 소리와 비명 소리가 들리자 바텐더는 경찰에 신고했다. 화장실 안이 조용해지자 술집에 있던 사람들은 불안에 떨었다. 도착한 경찰이 화장실 문을 열었을 때 이미 희생자는 절명한 뒤였다. 범인이 자기 목에 칼을 누르며 서 있을 뿐.

"소버린 만세!"

외치자마자 범인은 자기 목을 찔렀다.

경찰이 더 왔고 바텐더는 그들의 얼굴까지 확인해야 했다.

얼이 빠진 바텐더 옆에서 흘끗 시체들의 얼굴을 본 마리아는 기겁했다. 이틀 전에 같이 술 마시려 했던 바로 그 남자였다.

그녀는 벌벌 떨었다. 죽은 희생자의 이름도 몰랐지만 머리 스타일은 정확히 기억났다. 술집에 들어서는 희생자의 머리가 지금 자신과 똑같아 돌아봤었다. 유행하는 스타일인지, 무난한 지, 자신보다 잘 어울리는지, 그런 것들을 궁금해하며 저쪽 미용사가 자기 쪽보다 솜씨가 좋은 것 같다는 생각을 했던 것도 기억했다.

그러자 다른 일들도 한꺼번에 떠올랐다. 맞은편에 앉았을 때 고개를 숙이던 범인의 모습. 짜증 난다고만 생각했던 그날의 행동들. 일주일 넘게 자신을 꾸준히 보고 있었으면서 눈을 마주칠 때 한 번도 목례를 한 적이 없다는 것. 그동안 자신만이 아니라 다른 누구와도 말을 하는 걸 본 적이 없다는 것도.

'내가 저기 있을 수도 있었어.'

저기 있을 수도 있었다고? 아니었다. 그녀가 저기 있는 게 맞았다. 하지만 누구에게 말하겠는가? 범인이 실수했다고. 범인이 노렸던 건 자신이라고. 바텐더도 경찰도 그녀의 말을 들으면 되물을 것이다. 왜요? 왜 며칠 전에 처음 본 사람이 당신을 노리고 있었고 죽이려 했다는 겁니까?

말할 수 있을까?

왜냐하면 그녀가 도망쳤기 때문이라고. 설명할 수 없고 믿을 수 없을 힘을 가진 놈에게서 도망쳤기 때문이라고.

마리아는 카이야 레만을 설명하려 할수록 자신이 정신병자가 될 뿐이라는 것을 알았다. 놈의 곁에 계속 있다간 진짜 미쳐 버릴지도 모른다는 것도 알았다. 그래서 도망쳤다. 악몽으로 시커메진 다크서클을 짙은 화장으로 숨기고, 보라색 머리를 날리며 아난다 돔 거리를 돌아다니는, 불안하고 화려한 행운아로서의 삶을 버렸다. 도망은 계속되었다. 그녀가 삶을 받아들이는 모든 방식이 되었다. 무서울 때마다 마리아는 농담으로, 술로 도망쳤다.

그녀는 다시는 이전의 삶으로 돌아갈 수 없다는 것을 서서히 알게 되었다. 술에 떡이 되어도 긴장이 풀리지 않았다. 울타리 안 잠든 양들 사이에 섞인 가젤처럼, 추적자나 총구가 나타나기만 해도 펄쩍 뛰어 달아나려 했다. 너를 노린 게 아니야. 피해망상이야. 그런 일이 있을 수도 있지. 양들의 소름끼칠 만큼 태평한 소리들. 무서웠고 고독했다.

도망쳐야 해.

마리아는 절박했다. 카이야 레만으로부터 더 도망쳐야 했다. 그렇지만 마야를 떠날 돈이 없었다. 경찰도 소브컴도 자신의 이야기를 믿어 주지 않으리라. 믿어 줄 사람은 한 사람뿐이었다. 자신에게 카이야 레만에 대해 묻던 그 은발 남자.

연락처를 받아 놨어야 했다. 이름이라도 물었어야 했는데. 마리아는 미칠 듯이 후회하면서 머리를 굴렸다. 카이야의 과거를 찾아올 사람이면 카이야의 환상이나 꿈과 관련되어 있을 것이다. 상상 도우미 동료를 찾아간 게 아니라 자신을 찾아왔던 걸 보면 용건은 꿈에 있으리라. 꿈에 휘둘려서 찾아온 일반인 같지는 않았다. 탐정이나 형사로 보이지도 않았고.

마리아의 가슴속에 희망이 솟았다.

혹시 드림 컬렉터일까?

그녀가 도망친 것도 벌써 몇 년 전이었다. 그사이 활동하기 시작한 드림 컬렉터일지도 몰랐다. 옛 인맥을 동원해 문자 대번에 정보가 들어왔다. 귀신눈깔, 야신 카갈리스키. 가장 유명한 드림 컬렉터. 그녀는 당장에 라다로 달려갔다. 야신을 만나다 털어놓고 카이야 레만으로부터 보호해 달라고 말할 작정이었다.

그러나 마리아 프리스는 야신을 원하던 것보다 늦게 만났다. 라다 바로 옆 골목으로 끌려 들어가 칼에 찔리면서, 마리아는 그 외침을 또 들었다. 소버린 만세! 그 소리가 끝이었다. 누군가 소리를 지르고, 라다에서 사람들이 뛰어나오고, 경찰과 소브컴의 에어카가 날아온 것을 그녀는 알 수 없었다.

야신이 창백해진 얼굴로 자신을 쳐다보는 것도, 소브컴 팀장 데르크 아데마가 그 옆에 서서 너도 조심하라고 하는 말을 하는 것도.

"그놈 주변에서 일이 더 일어나고 있어."

"……무슨 얘기야?"

"놈이 일했던 래빗홀 사장도 이틀 전에 피습당했어. 칼에 맞았는데, 출동한 경찰이 범인을 잡자 범인이 '소버린 만세!'라고 외치면서 자살했다더군."

야신은 담배를 깊게 빨았다.

"놈의 과거 흔적을 지우고 있군."

"그래. 무슨 광신도 같은 놈들이."

야신은 마리아 프리스의 얼굴 위로 천이 덮이는 것을 보다 고개를 돌렸다. 예전에 만났던 그녀는 아주 다른 모습이었고 상황 또한 지금과는 달랐다.

"카이야 레만이 직접 벌이는 일일까?"

아데마가 무겁게 대답했다.

"그건 지금부터 캐 봐야겠지."

* * *

일리야 노리친은 계속 떨었다. 후회 비슷한 기분이 들었다. 예전에도 이런 기분이 들었었는데. 일리야는 기억을 더듬었다. 그래, 서브넷 치료를 거부하고 처음 날밤을 새웠을 때도 이랬었다.

경찰 소속 정신과 의사가 서브넷 치료(간질, 파킨슨병, 외상증후군 등 신경 정신 질환을 두뇌에 칩을 시술해 실시간 진단 및 약물과 전류 자극 등을 병행하는 치료)를 권했을 때 의사는 그에게 두 번째 뇌기능을 제공할 인공지능을 심는 것이 아니라 뇌에 안전망을 설치하는 것이라고 설명했었다. 이상 증상을 보이고 패닉에 빠졌을 때 바로 주치의에게 치료가 필요하다고 알리고 적절한 조치를 받을 수 있게 해 줄 거라고. 그러면 많은 외상 후 스트레스 장애 환자들처럼 밤에 잠을 못 이루고, 난데없이 폭력적인 징후를 보이고, 감정 조절에 실패하는 일들을 겪지 않고, 정상적인 삶으로 다시 연착륙할 수 있게 될 것이라고 말했었다.

그렇지만 일리야는 소위 정상적인 삶 운운하는 전문가들에게 학을 뗀 상태였고, 무엇보다 더 이상 국가나 공동체의 모르모트가 될 생각이 없었다. 그는 추락을 한다 해도 자기 인생이라고 생각했다. 어쩌면 모두의 예상을 뒤엎고 끝내주게 멀쩡히 살아 낼 수 있을지도 모른다는 기대도 아주 약간은 있었다. 그것이 터무니없는 기대로 판명 나는 데에는 채 일주일도 걸리지 않았다. 전문가들은 핵심을 꿰뚫고 있었다. 대개의 사람들이 자기 자신을 과대평가한다는 것을.

새하얗게 밤을 새우고 두통 속에서 가까워졌다 멀어졌다를 반복하는 호텔방의 벽을 쳐다보며 일리야는 아차 싶었다. 지금처럼.

아차 싶었을 때에는 이미 첸 타이샨의 코에서 피가 흐르고 있었다.

병원에 데려가야 해. 일리야는 무인택시를 부르려다 멈췄다. 병원에 가면 의사들은 대번에 폭행을 눈치채고 경찰을 부를 것이다. 경찰은 병원 입구 CCTV에서 무인택시를 확인하고 어렵잖게 일리야를 찾아낼 것이다.

왜 때렸냐고 물으면 뭐라고 대답해야 하지?

"너무 시끄러워서요."

일리야가 중얼거렸다. 의식을 잃은 첸의 부은 얼굴이 보기 싫었다. 멱살을 잡았었다. 자신도 뚜껑이 열려 있었지만 첸은 거의 미친 사람 같았다. 목이 졸려 허우적대면서도 가래를 뱉는 폐병 환자처럼 멈추지 않고 이야기했다. 자신이 과학자였던 것, 실험에 소버린이 참여했던 것, 실험 중 사망자가 생겼던 것, 그리고 몇 년 후 자신이 사고 증언을 해 달라고 소버린에게 접촉했던 것까지도.

'우리가 괴물을 만든 줄도 모르고 그 괴물한테 손을 내밀었던 거예요. 물렸죠. 거하게 물렸어요. 그를 찾아내면서 모든 게 엉망진창으로 바뀌었어요.'

일리야는 떨면서 첸을 의심했고 화를 냈다. 그렇지만 무엇보다도 첸을 닥치게 하고 싶었다. 첸은 점점 더 큰 소리로 떠들어 댔다. 회사가 소버린을 치우려고 했던 전력이 있기 때문에 소버린이 자신의 폭로전에 협조할 줄 알았다고. 소버린은 순순히 따라나서서는 먼저 자신 또한 실험의 피해자임을 증명하기 위해 자기 꿈을 분석해 달라고 했다고.

'논리적으로 맞는 말이었어요. 소버린도 증인이자 피해자였기 때문에 그의 꿈 샘플이 있으면 우리 폭로전에 도움이 되었으면 되었지 그 반대일 리가 없었거든요. 사고 이후 꿈을 못 꾸게 되었다는 말에 저는 소버린의 뇌를 스캔했습니다. 그는 실험 당시에 썼던 약물에 중독된 상태였어요. 금단 증상이 꿈의 부재로 나타나는 특이한 경우였죠. 저는 학자적인 관심과 일이 잘 풀린다는 착각 때문에 신이 났습니다. 소버린만 우리 편으로 끌어들이면 천군만마를 얻는 것 같을 거라고 생각했죠. 저는 정말 열심히 소버린이 다시 꿈을 꿀 수 있도록 도왔어요.

그를 위해 금지된 약물을 빼돌리고, 주의 깊게 뇌 스캔을 반복했죠.'

그 꿈이 덫이었다고, 첸은 소버린의 꿈에 중독되어 시키는 대로 움직이게 되었다고, 소버린이 계속 꿈을 꿀 수 있게 만들고, 더 강한 꿈을 꾸게 만들고, 꿈을 널리 유포하는 일들 모두가 소버린의 의지였다고 첸은 계속 떠들었다.

어느 순간 주먹질을 시작했는지는 기억에 없다. 정신을 차렸을 때는 첸이 소리도 못 내고 널브러져 있었고, 오른발과 정강이가 아팠다. 일리야는 절뚝거리며 횡단보도로 향했다. 신호등 기둥 140센티미터 정도 되는 위치에 간단한 디자인의 긴급 호출 버튼 세 개가 반짝였다. 경찰, 소브컴, 구급대원. 일리야는 허리를 숙이고 구급대원 버튼을 눌렀다.

"여기 주류 할인점 옆 골목에 사람이 쓰러져 있어요."

뭐라고 묻는 소리가 났지만 일리야는 무시했다. 마침 녹색으로 바뀐 신호등 불빛에 그는 횡단보도를 건넜다. 멀리서 들리던 사이렌 소리가 가까워져 왔다. 앰뷸런스 에어카가 허공에서 원을 그리면서 주류 할인점 앞 도로에 착륙했다.

에어카의 경광등 불빛을 보면서 일리야는 주먹을 쥐었다. 무감각해졌던 이성에 불이 켜졌다. 내가 지금 무슨 짓을 한 거지? 첸은 사라질 것이다. 병원과 경찰이, 세상이 그를 가만 놔두지 않을 것이다. 이대로 첸이 빠져나가게 놔둘 건가?

일리야는 달려가 첸의 숨통을 마저 끊어 놓고 싶었다. 에어카가 얼른 첸을 싣고 날아올라 사라져 버렸으면 했다. 잘못한 것이 없다고 크게 소리치고 싶었고, 누군가에게 무릎 꿇고 용서를 빌었으면 했다. 후회 비슷한 기분이 들었다. 그런데 어디서부터 후회해야 하는지 도통 알 수가 없었다.

'어떻게 해야 하지?'

초조하고 두렵고 혼란스러웠다. 더 미치겠는 건 이렇게 혼란스러운데도 언제나처럼 소버린을 찾아가 모든 짐을 내려놓고 판단을 청하지 못하는 자신이었다. 평온은 첸이 피를 흘리면서 끝났다. 아니, 그 전에 첸이 과거를 고백할 때부터 끝났는지도.

그것도 아니면, 어쩌면 이미 오래전에, 천사와 폭발이 함께했던 그 테러 현장에서 깨졌는지도 모른다.

일리야는 떨었다. 부들부들 걷는 그의 머리 위로 앰뷸런스 에어카가 빛을 뿌리며 지나갔다. 그는 부르르 크게 떨고는 달리기 시작했다.

한 시간 뒤, 줄리 캠벨은 경찰로부터 실종 신고가 된 남편이 응급실에 있다는 연락을 받고 병원으로 달려갔다.

9. 천국과 마야

라우라 파야스가 단골이었던 시뮬레이션 센터는 매우 협조적이었다. 파야스 부부에게 미리 언질을 받았는지 매니저가 조종실로 직접 안내하기까지 했다. 시뮬레이션 센터 매니저에게 이렇게 친절한 대접을 받아 본 적이 없었던 재스퍼와 오닐은 뻣뻣한 걸음걸이로 야신과 매니저를 뒤따랐다.

대개 멀끔한 영업장과 달리 조종실은 한쪽 구석에 비품이 쌓여 있는 경우가 부지기수였는데, 이 시뮬레이션 센터는 잘 정리되어 있었다. 야신 일행은 비교적 편하게 조종실 내부를 둘러보고 그간의 데이터도 확인했다.

"라우라 파야스가 꿨던 힙노스에 조작이 가해졌던 흔적은 없군."

"누가 일부러 그런 건 아니란 거네."

"흠."

야신이 오닐과 재스퍼에게 시선을 돌렸다.

"CCTV 먼저 훑어봤지? 어때?"

"매일 출근 도장을 찍던데."

"수상한 사람이나 접근하는 사람은?"

"없었어."

야신은 매니저를 쳐다보았다.

"라우라 파야스 양이 꿨던 힙노스를 부모에게 보여 주기 거부하셨다면서요."

"저희가 거부한 게 아니라 블록 처리된 겁니다."

"블록이요?"

"예."

정중히 답한 매니저가 야신 일행을 둘러봤다.

"더 볼일 없으시면 이쪽으로 오시죠."

벌써 쫓아내는 건가? 야신은 조종실 문을 가리키는 매니저를 쳐다보다 그의 태도가 묘하게 깍듯하다는 것을 눈치챘다. 쫓아내려고 하는 사람 같지 않았다. 야신은 오닐과 재스퍼가 먼저 나가도록 미는 척하며, 시뮬레이션 룸과 홀의 모습이 담긴 CCTV 화면을 흘깃 쳐다봤다. 아직 이른 시간이라 거의 모든 방이 텅 비어 있었다. 누군가 1번 시뮬레이션 룸에서 후다닥 나가는 것이 보였다. 그와 함께 1번 시뮬레이션 룸의 시뮬레이터 상태창이 깜박였고, 세 명 동시 접속이 준비되었다는 메시지가 화면에 떠올랐다.

아, 이런 거였군. 야신은 매니저의 옆을 지나쳐 나가면서 가볍게 목례했다. 매니저가 눈으로만 미소 지으며 조종실 문을 닫았다. 매니저는 그들을 2층으로 인도해 복도를 가로지르더니 1번 시뮬레이션 룸의 문을 열었다.

"그럼 즐거운 시간 되십시오."

꿈이 끝나고 시뮬레이터 덮개가 열려 밖으로 나온 뒤에도 셋은 한동안 서로를 쳐다보기만 했다. 재스퍼가 정신을 못 차리고 멍하니 물었다.

"이거 뭐야?"

"뭐긴. 라우라가 꿨던 힙노스지."

야신의 대답에 재스퍼가 눈을 크게 떴다.

"뭐야, 그럼 이건 완전히 우리 보라는 거잖아?"

"블록 처리됐다더니?"

오닐까지 합세했다. 야신이 어깨를 으쓱했다.

"블록 처리한 게 램스필드인지 소브컴인지 모르겠지만, 블록 처리된 힙노스를 고객 가족에게 보여 줬다가 소송에 휘말리기는 싫겠지."

"그럼 우리한테도 안 보여 줘야 되잖아."

"뭐, 원칙대로 하면 그렇겠지. 하지만 그랬다가 고객 가족이 경찰을 끌고 와서 뒤지는 것도 반갑잖을걸. 책임 안 지는 선에서 우리한테만 슬쩍 보여 주는 게 낫다고 판단했겠지."

"책임이라······. 하긴 우리들이 소브컴이나 램스필드에 알릴

270

일은 없을 테니까."

"그거지."

야신은 손가락으로 턱을 문질렀다. 라우라 파야스가 이런 꿈을 꾸고 있었단 말이지. 사고와 기적을 보고 신을 찾아가는.

"그녀는 어땠을까?"

"뭐가?"

"꿈의 주인공에게 감정이입했을까?"

"부모 말로는 딱 부러지는 타입이었다던데? 차가울 정도로."

"흐음."

그렇다면 힙노스 때문이 아닌 걸까?

"어쩌면."

야신이 말했다.

"인간적인 캐릭터가 아니기 때문에 오히려 이런 상황에 감정이입하기 좋았을지도 모르지. 압도적인 경험에 휘둘리는 상황에서 해방감을 느꼈을지도."

그래서 힙노스 끝에서 말하는 것처럼 천국 시뮬레이션 센터에 가려고 했을까? 오닐이 어깨를 으쓱하며 고개를 저었다.

"너무 좋을 대로 생각하는 거 아니야?"

그것도 그렇군. 야신은 시뮬레이션 룸에서 나와 다시 매니저를 찾았다.

"혹시 천국 시뮬레이션 센터라고 아십니까?"

"글쎄요."

매니저는 웃는 낯이었지만 귀찮은 티가 역력했다.

"검색해 보시죠."

야신은 매니저의 성가셔하는 태도에 아랑곳없이 계속 말을 걸었다.

"혹시 아시는 게 있나 해서요. 동종 업계 소문이라든가."

"후우. 그런 건 모르겠습니다만 가끔 묻는 분들이 계신다고 하더군요."

"누가요?"

"손님들 중에요. 직원들이 가끔 하는 말입니다. 천국 시뮬레이션 센터가 어디냐고 묻는 손님이 있었다고. 누가 우리 시뮬레이션 센터 근처에서 호객하는 것 아니냐고들 하더군요."

"호객꾼은 외부가 아니라 내부에 있었군요."

"예?"

"이 힙노스를 꿨던 사람들 명단 좀 볼 수 있을까요?"

"대여 기록 말입니까?"

야신이 고개를 끄덕였다. 이젠 거의 체념하다시피 한 매니저가 손짓으로 가까운 직원을 불렀다. 카운터에 앉아 있다 불려 온 직원에게 대여 기록을 볼 수 있냐고 묻자 그녀가 불퉁하게 대꾸했다.

"그건 봐서 뭐하려고요?"

"만나 보고 싶어서요."

"대여 기록에 이름과 연락처라도 남아 있을까 봐요?"

"그럴 리야 없겠죠."

야신이 어깨를 으쓱했다.

"하지만 대여한 사람 중에 시뮬레이션 센터 회원도 있을 것 아닙니까. 그분들은 이름과 연락처가 있을 테고."

매니저가 야신의 말을 가로막았다.

"회원 정보를 멋대로 알려 드릴 순 없습니다."

"여기서 알아냈다는 것은 절대 모르게 하겠습니다."

야신이 약속했다. 그렇지만 매니저는 완강했다.

"프리미엄 시뮬레이션 센터의 첫 번째 원칙이 뭔지 아십니까?"

"친절?"

재스퍼의 말에 매니저가 꼿꼿이 허리를 들며 강조했다.

"프라이버시 보호입니다."

"친절인 줄 알았는데."

재스퍼가 작게 중얼거렸다. 매니저가 기침을 하고, 옆에 서 있던 직원이 재스퍼에게 눈을 흘기면서 긴장된 분위기가 누그러졌다. 야신이 얼른 그 틈을 비집고 제안했다.

"그럼 이렇게 하죠. 저희가 해킹해서 가져간 겁니다."

"으음."

매니저는 망설였다. 야신이 낮은 목소리로 부추겼다.

"안전할 겁니다. 그리고 깔끔하죠."

"깔끔하다고요?"

매니저가 눈썹을 세웠다.

"라우라 파야스 양의 실종은 저희 시뮬레이션 센터와 아무 관련이 없습니다."

"물론 저희도 그렇게 생각합니다. 파야스 양의 부모가 이성을 잃고 쳐들어오기 전까지는 더 그렇겠죠."

"……실제로 해킹 시도도 할 겁니까?"

"원하신다면."

야신이 팔짱을 꼈다.

"만약 이번 건으로 회원분들이 정보 유출을 항의하게 되면 책임지는 쪽은 해킹해 간 저희가 되는 거죠."

매니저의 복잡한 시선에 그가 덧붙였다.

"물론 그런 일은 없을 겁니다."

매니저가 얼굴을 찌푸렸다.

"자신만만하시군요."

"경험에서 오는 자신감이죠."

"휴우."

매니저는 서비스업의 가면을 벗고 깊은 한숨을 쉬었다.

"사장님께 말씀드려 보죠."

결국 사장까지 보고 나서야 문제의 힙노스를 꿨던 회원들의 이름과 연락처를 알 수 있었다. 감사 인사를 하며 사장실에서 나와 시뮬레이션 센터 휴게실에 자리 잡자 재스퍼가 뒷목을 짚었다.

"대체 그건 왜 묻는 거야?"

"뭘?"

"저 힙노스 꿨던 사람 명단 말이야. 그게 뭐가 중요하다고 이렇게까지 하는 건지 난 영 모르겠네."

"이렇게까지라니. 이 정도는 해야 하는 거지."

부자와 높은 사람 알레르기가 있는 재스퍼는 야신의 말에 펄쩍 뛰었다.

"앞으로 그럴 일 있으면 난 빼 주라. 으으, 저 힙노스 꿨던 사람들이 다 잠든 것도 아니잖아. 라우라 파야스 뒤만 캐면 되는 건데, 저 힙노스 꿨던 사람들은 왜 만나 보려고 하는 거고 카이야 레만 꿈이랑 파장은 왜 비교하는 거냐고. 카이야 레만은 꿈 찾는 의뢰도 끝냈다며?"

"그놈이 날 죽이려 했거든."

"뭐라는 거야. 그놈이 널 왜 죽여?"

하하하 웃던 재스퍼는 아무도 따라 웃지 않자 웃음을 그쳤다.

"진짜냐?"

"아마도."

"왜?"

"그건 차차 더 알아봐야지."

"너, 너 인마, 왜 이렇게 태연자약해?"

"그럴 리가. 짐작하고 있던 일이긴 하지만."

재스퍼가 알았다는 얼굴로 소리쳤다.

"뭐, 짐작? 어쩐지 이상했었어. 그래서 그 사고 때 그렇게 침착했던 거냐?"

가만히 듣고 있던 오닐이 물었다.

"왜 카이야라고 생각하는데?"

"날 죽이고 싶어 하는 놈들 중에 그런 방식을 쓸 놈은 없으니 신참이겠지. 그리고……."

야신이 말을 이었다.

"……일전에 카이야의 과거를 알고 있는 사람들이 연달아 살해당했다는 얘기를 들었거든."

생각지 못한 위험한 이야기가 연달아 튀어나오자 재스퍼와 오닐은 긴장해서 야신을 쳐다봤다. 야신이 조용히 말했다.

"범인들은 제각각이었는데 잡힐 것 같으면 모두 자결했다는 거야."

"음, 뭐야, 그거? 꼭 무슨 광신도들 같잖아."

"광신도 맞지. 그런데 그 광신도들이 카이야의 과거 지인들만 골라 습격하고 있다면, 광신도들 수장이 카이야일 수 있다는 얘기고."

"으아."

재스퍼가 넌더리난다는 표정을 지었다.

"그 제정신 아닌 놈이 교주라고? 그놈이 어떻게 교주 노릇을 해? 샌님에 머리도 그냥 그렇던데."

오닐이 지적했다.

"꿈은 괴물 같았잖아."

"아, 진짜! 너희가 날 바보 취급하는 건 알고 있지만, 나도 상식은 있는 사람이라고. 광신도 만드는 게 그렇게 쉽냐? 꿈 하나로 어떻게 교주가 되냐?"

"꿈에다 환상도 있지."

야신이 덧붙였다.

"여긴 마야고."

재스퍼가 혼란에 빠져 머리를 긁었다.

"어, 그러니까……, 네 말은, 카이야 과거 아는 사람들이 죽고, 너도 죽을 뻔하고, 살해를 시도한 놈들은 자살했으니까 카이야가 놈들을 사주했을 거다, 꿈으로 교주가 됐을 거다, 뭐 그런 거야?"

"글쎄."

"아무래도 그건 좀 음모론 아니냐?"

"확인해 볼 수는 있지."

"야, 귀신눈깔……, 아니, 야신. 네가 무슨 타소 같은 점술가도 아니고, 정치인도 아니잖아. 말을 확실하게 해야 사람이 알아먹을 거 아니냐고."

툴툴거리던 재스퍼가 고개를 돌려 야신을 쳐다봤다.

"설마 카이야 꿈을 꿨던 사람을 다 찾아보고 다닐 건 아니지?"

"그럴 리가."

"너, 그거 위험해. 그렇게들 강박증이 생기는 거라고."

재스퍼의 구시렁거리는 소리를 흘려들으며 야신은 라우라가 꾸었던 힙노스의 원작자를 어떻게 알 수 있을까 궁리했다. 가공 과정에서 개인 정보를 모두 지우고 아무 정보도 안 남겨놓는 힙노스의 원작자를 알아내는 방법은 두 가지였다. 시뮬레이션 업체와 센터들을 상대로 한 위험하고 집요한 해킹이나, 힙노스를 디스어셈블해서 프로그래밍되기 이전의 파장을 읽어내 용의선상의 인물 꿈의 파장과 비교하는 것. 요즘 같으면 해킹까지 갈 것 없이 연줄을 통해 원작자 이름을 알아낼 수도 있을 것이다. 램스필드나 소브컴이나, 카이야 레만이 꿈으로 무슨 일을 벌일지 관심 있을 테니까. 이쪽에서 알아낸 정보나 추측을 흘리기만 해도 침을 흘리며 덥석 물겠지.

그렇지만 그렇게까지 해서 얻어 낼 만한 가치가 있는 정보인가? 등록된 원작자 이름에는 가명도 꽤 많았다. 램스필드는 정보를 문 뒤 이쪽 손도 물 만한 위험한 상대였고, 소브컴은 아예 그를 자기들 일에 끼워 넣을 터였다.

야신은 내심 이 꿈의 원작자가 카이야 레만일 것이라 확신하고 있었다. 자신을 죽이려 든 사람이 카이야 레만의 신도일거라 생각하는 것과 마찬가지로. 그때의 타이밍과 정확도는 훈련받은 사람의 것이었다. 그렇지만 그렇게 치면 자신을 밀치고 대신 총에 맞은 미행자는? 눈에 빤히 보이는 미행을 하고 미행 대상을 지키려 총 앞에 몸을 날리는 전문가가 있을까? 훈련받은 위협적인 총격과 어설픈 미행과 극단적인 선택. 이비크파도 램스필드사도 그런 어정쩡한 자들을 보내진 않을 것이다.

그리고 카이야 레만의 과거를 지우고 자살한 암살범들. 아데마에게 카이야의 이야기를 듣고 돌아왔던 날 카이야는 야신의 작업실에서 그를 기다리고 있었다. 그의 과거를 이야기하며, 자신과 손을 잡지 않겠느냐고 물었다. 야신은 기억을 더듬었다. 카이야는 꿈을 다시 꿀 수 있게 되었다며 자신만만했다. 위험하다고 생각했었지. 실제로도 위험했고. 첸 타이샨까지 카이야의 꿈에 빠져들어 바보짓을 하지 않는가.

"그 매칭 프로그램……."

278

야신이 중얼거렸다.

어디까지 파고 들어갈 셈이지? 야신은 스스로에게 물었다. 라우라 파야스만 찾아내면 되는 것 아닌가. 라우라가 힙노스에 휘말렸고, 그 힙노스의 원작자가 카이야라는 것까지만 의뢰인에게 보고하면 되는 것 아닌가. 재스퍼의 말이 어떤 면에선 맞았다. 카이야의 힙노스에 당한 사람이 많고, 그 힙노스들이 다분히 의도적으로 퍼뜨려졌고, 라우라 같은 신도들을 모아들이고 있다고 치자. 그걸 알아내서 어쩔 셈인가?

'그리고 그 신도들은 카이야의 과거를 지우고, 나도 공격하고 있고.'

공격해 온 이상 공격의 배후와 사정을 캐 나가고 짐작했던 대로일지 확인해야 한다. 알아내서 확실해지면 그 뒤엔? 알아보는 것이라면 모를까 수습까지 야신 혼자 감당할 만한 일은 아니었다. 소브컴에라도 알려야 하나? 소브컴 정예 요원이라도 된 양 굴면서?

「라우라 파야스가 꿨던 힙노스, 카이야의 꿈과 파장이 정확히 일치해.」

오늘의 메시지는 예상했던 결과 그대로였다. 보고가 이어졌다. 눈을 감자 그 힙노스를 꿨던 시뮬레이션 센터 회원들의 명단이 눈앞에 주르륵 올라왔다.

……나쁘게 생각할 일만은 아닐지도 모른다. 야신은 담배를 찾았다. 늘 허리춤에 체인으로 연결해서 다니는 합금 담뱃갑에는 맨 오른쪽 돛대만 하나 남아 있었다. 그는 다시 담뱃갑을

닫았다. 어쩌면 자신은 이미 보호를 필요로 하는 상태 아닐까? 카이야의 신도가 또 나서지 말란 법도 없지 않은가.

"그거 안 피울 거예요?"

옆 탁자의 여자가 말을 걸었다. 오목조목 균형 잡힌 제법 예쁘게 생긴 얼굴이었다.

"안 피울 거면 한 대 빌려 줘요. 오늘 한 대도 못 피웠더니 죽겠네."

야신은 담뱃갑을 주머니에 넣었다.

"부적이라서."

손바닥을 내밀 참이던 여자가 인상을 찌푸렸다.

"담배가요?"

"돛대가요."

"헤."

여자가 야신을 아래위로 훑어봤다.

"거짓말이죠? 그런 거 안 믿게 생겼는데."

야신은 성의 없이 웃으면서 고개를 돌렸다.

"아, 담배라도 피워야 되는데."

여자가 소리를 내며 탁자 위에 엎어지더니 끙끙거리며 바르작거렸다. 한참을 그러고 있던 그녀가 벌떡 일어났다.

"커피라도 한 잔 할래요?"

담배를 사러 나갈까 고민하고 있던 야신이 얼떨결에 응했다. 여자는 야신의 테이블에 합류해 샷을 세 개나 추가한 아메리카노를 시켰다.

"내가 꾸려는 꿈을 폐기했다고 하잖아요."

야신은 초조하게 테이블 위를 따닥따닥 치는 여자의 손가락을 눈여겨보았다. 여자들 네일아트에는 관심이 없었지만 한눈에 보기에도 공들인 손톱이었다.

"그럼 어쩔 수 없죠."

"남의 일이라고 너무 쿨한 거 아니에요? 내가 여기 쏟아 부은 돈이 얼만데. 맨날 꾸는 줄 알면서 나한테 알리지도 않고 어떻게 이럴 수가 있어요?"

"그래서 따지려고 기다리는 겁니까?"

"몰라요. 자기들도 어쩔 수 없었다나? 아, 짜증 나."

어쩔 수 없었다? 시뮬레이션 센터가 어쩔 수 없이 폐기해야 하는 1순위라면 역시 블록일 것이다. 설마 라우라가 빌렸던 그 힙노스일까? 아니겠지. 아니, 맞을지도 몰라. 야신은 여자의 상태를 관찰하면서 곧 자리를 뜨려던 생각을 고쳐먹었다.

"이럴 줄 알았으면 내가 먼저 빌려 두는 건데. 난 독점으로 빌리는 게 가능한지도 몰랐단 말이에요."

"힙노스 처음 해 봤어요?"

"하루에 한 번씩 하는데요? 다시 꾸고 싶은 꿈이 없었단 말이에요."

"흠, 그런데 이번 꿈은 안 그랬던 거군요."

여자가 고개를 끄덕였다. 충혈된 눈에 빛이 차올랐다.

"이런 걸 운명이라고 하는 거 아닌가 싶었어요."

야신이 미간을 살짝 찡그렸다 풀었다.

"그 힙노스가 그쪽과 운명이라고요?"

"네."

여자는 망설임 없이 대답했다.

"그냥 그 힙노스에 사로잡힌 거 아닙니까? 힙노스하러 올 때가 아닐 것 같은데."

"무슨 뜻이에요?"

"잠 못 잔 지 며칠 되지 않았어요?"

여자가 움찔했다.

"가끔 아드레날린이 엄청나게 솟는 꿈이 있죠. 자기하고 맞는. 그런 거 자꾸 꾸다 보면 금단 증상도 온다던데."

야신이 의자에 느슨하게 기대면서 남의 말 하듯 말했다.

"그렇게 중독되는 거죠."

"지금 내 얘기 하는 거예요?"

여자가 뾰족하게 물었다. 야신은 커피를 마시면서 어깨를 으쓱했다.

"그냥 그런 사람들을 보다 보니. 언제 꿨어요?"

여자가 멈칫하며 반문했다.

"네?"

"제 친구도 그런 꿈을 꿨다더니 연락이 없어서."

"그게 뭐가 중요해요?"

"어떤 꿈인지 제가 알 수도 있잖아요."

여자의 눈이 빛났다.

"친구가 아니라 당신 아니에요? 그 꿈 얘기하는 거죠? 용과

거미인간 나오는……. 나한테 줘요. 돈 줄게요. 두 배, 세 배,
아니, 열 배라도 줄게요."

"와우."

야신이 열없이 감탄하며 한쪽 눈썹을 올렸다 내렸다.

"왜 그렇게 그 꿈에 집착합니까?"

"말해 봤자 못 믿을걸요."

"믿으라고 얘기하는 건 아니지 않습니까."

여자는 이건 뭔가 하는 얼굴로 야신을 보며 눈을 깜박였다.
무표정한 얼굴에서 회색 눈동자가 별 감정 없이 그녀를 응시하
고 있었다.

"하고 싶으니까 하는 거죠."

"……."

"믿고 싶으니까 믿는 거고."

"……말하고 싶은 대로 말하고요?"

"난 궁금할 뿐입니다."

여자는 침을 꿀꺽 삼켰다. 꿈을 내놓으라고 할 참이었는데
일이 터무니없이 돌아가고 있었다. 게다가 이상하게 싫지 않다
는 게 문제였다. 눈앞의 이 낯선 미남자가 풍선을 꾹 찔러 버
리자 그제야 알아차렸는지도 모른다. 자신 안에 풍선처럼 부푼
이야기와 감정이 있다는 것을.

"천사를 봤어요."

다양한 반응을 이끌어 낼 수 있는 말이었지만 지금의 마야
에서는 한 가지 반응밖에 얻을 게 없는 말이었다.

아, 당신도 봤어요?

그렇지만 야신은 기다렸다. 여자가 입술을 혀로 축였다.

"친구들이 말했죠. 사고가 일어났다 하면 천사가 나타났다고. 천사를 봤을 때 사람들은 도망쳤어요. 그렇지만 저는 도망치지 않았죠. 알았으니까요. 천사는 메시지를 전하러 나타나는 거예요."

"뭘 알았다는 거죠?"

여자가 감당할 수 없는 일에 다리가 풀린 것처럼 탁자를 움켜쥐었다.

"마야에는 신이 있어요."

"신?"

"신이요. 태양계에 신이 존재한다면 바로 마야에 있을 거라고 생각하지 않아요?"

야신은 커피를 벌컥벌컥 들이켜고 싶은 것을 꾹 참았다.

"신을 왜 찾는데요?"

여자가 경멸하듯 그를 흘겨보았다.

"당신은 필요해서 신을 찾나요? 전 천사에게 물어보고 싶은 게 있었어요. 그래서 뒤쫓아 갔죠."

"뭘 물어보려고? 사람한테 물어보면 안 되는 겁니까?"

"네."

여자가 당연한 것 아니냐는 듯 천진하게 대답했다.

"마야에는 신이 있어요. 그러니까⋯⋯, 천사라면 신이 어디 있는지 알지 않겠어요?"

야신은 농담이냐고 되물으며 자리에서 일어서고 싶은 마음이 굴뚝같았다. 하지만 그는 더 알아내야 할 것이 있었다.

"마야엔 처음이죠?"

"처음 꾼 힙노스에 끌려가는 거라고요? 그런 게 아니에요. 내가 찾는 신은 그런 게 아니에요."

"그럼 당신이 찾는 신은 어떤 겁니까? 그냥 인간일 수도 있잖아요."

심지어 훌륭한 인간이 아닐 수도 있지. 야신이 쓰게 입을 다셨다. 자신의 야망과 환상 외에는 무감각한……

"아니라니까요! 그 힙노스를 꾼 지는 꽤 됐지만 혼자 잠들었을 때도 되풀이해서 자주 꾸곤 했어요. 난 천사를 만나고 알 수 있었어요. 그간의 반복된 꿈들은 신이 보낸 거예요. 베하티, 귀를 기울여라. 되풀이되는 내 메시지를 떠올려라. 난 선택받고서도 몰랐던 거죠."

"계시라도 받았다는 겁니까?"

야신은 말하면서 에일로 오닐에게 이 시뮬레이션 센터의 회원 목록을 검색하라고 메시지를 보냈다. 베하티란 이름의 여자는 있었다. 베하티 크루거.

둘은 그녀가 최근에 꿨던 힙노스를 알아내고, 시뮬레이션 센터 측에 열람을 요청했다. 예상대로 블록된 꿈이었다. 꿈이 준비되는 동안 오닐은 이 힙노스도 카이야의 꿈과 파장 비교를 할 준비를 했고, 이것을 꾼 고객 목록을 해킹했다. 베하티 크루거가 꾼 꿈은 라우라 파야스의 경우보다 고객 목록이 짧았다.

최근에 판 꿈이라는 얘기였다. 그런데 벌써 이상 증세를 보이다니. 이대로라면 베하티 크루거도 곧 실종될 가능성이 높아 보였다.

야신은 허리를 쭉 폈다. 이제 움직일 때였고, 그 전에 확인해야 할 것이 있었다.

*　*　*

램스필드 연구동에 딸린 지하 2층의 직원 카페 스터디 룸에서 첸 타이샨은 몇 시간 전부터 초조함과 마비된 체념이 뒤섞인 감정으로 야신을 기다리고 있었다. 야신이 부탁한 일을 성공적으로 해냈다는 것이 그를 더 혼란스럽게 하고 희망에 빠져들게 했다. 첸은 수석 치프 대행의 권한을 휘둘러 예약이 밀려 있는 스터디 룸을 빌렸고, 야신이 말한 몇 사람에게 램스필드 설문 조사인 척하면서 특정 힙노스를 꾸고 난 뒤의 상황을 물었던 것이다. 그 인터뷰들을 정리한 뒤 약속 시간 한참 전부터 스터디 룸에 앉아 이제나저제나 기다렸다.

감사팀은 '램스필드의 연구자들에게 보내는 오늘의 숙지 사항'을 사내 공지로 올려놓았다. 회사 소속의 연구원이 단기 협업 프로젝트 등의 교묘한 속임수에 넘어갔다간 소송의 소용돌이 한가운데 설 수 있다는 공포를 일깨우고, 또 회사가 연구 결과를 독점하는 현재 시스템이 얼마나 공정한 인센티브 정책을 유지하고 있으며, 연구원 개인의 지적 재산권과 미래를 위해서도 탁월한 것인지 보증하겠다는 내용이었다. 공지는 그에 그치지 않고 계속되었다. 램스필드 소속의 현명한 연구자들이라면 연구 유출자들을 기다리고 있는 운명이 어떤 것인지 잘 알고 있을 것이라는 협박, 또한 단물만 빨린 후 소송과 커리어에 대한 어떤 보장도 없이 벌거벗겨진 채 정보 장사꾼 취급을 받을 것이라는 경고.

상당히 과격한 내용이었다. 줄리는 슬쩍 읽어 보고는 감사팀에 정치판 출신이라도 들어왔느냐며 실소했다. 첸은 그녀의 눈치를 살피며 램스필드 분위기가 더 이상해지기 전에 소브컴의 힙노스 치료제 개발 연구직 제안을 수락하고 직장을 옮기는 게 어떻겠냐고 했지만 돌아온 것은 싸늘한 눈빛과 그를 질책하는 말뿐이었다. 줄리의 말에 따르면 정부 조직이란 것들은 천재의 머리를 빌리면 큰 대가를 지불해야 한다는 기본적인 사실도 모르는 놈들이었다.

그 와중에 야신 카갈리스키는 특정 힙노스를 꾼 사람들에게 램스필드 이름으로 설문 조사를 부탁한 것이다. 정말 귀신같은 타이밍이었다. 표면적으로는 란츠만 호응도가 높은 힙노스를 꾼 사람들에게 어떤 변화가 생겼는지 물어보면 된다고 했다. 하지만 과연 진짜 그것뿐일까? 첸 타이샨이 그 힙노스의 원작자가 누구인지 아는 것을 야신도 알고 오는 것 아닐까?

딱 제시간에 나타난 야신은 고마워하며 인터뷰 결과를 받아 들였다.

"생각보다 이상 증상을 호소하는 사람이 많은데요."

야신의 말에 첸은 제 목을 스스로 조르는 것 같은 기분이 되어 애꿎은 빨대를 씹었다.

"램스필드 감사팀에서는 별말 없었습니까?"

"하하하하. 그럼요."

야신이 무표정하게 첸을 주시했다.

"얼굴은 왜 그럽니까?"

"린치를 당했어요."

"저런. 범인은 잡았습니까?"

"아마 못 잡겠죠. 저도 기억도 안 나고."

"그럼 병원에 더 있어야 할 것 같은데요."

"얼굴이라도 비치라고 줄리가 하도 성화여서."

"하긴 줄리는 당신이 밖에서 다치고 오느라 행방불명이었던 거라고 알리고 싶을 테니까요."

"……"

"어쨌건 이만해서 다행입니다."

줄리가 말했을까? 그래서 감사팀이 다 알고 그런 공지를 올린 건가? 첸은 잇새에 힘을 주었다. 진정하자. 진정해야 한다. 줄리가 말했을 리는 없다. 그녀는 커리어와 자부심으로 살아가는 여자였다. 자기 보조이자 소속 연구원이며 남편인 첸의 흠을 먼저 드러내는 건 그녀가 먼저 빠져나가야 할 절체절명의 순간에나 가능할 터였다. 만약 그녀가 첸을 넘겼다 하더라도, 그러면 감사팀은 한가하게 공지 따위나 올리고 있을 게 아니라 자신을 잡으러 와야 했다.

냄새를 맡은 거야. 첸은 그대로 탁자 위에 엎어져 야신에게 봐 달라고 통사정하고 싶은 심정이었다. 살려 달라고. 당신 때문이 라고. 첸은 야신이 뭐라고 할지 미리 겪기라도 한 것처럼 알 수 있었다. 야신은 아마 미간을 좁힐 것이다. 무표정한 얼굴에 미미 하게 주름이 생겼다 사라지며 냉랭한 어조로 말할 것이다.

지난번에는 줄리 때문이라더니, 이번에는 내 탓입니까?

억울했다. 명치 부근에서 손톱만 한 응어리들이 콩 볶듯 튀 어 오르며 속을 볶아 댔다. 첸은 진땀을 흘리며 야신의 시선을 피했다.

"소브컴에서도 벼르고 있더군요."

"네? 소브컴에서요? 왜요?"

예상치 못한 말에 첸이 당황해서 물었다. 야신이 그런 그를 빤히 쳐다봤다.

"감사팀에서 벼르는 건 짐작 가는 바가 있습니까?"

"아니, 그게…… 치프도 아시잖아요."

첸이 말을 끊고 잠깐 뜸을 들였다.

"찔리는 게 아주 없지는 않죠."

"그렇겠죠. 소브컴은 최근 갑자기 이상한 사건들이 빈번히 일어나서 곤두서 있습니다. 첸 당신과 줄리가 만든 매칭 프로 그램에 의해 발생된 일곱 건의 사건, 기억나십니까?"

첸은 야신이 왜 이런 말을 두서없이 늘어놓는지 두려웠다. 그가 아는 야신은 상대를 궁지로 몰 때 이런 수법을 썼었다. 정 보를 제한하며 전혀 상관없을 것 같은 사실과 중요한 사실을 뒤섞어 얘기하다가, 어느 순간 떡하니 코앞에서 상대보다 한 보 빨리 상대의 카드를 펼쳐 보이는 것이다.

"기억……하죠."

"그럼 이 인터뷰를 정리하면서 눈치챘겠군요. 훨씬 짧은 기간 동안 이 꿈에 홀려 이상해진 사람들이 많다는 걸."

첸의 진땀이 식은땀으로 변했다. 야신이 계속 말했다.

"소브컴에서 꽤나 흥미로워할 것 같지 않습니까? 70퍼센트의 확률로 매칭시켜 주는 기존의 매칭 프로그램에서 1년 동안 일곱 건이 걸려들었는데, 한두 달 동안 열 건 이상이 한 꿈에서 걸려들다니."

"이 꿈이……, 굉장한가 봅니다."

"언제 풀었습니까?"

첸의 눈이 화등잔만 해졌다.

"매칭 프로그램 새 버전을 언제 풀었냐고 물었습니다."

"95퍼센트 버전 프로그램을……, 아직 안 지워서……."

"아직 안 지웠다고요? 세 곳에 풀었다고 하지 않았습니까? 여기 이 인터뷰에 나온 것만 해도 표본이 되는 시뮬레이션 센터가 스물한 곳인데요."

야신이 목소리를 깔았다.

"이건 매칭 성공률을 95퍼센트 이상으로 올리려는 것만이 아니잖아요. 그거였다면 확률은 높아져도 훨씬 산발적으로 일어났을 겁니다. 이렇게 한 꿈에 줄줄이 엮여서 그물에 걸린 물고기들처럼 사람들이 죽 걸려들진 않았겠죠. 이런 일이 일어나려면 특정 꿈에 반응하는 사람들이 늘어나도록 알고리즘 자체에 손을 대야 하잖습니까."

"그게, 그러니까 훨씬 강화된 알고리즘 하나를 매칭 프로그램 안에 집어넣은 것은 맞습니다. 줄리와 전부터 해 왔던 연구의 연속이라."

"줄리와 전부터 해 왔던 거라면 95퍼센트 매칭 프로그램 아닙니까. 알고리즘을 강화해서 넣었다는 것부터 95퍼센트 프로젝트에서 벗어난 얘기 아닙니까?"

"주, 줄리와 제가 뭘 해 왔는지 다 알고 계신 건 아니잖습니까. 전에도 치프는 몰랐잖아요!"

갑자기 온도가 훅 떨어진 기분이었다. 야신이 미동 없이 첸을 쳐다보다 양손을 내밀어 깍지를 꼈다.

"그래서 제 탓이란 얘기를 하고 싶은 겁니까?"

첸은 미친 듯이 고개를 끄덕이고 싶은 욕망과 싸워야 했다.

"우리, 그러니까 저와 줄리는 힙노스 프로젝트가 마무리되기 전부터 매칭 프로그램을 만들고 있었어요."

"그래서 출시 때 매칭 프로그램도 세트로 같이 풀린 것 아닙니까."

"치프는 몰라요. 우리는 매칭 프로그램을 더 강화하려고 하고 있었습니다. 매칭 프로그램으로 뇌파를 강화해서 더 강한 힙노스를 얻게 할 계획이었어요."

야신이 눈살을 찌푸렸다.

"그게 가능합니까?"

"순환이죠. 힙노스를 꾸는 사람들이 매칭 프로그램으로 인해 더 적절한 힙노스를 공급받고, 그에 따라 더 반응하고, 그 반응 때문에 란츠만에 대한 뇌파의 반응 폭이 커지고, 그러면 힙노스 자체에서도 더 높은 쾌락을 얻을뿐더러 그 사람이 앞으로 꾸는 꿈도 란츠만 호응도가 높을 겁니다. 그러면 회사에서는 그것을 사들여 더 강한 쾌락을 주는 힙노스를 만들어 낼 수 있을 거고요."

"그런 어이없는……."

"치프는 몰랐을 겁니다."

야신은 램스필드사와 갈등 중이었고 그 무렵 램스필드사를 떠났으니까. 첸은 원망 섞인 눈초리로 야신을 보며 물었다.

"왜 그랬어요? 왜 우리 팀을 떠났죠? 치프의 의견이 이사진에 안 받아들여졌다는 건 알아요. 그래서 자존심을 다쳤다는 것도 알고요. 그렇지만 좀 더 기다려 줄 수 있었잖아요. 치프가 힙노스 출시를 늦추자고 한 건 받아들여지지 않았지만, 우리가 내부에서 다른 방법을 찾아볼 수도 있었어요."

"너무 이상적인 것 아닙니까? 0.00021퍼센트의 확률로 심각한 힙노스중독이 일어날 수 있다는 사실을 고지해도 꿈쩍도 안 하는 회사에서 다른 방법을 찾게 해 준다니."

"저와 줄리는 힙노스중독을 피할 수 있는 방법을 찾고 있었습니다. 매칭 프로그램도 그래서 시작한 거고요. 자신에게 맞는 꿈을 찾아 주는 프로그램을 개발하면 분명히……."

야신이 날카롭게 말을 잘랐다.

"정말 당신들이 낸 아이디어입니까? 다른 외압이 없었습니까?"

외압이라니? 윗대가리들은 배부른 돼지처럼 만족하고 있었다. 힙노스는 그들에게 황금 알을 낳는 거위였고, 그들은 거위를 독수리로 바꿀 생각이 전혀 없었다.

'천재성도 젊을 때 최고조에 이르지.'

램스필드의 이사 중 하나인 이고르 셰브첸코는 거만하고 우아하게 말하곤 했다.

'짧은 인생이야. 자네는 천재성을 낭비하고 있는 게 아닐까? 힙노스는 이미 그 자체로 완벽하다고. 자네들이 이뤄 낸 성과지.'

한마디로 돈 안 되고 쓸데없는 짓 하지 말라는 이야기였다.

줄리는 시간이 지날수록 달라질 거라고 말했었다. 힙노스. 사람의 뇌가 구현해 낼 수 있는 최고의 꿈. 야신이 기획안을 만들어 왔을 때부터 그녀는 이것이 물건이 될 것이라고 확신했다. 화제를 불러올 것이고, 돈을 긁어모을 것이라고. 중독자들이 생길지도 모르지만 그 정도 위험부담이야 어쩔 수 없지 않은가. 일단 사람들이 그 중독성을 인지하게 되면 램스필드도 해결책을 모색하게 될 것이라고 그녀는 예상했다. 더 맞는 꿈을 찾아 주는 매칭 프로그램이 있으면 회사의 매출에도, 중독 방지에도 도움이 될 거라고 생각한 것도 줄리였다. 그녀의 생각에도 일리가 있다고 여겼기에 첸 역시 성심성의껏 협조했던 것이다.

줄리가 미처 예상치 못한 것은 돈의 힘이었다.

돈은 필요한 것이었다. 돈이 있어야 연구를 계속할 수 있었고, 돈이 벌린다는 보장이 있어야 지원이 계속되고 화제에 노출되었다. 그녀는 돈을 그렇게 단순하게, 기능적인 것으로만 보고 있었다. 힙노스가 사람의 뇌를 자극해서 벌이는 모든 일들이 돈과 무관하게 흘러갈 줄 알았던 것이다. 그렇지만 램스필드에게 그런 일들은 힙노스의 부작용일 뿐이었다. 장사의 위험 요소일 뿐이었다. 변형은 뿌리 뽑히고 주의 깊게 감춰졌다. 중독의 위험성은 축소되었다. 힙노스가 램스필드에 벌어다 준 어마어마한 돈 때문에 그 모든 것이 가능했다.

줄리는 점점 더 고립되는 기분을 느꼈다. 불면증을 호소했으며 히스테릭해졌다.

이젠 알 수 있었다. 첸이 보기에 줄리는 불빛으로 뛰어들려는 나방이나 다름없었다. 문제를 바로잡는 것은 과학자의 영역이 아니었다. 개발한 물건이 어디에 쓰일지 결정하는 것도 과학자의 권한이 아니었다.

야신은 그것을 오래전부터 알고 있었으리라. 첸은 곱씹고 또 곱씹었다. 그래서 나갔으리라. 혼자만 모든 것을 알고 미루어 짐작하고 영리하게 떠나 버린 것이다.

그리고 지금 여기 맞은편에 앉아서 여전히 혼자만 다 안다는 얼굴로 첸을 추궁하고 있었다. 불공평하다. 그 소용돌이 속에 있지도 않았으면서 야신이 그를 죄인 취급할 권리는 없다. 알고 있었으면서. 짐작했으면서. 알려 주지 않았으면서. 혼자 자존심을 지키고 혼자 쿨하게 나갔으면서. 첸은 충동적으로 내뱉었다.

"치프도 외압 때문에 나간 건 아니잖습니까?"

"그럼 정말 매칭 프로그램이 힙노스중독을 고칠 거라고 믿은 겁니까?"

야신치고 드물게 뚜렷한 표정이었다. 진심으로 어이없어하는 눈빛이라, 첸은 말의 내용보다 기색에 질려 우물거렸다.

"……자신에게 좀 더 맞는 꿈을 찾아 주는데, 나쁠 것 없죠."

일단 첫마디를 떼자 약간 용기가 솟았다. 첸이 빠르게 덧붙였다.

"그러면 이꿈 저꿈 힙노스를 헤매고 다니지 않아도 빠르게 원하는 것을 얻을 테니, 만족까지 가는 경로도 단축될 겁니다. 자연히 하게 되는 힙노스 총량은 줄어들고, 중독도 덜하지 않겠어요? 얻을 수 있는 쾌락도 커져서 돈을 더 지불하는 데 불만이 없게 되면 회사도 가격을 상향 조정할 수 있으니 좋고요."

"중독을 더 강화하는 결과를 빚게 된다는 생각은 안 해 봤습니까? 자신에게 맞는 꿈, 보다 강렬한 자극을 주는 꿈을 꾸게 되면 그 꿈만 꾸려고 하는 사람들이 발생할 거라는 생각 안 해 봤느냐는 말입니다."

첸의 얼굴이 하얗게 질렸다.

"나는 그런 경우를 벌써 몇 번이나 봤습니다."

"말도 안 돼요."

"깨어나지 않으려고 했죠."

"힙노스는 그, 그냥……, 한낱 꿈입니다. 꿈에 그렇게까지 사로잡힐 리 없어요."

첸은 자신의 목소리가 점점 더 가라앉고 갈라지고 있다는 것을 분명히 자각했다. 그렇지만 말하는 것을 멈출 수가 없었다.

"멀쩡한 사람이면 그러지 않을 겁니다."

지금 누구 얘길 하는 거지? 첸은 웃음이 터질 것 같았다. 차라리 맞고 싶었다. 이 등신 천치야. 두들겨 맞으면서 비난받으면 자신의 어리석음 위로 흙이라도 뿌려 줄 수 있을 것 같았다.

"멀쩡한 사람이라고요? 당신과 줄리의 그 끝내주는 매칭 프로그램을 피한 운 좋은 사람들을 말하는 겁니까, 아니면 걸려 들었어도 밤중에 소리 지르면서 깨어나는 기억 하나쯤 없는 운 좋은 사람들을 말하는 겁니까? 힙노스중독은 아직 제대로 된 치료법도 없어요. 힙노스에서 안 깨어나려던 그 사람들이 일어나서 어떨지 상상해 봤습니까?"

야신의 말에 첸은 온몸이 찔리는 듯한 기분으로 부들부들 떨었다. 야신은 염라대왕처럼 봐주지 않고 혀를 휘둘렀다.

"아난다 돔에서 힙노스중독자들이 어떻게 걸어 다니는지 봤겠죠? 현실에서 맞지 않는 옷을 입고 있는 것처럼 살아가던, 그냥 조금은 흔하고 조금은 사회 부적응인 그런 사람들이었는데, 힙노스에서 깨어난 이후 아예 발가벗고 낯모르는 세계에 떨어진 것 같은 몰골로 발을 끌고 다니는 모습을 보지 않았습니까!"

"그건 내 잘못이 아닙니다! 난 뇌파 영역만 확대했을 뿐이라고요! 저 꿈, 저 힙노스처럼! 그 사람들이 그렇게 된 건 내 책임이 아니에요!"

챈이 소리쳤다. 씨근덕대며 그는 계속 말하려 했다. 그 사람들이 그렇게 된 건 오히려 당신 탓 아니냐고. 야신 카갈리스키 당신이 힙노스를 만들지 않았다면 이 모든 게 일어나지 않을 일 아니었냐고.

하지만 야신이 더 빨랐다.

"저 힙노스처럼?"

야신이 되물었다.

"특정 힙노스의 뇌파 영역을 확대하게 만든 겁니까?"

챈은 얼어붙었다. 야신이 날카로운 눈으로 그를 쳐다봤다.

"그래서 저 힙노스에 걸려든 사람이 많은 거고요?"

챈은 아무 대답도 할 수 없었다. 지금까지 꼬륵꼬륵 그의 목까지, 턱까지 차오르던 불안이, 마침내 해일처럼 일어나 덥석 그를 삼켰다. 숨을 쉴 수 없어 뿌옇게 흐려지는 시야에 야신이 잡혔다. 빌어먹게도 냉랭하고 멀쩡했다.

치프 당신이 그 운 좋은 사람이잖아. 챈은 불안 속에 가라앉으며 생각했다. 희망이, 너무나 덧없어서 자기 파괴적이기까지 하던 희망이 기포가 되어 뽀르르 수면 위로 사라졌다.

"왜입니까?"

야신이 물었다.

왜냐고?

의심스럽다는 듯이 바라보는 야신을 더 이상 견디지 못하고 첸이 벌떡 일어났다.

"직접 알아보시죠!"

* * *

비가 내리기 시작하면서 어둑해지자 맞은편 연구동의 연구실마다 불이 켜졌다. 줄리는 자기 연구실에 불을 켜지도 않고 창가에 서서 그 익숙한 광경을 바라보았다. 창문에 빗방울이 떨어져 맺히며 촘촘히 불 켜진 풍경을 얼룩지고 덩어리진 빛들로 바꾸었다.

몇 년 전의 크리스마스이브에 타이샨과 줄리는 불 꺼진 연구실 창가에서 저 불빛들을 트리 삼아 춤을 추었었다. 창밖 야근하는 연구실의 불빛들은 크리스마스트리. 책상 위에는 배달시킨 중국식 닭튀김과 볶음국수의 잔해가 널려 있었고, 연구실의 오래된 스피커는 마디 사이가 뚝뚝 끊기는 캐럴을 꾸역꾸역틀어 댔다. 줄리는 자신의 허리를 잡은 타이샨의 손에 기름이 묻어 있어 타박했던 기억이 났다. 다음 날, 휴일 출근해서 누런 기름 자국이 남은 가운을 입고 열없어했던 것도. 정말 멋없는 커플이었지. 줄리는 생각했다.

한 번도 저 불빛들이 아름답다고 여겨 본 적은 없다. 그 크리스마스이브 밤에조차 그랬다. 그랬지만 인생에서 저 불빛이 없어지는 상황을 예상해 본 적도 없었던 것이다.

어디서부터 잘못된 거지? 쓸쓸하고 쓰라린 마음이 들어 줄

298

리는 유리창에 이마를 대고 눈을 감았다. 남편을 더 빨리 찾아와야 했는데. 연구실 밖 복도에서 연구원들의 대화가 들렸다.

"벌써 퇴근했나 보네."

줄리가 있는 불 꺼진 연구실을 보고 하는 말 같았다. 뒤이은 말이 줄리의 추측에 쐐기를 박았다.

"그 여자 원래 힙노스팀 소속 아니야? 왜 여기 와 있대?"

"위에서는 단기 협업 프로젝트라던데, 좀 이상하긴 해. 저 정도 연구원이면 회사에서 한쪽만 열심히 하라고 밀어주는 거 아닌가?"

누군가 목소리를 낮췄다.

"들리는 얘기로는 약점 잡혀서 좌천된 거라던데."

"뭐야? 무슨 약점?"

"하긴 그럴 수도 있겠어. 저런 거물이면 소송 거는 대신 굴리는 게 훨씬 남는 일이지."

"뭐 들은 거 없어?"

퉁명스런 목소리가 말했다.

"알 게 뭐야. 얼른 끝내고 돌아갔으면 좋겠네. 기획안을 봤는데 무슨 말인지 도통 알 수가 없더라니까."

"나도 그 의견엔 찬성. 그 여자는 말을 자기만 알아듣게 쓰는 것 같아. 난 처음에 무슨 아이디어 속기 노트인 줄 알았는데 그게 완성본이라는 거야. 첸 박사가 와서 번역해 주니까 알아보긴 하겠더라."

"명색이 인지과학 전공인데 어떻게 그렇게 의사소통을 못

할 수 있지?"

"천재병이지. 잘나면 특이해야 되고 특이하면 잘나게 되는 뫼비우스의 병."

"불치병이네. 줄리 캠벨 넣어서 학명 등록해 봐. 누가 알아, 될지?"

시답잖은 농담에 저희끼리 낄낄거리면서 연구원들의 목소리가 멀어져 갔다. 줄리는 짜증스러웠다. 이런 식의 뒷말에는 내성이 생긴 지 오래였지만, 상처가 안 남는다고 기분까지 깔끔한 것은 아니었다.

"나도 당신들과 같이 있기 싫어."

줄리가 중얼거렸다.

마음에 안 들어. 그녀는 다시 중얼거렸다. 음울하게 몰아 지어 놓은 램스필드의 연구동 건물이며, 그 속에 벌집처럼 담긴 무지막지하게 많은 연구실들, 같은 분야를 연구하는 과학자의 아이디어를 못 알아보는 스스로에게 부끄러움은 느끼지 못할 망정 천재병이니 뭐니 깎아내리기 바쁜 멍청한 연구원들까지 모조리 수준 이하라는 생각밖에 들지 않았다.

똑똑.

점점 극단으로 치닫는 생각을 끊기라도 하듯 노크 소리가 들렸다. 줄리는 무시했다. 문 앞의 인기척은 사라지지 않고 한 호흡 다듬는 것 같더니 다시 노크했다.

똑똑.

"줄리 캠벨 박사님?"

줄리는 한숨을 쉬었다. 그녀가 날카롭게 소리쳤다.

"뭐예요?"

"실험 참가자들인데요, 첸 타이샨 박사님이 시간 조절 문제로 가 보라고 하셔서요."

그냥 돌아가라고 하려던 줄리는 마음을 바꿨다. 이번 프로젝트는 신체 정신 건강한 일반인이 아니라 상상 도우미들이 실험의 주력이었다. 잠깐 재미 삼아, 용돈 벌이 삼아 오는 일반인 실험 참가자와 달리 상상 도우미들은 시간에 엄격했다. 영업시간이 되면 칼같이 돌아가곤 했고, 혹여 시간외 참가 수당을 받고 남더라도 늦게 끝나 피크 타임을 놓칠까 봐 전전긍긍했다. 조금쯤은 비위를 맞춰 줄 필요가 있었다.

"잠깐만요."

줄리는 누르고 있던 이마를 비비며 급히 불을 켰다. 문을 열자 덩치 좋고 눈이 처진 남자와 검은 점퍼를 목까지 끌어올려 입은 보통 체격의 남자가 들어섰다. 젊은 남자 둘이 들어서자 연구실이 갑자기 좁아 보였다. 저도 모르게 흠칫하며 위압감을 느낀 줄리가 자세를 바로잡았다. 젊은 남자 스무 명도 죽 세워 놓고 상태 체크하는 게 그녀의 일 중 하나 아니던가. 새삼스레 이 정도로 위축되기는.

"일정 조정을 어떻게 하시려고……."

동요를 감추려고 빠르게 용건에 들어간 줄리를 향해 덩치가 손을 뻗었다. 그녀는 저도 모르게 풀쩍 뒤로 물러났다.

"미쳤어요?"

예상치 못한 상황에 날카롭고 새된 목소리가 튀어 나갔다. 덩치가 굵은 목을 저으며 갸웃거렸다. 곰이 언어 사냥에 실패하고 의아해하는 것 같은 모습이었다.

"왜 피하는 거예요?"

"잡으려고 했잖아요!"

"도망가지 않아야 대화를 하죠."

조곤조곤 다정하기까지 한 말투였다. 줄리는 소름이 끼쳤다. 이 사람들 뭐야? 뭐? 도망가지 않아야 대화를 한다고?

"당신들, 실험 참가자 아니죠?!"

덩치가 처진 눈이 다 묻히도록 사람 좋게 웃으면서 말했다.

"무슨 소리예요. 캠벨 박사님하고 만나고 싶어서 실험 참가까지 했는데."

줄리는 다리에 힘이 풀려서 주저앉을 것만 같았다. 그녀는 뒷걸음질 쳐서 유리창에 등을 붙였다. 덩치가 염려했다.

"위험하게 거기 그러고 있지 마요."

"당신들 뭐예요? 나한테 왜 이래요? 여긴 왜 왔어요?"

"한꺼번에 물으면 대답하기 힘든데."

덩치가 곤란하다는 어조로 말했다. 검은 점퍼가 앞으로 나섰다.

"우리 소버린께 청부업자 보낸 게 댁 맞지?"

"뭐라고요?"

줄리는 아득해지려는 정신을 수습하며 고개를 저었다.

"소버린이니 청부업자니, 무슨 헛소리예요?"

"소버린을 몰라요?"

덩치가 줄리를 딱하다는 얼굴로 쳐다봤다.

"박사님이 소버린도 모르다니. 이래서 너무 똑똑한 사람들은 모자란다고 하나 봐요. 캠벨 박사님도 공부만 했구나."

"조용히 해, 멍청아. 이 여잔 알고 있다고. 소버린 암살하려던 그 대머리 보낸 게 이 여자야."

"그런 적 없어요."

"아, 이렇게 말하면 기억하시려나? 카이야 레만. 죽이려고 했잖아, 댁이."

줄리는 입을 다물었다. 카이야 레만이 소버린?

'이 사람들은 소버린이 대체 뭐라고 생각하고 이런 말을 천연덕스럽게 하는 거지? '우리 소버린께'라니 꼭 교주 같잖아.'

아니, 잠깐. 줄리는 휘청거리는 몸을 지탱하려고 양팔을 뒤로 짚었다. 교주 같다고만 생각할 일이 아니었다. 그러기엔 지금 상황이 심각했다.

'카이야 레만을 죽이려고 해서 저놈들이 나한테 온 거라고? 그러면 카이야 레만이 이런 사람들을 수족으로 부리는 교주가 됐단 말이야?'

말도 안 돼. 줄리는 신경질적으로 앞머리를 넘겼다. 얼굴 생김새도 잘 기억나지 않는 별것 없는 백수였다. 회사에서 알아서 다 해결했을 줄 알았는데.

아니다. 회사는 최선을 다했다. 문제를 일으킨 건 타이샨이었다.

"다른 사람이 했나 보죠."

줄리는 대꾸했다.

"내가 왜 그 사람을 죽이려고 했겠어요?"

"남편이 우리 소버린을 따르는 게 싫었다면서."

"영광인 줄 모르고. 첫 번째 사도가 될 분인데."

영광 좋아하네. 미친놈들. 줄리는 두 남자를 노려보지 않으려고 했다. 둘 다 카이야 레만 같은 떨거지한테 홀린 미친놈들이라는 것 외에는 어떤 부류인지 알 수가 없었다. 덩치는 처진 눈으로 활짝 웃으면서 사람 목을 꺾어 버릴 것 같기도 했고, 여자가 힐로 정강이만 찍어도 주저앉아 엉엉 울 것 같기도 했다. 검은 점퍼 쪽은 더 아리송했다. 입만 산 사채업자 같기도 했고, 의외로 사회생활 멀쩡히 하는 양지의 인간인 것 같기도 했고, 동네 건달이나 룸펜 같기도 했다.

"타이샨은 그런 거 안 될 거예요."

"박사님은 신심이 없네요."

덩치가 안타깝다는 듯 혀를 찼다.

"첸 박사님이 얼마나 힘드셨을까."

검은 점퍼가 덩치를 올려다보며 경고 조로 말했다.

"멍청아, 쓸데없는 짓 하지 마."

"소버린께도 첸 박사님께도 계속 방해가 될 거야."

"소버린께서 세상에 나서시기도 전에 그분 행적에 피부터 뿌릴 셈이야? 소버린께서 나서시면 이 여잔 아무것도 못 해."

제대로 미친놈들이야. 줄리는 두 광신도들이 무서웠다. 무장 괴한보다도 더 무서웠다.

그렇지만 동시에 참을 수 없을 만큼 화가 났다. 첸 타이샨, 대체 무슨 짓을 하고 다닌 거야?

"날 죽이러 온 건가요? 타이샨이 시켰어요?"

줄리가 히스테릭하게 덧붙였다.

"아니면 당신들의 그 소버린이 시킨 건가?"

"입조심해. 당신 남편 어딨어?"

"당신들 첫 번째 사도라며? 왜 몰라? 왜 모르는데?"

덩치가 양손으로 귀를 막으면서 한 걸음 앞으로 다가왔다.

"시끄럽잖아요. 조용히 해요."

"하지 마. 우린 첸 박사님만 모시고 가면 돼."

줄리가 갑자기 큰 소리로 웃었다. 광신도들의 얼굴이 일그러졌다. 그녀는 점점 더 화가 났다. 첸 타이샨이 벌인 짓 때문에, 회사 사람들의 태도 때문에, 그리고 자신을 위협하는 눈앞의 두 광신도 때문에. 지금 피해 본 쪽이 어느 쪽인데 다들 타이샨이 피해자인 양 동정하고 자신은 상종 못 할 여자 취급하는 것인가.

"데리고 가 버려."

줄리가 내뱉었다.

"당신들 그 미친 소굴로 데려가라고. 대신 다시는 돌려보내지 마. 내 발목 그만 잡고 꺼지라고."

덩치의 어깨가 경직되었다. 팔 근육이 꿈틀거리는 것이 줄리의 눈에도 보였다. 검은 점퍼는 더 이상 말리길 포기했는지 팔짱을 꼈다. 덩치는 몸을 낮추더니 순식간에 거리를 좁히며 쇄도해 왔다.

"줄리?"

문간에서 들리는 소리에 덩치가 못 박힌 듯 우뚝 멈췄다.

"이게 무슨 일이야? 이 사람들 누구야?"

검은 점퍼가 깍듯하게 몸을 굽혔다. 덩치는 강아지가 구르 듯 첸 앞으로 달려가 점퍼와 나란히 고개를 숙였다.

"모시러 왔습니다, 첸 박사님."

"당신들 누굽니까? 아내에게 무슨 짓이에요?"

"소버린께서 보내셨습니다. 첸 박사님께서 이제 첫 번째 사도가 되실 때가 되었다고."

첸이 저도 모르게 창가를 흘깃거리며 줄리의 눈치를 살피는 것을, 줄리는 우스운 기분으로 지켜보았다.

"어서 가 봐. 소버린께서 찾으신다잖아?"

그녀가 턱짓으로 밖을 가리키며 빈정거렸다. 따라 나가라고. 나가기만 해 봐. 끝이야. 당신과는 끝이라고.

"형제들, 아내와 이야기하게 잠깐만 자리를 비켜 주시겠습니까?"

"첸 박사님, 저 여자와 더 얘기하실 필요 없습니다."

"박사님과 소버린을 무시하는 몹쓸 여자예요. 저 똑똑한 머리를 한 대 치면 조용해질 거예요. 다시는 건방진 소리도 못 할 거고요."

"잠깐이면 됩니다."

두 광신도는 한숨을 쉬며 첸을 봤다가 다시 줄리를 노려보더니 문을 닫고 나갔다. 발소리는 오른쪽으로 멀어져 갔다. 줄리는 그들이 오른쪽 옆방이 첸의 연구실이라는 것까지 알고 있다는 데에 소름끼쳤지만 잠깐이었다. 첸의 얼굴을 보자 모든 애매한 감정들이 용광로에 녹아 펄펄 끓는 미움으로 화했다.

"당신, 연구는 그만큼 못 하면서 미친개들 만드는 재주는 있네?"

"꿈에 중독된 것뿐이야."

"잘 아네. 왜, 당신도 중독됐어? 이번엔 그 핑계로 변명할 셈이야?"

첸은 침묵했다.

"차라리 이혼해 주지 그랬어?"

줄리가 분통을 터뜨렸다.

"내가 수십 번은 얘기했잖아. 이혼하자고! 안 놔준 건 당신이었다고. 그래 놓고 이렇게 뒤통수를 치다니. 이럴 줄 알았다면 진작 이혼소송을 하는 건데!"

"난 당신한테 헌신했어. 연구에 있어서나 가정생활에 있어서나 언제나 당신이 우선순위였어."

"제대로 이해하지도 못하면서 자기 덕에 편하지 않느냐고 고마워하라고 입에 달고 살았지. 당신, 내가 무슨 일을 하는지 진짜 알아들은 적은 있어?"

첸이 주저하다 그녀를 보며 말했다.

"하지만 내가 실종되었을 때 찾으려고 했잖아?"

"실종되었을 때? 말은 똑바로 해. 가출했을 때겠지. 그때 그냥 놔뒀어야 했는데!"

"몇 년간 왕래도 없던 카갈리스키 치프까지 동원해서 날 찾았잖아."

"당장에 없으면 불편하니까."

"당신 얘기 모순된 거 알아?"

"내가? 난 챙겨 달라고 한 적 없어. 자기가 하고 싶어서 한 일이잖아!"

줄리는 첸을 노려보았다.

"그러고는 온갖 생색을 내지. 매번! 얼마나 짜증 나는 줄 알아? 당신 입장에서야 달리 방법이 없겠지. 항상 그딴 식으로 약한 사람, 착한 사람인 척한다니까! 그 방식으로 당신은 날 옭아맨 거야. 결혼하는 게 아니었는데. 당신을 만나기 전에도 난 이미 일류 과학자였어. 팀원과 의사소통이 하나도 안 되는 사람이 어떻게 거기까지 왔겠어? 내 팀원들은 고생스럽든 어떻든, 어쨌건 내 방식에 맞춰 따라왔다고! 그런데 당신이 끼어들고 나서 어떻게 됐어? 다들 당신 없으면 나와 일 못 하는 줄 알게 됐잖아!"

이게 족쇄가 아니면 뭐란 말인가. 이 남자가 지금 발목 잡는 게 아니라면 대체 어떤 게 발목 잡는 거지? 타이샨이 자신에게 날개라도 달아 준 것처럼 말하는 사람들을 마주할 때마다 줄리는 속에서 천불이 났다.

정말 지긋지긋했다. 변한 게 없다는 생각을 하면, 그리고 앞으로도 변할 게 없다는 생각을 하면 아찔했다. 힙노스도 랩스필드도 계속 황금 알을 낳는 거위와 농부 놀이를 계속할 것이다. 연구팀 인간들은 점점 더 바보가 되어 가고 있었고, 과학계 인맥들과 회사 사람들은 점점 더 첸의 말에 귀를 기울이며 그녀를 남편 잡는 히스테릭 팜므파탈인 양 취급했다. 줄리는 영재 학교에 들어갈 나이부터 쭉 느꼈던 기분이 점점 더 커지는 것을 느꼈다. 유배당한 것 같은 기분. 주변을 둘러봐도 말귀 알아듣는 사람 하나 없는 고독.

그럴 때마다 그녀를 구해 주었던 꼿꼿한 저항심이 다시 치밀어 왔다.

'우월한 인간이 어째서 더 못한 인간들 때문에 저당 잡혀야 하는 거지?'

줄리는 숨을 고르고 책상 옆의 정수기로 다가가 물을 한 잔 따라 마셨다. 첸은 질린 얼굴로 그녀를 쳐다보기만 했다.

"당신, 카이야 찾아서 터뜨리려고 했지? 내 경력 망치려고 작정했던 거잖아. 그래 놓고 감당 못 할 것 같으니까 징징대다 쳐 맞았던 거고. 내가 모르고 있었던 것 같아?"

첸의 낯빛이 흙빛이 되었다.

"카갈리스키 치프가 말했어?"

"하."

줄리는 어이가 없어서 물잔을 탕 내려놓았다.

"야신한테도 들켰어?"

"……."

"등신같이 진짜 제대로 하는 게 없어! 아니지, 이 미친놈들이랑 사이비 종교 놀이하는 건 잘하더라? 당신이 첫 번째 사도라며? 도대체 뭘 하고 다녔니? 기껏 배신한 것도 눈감고 진흙탕에서 끌어내 놨더니 이따위로 또 뒤통수를 쳐?"

"당신도 잘한 건 없어."

"뭐?"

"당신이나 카갈리스키 치프나 잘한 거 없다고."

"여기서 야신 얘기가 왜 나와? 당신이 지금 해 놓은 걸 봐. 저 옆방에 누가 있는지 생각을 해 보라고."

"당신은 카이야 레만한테 어떤 부작용이 생겼는지 모르지?"

첸이 말했다.

"카이야 레만의 꿈에 어떤 힘이 생겼는지도, 내가 왜 병원에서 순순히 따라왔는지도 모를 거야."

줄리는 당혹감을 감추지 못하고 첸의 눈과 입을, 눈썹을, 뺨과 턱과 이마를 시선으로 더듬었다. 남편이 살려 달라고 할 줄 알았다. 그녀에 대한 반발심으로 그랬던 거라고, 이번 일까지 폭로되면 과학자 생활은 끝이라고, 한 번만 더 봐 달라고 매달릴 줄 알았다.

그래서 광신도 두 명한테 위협을 받으면서도 경비를 부르지 않았던 것이다. 남편이 엮이지 않게 하기 위해서. 세상에 남편의 치부를 보이지 않기 위해서.

그랬는데 지금 저 남자가 뭐라는 건가?

"힙노스 부작용이며, 실험 중 일어났던 사고며, 이제 나한테 그런 걸 폭로하느니 마느니 하는 건 의미가 없어."

"······무슨 말을 하는 거야?"

"의미가 없다고. 난 벌써 오래전에 카이야 레만의 꿈에 중독됐거든."

줄리는 책상을 양손으로 꽉 잡았다. 어지러웠다.

"놈의 꿈은 정말 상상 이상이야."

"미쳤어? 어떻게 자기가 만든 거에 중독이 돼?"

"모르겠어? 힙노스는 이제 우리가 만들었던 그 물건이 아니야. 카이야 레만은 진짜 돌연변이라고. 놈의 꿈은 내가 바라는 것과 내가 두려워하는 것을 늘 뒤섞어 놔. 힙노스 평균 아드레날린의 몇 배에 해당하는 아드레날린이 솟구쳐. 누가 반항할 수 있겠어? 나도 처음에는 대항했어. 필사적이었지. 나도 알았거든. 카이야 레만의 꿈에 중독되면 놈의 꼭두각시가 될 거라는 걸. 그래서 꽁꽁 숨어서 카갈리스키 치프한테 도와 달라고 꿈을 보냈던 거야. 도와 달라고."

"꿈이라니? 야신은 그런 말 없었어."

첸은 줄리의 말에 아랑곳 않고 먼 곳을 보는 시선으로 말했다.

"하지만 카갈리스키 치프는 내가 당신과 어긋난 걸 도와 달라고 한 걸로 착각하고 날 그 호텔방에서 빼냈지. 거긴 내 패닉 룸이었는데, 내가 당신한테서 도망친 줄 알았던 거야."

줄리는 첸이 무슨 말을 하는 건지 알 수가 없었다. 이런 일은 처음이었다. 늘 반대 상황이 계속되는 게 그들의 결혼 생활이었다. 그녀는 소리쳤다.

"어쨌든 여기로 돌아온 거잖아!"

첸이 고개를 저었다.

"늦었어. 난 카이야 레만한테 확성기를 쥐어 줬어. 그의 꿈에 걸려드는 사람이 늘어나게 매칭 프로그램을 고쳤어. 무기를 준 거야. 나 같은 사람들을 잔뜩 만들어 내도록……. 아까 봤지? 그런 사람들이 잔뜩 생겼다고."

"그 작자들이랑 당신은 달라!"

"그래, 난 다르지. 난 첫 번째 사도야. 이딴 건 사실 일도 아닌걸. 당신 머리라고 평생 쌩쌩 돌아갈 것도 아닌데. 난 더 굉장한 걸 할 수 있잖아."

첸의 목소리에 활기가 돌아왔다.

"난 진짜 굉장한 일을 할 거야. 어떤 과학자도 못 했던 일을. 세상이 바뀔 거라고."

첸의 말은 과장되어 있었다. 그건 참을 수 있었다. 줄리가 정말 견딜 수 없는 것은 첸이 자기 이야기를 철석같이 믿고 있는 듯 보인다는 점이었다. 맙소사, 저게 누구지? 그녀는 남편을 처음 보는 것처럼 보고 또 보았다. 저 미치광이 광신도는 누구야?

"사이비 포교질로 그만한 돈을 대겠다고?"

"지금 돈이 문제야?"

"그럼 뭐가 문젠데?"

"기회가 왔다는 게 중요한 거야. 그래서 카갈리스키 치프랑

네가 멀리 못 가는 거야."

"멀리?"

"그래. 한계 가까이. 불가능을 가능으로 바꿀 수 있다고."

"대체 무슨 소리야?"

"인간이 마야를 발견한 이유가 있다면 그것 때문일 것 같지 않아?"

복도를 울리는 다급한 발소리가 들렸다. 경비원들이 신은 워커가 바닥을 때리는 소리였다. 이제 곧 이 방으로 들이닥치리라. 줄리는 자신이 호출했음에도 그들을 막고 싶었다. 단 몇 분이라도 더 벌었으면 했다. 이대로 아무것도 납득 못 한 채로 상황을 끝낼 수는 없었다.

쾅!

옆방 문이 부서지는 소리가 났다.

"당신들 뭐야! 손들어!"

"비켜!"

쫘당!

문이 부서져 엎어지면서 경비원 한 명이 문과 함께 나뒹굴었다. 그 위로 검은 점퍼가 경비원을 넘으며 들어섰다.

"첸 박사님, 빨리!"

바닥에 쓰러진 경비원이 검은 점퍼의 다리를 잡아챘다. 같이 바닥에 나동그라진 두 남자 위로 덩치가 달려왔다. 그의 육중한 다리에 우악스럽게 밟힌 경비원이 고통의 비명을 질렀다.

"꼼짝 마! 움직이면 쏜다!"

문밖에서 자세를 잡은 경비원들이 위협사격을 했지만 덩치는 전혀 겁내지 않았다. 그는 온몸에 방탄 철갑을 두른 탱크처럼 돌진했다. 줄리는 덩치가 숨을 쉴 때마다 그의 티셔츠가 펄럭이는 모습을 경악해서 바라보았다. 맨몸으로 총알을 겁내지 않는 미친놈이 남편을 잡아끌고 있었다.

"그만둬! 타이산이 맞겠어요!"

줄리가 소리쳤다.

경비원들은 줄리의 말에도 굳은 표정으로 사격을 계속했다. 덩치에게서 첸을 넘겨받은 검은 점퍼가 첸의 어깨를 잡고 바닥에 납작 엎드렸다. 덩치는 조금 전 줄리에게 다가왔을 때처럼 순식간에 경비원들과의 거리를 좁혔다.

"헉!"

책상 뒤에 숨어 있던 줄리가 저도 모르게 신음했다. 덩치의 어깨와 등, 허벅지는 피로 젖어 있었다. 그렇지만 덩치는 전혀 고통을 못 느끼는 얼굴이었다. 그의 표정은 황홀했고 만족스러웠고 평화로웠다. 환각제에 취해 신이 내리신 소임을 해치우는 고대의 전사 같았다. 약물의 기운 없이 눈동자가 맑고 깨끗하다는 게 더 공포스러웠다.

덩치는 가장 가까이에 있는 경비원들에게 우악스러운 손을 뻗었다. 단박에 목이 잡힌 개구리처럼 경비원 둘이 딸려 왔다. 예상치 못한 상황에 경비원들은 덩치의 머리를 겨누거나 총을 내던지고 동료를 잡아끌려고 들었다.

그러나 아무도 성공하지 못했다. 덩치가 훨씬 빨랐다. 덩치는 거품을 문 두 경비원을 옆구리에 끼고 방향을 틀었다. 양팔에 늘어진 장정을 하나씩 낀 중상자라고는 절대 믿을 수 없는 속도로 덩치가 유리창을 향해 뛰었다.

"멈춰!"

경비원들이 너 나 할 것 없이 덩치를 잡기 위해 연구실 안으로 뛰어 들어왔다. 조금 전까지 총알이 날아다니는 전장이었던 곳이 단거리 경주로로 변했다. 여긴 내 연구실이라고! 줄리는 비명을 지르고 싶었다. 그녀는 책상 위로 고개를 들고 싶었지만 흰 가운 밑에 입은 펜슬 스커트 때문에 빨리 일어나지 못하고 끙끙댔다.

"소버린 만세!"

덩치가 목청껏 외쳤다. 그 소리에 줄리의 오른 발목이 삐끗하며 미끄러졌다. 쿵. 주저앉으며 다시 책상 밑으로 처박힌 줄리의 귀에 굉음이 꽂혔다. 연구실과 책상이 울리며 큰 소리가 나더니 귀가 먹먹해지고 아무 소리도 들리지 않았다. 막을 둘러쓴 듯 적막해진 세계에 거슬리는 기계음 같은 것만이 지속적으로 들려왔다. 후두두둑. 머리 위로, 책상 위로 무언가 떨어지는 진동이 느껴졌다.

줄리는 깊이 숨을 들이쉬었다. 폭음. 비정상적으로 오래가는 귀의 먹먹함. 책상을 때리는 일정치 않고 약한 타격들.

'폭탄이야.'

그녀는 오싹함에 몸을 떨었다.

'덩치 그놈 몸에 폭탄이 있었어.'

첸이 말한 게 사실이었다. 줄리는 천천히 일어섰다. 다리에서 자꾸 힘이 빠졌다. 책상에 손을 짚자 손바닥 밑에서 물컹하고 무언가 뭉개졌다. 그녀는 가능한 한 책상도 바닥도 뒤도 돌아보지 않으려고 애쓰면서 비틀비틀 문으로 향했다. 문간에 있던 검은 점퍼와 타이샨은 이미 사라지고 보이지 않았다.

줄리는 이를 악물고 복도로 나왔다. 마찬가지였다. 두 남자는 흔적도 없이 사라져 버렸다. 퓨즈가 끊겼던 뇌의 회로에 다시 불이 들어왔다. 분노와 배신감. 낭패한 기분. 소리를 지르고 싶었지만 여전히 귀에는 백색 소음 같은 이명만이 들렸다.

눈이 뜨거웠지만 눈물이 흐르지 않았다. 다만 지금 자신의 반응이 둔해진 것인지 냉정해진 것인지 모르겠다는 무감각만이 존재했다. 다 가 버려. 아니, 누구든 와 줘. 뒤죽박죽 섞이는 생각에 얼이 빠진 채 문간에서 복도를 노려보고 있자니 보안팀장과 경비실장이 달려오는 게 보였다. 그녀는 문틀을 꽉 잡고 허리를 폈다.

그리고 다음 순간 줄리는 기절했다.

* * *

비슷한 시각, 아난다 돔에서는 훨씬 큰 규모의 사고가 일어나고 있었다. 예의 검은 머리 천사가 나타나 대리석 같은 오른팔을 들자 하늘에서 그에 화답하듯이 반경 500미터 내에 유성우를 쏟아 부었던 것이다.

어린애 손가락만 한 운석들이었지만 불길에 휩싸여 무서운 속도로 떨어지자 그 파괴력은 장난이 아니었다. 전소된 시뮬레이션 센터가 두 곳, 무너진 시뮬레이션 센터가 한 곳에 외벽이 뚫리거나 지붕이 구겨지거나 간판이 날아간 곳은 손꼽을 수가 없었다.

한가한 오후 시간인데다 목격자들이 아연실색해 달아난 덕에 사고 규모에 비해 부상자가 거의 없다는 것이 불행 중 다행이었다.

"점점 종교적으로 되어 가는군요. 천사와 유성우라니 최후의 심판일까요?"

경찰 에어카를 타고 온 소브컴 요원이 한숨을 쉬었다. 같이 내린 경찰이 맞받았다.

"요한계시록인가? 이거 종교 있는 사람은 마야 출입 금지를 시킬 수도 없고 말입니다."

"선배님, 저도 힌두교도인데요."

"제발 시바 믿는다고는 하지 말아 주라."

소브컴 요원은 참상을 보면서 할 말을 잃고 고개를 절레절레 저었다. 환상이 이 정도의 파괴력을 가지고 실제로 건물을 부수고 태우는 일을 어떻게 해결해야 할지 난감한 동시에, 묘하게 어처구니가 없었다. 약간 떨어진 곳에서는 아직도 검은 연기가 허공으로 치솟고 있었고, 무언가 타는 냄새는 여기저기에서 났다.

'이런 사고를 환상이 낸 거라면 누가 믿겠어.'

천사 환상사고는 점점 더 거대해지고 리얼해지고 있었다. 요원이 주머니에 손을 넣은 채 얼굴을 찌푸리고 있자 옆에 다가온 경찰관이 흠흠 헛기침을 하며 코를 긁었다.

"일단 용의자를 만나 보러 가시죠."

"아, 예."

둘은 바닥에 널린 뾰족한 잔해들을 조심하면서 젊은 경찰관이 기다리고 있는 곳으로 발을 옮겼다. 경찰관이 말했다.

"위에선 언론통제시키라던데."

"당연하죠. 제가 왜 우리 거 놔두고 경찰 에어카를 타고 왔는데요."

"각본이 뭐랍니까?"

"우주선 추락 사고 정도 아닐까요? 진짜 운석이었다고 하거나. 큰 사고를 적은 피해로 막아냈다고 자화자찬하면서 마야의 안전망에 대해 썰을 풀면 다들 지켜워서라도 믿을걸요."

"하여간 위에서 머리 쓰는 거 보면 상상 도우미들은 아무것도 아니라니까요."

요즘 자주 얼굴을 보는 소브컴 요원과 담당 경찰관은 느긋하게 대화하면서 걸어갔다. 빈번하게 일어났던 다른 천사 환상사고들과 달리 이번에는 환상을 일으킨 것으로 보이는 용의자가 분명했던 것이다. 유명한 검은 머리 천사가 나타나고 유성우가 떨어지는데, 하늘을 향해 양팔을 벌리고 웃어 대는 10대 소년이라면 잡아넣을 도리밖에 없다.

"설마, 그냥 좀 심하게 질풍노도인 애인 건 아니겠죠?"

소브컴 요원의 우려는 용의자 소년의 일격에 날아갔다. 소년은 자신을 데리러 온 경찰관들을 보자마자 말했던 것이다.

"어리석은 것들."

소브컴 요원 바로 뒤에 있던 젊은 경찰관이 사레들려 기침을 해 대기 시작했다. 딱하게 얼굴이 새빨개진 그를 한번 돌아보고서, 소브컴 요원은 차라리 자신도 저렇게 정신을 못 차리고 있었으면 좋았겠다고 생각했다.

"음, 이름이 뭐니?"

소년은 자신이 할 수 있는 최대한의 엄숙함을 연출하기 위해 변성기가 막 지난 목소리를 과도하게 깔았다.

"나는 소버린의 사도다."

소브컴 요원은 도움을 청하듯 담당 경찰관을 간절히 쳐다봤다. 소년을 잡아 두고 있던 기존의 경찰관들과, 요원과 같이 온 사레들린 젊은 경찰관도 비슷한 표정으로 그를 쳐다봤다. 담당 경찰관은 위가 꼬이는 표정으로 말했다.

"일단 에어카에 태우자고."

* * *

야신은 아데마에게서 온 연락이 그다지 반갑지 않았다. 곧 가 보겠다고 대꾸해 놓고 담배를 주문하는 그를 담배 가게 스테판이 빤히 쳐다보았다.

"왜?"

스테판은 야신이 피우는 브랜드 담배를 두 보루 턱턱 내놓고는 펄 염색된 수염을 문질렀다.

"아니, 야신답지 않게 주저하는 거 같아서. 전 여자 친구야?"

"끔찍한 소리."

"궁금하네. 천하의 귀신눈깔……, 아니, 야신 카갈리스키를 싫어도 오라 가라 할 정도의 위인이 누구야?"

"알면 다쳐."

스테판이 한숨을 푹 쉬었다.

"야신, 남자는 얼굴로만 사는 거 아니다. 그 나이에 나쁜 남자 신비주의 콘셉트 잡으면 구리다고."

"그거야 남자 나름이지."

스테판은 떫은 얼굴로 야신을 보다 손을 내밀었다. 담뱃값을 지불한 야신이 나가려다 뒤를 돌아봤다.

"아, 혹시 이 근처에도 천사 환영 나타난 적 있어?"

"글쎄? 없을걸? 이 근처는 조용해."

"흠."

카이야 레만의 창백하고 궁상맞은 얼굴이 절로 생각났다. 아데마의 딱딱한 얼굴과 의뢰인들의 근심 어린 얼굴도 떠올랐다. 라우라 파야스가 왜 그렇게 사라졌는지 더듬어 가는 여정은 생각보다 길었다. 그녀가 계속 꿨다던 힙노스는 수상했고, 그런 수상한 힙노스는 그것 하나가 아니었다. 그 힙노스들을 꾸게 만든 매칭 프로그램에 첸 타이샨은 의도를 가지고 손을 댔다. 강력한 꿈들에 보다 많은 사람들이 사로잡히도록…….

대체 첸이 왜? 라우라나 시뮬레이션 센터에서 마주쳤던 베하티 크루거 같은 여자들이 꿈에 사로잡히고 이상행동을 벌여서 첸이 얻을 것이 뭐가 있다고?

아데마의 호출에 응하면 많은 궁금증이 해소되겠지만 소브컴 정예 요원처럼 이리저리 구를 것이 빤했다.

하지만 만약 카이야 레만이……

"왜? 뭐 걸리는 거 있어?"

야신은 어깨를 으쓱했다.

"마야에 천사라니 웃겨서. 소돔과 고모라처럼 날려 버리러 오는 거라면 모를까. 게다가 소버린 사칭하는 놈까지 날뛰니."

"사칭? 소버린은 진짜 있는 거 아니었어?"

스테판은 정말 놀랐는지 눈을 휘둥그레 떴다. 야신이 물었다.

"너도 소버린이 마야를 조종하는 천재 프로그래머라고 생각하는 거야?"

"대개들 그렇게 믿는다고."

"그런 프로그래머가 있으면 바로 미쳐서 실려 갈걸. 택시부터 무인택시로 돌리면서 사람 안 쓰려고 드는 행성에서 그런 조종을 사람이 한다는 게 말이 안 되지."

"그래도 다들 믿어. 천사가 나타난 뒤로는 더한 것 같고."

"흠."

야신이 비웃음 섞인 신음을 흘렸다.

"말도 안 되는 거짓말이라도 입에 오르내리다 보면 진짜가 되거든."

그게 문제였다. 요즘 뉴스나 소문에서 들려오는 천사 환상 사고는 점점 더 거창해졌다. 야신이 예고했던 트램 사고는 이제 지극히 일상적으로 일어나서 뉴스거리도 되지 못하고 있었다. 공유하게 된 공포와 멸망의 이미지들이 사고들을 점점 더 키우는 것이리라.

다시 만난 소브컴 팀장 아데마는 그사이에 10년은 더 나이 든 것 같았다. 빈말로도 좋아 보인다고는 하기 힘든 몰골에 야신은 인사치레를 건너뛰고 바로 본론으로 들어갔다.

"환상 용의자를 잡았다고?"

"그래."

아데마가 희미하게 웃었다.

"너도 관심 있어 할 것 같아서."

"네가 내 도움이 필요한 건 아니고?"

"그럼 같은 처지로군."

"내 쪽이 밑지는 장사지."

아데마가 수긍하며 야신에게 담배를 건넸다. 야신이 입에 문 뒤 불을 붙이고는 물었다.

"어떤 인간이야?"

"애야."

"그거 질색인데."

야신은 유진 이스트만 때를 생각하면서 인상을 구겼다.

"소버린이 신이라더군. 자기가 소버린의 사도래."

"허."

야신이 바람 빠지는 소리를 냈다.

"놈들이 하필 소버린 운운하는 게 아주 마음에 안 들어."

"괘씸하시겠지. 멀쩡히 소브컴이 있는데 웬 미친놈들이 소버린을 들먹이고 있으니."

그가 알기로 소버린은 마야의 란츠만 제어 시스템 그 자체를 의미했다. 소브컴은 그 시스템을 유지하는 일종의 치안 유지 기관이었고. 그렇지만 무인택시로 출근하고 기상 시스템이 만들어 주는 노을을 보며 퇴근하는 일상을 살고 있으면서도 사람들은 란츠만 제어 시스템이 그저 시스템일 뿐이라는 것을 잘 믿지 못했다. 논리적으로는 받아들여도 내심 감정 깊은 곳에서는 믿지 못하고 있다는 편이 정확할 것이다.

이해가 안 되는 일도 아니었다. 어쨌거나, 대부분의 사람들이 마야에 와서 만나는 것은 신이라도 만나지 않는 한 겪지 못했을 과거나 환상이나 꿈이었던 것이다. 그들은 영혼을 믿듯이 시스템 뒤의 인간을 믿었다. 소버린은 사실 소브컴의 수장이고, 마야의 란츠만 지수를 능수능란하게 조작하는 천재 프로그래머일 것이라는 가설은 잊을 만하면 도시 괴담으로, 황색 언론으로 떠돌았다.

때문에 소버린 사칭은 간과할 수 없는 문제였다. 아데마가 초조해할 법했다. 소브컴의 수장이 눈을 번득였다.

"알잖아. 소버린은 마야를 유지시키는 프로그램이야. 우리는 그걸 돕는 거고."

"그렇지만 마야 사람들은 소버린이 진짜로 존재하는 무슨 천재 프로그래머나 신이라도 되는 것처럼 상상하길 좋아하지."

"아무튼 대중의 심리란. 마야에서 기계만큼 안전하게 통제하는 게 어디 있다고 사람의 지배를 원하는 건지."

"그래, 가끔은 그런 꼰대 공무원스러운 발언을 해 줘야 나도 네 앞에서 몸을 좀 사리지."

아데마가 찡그린 얼굴로 야신을 쳐다봤다. 야신은 어깨를 으쓱했다.

"천사는 뭐래?"

"직접 봐."

취조실에 앉은 10대 소년은 여드름 하나 없는 피부에 은은한 푸른색 음영 염색을 넣고 눈썹에 펄 염색을 넣은 괴상한 모습이었다. 소년은 록밴드 보컬 같은 외양으로 소리치고 있었다.

"여기 콜라 없는가? 목말라 죽겠단 말이다."

야신은 소브컴의 요원들이 '어휴, 내 자식이면 그냥 한 대 확!' 하는 얼굴로 소년을 쳐다보는 것을 알아챘다. 저 반응으로 보건대 꽤 오래 난리를 피운 모양이었다. 야신이 툭 끼어들었다.

"소버린의 사도께서 채신없이 콜라 따위나 드셔서 되겠습니까."

소년이 야신을 노려보았다.

"너는 또 뭐냐?"

"그분께서는……."

야신이 말했다.

"……가슴 아파하시겠군요. 안 그렇습니까? 당신의 가장 충실한 종복이어야 할 소브컴이 당신의 사도를 알아보지 못하고 핍박하고 있으니 말입니다."

그쪽으로는 전혀 생각지 못했던 듯 소년은 멍하니 야신의 말을 듣기만 했다. 다 듣고서야 무슨 말인지 깨달은 소년이 박수를 쳤다.

"그렇지! 소브컴은 소버린을 보좌하는 손발 아닌가."

"제 말이 그 말입니다."

야신의 말에 만족한 소년이 웃었다. 잠깐이었다.

"그런데 소브컴 요원들도 모르는 소버린을 네가 안다고?"

소년은 대번에 얼굴을 구겼다. 그가 짜증 난다는 듯이 야신을 쳐다보다 가슴을 폈다.

"그러니까 내가 그분의 사도인 거다."

"너만 그렇게 생각하는 게 아니고?"

"아니야!"

"증거가 있나?"

"당연하지. 조금 전 천사를 이끌고 기적을 행했기 때문에, 나도 당당한 소버린의 사도다."

천사 환상사고를 일으키면 사도가 되는 시스템이란 이야기인가? 아데마와 야신은 눈짓을 교환했다.

「극단적인 신흥종교 집단의 방식이로군.」

「피라미드 조직이나 테러 집단 뺨치는데?」

「방심했어. 검은 머리 천사라는 공통된 환상을 지표로 삼고 있는 것부터 이미 단체 행동의 조짐이 보였는데.」

「그건 지금 나온 결과를 보고 그렇게 생각하는 거지. 천사를 제외하고는 공통점도 별로 없었고 산발적이었어. 전혀 조직적으로 보이지 않았다고. 지금 쟤가 소버린의 사도 운운하는 것도 솔직히 '또 관심받고 싶어 하는 어린애 하나 납시었군.' 싶어서 신용이 안 갔는데.」

「잊지 마. 쟤가 천사 불러내서 유성우 뿌린 사건 용의자라고. 그래도 네 말은 먹히고 있잖아. 계속해 봐.」

"대단한 일을 해냈군."

야신의 말에 소년이 자부심 가득한 표정으로 팔짱을 끼었다.

"하지만 그런 기적을 해낸 게 너 하난 아니잖아."

"물론 아니다."

"사도가 몇이나 되지?"

"빠르게 늘고 있다. 점점 더 많은 사람들이 천국으로 찾아오기 때문이지."

소년이 거만하게 말을 이었다.

"너희는 무엇을 막고 있는지 몰라. 이것은 거대한 흐름이다. 소버린께서 곧 마야를 완전한 곳으로 정화하실 거다. 우리 사도들은 선봉에서 그분의 강림을 위해 길을 트고 있지. 마지막 결전의 시간이 오면 모두 그분이 그리신 세상을 위해 힘껏 싸울 것이다."

대번에 소버린을 구세주나 미륵과 동급으로 놓는 소년의 말에 취조실 안은 조용해졌다. 야신이 소년의 말을 되풀이했다.

"그렇군. 점점 더 많은 사람들이 천국으로 찾아오고 있군."

야신은 또 되풀이했다.

"그리고 더 많은 사람들이 천사를 이끌고 기적을 행하고 있고."

천사와 천국. 둘 사이에 연관이 있다는 걸 진작 눈치챘어야 했다. 야신은 소년의 주위를 천천히 돌기 시작했다.

"검은 머리 천사를 어디에서 봤지?"

"계시를 받았어."

베하티 크루거는 계시를 받았다고 했다. 야신이 소년과 동시에 말했다.

"꿈에서."

"꿈에서."

소년의 눈이 흔들렸다. 야신의 머릿속에서 톡톡 발아하는 싹처럼 깨달음이 고개를 들었다. 아, 이제 알겠군. 천사와 천국과 광신도들 사이에 꿈이 있었다. 라우라가 꿨던 힙노스에서 어디로 오라고 했었지? 야신이 확신을 가지고 소년에게 속삭였다.

"천국에 가 본 거군. 그렇지?"

소년이 불안해지고 질린 얼굴로 야신을 올려다봤다. 그 눈 속에 이미 대답이 들어 있었다. 야신이 소년 대신 말했다.

"꿈에서 인도해 준 대로 천국에 가서 계시를 받은 거야."

야신은 소년에게서 멀어졌다. 소년이 고개를 숙였다. 둘러싸고 있던 소브컴 요원들이 소년에게 질문을 퍼붓는 것을 보며 그는 문을 열고 복도로 나왔다. 따라 나온 아데마를 향해 야신이 말했다.

"쟤가 꿨던 힙노스가 있을 거야. 그걸 찾아야 돼."

"먼저 설명부터 해 봐. 꿈에서 인도해 줬다는 게 힙노스 얘기야? 힙노스로 메시지를 보내서 신도를 모았다고?"

"역시 소브컴 팀장은 아무나 하는 게 아니군."

야신이 비죽 웃었다.

"맞아. 그게 계시겠지. 그런 포장을 하는 쪽이 종교적 체험으로 더 잘 먹히니까."

"힙노스로 메시지를 보낸다는 게 가능해? 무작위로 걸리는 경우가……."

"많지만 매칭 프로그램으로 어느 정도 조절은 가능하지."

아데마가 눈썹을 찡그렸다.

"매칭 프로그램이 그 정도로 강력하다고?"

"누군가 강력하게 바꿔 놨을 수도 있지."

"누가?"

"첸 타이샨."

아데마의 눈이 커졌다.

"진짜야?"

"아마도."

야신이 입을 다물었다. 아데마가 그를 흘깃 보더니 다른 것을 물었다.

"그럼 천국은 뭐야?"

"아직 확신할 수는 없어. 쟤가 꿨던 힙노스를 꿔 보고 나면 좀 더 확실해지겠지만."

아데마가 한숨을 쉬며 취조실 문손잡이를 잡았을 때 야신이 마지막으로 폭탄을 날렸다.

"그리고 쟤가 꿨던 힙노스가 카이야의 꿈과 파장이 일치하는지 알아봐야 해."

* * *

삼나무 숲에는 죽은 천사가 살고 있었다.

죽은 천사를 잠재우는 법, 그 방법을 물어 오는 애송이들에게 그는 늘 똑같이 대답했다.

천사를 또 죽이면 돼.

학교에서는 늘 경고했다. 삼나무 숲에는 타들어 가는 자외선과 악덕 폐기물 업자들이 얕게 묻어 놓은 방사능 물질이 있다고. 아무도 진짜라고는 믿지 않았다. 그리고 아무도 삼나무 숲에 제 발로 가지도 않았다. 기숙학교 아이들만이 담력 시험을 위해 삼나무 숲을 헤집는다는 것은 공공연한 비밀이었다. 다 알고 있으면서 방송에서는 얼빠진 얼굴의 전문가가 나와 반복해 댔다.

"우리 돔은 안전합니다. 오히려 유해 광선 투과율은 최신형 돔들보다 높지요."

기숙학교에서는 그 자료 화면을 엄청나게 자주 틀었다. 건물이 모두 지상에 나와 있는 구식 기숙사들은 아무 문제 될 게 없다는 얘기였다. 그는 자료 화면을 볼 때마다 입술을 오므리고 바람 빼는 소리를 냈다. 방귀를 연상시키는 소리에 주변 아이들이 웃었다. 선생 두엇이 흘깃 노려봤지만 그뿐이었다.

안전 따위는 아무도 신경 쓰지 않았다. 학부형 대표들은 아는 척을 하겠지. 사려 깊은 척하는 교장과 유능한 척하는 이사장과 경청하는 척하는 학부모들의 티타임을 떠올리자 토할 것 같았다. 적당한 연구 결과와 영리한 언론 플레이면 자외선이 아니라 방사능 수치라도 속일 수 있을 것이다. 결국 이 기숙학교는 우주 한복판에 있는 인간 쓰레기장이 아닌가.

그렇지만, 그럼에도 불구하고 그는 이 돔이 마음에 들었다. 천사 때문이었다. 기숙학교의 천사 안젤로 자카르디. 돔에 맺히는 붉은 하늘 아래 그를 돌아보는 천사. 그럴 때면 꼭 한쪽 눈을 찡그리고, 햇빛에 눈이 부신 듯이 올려다보며 웃었다. 홀리도록 섹시했다. 그는 분명 천사는 푸른 하늘 아래에서보다 여기에서 훨씬 섹시할 거라고 생각했다.

붉은 하늘 가득 더 붉은 태양이 질 때면, 천사의 하얀 몸은 분홍색을 띠고 검은 머리카락은 부드러운 꿈만 같았다. 그 모습에 넋을 놓고 있으면 천사는 그를 발견하고 팔을 휘젓는 것이다. 뽀얗기만 한 얼굴과 달리 목과 팔에는 소름 알갱이 같은 붉은 주근깨가 나 있었다. 그 주근깨들을 혀로 핥아 보고 싶었다. 흰개미처럼 시큼한 맛이 나지 않을까. 천사가 가끔 이를 드러내며 환하게 웃을 때면, 그는 몸이 달아 그 주근깨가 어디까지 이어져 있을지 상상해 보곤 했다.

"선배."

그래. 바로 이렇게 친근하고 다정하게 부르며 웃을 때, 그는 머리 꼭대기까지 핑 돌 정도로 열이 오르는 것을 감추면서, 아무도 들어 보지 못한 부드러운 목소리를 내었던 것이다.

"형이라고 부르라니까."

"에이, 그래도 그러는 건 아니지."

선배에게 반말을 하는 주제에 입바른 소리를 하면서 천사가 웃었다. 그는 실없이 따라 웃고 싶은 것을 참았다. 천사의 호감을 얻기 위해 쓸개로 발이라도 닦아 줄 것처럼 구는 놈들은 기숙학교에 가득 있었다.

그런 식으론 아무것도 얻지 못한다. 그는 짐짓 심드렁하면서 약간 뻐기는 어조로 말을 던졌다.

"에어바이크 타는 법 가르쳐 줄까?"

"그건 경찰들만 타는 거잖아."

"근데 그게 지금 나한테 있거든."

천사가 미심쩍은 얼굴로 쳐다봤다. 그는 천사의 표정과 눈빛이 다르다는 걸 알아챘다. 아름다운 녹색 눈이 진짜냐고 묻고 있었다. 흥미, 관심, 그리고 눈이 반짝이며 되물어 오는 흥분.

"나한테 지금 있다니까."

그가 거드름을 걷어 낸 어조로 반복했다.

"삼나무 숲에 숨겨 놨어."

조심스레 꾀었다. 천사가 목소리를 낮춰 속삭였다.

"진짜야?"

"내가 거짓말하는 거 봤냐? 다 방법이 있지."

"어떻게 구했는데?"

"예전에 사고 났을 때 담당 경찰관 얼굴을 봐 뒀지. 하나 빼 달라고 했더니 입금하라더라."

"헉. 그럼 사고 났던 거네."

"왜, 겁나냐?"

그의 도발에 천사는 환하게 웃었다. 그는 더 기다리지 않고 모터보드를 꺼내 왔다. 천사가 못 말리겠다는 듯이 고개를 저었다.

"와, 진짜. 나 선배 같은 사람은 진짜 처음 봐."

"완전 끝내주지? 못 하는 게 없지?"

"아 씨, 인정."

"그냥 멋있다고 해도 돼. '존경합니다, 형님.' 한번 해 봐라."

아무렇지 않게 농을 치기 위해 그는 발가락 끝까지 힘을 주고 있어야 했다. 천사가 2인승 모터보드의 뒤에 타더니 그의 허리를 잡았다. 바람은 어느 방향으로 불고 있는 걸까? 세상은 어느 방향으로 돌고 있는 걸까? 그는 삼나무 숲을 향해 달렸다. 천사가 물었다.

"선배는 왜 여기 있어?"

"그러는 넌 왜 여기 있는데?"

천사는 허리에 감은 손을 더 꽉 잡았다.

"새엄마는 내가 꼴 보기 싫을 거야. 동생들이 있으니까."

"그래도 너희 아버지는 너라면 끔찍하게 생각하잖아. 우리 외삼촌은 내가 여기서 우주암이라도 걸리면 17년산 브랜디를 꺼내서 축배를 들걸."

특별한 경우도 아니다. 그는 조소했다. 이 인간 쓰레기장에 버려진 아이들은 모두 자기 장례식에서 웃을 사람을 가지고 있었다.

"돌아가신 아버지가 내 성년식에 따리고 담근 술이지. 향이 아주 기막힐 거야."

"형이 똑똑해서 그래."

"경계하는 거라고? 외삼촌 눈에는 난 혈통 증명서 딸랑 붙은 애새끼야."

"어. 학교에서 형이 제일 똑똑하잖아."

그는 크게 웃었다. 향기 한번 못 맡아 본 그 브랜디에 취한 것처럼 마음이 달떴다. 그래서였을 것이다. 에어바이크에 앉은 천사를 뒤에서 덮친 것은. 천사는 몸을 굳히더니 믿을 수 없다는 얼굴로 그를 돌아보았다.

"너도 날 좋아하잖아."

그가 헐떡였다.

"그러니까 따라온 거 아냐?"

"뭐?"

천사가 어이없다는 듯이 그를 쳐다봤다.

"변태 새끼."

침을 뱉고 고개를 돌리는 옆얼굴에서 그는 눈을 떼지 못했다.

천사는 귀 뒤에서부터 주근깨가 나 있었다. 귀에서부터 목덜미 전체에 흐드러진 주근깨는 상아를 깎아 만든 것 같은 티 없이 아름다운 얼굴과 어울리지 않아, 일부러 만들어 놓은 흠집 같아 보일 정도였다.

그는 손을 뻗었다.

천사의 목을 조르고 머리를 진흙탕 속에 처박았다.

그래서, 그러니까, 그러므로……, 삼나무 숲에는 죽은 천사가 살고 있었다. 살고 있었던 것이다.

그는 언제라도 증명할 수 있다. 삼나무 숲에서, 기숙사의 창문 너머에서, 꿈속에서 그는 언제라도 삼나무 숲으로 날아갔다. 머리에서 피를 흘리며 죽은 천사가 달콤하게 속삭였다.

넌 천벌을 받을 거야.

죽은 천사를 끌어안고, 죽은 천사의 머리를 다시 돌로 치면서 그는 괴성을 질렀다. 죽은 천사가 그러는 그의 동작에 맞추어 끌려 다니며 흔들거렸다. 자 보라고. 내가 또 죽었어. 그가 광기에 휩싸여 소리쳤다. 그는 멈춰 서서 천사의 부은 입술을 혀로 핥았다. 귀 뒤에 입술을 대고 주근깨들을 빨아들일 듯이 입 맞추었다. 어느새 피범벅이 된 얼굴로 그가 하늘을 올려다봤다. 허기지고 냉정한 기분이 몰려들었다.

죽이기 전에 섹스를 했어야 했는데.

그가 중얼거렸다.

피와 타액으로 젖었지만 여전히 아름다운 죽은 천사가 말한다.

"용서받고 싶어?"

아니야. 이대로 쓰러져서 빌고 싶은 충동에 그는 흐느꼈다. 그렇지만 결코 무릎 꿇지는 못하면서. 뜨거운 눈물이 가슴을 도려내며 지지는 듯 아팠지만 그 눈물이 스스로도 가증스러웠다. 품 안에서 흔들리던 죽은 천사가 눈을 떴다.

"시뮬레이션 센터로 가."

죽은 천사가 점점 기계음 같아지는 목소리로 명령했다.

"소버린의 은총을 받아서 나를 부활시켜."

* * *

소브컴 요원들은 소버린의 사도라는 소년이 반복해서 꿨다는 힙노스를 곧 찾아냈다. 야신과 몇몇 요원들과 함께 꿈을 보고 난 아데마가 음울한 얼굴로 새로 올라온 보고 사항을 전했다.

"걔가 꿨던 힙노스와 카이야 레만의 힙노스 파장이 100퍼센트 일치한다는군."

카이야 레만의 꿈이라는 이야기였다.

"카이야의 꿈은 소브컴에서 수거하고 있는 줄 알았는데."

"지금 골치 아픈 게 그거야. 카이야 레만의 꿈 중 수거되지 않은 것이 있는지 확인했어. 없더군. 전담 요원이 셋이나 붙었었거든."

"후유, 장난 아니었겠군."

"힙노스에 등록된 원작자 이름도 카이야 레만이 아니라 다른 사람이고."

"원작자 이름은 가명이겠지."

아데마도 그 가능성을 생각해 보지 않은 건 아닐 것이다. 그가 눈을 가늘게 뜨며 찡그렸다.

"그럴 수 있지……. 하지만 아직 증거가 확실치 않아. 확률은 낮지만 카이야의 꿈과 비슷한 파장의 다른 사람일 수도 있어. 지금까지 카이야 레만이 움직였던 방식과 달라. 소브컴에서는 지금까지 놈의 꿈들을 계속 수거했었지만 카이야 레만은 한 번도 가명을 쓴 적이 없어. 주목받고 싶어 하거든. 가명 같은 은밀한 방법은 놈의 방식이 아니야."

야신은 깍지를 끼며 몸을 아데마 쪽으로 내밀었다. 테이블이 끼익 소리를 냈다.

"그러니 더 위험한 거지. 카이야 레만이 가명으로 움직이기 시작했어."

야신은 라우라 파야스가 꿨고 베하티 트루거를 비롯한 많은 사람들이 사로잡힌 꿈도 카이야의 꿈과 일치율 100퍼센트였던 사실을 말했다. 그리고 금발망령 때의 루카스 야코비도 카이야의 꿈을 반복해서 꾸고는 망령을 만들어 냈던 것을 상기시켰다. 아데마의 얼굴이 심각해졌다.

"이번 꿈과 같은 경우군."

"아마 이런 일을 동시다발적으로 벌이고 있겠지. 은밀한 방법은 놈의 방식이 아니라고 했지? 맞는 말이야. 지금까지 놈에겐 의도가 없었어."

그렇지만 가명으로 꿈을 팔기 시작했다면 문제가 달라진다. 놈이 자신의 꿈이 위험하다는 것을 인지했고, 그럼에도 팔았던 것이다. 분명한 의도를 가지고. 아데마는 수세에 몰린 지휘관처럼 주먹을 쥐었다.

"놈이 뭘 원하는 걸까?"

"네가 나보다 잘 알고 있겠지."

야신이 차갑게 받아쳤다.

"난 라우라 파야스를 찾아 달라는 의뢰를 받았어. 왜 이런 사고가 일어났는지 조사하는 건 덤이고. 이대로 나가서 지금까지 얻은 정보를 보고하면 의뢰인은 만족할 거야."

아데마가 너까지 왜 이러는 거냐는 얼굴로 눈두덩을 문질렀다.

"그리고 네 잘난 의뢰인이 기자들을 부르고?"

"그거야 의뢰인 소관이지."

"너도 노출될 거야."

"조사인 모씨 정도라면 매스컴 타는 것도 나쁘지 않지."

"카이야 레만이 노출되면 너 또한 노출될 수밖에 없어. 너, 줄리 캠벨, 첸 타이샨, 램스필드도."

야신이 아데마와 눈을 마주쳤다.

"바로 그걸 너만 쥐고 있는 게 불편하다는 거야."

"그게 불편하면 직업을 이쪽으로 해야지."

"맞는 얘기군. 사실 소버린의 사도든 천사든, 환상사고는 민간인이 끼어들 일이 아니지."

아데마가 항복 자세로 양손을 들어 올렸다.

"뭘 원해? 신변 보호를 원해? 소브컴에 특례 채용이라도 시켜 줄까?"

"카이야 레만에 대한 정보."

"아."

아데마가 이마를 긁었다.

"후회할걸."

야신은 대답하지 않았다. 어느 쪽이든 후회하리라. 그도 끼어들고 싶진 않았다. 그렇지만 카이야 레만과 첸 타이샨이 힙노스를 이용해서 함께 벌이는 일이다. 어느 경로로든 자신이 엮일 수밖에 없다면 일이 어떻게 돌아가는지는 분명하게 알아야 했다. 아데마가 담배를 꺼내 물었다.

"넌 기억 못 하겠지만 카이야 레만은 너희 실험 참가자였어."

생각지도 못했던 말에 야신이 되물었다.

"우리 실험 참가자?"

"그래."

"힙노스의?"

"힙노스였는지 매칭 프로그램이었는지는 모르지만 출시 얼마 전의 일로 알고 있어. 20대 후반의 백수가 하기에는 딱 좋은 아르바이트였겠지."

놀랄 일의 연속이었다. 야신이 의심스러워하며 물었다.

"놈이 20대 후반이라고? 말투는 50대 같았는데?"

"정체불명의 인물처럼 보이는 것, 그게 놈이 자기를 꾸미는 방법이야."

왜소한 체구, 나이를 짐작할 수 없는 화법, 뱀처럼 능글맞았다가 세상모르는 어린애처럼 천진해지는 반응들. 카이야 레만은 그런 방법들로 자신을 더 위험하고 신비한 인물로 보이게 하는 재주가 있었다. 사기꾼에 적합한 특성이지만 다행히도 두뇌 회전이 따라 주지 않아 잔재주 이상으론 발휘될 곳이 없었다.

부모가 양쪽 모두 교수인 학자 집안이었기에, 카이야 레만 본인에게는 다행인 일만은 아니었을 것이다. 천덕꾸러기였을지 반대로 과보호의 대상이었을지는 알 수 없는 일이지만 카이야는 어릴 때부터 자신이 웨이 콴의 화신이라고 주장했다. 언뜻 이해되지 않는 이런 자기선전은 잘난 집안의 과시욕 대단한 인물이 주목받을 만한 능력이 없을 때 택할 만한 차선책이었던 셈이다. 현실이 계속 좌절되자 카이야는 점점 더 공상으로 빠져들었다.

그런 카이야 레만이 성인이 되자마자 마야로 향한 것은 어찌 보면 당연한 일이었다. 그는 화성에서 뭔가 한 건 할 수 있으리라 생각하고 마야로 왔으나 마야에서조차 현실은 녹록지 않았다. 그의 앞에 펼쳐진 건 별 볼 일 없이 상상 도우미를 하며 생계를 유지하는 꿈도 희망도 없는 생활뿐이었다.

"카이야 레만은 허세가 대단한 인물이지. 그런 놈들이 결국에 바라는 건 하나야."

"남들에게 떠받들림 받는 인생을 꿈꿨겠지."

"그래. 하지만 현실에서는 상상 도우미에, 간간이 꿈도 팔아서 생계를 꾸렸던 거고. 그 좌절감은 말 안 해도 대충 짐작이 가지. 그러던 중에 램스필드사에서 비밀리에 행하는 생체 실험에 자원하게 된 거야."

아데마가 찡그린 얼굴로 야신을 쳐다보았다.

"램스필드에서 기를 쓰고 방어하고 있는 사안이지. 확실히 알아내진 못했지만……, 이 실험의 부작용으로 지원자 중 한 명이 사망한 것으로 짐작돼."

"……."

"죽은 사람 외에도 부작용을 일으킨 사람이 하나 더 있었는데, 그게 카이야 레만이었지."

실험의 부작용으로 카이야는 엄청난 힙노스를 발산할 수 있게 되었고, 카이야의 힙노스와 맞는 뇌파를 가진 사람이 카이야의 꿈을 꾸게 되면 더욱 특별한 경험과 중독을 일으키게 되었다. 야신도 익히 봐 왔던 광경들을 떠올렸다. 카이야 레만의 꿈에 휘말린 사람들. 묻어 놓은 것들이 꿈속에서 괴물이 되어 쫓아오자 덥석 먹혀 버린 사람들.

카이야 레만의 꿈은 반칙이었다.

카이야 레만이 그 사실을 알았을까? 정확한 현상과 그 이유까진 몰랐을 것이다. 그렇지만 꾸는 꿈마다 비싼 가격에 팔리기 시작하자 카이야도 이 이상 현상을 알아차렸다. 그는 전담 드림 컬렉터를 고용했고, 꿈을 꾸는 족족 팔아 대며 돈을 써 댔다.

"하지만 그 반대편에선 카이야의 꿈에 중독된 사람들이 끊임없이 사건 사고를 일으키고 있었어. 우리 소브컴도 카이야 레만에 주목하게 되었고."

"……카이야의 담당 연구원은 첸과 줄리였겠지?"

아데마가 고개를 끄덕였다.

그런 접점이 있었을 줄이야. 야신은 첸과 카이야의 관계가 어떻게 시작된 것인지 알 것 같았다. 감정적으로 내몰린 내부 고발자와 예상치 못한 떡고물의 맛을 알아 버린 실험 피해자. 서로 꿍꿍이가 다른 공범들.

"왜 카이야 레만을 계속 감시하지 않고 놈의 꿈만 제거한 거지?"

"카이야 레만이 더 이상 새로운 꿈을 꾸지 못했으니까."

"그래서 과거의 꿈만 제거하면 될 거라고 본 거군."

"카이야 레만이 그 무렵 교통사고를 당했어. 앰뷸런스 에어카에 치여서 죽을 뻔했지. 우리는 놈이 꿈을 꾸지 못하는 것을 교통사고 후유증이라고 생각했어."

"아, 그 얘기는 나도 들었어."

"카이야 레만을 친 앰뷸런스 에어카는 램스필드 자회사의 의료 재단 마야지부 의료원 소속이었어. 경찰 쪽에선 카이야 레만과 램스필드 사이에 무슨 문제가 있는지 몰랐기 때문에 단순 교통사고로 보고 합의 후 종결시켰지. 우리 쪽에선 그 결정에 끼어들 명분이 없었어."

"소브컴 입장에서야 카이야 레만이 관 짜고 눕는 게 제일 간편한 해결책이지."

"부인은 못 하겠군. 그래 주었으면 하고 바란 게 램스필드 혼자만은 아닐 거야. 그렇지만 결국 우리는 치안 조직이거든. 이만한 조직이 그런 식으로 일할 순 없는 노릇이지. 담당 요원은 카이야 레만이 꿈을 꾸지 못하는 것을 몇 달간 확인한 후 절차대로 그를 감시하는 것을 그만뒀어."

빈틈이 이렇게 생겼던 거로군. 야신은 관자놀이를 문지르며 처음 그를 습격했던 카이야 레만을 떠올렸다. 꿈을 꾸지 못하게 되었다고 협박하던 놈의 말투는 능구렁이 같았지만 눈은 무섭게 진지했었다. 지금에서야 그날의 놈의 심정을 알 것 같았다. 카이야는 절박했다. 놈은 이제 막 맛본 인생의 단맛을 포기할 생각이 전혀 없었던 것이다.

"그 뒤에 놈이 나한테 찾아왔었어. 정확히 말하면 내 집에 침입했지."

야신의 말에 아데마의 목과 어깨가 뻣뻣하게 굳었다. 야신이 고개를 저으며 말했다.

"놈은 곱게 포기할 생각이 없었어."

지금까지 엉켜 있던 실타래들이 차곡차곡 풀리며 제자리를 찾아갔다. 카이야는 놀라운 꿈을 꿔 대던 시절의 자신으로 돌아가고 싶었을 것이다. 그렇지만 그 능력은 정말 꿈처럼 그의 인생에서 사라져 버렸다. 어떻게 하면 되돌릴 수 있을까? 다시 한 번 램스필드의 실험에 참가하면 같은 능력을 또 얻을 수 있을까?

카이야는 자신의 꿈에 이상 현상이 생겼던 것이 램스필드사에서 있었던 실험과 관련된 것이라 생각하고 그 무렵 램스필드를 떠난 야신이 비밀을 알고 있다고 생각했다. 하지만 작업실에서의 대화 이후 야신은 아무것도 모른다는 사실을 알게 되었으리라.

"카이야 레만은 내 영업 담당에게 날 지목하면서 추적을 의뢰했지. 놈은 자신의 꿈을 조사해서 꿈의 비밀을 밝혀내겠다고 했어."

"힙노스 개발 연구팀 수석 치프였던 네가 그대로 놓아 버리기엔 효용 가치가 있어 보였겠지."

"글쎄, 놈이 그 정도로 치밀했을까? 내 지식을 활용해 자기 꿈을 조사하면 되겠다고 생각할 만큼?"

아데마가 턱을 만지며 동의했다.

"그렇게 영리한 놈은 아니었어. 그래서 이 사건들의 배후가 놈이라고는 생각도 못 했지."

"첸 타이샨이 붙었다면 충분히 가능해."

아마 첸은 줄리와의 갈등을 견디지 못하고 줄리의 약점이 될 사건을 폭로하기 위해 카이야를 찾았을 것이다. 자신의 목적에 증거를 대 주고 증인 노릇을 해 줄 불쌍한 피해자를 기대하면서. 그런데 첸 타이샨이 만난 것은 자기현시욕으로 폭발할 지경이던 욕망 덩어리였다.

"카이야는 첸과 줄리가 한 실험에 대해서 알게 되자 의뢰를 철회했을 거야. 첸은 카이야에게 신뢰를 얻기 위해 놈이 다시 꿈을 꾸도록 도와줬겠지."

"왜 예전처럼 자기 이름으로 꿈을 팔지 않고 방법을 바꿨지? 왜 첸이 놈에게 붙은 거야? 그만한 인텔리가 뭐가 아쉬워서?"

"왜 놈이 예전 상태에 만족했겠어? 눈앞에 첸이 있는데. 너도 알잖아. 욕망이란 게 일대일로 움직이지 않는다는 거. 게다가 놈의 욕망은 계속 억압된 상태였어. 잠깐 겪은 해빙기로 놈이 충분히 만족했을까? 놈은 더 큰 걸 바랐을 거야. 그렇지만 모든 이들에게 떠받들리는 생활을 어떻게 만들지 알 수 없었겠지. 그런데 첸이 나타난 거야."

감정적으로 불안정해서는 자기 커리어를 똥통에 넣는 짓인지도 모르고 편들어 달라고 안달복달하는 샌님 과학자가 말이다.

"카이아는 기회가 왔다고 생각했겠지."

"그러니까 첸은 왜?"

"그야 모르지."

야신은 시치미를 뗐다.

"내가 짐작하는 건, 첸의 도움으로 다시 꿈을 꾸게 된 카이아가 재빨리 첸에게 자기 힙노스를 중독시켰을 거라는 거야. 놈은 합리적으로 실행 가능한 계획을 짜고 차근차근 진행시킬 머리도 인내심도 없어. 그렇지만 달리 생각하면 그런 건 측근이 할 수 있는 일이지."

"카이아 레만은 똑똑한 인간은 아니야."

"그렇지만 이미지를 쉽게 바꾸는 본능적인 사기꾼인데다, 원하는 것에는 순간적으로 기민해지고 굉장한 집중력을 발휘하지. 꿈을 다시 꾸게 해 주고, 힙노스에 대해 잘 알고, 약점도 잡을 수 있을 것 같은 똑똑한 인간이 눈앞에 있을 때 손 놓고 아무것도 안 해 볼 인간은 아니잖아?"

아데마도 동의했다.

"어찌 됐든 자기 꿈으로 끌어들이려고 해 보았겠지."

"그리고 먹혀들었을걸. 첸은 정신적으로 강한 타입이 아닌데다가……, 놈은 꾸는 사람의 트라우마에 정조준한 꿈을 내놓으니까."

야신이 잠시 망설이다가 덧붙였다.

"첸은 카이야의 꿈을 더 많은 사람들이 받아들이도록 매칭 프로그램을 손봤어."

야신은 거기까지 얘기하고 입을 닫았다. 아데마도 더 말을 재촉하지 않았다. 둘 다 지금까지 나온 이야기의 결론을 입 밖에 내기 두려웠다.

다급한 노크 소리가 정적을 깨뜨렸다.

"팀장님, 여기 계시죠?"

"들어와."

서둘러 들어오던 소브컴 요원이 야신을 보고 멈칫했다. 아데마가 안심하라는 듯이 손짓했다.

"비밀 유지 각서 받은 외부 자문이야. 무슨 일인가?"

"램스필드 연구동에서 자살 폭탄 테러가 일어났답니다."

아데마의 입이 벌어졌다.

"범인이 자살 직전 '소버린 만세.'라고 외쳤다고 생존자가 증언했답니다."

야신이 끼어들었다.

"혹시 사망자 명단이나 실종자 명단에 첸 타이샨 박사가 있습니까?"

약간 놀란 요원이 기록을 확인하고는 표정을 바로잡았다.

"예, 실종자 명단에 있습니다."

"사망자 명단이 아니라 실종자 명단에 있다고요?"

"이런 폭발 사고는 사망자와 실종자를 분간하기 어려우니까요."

사체 확인이 안 되면 실종자라 이거군. 야신이 재차 물었다.

"생존자가 더 한 말은 없답니까?"

"없는 것 같은데요. 병원으로 옮겨져 치료 중이랍니다."

거북이처럼 목을 늘이고 고민하던 아데마가 중얼거리듯 말했다.

"첸 박사뿐만이 아니라 카이야의 꿈을 꾼 많은 사람들이 조종되고 있는 것 같군."

야신이 고개를 끄덕였다.

"게다가 점점 더 늘어나고 있어."

요원은 둘 사이의 대화를 따라가지 못하고 제자리에 서서 눈치를 살폈다.

"어쩔 생각이야?"

"먼저 수거해야지."

피곤에 찌든 눈으로 아데마가 말했다. 그가 나가 보려는 요원을 붙잡았다.

"레비, 특별팀 소집한다고 알려. 지금 맡고 있는 사건 없는 놈들은 죄다 모이라고 해. 브리핑은 두 시간 후에 아난다 돔 지부에서 할 거고."

"예."

"자네한테 무슨 일을 먼저 해야 하는지 알려 줄 테니까, 내 얘기 듣고 가서 피닉스에게 그대로 말한 뒤 조를 짜라고 하라고. 알겠나?"

"알겠습니다."

"상상 테러범들이 더 기어 나오는 건 사양이야. 그 빌어먹을 꿈의 뿌리를 캐야지. 카이야 레만의 파장 기록이 남아 있을 거야. 그것과 비교해서 일치하는 힙노스가 있는지 온 아난다 돔의 시뮬레이션 센터에 적용해서 조사하도록 하고……, 일치하는 건 모조리 블록 먹이고 수거해 버려."

야신이 지적했다.

"힙노스 매칭 프로그램도 적용 중지시켜야겠지."

"아, 그래. 그렇지. 맞아. 힙노스 매칭 프로그램도 적용 중지시켜. 램스필드에 협조 요청하고, 일선 시뮬레이션 센터들에는 세게 나가도 되니까 확실하게 못 하게 만들어."

"반발이 있을 텐데요."

"뭐라도 갖다 붙여야지. 강제적으로 해도 명분 서는 걸로."

"힙노스 매칭 프로그램에서 치명적인 바이러스가 발견되었다는 건 어때? 에일로도 전염 가능하다고 하면 통할 것 같은데."

"들었지? 저런 식으로 하나 정해서 둘러대라고."

아데마가 레비 요원에게 말하다 말고 야신을 돌아봤다.

"그러고 보니 힙노스 매칭 프로그램에서 퍼뜨렸다는 꿈 말인데, 마지막에 뜬금없이 천국 시뮬레이션 센터로 오라고 하는 건 뭐였지?"

야신은 꿈을 꾼 사람들에게 이상을 일으킨 카이야의 힙노스에서 마지막에는 꼭 천국 시뮬레이션 센터로 오라는 문구가 등장했던 것을 기억해 냈다. 야신의 말을 들은 아데마가 노인처럼 고개를 끄덕였다.

"거기부터 뒤져야겠군. 레비, 아난다 돔에 천국 시뮬레이션 센터가 몇 곳이나 있지?"

레비 요원이 에일로 재빨리 기록을 열람하고 확인했다.

"한 곳뿐입니다."

"더 있을 줄 알았는데 의외로군. 잘됐어. 1조는 천국 시뮬레이션 센터를 급습한다. 피닉스한테 서두르라고 전해."

"1조 인원은 얼마나 잡을까요?"

"조사 인원은 많을 필요 없어. 머리 잘 도는 놈으로 서넛에서 다섯이면 돼. 무장 요원들은 될 수 있는 한 많이 투입해. 경찰 지원 없이 간다."

"예, 알겠습니다."

레비 요원은 서둘러 인사하고 나갔다. 아데마가 자리에서 일어나 등을 쭉 폈다. 생각에 잠겨 심호흡을 하는 모습이 깊이 입수하기 직전의 다이버처럼 보였다.

이제까지 그가 뛰어들었던 어떤 사건보다도 깊은 검은 못 아래 물살은 예측할 수 없이 휘돌고 있을 것이다. 야신은 소브컴 팀장이 그를 구명조끼로 여기기 전에 얼른 자리를 떴다.

* * *

비잔티움 래빗홀 앞에는 경찰 에어카가 세 대나 정차해 있었다. 판타소스 돔답게 래빗홀을 광고하는 홀로그램과 네온사인이 사방에서 빛을 뿜었지만, 위협적으로 번쩍이는 경찰 에어카의 경광등 앞에서는 얌전해 보일 뿐이었다. 새빨간 경광등 불빛이 사람들의 얼굴에 얼룩을 그렸다 지우는 일을 반복하는데도 잔뜩 흥분한 이들은 불빛에 눈도 한번 찡그리지 않고 떠들어 댔다.

"놈들이 날 때렸어! 경찰, 경찰은 어디 있지? 이리 좀 와 줘요!"

"나만 본 게 아니라 다 봤다니까요. 그러니까 신고했지!"

"완전히 미친놈들이에요. 겁먹어서 혼났다니까."

경찰관들은 난감한 얼굴로 여기저기서 터지는 증언을 들었다.

「선배, 저 이런 건 처음 봅니다. 왜 다들 나와 있대요?」

「내가 아냐? 마야 경찰 7년 만에 판타소스 돔에서 이러는 건 처음이다.」

시뮬레이션 센터들로 가득 찬 아난다 돔이 양지바른 유흥가라면, 래빗홀로 가득 찬 판타소스 돔은 좀 더 은밀한 유흥가였다. 가끔 새어 나간 환상에 휩쓸려서 얼토당토않은 일을 저지르는 경우도 있었고, 새어 나간 환상이 진짜인 줄 알고 신고가 들어오기도 했지만, 판타소스 돔에서는 기본적으로 일이 조용하게 이루어졌던 것이다.

경찰도 마찬가지였다. 그들은 신고를 받고 출동해 묵묵히, 새어 나온 환상의 미녀와 섹스하는 남자를 경범죄로 가뒀고, 새어 나온 환상의 괴물에게 화염방사기를 들이대 인근을 태운 소녀를 과실치상으로 집어넣었다.

상상을 실제로 체험하게 해 주는 판타소스 돔. 그러니 무슨 일이 벌어져도 누군가의 환상이 래빗홀에서 새어 나왔을 뿐인지라 진정하고 기다리면 환상은 사라질 것이고, 경찰과 소브컴이 뒤처리를 해 줄 터였다. 그런데 왜 다들 흥분을 가라앉히지 못하고 있는 건가.

경찰관들이 상황 파악을 못 한 채 사람들을 진정시키려 애쓰는 동안, 요르요스 또한 그 아수라장 속에 얼빠진 얼굴로 서 있었다. 그의 옆에서는 젊지도 늙지도 않은 여자 하나가 손짓발짓을 해 대며 경찰관에게 무슨 일이 있었는지 설명하고 있었다.

"린치가 있었단 말이죠?"

"그렇다니까요. 귀신처럼 갑자기 나타나더니 집단으로 몰려다니면서 사람들을 때렸어요. 다짜고짜 뒤에서 머리랑 어깨를……"

목격담을 들을수록 경찰관들은 어두운 얼굴이 되었다. 모여 있는 사람들은 모두 똑같은 일에 대해 얘기하고 있었고, 하나같이 그게 자기 일이라고 여기고 있었다. 사람들이 모두 똑같은 환상을 강렬하게 체험했다는 이야기였다.

이게 가능한가? 이게 진짜 환상이 새어 나와서 벌어진 일일까? 그들이 그간 봐 온 바에 의하면 판타소스는 그럭저럭 잘 통제되고 있었다. 환상이 샌 정도로 이 많은 사람들이 죄다 그 환상에 흠뻑 빠져서 현실과 구분도 못 할 것 같진 않았다.

의문을 품은 채, 경찰들은 기계적으로 근방의 래빗홀들을 돌아봐야 하나 고민했다. 이대로라면 가동하고 있던 룸이 어디 어디였는지, 룸마다 들어간 상상 도우미는 누구였는지, 손님은 누구였는지 확인하는 작업이 지리멸렬하게 이어질 참이었다.

"그건 천사였습니다."

한 남자가 열에 들뜬 얼굴로 단호하게 말했다.

"또?"

그의 입에서 나온 단어에 경찰들은 어이없어하며 지겹다는 표정을 지었지만 주변 사람들의 반응은 달랐다. 갑작스런 정적이 엄숙한 분위기로 흐르자 되레 당황한 건 경찰들이었다. 잡으려는 경찰관을 뿌리치고 남자가 크게 말했다.

"불붙은 나뭇가지로 우리를 때리는 것을 보지 못했습니까?

사람들은 화들짝 놀라 목을 돌려 어깨를 확인하고 손으로 등을 더듬었다. 경찰관들이 나섰다.

"천사 환상사고 못 들어 봤어요? 또 누가 장난친 겁니다. 보십시오. 상처 있는 분이 없잖아요. 환상이었기 때문에 흔적이 남지 않은 거예요."

경찰관의 말에도 사람들은 진정되는 기색이 없었다. 그들도 검은 머리 천사가 마야에 두문불출하며 사고를 일으킨다는 소문은 들었다. 직접 본 사람들도 있었다. 그렇지만 환상으로 나타난 천사 또한 그들에게는 연예인처럼 먼 존재였던 것이다. 난데없는 린치의 여운이 아직 가라앉지 않았는데 극적인 사건의 당사자가 되었다는 흥분까지 더해지자 사람들은 눈에 띄게 술렁였다.

"장난?"

남자가 반문했다.

"저런 것도 장난입니까?"

그가 손가락으로 가리킨 곳을 쳐다본 요르요스는 저도 모르게 펄쩍 뛰었다. 소리를 지르며 피해 물러서는 사람들 틈으로 불길에 휩싸여 타오르는 인영이 보였다. 연두색과 회색, 그리고 보라색 꽃무늬가 뒤섞인 평범한 관광객의 점프 슈트가 불붙어 우그러지고, 숱 없는 머리카락이 타들어 가며 위로 곤두섰다.

요르요스 카포디스트리아스는 뱃속의 타이 국수가 그 머리카락처럼 곤두서는 기분이었다. 이대로라면 평생 안 빠지는 얼룩처럼 끔찍한 광경이 뇌에 남을 것이고, 컨디션이 안 좋은 날마다 꿈에 그 광경이 나올 게 분명했다.

주위의 사람들도 같은 생각을 하는 게 틀림없어 보였다. 그들은 입을 쫙 벌리고 불타는 사람을 보면서 공황 상태에 빠져 있었다.

검은 머리 천사가 불타는 사람 위에 나타나기 전까지는.

천사가 양팔을 들어 허공을 내리치는 동작을 하자 불타던 사람이 불씨의 조각이 되어 흩어졌다. '어어.' 하고 당혹해하는 사람들에게 불티가 달라붙었다. 방금 전까지 보던 광경의 주인이 되어 여기저기서 사람들이 타올랐다.

요르요스는 공포에 질려 소리를 지르려 했지만 불티는 그가 입을 벌리는 것보다 빨랐다. 죽을 땐 별생각이 다 들 줄 알았는데 화재경보기 옆에서 한 시간은 시달린 것처럼 골이 띵한 채 아무 생각도 나지 않았다. 그는 불붙은 자신의 티셔츠와 손가락을 내려다보다 한참 만에 입을 벌렸다.

"뜨거워."

입을 벌려 말하던 요르요스는 하나도 아프지 않다는 것을 깨달았다. 입으로 열기가 훅 들어오고, 그 열기가 입안과 목구멍을 휘젓고 내려가는데도 그저 몸을 감싼 불처럼 뜨겁고 뜨거울 뿐이었다. 요르요스는 그제야 불이 옮겨 붙은 지 한참 되었는데도 자신이 여전히 눈을 뜨고 있다는 것을 알아챘다. 이 불이 보통의 불이었다면 눈꺼풀부터 녹았을 것이다.

하지만 그는 여전히 눈을 똑바로 뜨고, 자신처럼 불길에 휩싸인 사람들과 공중에 떠 있는 검은 머리 천사를 볼 수 있었다. 뭐라 말해야 할지 모르겠는 혼란 앞에서 요르요스는 '악!' 하고 비명을 질렀다. 자신이 정말로 타고 있었다. 누군가 팔을 휘저으며 큰 소리로 소리쳤다.

"기적이야! 기적이다!"

* * *

소문의 검은 머리 천사를 마주쳤을 때 여자는 태연자약했다.

그 검은 머리 천사가 머리부터 떨어지는 중이라고 해도 마찬가지였다. 천천히 추락하는 천사의 이마와 머리칼을 타고 흐른 피가 흔들리며 떨어져 점점이 그녀의 얼굴에 뿌려졌다. 천사의 피는 붉고 차가웠다. 그녀가 올려다보는 허공 또한 붉은 자주색이었다. 아주 예쁜 색이라고 생각한 순간 회색 재 같은 것이 싸라기눈처럼 날리기 시작했다.

발밑이 잿빛이 되고 구두코가 회색이 되었을 때에야 천사는 그녀 앞에 떨어졌다. 여자는 천사를 본 사람들이 도망쳐 텅 빈 거리를 돌아보고는 천사 앞에 쭈그리고 앉았다.

"도와 달라고 말해 봐요."

여자가 말했다. 이렇게 아름다운 존재가 무력할 때 한 번쯤 그런 약한 소리를 들어 보고 싶었다. 천사는 짜증 난다는 표정을 지었다. 여자는 그의 뺨을 때렸다.

"당신 천사잖아. 천사가 이래도 돼?"

여자는 일어나서 쓰러진 천사를 사진 찍었다. 더는 할 일이 없어서 그녀는 주머니에 손을 넣고 천사를 한참 동안 내려다봤다. 도망갈 생각 따윈 애초에 없었다.

뭐가 더 나빠지겠는가? 마야에 있는 동안 그녀의 거처는 여덟 평짜리 아파트였다. 닉스 돔의 건축법 사이를 파고든 이 싸구려 콘크리트 박스에는 엘리베이터도 없었다. 원래대로라면 비즈니스호텔 사이의 골목길이 되어야 할 공간에 끼어 들어간 기생 건물이었고, 엘리베이터와 계단 양쪽을 다 갖춰 지을 생각 따윈 처음부터 없는 곳이었다. 소방법에 따른 벌금을 생각하면 엘리베이터보단 계단을 만드는 게 나았으리라. 13층 그녀의 집까지 올라가다 보면, 태양계에서 지구 다음으로 아름다운 노을을 볼 수 있다는 마야의 첨단 돔도, 시뮬레이션의 새 시대를 열었다는 힙노스도, 우주의 샹들리에처럼 빛난다는 마야의 야경도 죄다 자신과는 먼먼 이야기 같았다.

떠나. 뭐하러 여기서 이 고생을 하고 있는 거지?

그런 생각이 들 때면 더 비참해졌다.

어딜 가면 나아진단 말인가? 또래의 다른 여자들처럼 그녀는 자신을 잘 알았다. 내세울 만한 기술도 장점도 없이 하루하루 관성으로 살아가는 젊지도 늙지도 않은 여자. 늙어 가면서 얻어걸리는 모든 그럴싸한 것들, 즉 괜찮은 남자, 그럭저럭 안정적인 가정, 가끔 속 썩이지만 잘 크는 아이들, 여유로운 품성, 금전적 여유, 좋아하는 일, 자리 잡은 커리어 등은 애초에 이 땅에 없는 신기루 같았다. 부러워해 보고 싶어도 어떤 것인지 짐작조차 안 되는 것들 앞에서 여자는 쉽게 눈을 돌렸다. 이해를 못 한다면 못 하는 대로 둬도 상관없었다. 어차피 그녀의 인생도 아니었으니까. 그녀 앞에 펼쳐진 시간은 아무런 보상도 돌아오지 않는 지루한 내리막길이었다. 커브를 돌아 본다고 나아질 리가 없었다.

그나마 여기에는 재미있는 게 있지 않은가. 여자는 분명히 인식하고 있었다. 마야거주증은 그녀의 삶에 남은 유일한 액세서리였다. 환상의 도시, 최고의 유흥 행성, 태양계에서 가장 핫한 곳에서 살고 있다고 말할 수 있었다. 마야에 살지 않는다면

'오늘 직장 근처에서 아폴론같이 생긴 반인반수 조각 미남 봤다!' 하고 자랑할 수 있을까? '와우, 역시! 그 동넨 스케일이 달라!'라는 반응이 오는 일은? 입에 발린 부러움이라도 여자에겐 필요했다. 허세 그만 부리고 삶에 집중하라는 충고만큼 그녀를 짜증 나게 하는 것도 없었다. 삶이 그녀를 즐겁게 만들고 집중할 의욕을 생기게 했다면, 왜 지금 자신이 이러고 있겠는가?

지금 이 순간 최소한 그녀에게는 같이 망해 가는 동료가 있었다.

그녀는 쓰러진 천사가 점점 재인지 분진인지 모를 것에 파묻히는 것을 지켜봤다. 마침내 천사가 완전히 모습을 감췄다. 잿빛 비가 내리는 텅 빈 거리에서 혼자 석상처럼 서 있는 것 말고 여자는 할 게 없었다. 할 이유도 없었다. 분진 같은 회색 재가 그녀의 코를 막고 눈을 덮었다. 점점 쌓이는 회색 재는 여자의 발을 덮으며 걸쭉하게 변했다. 다리가 시멘트 속에 박힌 듯 움직이지 않았다.

이대로 죽는 건가? 여자는 생각했다. 마지막으로 검은 머리 천사가 묻힌 곳을 보려고 고개를 돌리자 시야 끝에 시커먼 비닐봉지를 쓴 사람이 보였다. 그 사람은 여자를 향해 달려오고 있었다.

"미쳤어요? 얼른 이리 들어와요!"

매서운 소리와 함께 그 사람이 홱 그녀를 낚아챘다. 구원자는 그녀를 끌고 근처의 술집으로 뛰어들었다.

"얼른 문부터 닫아!"

"그런 소리 할 거면 도와주고 해!"

다가온 다른 사람이 그들을 끌어당기고 문을 닫았다. 여자
는 고맙다는 말도 못 하고 헐떡였다. 구원자의 머리에서 비닐
봉지가 떨어졌다. 그 사람이 여자를 밀어 바 앞으로 끌고 갔다.

"회색곰, 이분한테도 한 잔 줘요."

인상도 덩치도 위압적인 바텐더가 고개를 끄덕였다. 여자는
그제야 자신을 구한 사람을 똑바로 볼 수 있었다. 추레한 몰골
의 남자였다. 구해 준 사람보다는 그를 붙들고 뭐라고 말하고
있는 여자가 더 눈에 띄었다. 아픈 사람도 돌아볼 법한 미녀였
다. 주위에서는 아는 사람들끼리 나누는 게 분명한 대화가 들
려왔다. 소브컴은 뭘 하고 있는 거냐. 저 천사는 왜 이런 사고
가 있을 때마다 나타나는 거냐.

결론이 나지 않는 이야기를 멍하니 듣고 있던 여자에게 회
색곰이 위스키를 권했다. 훅 끼쳐 오는 알코올 향에 여자가 고
개를 저었다. 회색곰은 난감해하지도 않고 그럴 줄 알았다는
듯이 물었다.

"뜨거운 차를 줄까요?"

"커피 있어요?"

"진정해야 할 것 같으니 차를 마셔요."

"이건 내가 마실게요."

구원자가 옆에서 위스키잔을 가져가 단숨에 훅 마셨다. 그
러고는 여자에게 고개를 돌려 말했다.

"마음을 단단히 가져요. 의외로 별거 아닌 일일 수도 있으니

까요."

미녀가 구원자의 뒤편에서 말을 받았다.

"맞아. 어쨌건 환상사고니까. 지금도 분진 가득한 하늘만 보면 핵폭탄이라도 터진 꼴이지만 돔은 멀쩡한 걸 봐."

회색곰이 끼어들었다.

"마야 멸망이라도 일어날 분위기인데 별거 아니라고? 타소네가 그러니까 야신이 제멋대로 싸돌아다니는 거야."

"여기서 야신 얘기가 왜 나와요?"

"이렇게 뒤숭숭한데 야신은 코빼기도 안 보이고 혼자 있으니까 그러지. 그놈은 안 보이면 쥐도 새도 모르게 지구행 우주선이라도 타고 있을 것 같단 말이야."

여자는 차를 마시며 속으로 한숨을 쉬었다. 저렇게 근사한 여자에게 애인이 있는 게 당연하다는 생각이 드는 동시에, 저런 여자가 만나는 남자는 어떤 남자일지 상상이 되지 않았다.

"호랑이도 제 말 하면 온다더니."

회색곰의 말에 여자는 저도 모르게 밖을 내다봤다. 훌쩍 키가 크고 눈매가 호락호락하지 않은 남자가 인상을 찌푸린 채 가게를 향해 걸어오고 있었다. 그을린 구릿빛 피부와 짧은 은발이 남자의 눈에 띄는 분위기를 돋웠다.

여자는 타소와 창밖의 남자가 나란히 선 모양을 그려 보았다. 부럽지는 않았다. 저렇게 매력적인 인간으로 사는 것이 어떤 것인지 여자는 짐작도 할 수가 없었으니까.

그렇지만 뭔가 불공평하다는 기분이 목구멍을 치받았다.

질투에 눈이 희번덕거리는 그런 사람으로 사는 것이 차라리 나을 거라는 기분이 들었다. 은혜도 모르고 호의에 똥을 던지는 인간 말이다. 여자는 저도 모르게 입술을 앙다물며 혀끝에 남은 찻물을 빨았다. 쓴맛이 났다. 이런 쓰라린 열패감만 핥고 있으니 권해 준 술을 엎고, 미녀의 머리채를 잡아 돌리고, 창밖의 남자에게 발길질을 하는 쓰레기 같은 인간이 되고 싶다는 강렬한 욕망이 일었다.

그러나 욕망은 욕망일 뿐이다. 그녀는 결코 그런 자발적 쓰레기가 되지 못할 것이다. 여자는 몸을 웅크리고 눈을 꼭 감으며 아까 봤던 천사와 단둘이 있는 순간을 간절히 소망했다. 그녀가 다시 눈을 떴을 때, 술집 안의 사람들은 소망에 응답하듯 회색 재를 뒤집어쓰고 굳어 있었다.

놀란 여자가 벌떡 일어섰다. 몸에 날개가 달린 듯 붕 떠올랐다. 천장에 매달린 술병들에 천사로 변한 자신이 비쳐 여자는 숨을 들이쉬었다. 브랜디 병의 표면에 비친 천사의 모습 뒤로 창밖의 키 큰 은발 남자가 뛰어 들어오는 것이 보였다.

* * *

흰색 일색의 낮은 로비로 들어서자 느린 박자의 뉴에이지 음악이 흐르고 있었다. 레비 요원은 같은 색으로 통일된 공간을 보자 가슴을 내밀고 숨을 들이쉬었다. 팔다리에 빳빳하게 힘이 들어갔다. 소브컴 요원 코토가 옆에 서면서 그의 등을 툭

쳤다.

"괜찮냐?"

"그럼."

레비 요원이 대꾸했다.

"아무 문제도 없어."

코토 요원이 그의 어깨를 친근하게 두드렸다.

"오래 쉬어서 그래. 무리하지 말라고."

레비는 걱정 말라는 얼굴로 웃어 보였다.

복직하기엔 좋지 않은 시기였다. 천사 환상이 여기저기서 나타났고, 사고는 천사와 앞서거니 뒤서거니 하면서 수시로 일어났다. 소브컴은 팀장 아데마부터 지난달 들어온 말단 요원까지 하나같이 신경이 곤두서 있었다.

레비는 긍정적인 방향으로 생각하기로 했다. 동료들 뒤에서 멍청하게 거치적거리기엔 소브컴이 너무 바쁘지 않은가. 천사 사건은 요원 개인의 사건이 아니라 소브컴 공통의 사건이었다. 모두가 천사를 쫓을 때 그도 함께 뛰다 보면 다시 일은 잘 맞는 옷처럼 몸에 감겨들 것이다. 이 사건이 해결될 때쯤에는 언제 휴직했었냐는 듯 익숙하게 일하게 되겠지.

휴우. 레비는 숨을 깊게 들이쉬며 텅 빈 시뮬레이션 센터를 노려보았다.

「뭐야? 정보가 샜나? 왜 이렇게 사람이 없어?」

「난 조종실에 가 볼게. 꿈 조종에 관련된 불법행위 증거가 남아 있을지도 모르니까.」

「감이 안 좋아. CCTV 기록이나 회계 자료 같은 건 싹 치웠을 것 같은데…….」

레비는 다시 숨을 깊게 들이쉬었다. 쥬마르 요원이 중얼거렸다.

「팀장이 뭐 때문에 전투 분과 애들을 때려 박았는지 모르겠네.」

「힙노스로 사람 조종하려는 놈들 근거지일 가능성이 높다잖아. 교주 행세도 하고 있다고 하고. 조심해. 광신도가 어디서 튀어나올지 몰라.」

「내 말은, 그래 봤자 힙노스 조종이라 이거야. 꿈으로 조종하는 놈들이 현실에서 강한 건 아니잖아. 이 정도 전투 분과 인원이면 오히려 천사사고에 투입하는 게 나을 거 같은데.」

쥬마르 요원의 말도 일리가 없는 것은 아니었다. 그렇지만 레비는 이 시뮬레이션 센터가 아난다 돔에 하나뿐인 '천국 시뮬레이션 센터'라는 점이 마음에 걸렸다. 갑자기 나타난 천사들은 어디에서 생겨났을까? 이 천국 시뮬레이션 센터를 기점으로 삼은 교주는 언제부터 활동한 걸까? 긴급 브리핑에 참여했으면 이 해답을 알 수 있었을 거란 생각이 들었다. 레비는 아쉬움에 입을 다시면서 입안이 생각보다 까끌까끌한 것에 놀랐다.

「브리핑은 몇 시부터지?」

「포기해. 20분 뒤 시작이야.」

코토 요원은 조종실에서 조사하고 있었고, 쥬마르 요원은 주컴퓨터에 들어가서 자료를 뒤지는 중이었다. 레비는 전투 분과 요원들을 나눠서 안쪽으로 투입시켰다.

「안쪽부터 찾아보고, 남아 있는 사람 누구라도 마주치면 휴게실로 보내라고.」

생각 같아선 휴게실에 배치된 열 명 남짓한 전투 분과 요원들과 함께 있다 오는 사람들을 심문하고 싶었다. 레비는 결코 자신을 과대평가하지 않았다. 그는 공을 세우거나 선두에 나서기엔 자신이 준비가 안 되어 있다는 것을 잘 알고 있었다. 천국 시뮬레이션 센터에 파견된 소브컴 요원은 자신까지 셋이었다. 제자리만 지키고 있으면 된다. 그는 속으로 다짐했다. 그게 지금 그가 할 수 있는 최선이라고. 제자리만 지키고 있으면…….

망할. 그러려면 왜 돌아온 거지?

「레비, 어디 안 좋아?」

레비는 직원실과 동력 장치와 시뮬레이션 룸들을 향해 가면서 대답했다.

「아니. 왜?」

「너 지금 당장 쓰러질 것처럼 헐떡헐떡한다고.」

레비는 무시했다. 복직할 때 담당의의 진단서를 제출했다면 그가 안쪽 시뮬레이션 룸들을 조사하는 데 투입되지는 않았으리라. 탁 트인 휴게실에서 사람들을 심문하고 있었겠지.

하지만 그렇게 유리관 속에서 보호받는 수사관이 되려면 뭐하러 소브컴에 다시 돌아왔겠는가. 그럴 거면 차라리 복직하지 않는 편이 나았다. 소브컴은 환상 경찰의 역할을 수행하고 있었고, 소브컴 요원은 특수 임무에 대한 지식과 판단력이 뛰어난 형사여야 했지 동료의 발목을 잡는 병자가 노릴 자리가 아니었다.

그래서 돌아온 것이다. 이대로 이겨 내지 못하고 끙끙거리며 인생을 허비할 순 없었다. 레비는 소브컴 요원인 자신을 매우 좋아했었다. 어떤 대가를 치르더라도 원래의 모습을 되찾고 싶어 무리하면서 재활하고 서둘러 복직했던 게 아닌가!

"으악!"

탕! 시뮬레이션 룸 쪽에서 비명과 총성이 들려왔다. 레비는 뛰기 시작했다. 점점 더 많은 절규와 총성이 천국 시뮬레이션 센터의 좁고 하얀 복도에 메아리쳤다. 에일로 뭐가 잘못된 것이냐고, 누가 공격했냐고 물었지만 돌아오는 것은 길고 긴 비명들과 알아들을 수 없는 헛소리들이었다. 그는 심장이 입 밖으로 튀어나오기 직전에야 멈춰 섰다.

3미터 앞에 흉하게 일그러진 얼굴의 자신이 서 있었다. 자신의 얼굴을 한 그는 세상에서 가장 혐오스러운 것을 보는 눈으로 레비를 바라보고 있었다. 레비는 바로 오른손을 올렸다. 그리고 자기 자신을 쏘았다.

탕! 탕!

깨지는 거울들처럼 자신의 허상이 허공 속으로 흩어졌다. 수십 개로 흩어진 레비 자신의 얼굴이 그를 측은해하는 얼굴로 쳐다보았다.

'애쓰지 마.'

수십 명의 자신이 말했다.

'어차피 뛰어난 수사관도 아니었어.'

레비는 다시 총을 쏘았다.

'그런 주제에 무슨 소브컴 요원이 되겠다고.'

'넌 겁쟁이잖아. 그 녀석보다도 네가 더 겁먹었었지.'

닥쳐. 레비는 침을 삼켰다. 아니, 삼키려고 했다.

'솔직히 인정해 봐. 너 개가 무서웠지?'

그래도 그 낡은 래빗홀의 무너진 비상구에서 살아 나온 것은 자신이었다. 죽이고 싶고 깽판을 치고 싶다는 발작적인 충동에 사로잡혀서 자신을 노려보던 소년의 표정이 꿈속에서조차 선명했다. 어둠 속으로 그 얼굴이 사라질 때 느꼈던 안도감이 그렇게 비겁한 것이었을까?

「레비! 애가 하나 남아 있었어!」

코토 요원의 외침이 갑자기 머릿속을 울렸다. 레비는 몸을 떨었다. 이건 현실인가, 아니면 과거로부터의 목소리인가?

「레비! 정신 차려! 요제프 레비 요원!」

코토 요원의 목소리가 거듭되며 그를 현실로 끌어왔다. 놀람이 가라앉으면서 두려움이 일었다. 도대체 이런 환상을 아난다 돔에 만들어 낸 괴물은 어떤 놈인가?

「전투 요원들은?」

「다들 너만큼이나 정신없지. 우리가 맡고 있으니까 너부터 이쪽으로 와.」

정신을 차리고 휴게실로 가자 코토 요원은 소녀 하나를 붙들고 있었고, 자신처럼 넋이 나간 전투 요원들이 여기저기에서 머리를 쥐어뜯고 있었다. 레비는 담배를 꺼내고 있는 쥬마르 요원을 발견하고 그에게로 향했다.

쥬마르 요원은 한숨을 푹푹 쉬며 일어났던 일을 설명했다. 전투 분과 요원들은 환상에 사로잡혀서 눈먼 병사들처럼 서로를 향해 총을 쏘아 댔다. 다행히도 소브컴의 총에는 아군을 향한 오인 사격을 방지하기 위한 식별 장치가 있기 때문에 직접 맞은 사람은 없었지만, 유탄에 맞은 부상자가 두 명 나왔다고 했다. 그가 담배를 꼬나물고 레비를 비뚜름하게 쳐다봤다.

"너도 쐈지? 도대체 뭘 본 거야?"

"……."

"다들 말을 안 하니, 원. 이건 분명히 인위적으로 만든 환상이야. 아난다 돔에선 시뮬레이터 말고는 란츠만 적용이 힘들게 되어 있는데, 이놈들 무슨 수를 쓴 거야?"

"요즘 천사 환상사고가 다 이런 식이잖아. 판타소스 돔이든 아난다 돔이든 닉스 돔이든 가리지 않는 거."

"천사 환상사고와 여기 연관성을 확신하네."

"조사한 건 어떻게 됐어?"

"급습한 보람이 없어. 다른 시뮬레이션 센터들과 떨어져 있어서 주변 증언도 기대하기 어렵고, 사장은 지구에 있어서 사정 돌아가는 걸 하나도 모르더라고. CCTV 기록이며 회계 기록이며 하나 없이 직원들도 코빼기도 안 보이고, 무슨 일이 있었는지 아는 사람이 없어. 이만한 시뮬레이션 센터에 사람이라곤 쟤 하나 있더라니까."

"그럼 쟤가 용의자인가?"

레비의 턱짓에 쥬마르 요원이 이마를 찌푸렸다. '쟤가?' 하는 뜻이 명백한 표정이었지만 레비는 짐짓 무시하고 코토 요원과 소녀 근처로 갔다. 코토 요원은 소녀에게 진지하게 말하고 있었다.

"텅 빈 시뮬레이션 센터에서 갑자기 대형 환상사고가 일어났어. 우리 요원들 외에 여기 있었던 사람은 너뿐이고. 아무 상관도 없이 여기 남아 있진 않았을 거 아냐."

"그래서 내가 그걸 했을 거라고요?"

소녀는 눈을 동그랗게 뜨더니 곧 팔짱을 끼며 혀를 찼다.

"바보들."

감탄 반 넌더리 반이 뒤섞인 태연한 태도였다. 레비도 팔짱을 끼며 코토 요원 뒤에 기대섰다.

"그럼 넌 여기 왜 있었어?"

레비의 말에 소녀가 그를 쳐다봤다.

"난 천사를 찾아왔어요."

레비는 소녀를 내려다보았다. 소녀가 미간을 찡그리며 입술을 비죽 내밀었다. 그 모습이 굉장히 평범하고 정상적인 10대처럼 보여 그는 기분이 나빠졌다.

"천사는 왜 찾는 건데?"

"천사에게 물어볼 게 있어요."

"뭘 물어보려고? 사람한테 물어보면 안 되는 거야?"

"네."

소녀가 단호하게 대답했다.

레비는 잠시 망설였다. 코토 요원이 눈짓으로 그를 재촉했다. 쥬마르 요원도 가까이 다가와 있었다. 레비는 마른침을 삼키며 소녀를 다그쳤다.

"천사를 찾아 천국에 왔으면 기대하는 게 있었을 거 아냐."

레비는 천사 환상사고를 일으키고는 자신은 소버린의 사도가 될 자격을 얻었다고 자랑스러워하던 테러 용의자 소년을 떠올렸다.

"너도 소버린의 사도가 되고 싶었냐?"

소녀의 눈에 이채가 돌았다.

"날 그런 놈들이랑 비교하지 마세요. 그 자식들은 쓰레기들이에요. 자기 팔에 완장만 채울 수 있다면 어디든 덤벼들 거라고요."

"그래서 넌 다르다?"

"그럼요."

소녀가 몸을 쭉 펴며 앞으로 내밀었다.

"마야에는 신이 있어요."

"신?"

코토 요원과 쥬마르 요원의 얼굴이 일그러졌다. 농담이지?

"기적을 일으키고, 우리가 무얼 두려워하는지 알고 있어요. 그런 게 신이잖아요."

레비는 왜 팀장이 자신들을 천국 시뮬레이션 센터에 보냈는지 이제 확실히 알 것 같았다. 이 환상의 행성에서는 신이 있기에 기적과 천사가 있는 것이 아니라, 환상과 천사를 이용해 신을 만들어 낼 수 있었던 것이다. 이 하얀색 일색의 시뮬레이션 센터 건물은 신의 인큐베이터였다.

레비는 갑자기 피곤해 죽을 것 같은 기분이 되어 중얼거렸다.

"무엇을 두려워하는지 안다고?"

다들 알고 있었다. 다들 두려워하는 것은 비슷했다. 그것을 보여 준다고 어떤 미친놈은 잘도 신이 되었고, 그 소년도, 이 소녀도, 멀쩡해 보이는 어른들도 홀딱 넘어가 목숨을 버리고 범죄자 딱지를 달고 있는 것이다. 레비는 눈앞의 소녀에게 화를 내고 싶은 것인지, 이 사달을 만든 미친놈에게 화를 내고 싶은 것인지 알 수가 없었다. 자신 또한 아까 같은 환상을 자꾸 보여 줬다면 넘어갔으리라는 생각이 들자 허공에 주먹질을 해 대고 싶을 정도로 화가 났다.

"그래 봤자 신은 널 버리고 도망쳤잖아?"

"버렸다고요? 난 자원한 거예요."

"자원한다고 너 같은 어린애를 놔두고 갔다고? 무슨 신이 그래?"

"소버린께는 훨씬 더 중요한 소명이 있으니까요! 첸 박사님이 그랬어요. 소버린의 위대한 환상을 담은 꿈을 여기에 남겨 두면, 누군가 그 꿈을 꾸고 그걸 상상하면 소버린께 시간을 벌어 드릴 수 있다고! 당신들이 보기엔 내가 어릴지 모르지만 어린애한테도 강점이 있죠. 소버린의 상상을 따라 구현하는 건 당신들보다 내가 훨씬 나을걸요!"

그 상상을 구현하다 휘말린 사람들이 죽을 수도 있고, 실제로 부상자가 벌써 두 명이나 나왔다는 것은 이 소녀에게 아무 의미도 없는 일일 것이다. 레비는 소녀의 말이 그대로 팀장 보고 채널로 올라가는 것을 보면서 한숨을 쉬었다. 소녀는 새빨개진 얼굴로 확신에 차서 꼿꼿이 고개를 치켜들고 있었다.

"난 너 같은 꼬마가 지긋지긋해."

레비가 말했다.

"딱 너같이 말하는 꼬마 놈과 오랫동안 같이 있었던 적이 있었지."

"걔도 안됐네요."

"딱 하나 불쌍한 면이 있긴 했어. 죽었거든."

"……."

"놈은 자기보다 세 살 어린 여자애를 꾀어서 드림 매춘을 시켰어. 이상한 게 말이야, 잡아다 놓으면 그런 쓰레기 놈들이 제일 억울한 표정이란 거야. 난 참 이해가 안 돼."

"난 그런 쓰레기가 아니에요."

"아니긴. 너도 데려다 놓으면 딱 그 억울해 죽겠다는 표정일걸?"

레비는 울컥해하는 소녀를 내버려두고 돌아섰다. 쥬마르 요원이 그의 어깨에 손을 얹었다.

"팀장이 얘 데리고 당장 날아오래."

"아아."

쥬마르 요원이 덧붙였다.

"그리고 누구 하나 남아서 이 녀석이 꿨던 힙노스를 확인하라는데."

눈치를 보던 코토 요원이 말했다.

"그건 내가 할게."

"아니야."

레비가 소녀를 흘깃 보고 말했다.

"내가 하지."

* * *

야신은 어떻게 된 일이냐고 묻는 회색곰과 테무친의 드림 컬렉터들에게 운이 좋았다고 둘러대고는 한숨을 돌렸다. 그는 도망치는 천사를 잡아 원래 모습으로 돌려놓은 뒤 전후 사정을 캐묻고, 그녀가 카이야와는 아무 관련도 없이 최근의 천사 열풍에 휩쓸렸다는 것까지 알아내느라 다리가 풀릴 지경이었다. 그 와중에 긴급 브리핑을 끝낸 아데마는 우박을 동반한 폭풍 같은 메시지를 연속으로 날려 왔다. 모든 메시지들이 암담한 것뿐으로, 카이야가 마야의 신이자 교주를 향해 장전 완료된 상태라는 것이 점점 더 명확해지는 내용이었다.

천국 시뮬레이션 센터에서 카이야 레만의 신도로 추정되는 여자애와 개가 꿨던 힙노스를 발견했다는 아데마의 메시지에 야신은 또다시 소브컴의 에어카를 탔다. 6인승 에어카의 맨 뒷좌석에는 아데마가 기다리고 있었다.

"어때?"

소녀가 꿨다던 힙노스의 스누핑 버전을 보여 주고 나서 아데마가 물었다. 야신은 생수병을 한 병 받아 그 자리에서 다 마셨다.

"과격하고, 낭만적이고, 아드레날린과 죄책감의 비율 조합이 종교적일 정도야. 목표 부과를 사명으로 포장하는 방식도 적절하고."

"잘 만들었지? 카이야 레만 그놈은 힙노스를 활용하는 방법을 본능적으로 잘 알고 있어. 놈이 란츠만 호응도 높은 꿈으로 이런 걸 유포하니 사람들이 넘어갈밖에."

야신이 이마를 긁었다.

"그 여자애가 카이야의 꿈을 꾸고 그대로 상상으로 구현해서 소브컴 요원들이 물먹었다고 그랬나?"

"그랬지. 그 상상에 쓰인 힙노스를 찾아야 빼도 박도 못하게 증거자료로 제출하는데."

"그럼 이건?"

"처음 감화된 꿈. 지난번 운석 환상을 일으킨 애도 이 꿈으로 카이야 레만의 신도가 됐더군."

"걘 왜 거기에 남아 있었지?"

"말했잖아. 카이야 레만의 열성 신도인데 놈에게 시간을 벌어 주기 위해……."

"아니 아니, 그게 아니라……."

야신이 손을 저었다.

"⋯⋯왜 천국 시뮬레이션 센터에 있었느냐는 거야. 천국 시 뮬레이션 센터로 오라는 꿈을 꾼 것도 아니면서. 애초에 우리 가 천국 시뮬레이션 센터를 놈의 근거지로 본 것도 카이야 레 만의 다른 유포용 꿈들에서 그 명칭이 나왔기 때문이었잖아."

"방금 건 최근 버전이야. 그 여자애는 초기에 똑같은 꿈을 천국 시뮬레이션 센터로 오라는 구 버전으로 꾸었다더군."

야신은 이제야 알겠다는 듯이 고개를 끄덕였다.

"최신판으로 업데이트해 준 거라 이거지. 히트 상품이었군."

"그래. 그 꿈에 많은 이들이 걸려들었던 것 같아."

"왜 그렇게 미친 듯이 천사가 나타났는지 이제 알겠어. 놈이 깔아 둔 꿈 중에 그게 제일 잘 퍼져 나갔던 거야."

아데마가 음울하게 응수했다.

"다른 게 제일 잘 퍼져 나갔더라면 환상사고도 훨씬 덜 골치 아팠을 텐데."

"내가 봤던 꿈 중 하나는 용이었어. 그게 퍼졌어도 만만치 않았을걸."

"그래도 천사가 제일 잘나갔을 것 같긴 하군."

야신도 고개를 끄덕였다.

"위험해. 놈은 지금까진 천국 시뮬레이션 센터로 오라고 해 서 방문자를 직접 감화시키는 수법을 썼을 거야. 그런데 이제 는 아무 시뮬레이션 센터에나 일단 가라고 한단 말이지."

카이야의 꿈에 걸려든 사람들이 시뮬레이션 센터에 방문하면 다시 카이야의 꿈으로 중독시켜서 조종하려는 생각이리라. 이 계획이 유효하려면 카이야의 꿈에 중독된 사람들에게 다시 카이야의 꿈을 보내 주는 프로그램의 존재가 필수적이었다.

"아마 첸 타이샨이 매칭 프로그램을 카이야 꿈 전파기로 완전히 뜯어고친 거겠지. 귀찮은 짓을 저질러 놨군. 이게 제대로 구동만 된다면 카이야는 이제 손 하나 까딱 않고 신도들을 계속 공급받는 거야."

아데마가 말했다.

"매칭 프로그램 구동은 중지시켰어."

"······램스필드 쪽에서 가만히 안 있었을 텐데?"

"펄쩍 뛰더군. 처음엔. 이런저런 대화를 좀 나눴더니 협조적으로 변했지만 말이야. 카이야 레만을 아주 씹어 먹고 싶어 하던데."

"남의 장사 수단을 가지고 신도를 모았으니 그럴 만도 하지. 첸이······."

"첸 타이샨은 실종됐잖아."

야신은 잠시 아무 말도 못 했다. 아데마가 말했다.

"램스필드에선 쉬쉬하고 있지만 자살 폭탄 테러로 사망 추정 실종 상태야. 폭탄 테러 용의자는 카이야 레만 광신도로 추정 중이고."

"카이야 레만이 이제 쓸모없어진 책사를 처리한 건가?"

"확실히는 알 수 없지만. 카이야 레만의 램스필드 비밀 실험체 전력을 흘렸더니 램스필드 쪽에선 바로 시뮬레이션 센터들에 공문 돌리고 매칭 프로그램 정지 및 수거에 들어가던데? 여차하면 첸 타이샨이 벌인 일도 내세우려고 했는데 말이야."

"그럼 적어도 당분간은 카이야 레만한테 새 신도가 유입되진 않는다는 거로군."

야신은 좌석에 몸을 딱 붙이고 아데마를 쳐다보며 양손을 깍지 끼었다.

"놈을 체포할 거야?"

"그러고 싶지만⋯⋯."

아데마가 흘깃 야신을 보고는 에어카 아래의 도심지를 내려다봤다.

"⋯⋯먼저 카이야 레만이 엉터리 교주라는 것을 증명해야겠지."

"어떻게 증명할 건데? 이제 카이야와 전혀 관계없는 사람도 천사를 불러내서 환상사고를 일으키더군. 그래 놓고 자기는 이제 집에 가도 되냐고 묻더라고. 카이야의 작전이 얼마나 사람들에게 잘 먹힐지 딱 보이지 않아?"

마야에서 카이야가 벌인 일은 단순한 교주 이상이었다.

카이야 레만은 오랫동안 공을 들여 꿈을 배포해서 사람들을 포섭했고, 그들에게 환상과 꿈을 공급함으로써 자신의 신도로 만들었다. 천사를 부활시키라는 감정적이고 종교적인 목표를 꿈으로 주면서, 동시에 환상사고로 충성과 능력을 입증하면 사도가 되어 교단 내에서 지위가 높아지는 현실적인 목표와 보상도 주었다. 이 이중 목표를 달성하려는 신도들로 하여금 환상으로 마야를 들쑤시게 만들었고, 신도가 아닌 사람들까지 마야에 뭔가 대단한 존재가 숨어 있다고 여기게 했던 것이다. 신도가 아닌 사람까지도 은연중에 카이야가 이끄는 종교와 환상에 영향 받도록.

게다가 내세운 이름도 걸작 아닌가. 소버린. 소브컴 소속이 아닌 이상 누구든 한 번쯤은 생각을 해 볼 것이다. 정말 소버린이 있는 걸까? 있나 봐. 있으니까 이러겠지. 소버린이 누구지? 카이야는 자기가 소버린으로 등극하기 위해 단계를 차근차근 밟아 놓은 상태였다.

카이야 레만 혼자였다면 절대 생각해 내지 못했을 치밀한 계획이었고, 첸 타이샨 혼자였다면 절대 실행에 옮기지 못했을 어마어마한 상상력과 대담한 욕망의 결과물이었다.

"놈의 상상을 끊어야지."

본질적이고 궁극적인 해결책이었다. 언젠가 할 것처럼 말하지 않았다면, 바로 실행할 것처럼 말했다면 더 믿음직하게 들렸을 것이다. 야신은 아데마를 쳐다보며 쓴입을 다셨다.

"새 방해 전파 시스템은 어떻게 되어 가는 거야?"

"연구팀과 개발부에서 최선을 다하고 있어."

"금발망령 이후부터였나?"

"그래."

늦은 대처는 아니었다.

"근데 놈이 더 빨랐다?"

"무서울 정도로. 이걸 봐 봐."

아데마가 영상을 띄웠다. 몸을 꼿꼿이 세운 10대 여자애의 상반신이 떠올랐다. 천국 시뮬레이션 센터에서 잡아 왔다는 신도의 심문 영상이었다.

'카이야 레만은 어디로 갔지?'

'그게 누구예요?'

'너희 교주 이름도 몰라? 하긴 그러니까 버리는 근거지에 너만 남겨 두고 갔겠지.'

'유치한 이간질하지 마요. 그분은 더 중요한 사명을 위해 가셨어요.'

'그러니까 그 중요한 사명이 뭐냐니까. 환상으로 사람들 현혹시켜서 우왕좌왕 사고 나게 만드는 거?'

'마야를 구원하실 거예요. 태양계의 사람들이 다 볼걸요. 진실한 것을 알아보는 눈과 귀는 다 볼 거예요.'

'너희가 없으면 마야가 훨씬 더 평화로울 거라는 생각 안 해 봤니?'

'이런 평화는 가짜예요. 좀 더 뒤집혀야 해요. 소버린께서 말씀하셨어요. 지금의 마야를 꿈의 행성이라 하지만 이건 그냥 꿈을 꾸고 환상을 겪을 수 있는 현실의 유흥 행성일 뿐이라고요. 마야는 더 특별한 곳이 될 수 있어요. 변화를 바라지 않고 진실한 것을 알아보지 못하는 자들의 우는소리에 하나하나 귀 기울이다간 늦어요.'

'뭐가 늦는다는 거야? 마야를 구원한다고? 그러니까 마야를 너희 교단의 제물로 삼겠다는 얘기잖아.'

'제물이요? 아니에요. 성지가 될 거예요. 신이 되실 거라니까요.'

아데마가 영상을 껐다.

"놈은 마지막 쇼를 준비하고 있어."

소버린이 할 수 있을 거라는 사람들의 상상을 원동력 삼아 카이야는 재난을 연출할 것이고, 극적으로 나타나 소버린이라 자처할 것이다. 아데마와 야신 둘 다 입 밖에 내진 않았지만 똑같이 생각하고 있었다.

놈을 막아야 해.

"나타나는 순간 체포할 거야."

아데마가 각오를 다지듯이 말했다.

"엉터리 교주라는 걸 증명한다며?"

"시간이 없어. 놈이 상상을 못 하도록 해야 돼. 적어도 더 강력한 전파 방해 시스템을 완성할 때까지만이라도⋯⋯."

"그런 뒤에 놈의 환상을 만인 앞에서 부숴 주겠다? 과연 그러도록 놈이나 신도들이 가만히 있을까?"

"지금으로선 그게 최선이야. 소브컴을 다 동원해서 막으면 놈의 교주 행세도 끝이 날 거야."

"카이야 세력 대 소브컴의 전쟁이라도 벌이겠다는 말이야?"

"필요하면 전면전도 불사해야지."

"와우."

야신은 감탄사를 내뱉으며 무표정하게 아데마를 쳐다봤다.

"사람들은 그걸 소버린 대 소브컴 싸움으로 볼걸. 너희가 아무리 소버린은 마야 안전 프로그램일 뿐이고 너희가 그걸 운영하는 치안 요원들이라고 해도, 사람들은 별로 귀담아듣지 않을 거라고. 반면에 카이야가 너희를 소버린을 내친 인정 없는 반란 집단으로 몰아붙이면 신 나서 소문을 퍼뜨리겠지. 그쪽 얘기는 재밌거든."

그뿐인가? 놈은 자기가 핍박받는 순교자인 척할 수도 있다. 놈은 사람들에게 굉장한 꿈과 환상과 기적을 보여 줬고 계속 보여 줄 수 있지 않은가. 또한 자신은 소버린의 소명이 있음을 깨달은 살아 있는 신인데, 기존의 가치를 수호하는 꽉 막힌 집단 소브컴의 핍박을 받는다는 식으로 새로운 신화를 쓰는 것도 얼마든지 가능했다. 그 신화를 만드는 와중에 전능한 이미지를 얻을 수도 있고.

야신의 이야기를 들을수록 아데마의 얼굴에는 그늘이 짙어졌지만 이마와 입매에 진 주름은 여전히 고집스러웠다.

"불리하더라도 위험할 때 결단을 내리고 나서는 게 우리들이 할 일이지."

"치안 공무원이면 공무원답게 관료주의적으로 굴라고. 소브컴이 밀리면 마야는 바로 끝이야. 카이야 레만이 왕좌에 앉은 환상의 왕국이 되겠지."

아데마가 갑자기 씩 웃었다.

"우리 소브컴을 우습게보지 마."

야신이 한숨을 쉬며 어깨를 으쓱했다.

"소브컴을 우습게보는 드림 컬렉터도 있나?"

"소브컴은 별별 환상과 사건들을 다 겪어 왔어. 소버린 사칭하는 사기꾼한테 밀릴 만큼 약하지 않아."

아데마는 더 말하지 않았지만 그의 눈은 야신에게 묻고 있었다. 아니면 달리 방법이 있어?

야신은 주머니에 손을 넣어 담뱃갑을 꽉 쥐었다. 허리춤에 매달린 합금 담뱃갑이 유난히 큰 소리를 내며 덜걱거렸다.

달리 방법이 있느냐고?

아주 없지는 않았다.

* * *

"어떻게 한 거야?"

작업실 앞 복도에는 익숙한 사람이 야신을 기다리고 있었다. 그가 멈칫할 사이도 없이, 타소는 시야에 야신이 들어오자마자 다짜고짜 물어 왔다. 운이 좋았다고 둘러댈 때 그녀가 조용하기에 이대로 넘어가나 싶었는데, 어림도 없는 생각이었다.

"별거 아니야."

"별거 아니라고? 테무친 안의 드림 컬렉터들이 다 휩쓸린 환상을 한순간에 깨운 게?"

"그 정도 환상이 뭐라고. 카이야 레만은……."

말을 잇던 야신이 뚝 멈췄다. 타소가 채근했다.

"카이야 레만이 뭘?"

"놈의 환상과 비교하면 약했다고."

"카이야 레만한테도 그걸 쓴 적 있다는 거네?"

야신은 백기를 들었다.

"일단 들어와. 들어와서 얘기하자고."

"내가 들어가도 괜찮겠어?"

"안 될 거 있나?"

"지금 할 일 있어서 온 거잖아. 서두르는 것 같은데."

야신은 허를 찔린 사람답게 움찔하며 현관문을 향해 돌아섰다. 지문 인식, 음성 인식, 홍채 인식의 3단계를 거치는 동안 타소가 뒤에서 말했다.

"넌 진짜 급하면 발소리를 죽이더라."

"무슨 첩보 영화 같은 소리야?"

"가끔 그런 소리 듣잖아. 눈이나 뇌에 칩 박아 놓은 것 같다고. 나도 아까는 그런 생각 들었어."

삑.

작은 신호음과 함께 문이 열리고 현관 센서등이 켜졌다. 야신은 타소를 작업실 안으로 밀어 넣었다.

"원리를 알면 간단한 거야."

"그런 건 처음 봤어."

"상용화된 건 아니니까. 마야 관광청은 란츠만을 제거해서 영구한 안전망을 만들어 놓은 것처럼 선전하고 있지만 아니거든. 제거하는 방법은 아무도 발견 못 했어. 그런 식이면 판타소스나 아난다, 모피어스 같은 미묘한 돔들을 운영하는 것도 힘들고. 사실 마야는 란츠만과 코어의 반응을 방해하는 방식으로 조절하고 유지되고 있는 것에 가까워. 내가 아까 쓴 건 그걸 응용해서 개인용으로 만든 거고."

작업용 컴퓨터를 켜면서 계속 이어지는 야신의 설명에 타소가 진저리 치듯 머리를 흔들었다.

"좀 더 간단하게 말할 수 없어?"

야신이 어깨를 으쓱했다. 타소는 손을 겨드랑이 사이에 끼우고 야신을 올려다봤다.

"의뢰인한테 어떤 미친놈이 꿈에 세뇌 메시지를 넣었다고 했다며? 그 사람 딸은 거기 따라간 거고."

"······."

"그 미친놈이 누군지는 얘기 안 했다면서?"

"뭐, 그랬지."

"아까 테무친에서 네가 천사가 됐던 여자한테 몇 번이나 물었었잖아. 최근에 강렬한 힙노스 꾼 적 있느냐고."

타소의 파란 눈이 빛났다.

"둘 다 카이야 레만 얘기지? 카이야 레만이 자기의 강력한 꿈으로 사람들 조종하려고 하는 거지?"

"그런 미친놈이 카이야 레만 하나라는 법은 없지."

"둘일 리가 있어? 그런 꿈을 꾸는 미친놈이 또 있으면 드림 컬렉터들한테서 말이 나왔을 거야. 게다가 넌 오랫동안 카이야 레만을 찝찝해했잖아."

눈치가 귀신인데다 머리 회전도 괜찮은 중개업자는 좋은 영업 파트너다. 그렇지만 소브컴의 고문 노릇을 하면서 비밀 유지 각서에 사인을 한 입장에서는 그런 장점들이 좋게 보이지만은 않았다. 야신은 침묵했다. 타소가 팔짱 낀 손을 풀어 허리에 얹으면서 비난하듯 야신을 쳐다봤다.

"가끔 환상사고를 보기도 했잖아. 왜 가만히 있었어?"

"내가 작동시킨 건 개발 중인 개인용이야. 최대출력으로 해도 반경 10미터 정도고, 효과나 성공률도 보장할 수 없어."

"하지만 효과는 충분해 보이던데."

야신이 코를 긁으며 어깨를 으쓱했다.

"거의 완성형이긴 하지. 그렇지만 환상사고가 생길 때마다 작동시켰다가 소브컴에 끌려갈 수는 없잖아."

"그럼 지금은?"

타소가 집요하게 물었다. 야신은 실험 모듈을 세팅하면서 지금까지의 일들과 앞으로 벌어질 일을 떠올리지 않으려고 애썼다. 램스필드를 관둔 뒤 혼자서 란츠만 방어 장치를 만들기 시작할 때 이런 일을 예상했던 것은 아니었다. 힙노스에 대해 책임감을 느껴서 마야에 머물렀던 것은 더더욱 아니었다. 야신은 생각했다. 영웅놀이는 질색인데. 그런 비장한 옷은 아데마 같은 놈들에게 훨씬 더 잘 어울렸다.

"네가 그랬었지. 옛날 일이 다시 돌아오는 때가 있다고."

타소는 뭔가 더 말하려다 입을 다물었다. 그녀가 제레미와 유진 사건 때 그렇게 말하며 도움을 청했을 때 야신은 더 묻지 않고 도와주었다. 더는 말을 않고 가만히 쳐다보는 타소 앞에서 그는 늘 차고 다니는 합금 담뱃갑을 열어 제일 오른쪽 구석

자리의 담배를 빼냈다. 그리고 필터처럼 보이는 뚜껑을 열었다.

"그게 뭐야?"

"란츠만 정제물."

"우리 사이에 이런 거 물어보기엔 좀 늦은 감이 있긴 한데……."

타소가 긴 앞머리를 쓸어 올렸다.

"……도대체 예전엔 뭐했어?"

야신이 대꾸했다.

"월급쟁이 과학자였지."

"다이내믹하네."

타소가 믿을 수 없다는 얼굴을 했다.

"과학자에서 드림 컬렉터, 그리고 이제는 마야를 구하는 영웅이 되는 거야?"

소브컴에 이 장비를 넘길 수도 있을 것이다. 야신은 아데마가 카이야 레만을 상대로 놈의 환상을 무력화시키는 광경을 상상해 봤다. 여러모로 정치적인 장면이었다. 어느 쪽에서 그 장면을 자신들의 구미에 맞춰 적절하게 써먹을지 알 수 없는 노릇이다. 심지어 이용하는 자들도 최종 승자가 누구일지 모르고, 자신들이 그 위치를 차지할 것이라고 믿겠지. 만드는 사람은 뒷일까지 알 수 없고 알 필요도 없다. 하지만 야신은 그런 일을 더 겪을 마음이 조금도 없었다.

"카이야 레만은 어디에 있을까?"

야신의 중얼거림에 타소가 '나한테 묻는 거야?' 하는 표정으로 한쪽 어깨를 으쓱했다.

"놈의 추종자는 놈이 하는 일을 태양계의 사람들이 다 볼 거라고 말했어."

"그건 그냥 광신도다운 망상 아니야?"

"아니면 방송 쪽과 연이 닿았거나. 놈은 교주가 되고 모습을 감췄어. 근거지에는 시간을 벌 광신도를 남겨 두고."

"왜?"

"쇼를 벌이려는 거지. 한 방 크게 터뜨릴 쇼를."

"뭐하러? 이미 교주가 되었다며? 광신도들도 생겼다며?"

"그것으로는 만족 못 하는 거겠지."

"그럼 카이야 레만이 진짜 원하는 게 뭔데?"

놈은 떠받들릴 수 있다면 무슨 짓이라도 할 인간이었다. 놈은 잘 팔리는 꿈의 원작자에 만족하지 못했다. 래빗홀의 에이스 상상 도우미, 막대한 보상금으로 이룰 수 있는 안온한 삶, 심지어 신생 사이비 종교의 교주 노릇에도 만족하지 못하고 있었다. 제일 높은 자리와 더 많은 사람의 칭송을 원했다.

"소버린."

"뭐?"

"소버린이 되고 싶어 한다고."

띵.

기계음이 동작 완료를 알렸다.

띵띵.

놈은 마야를 인질로 잡고 신이 되려고 하고 있었다.

띵띵띵.

야신은 담뱃갑을 주워 들고 일어섰다.

"꼭 가야 돼?"

타소가 소리쳤지만 그는 못 들은 것처럼 거리로 나왔다. 어디로 가야 할까? 소브컴 본청? 콴 우주공항? 웨이 콴 기념광장? 주목을 받고 상징성이 있으면서 많은 사람들을 모을 만한 공간은 의외로 많지 않았다. 마야처럼 빈틈없이 건물이 들어선 곳이라면 더 말할 것도 없다.

미친 듯이 바람이 불었다. 공중을 철새 떼처럼 메우며 에어카들이 바쁘게 날았다. 소브컴이 움직인다. 드림 컬렉터들은 서로서로 소브컴이 어디 나타났는지 알려 주며 숨기 바빴다. 콴 우주공항, 웨이 콴 기념광장, 인두발호텔……. 콴 우주공항 궤도 엘리베이터 입구는 근처에서 시위가 벌어지고 있어 소브컴과 대치 직전이라고 했다.

야신이 생각한 바로 그 장소들에 소브컴 또한 모여들고 있었다. 야신은 무인택시를 잡았다. 친절한 기계 음성이 물었다.

— 어디로 모실까요?

"인두발호텔로."

콴 우주공항까지 올라가진 않았을 것이다. 우주공항 근처에까지 올라가면 란츠만이 없으니까. 우주공항으로 올라가는 궤도 엘리베이터 입구는 소브컴 본청과 지척인데다 소브컴 요원들이 가장 많이 포진해 있고.

인두발호텔로 향하는 거리에는 종말 코스튬을 한 래빗홀 바람잡이들이 관광객들을 상대로 좀비 흉내를 내고 있었다. 예수와 붓다를 반씩 섞어 놓은 것 같은 코스튬을 한 작자는 목에 '소버린'이라는 표찰을 걸고 동냥인지 퍼포먼스에 대한 대가인지 모를 돈을 구걸 중이었는데 광대뼈에 보라색 멍이 선명했다. 우주 자유주의 연맹이라는 괴상할 정도로 거창한 홀로그램 피켓을 든 인간들은 서로 어깨동무를 하고 괴성을 질러 댔다.

뭔가 크게 잘못 생각한 건 아닐까? 야신은 멍청해진 기분으로 차창 밖의 진풍경들을 쳐다보았다. 사람은 언제나 바보짓과 미친 짓을 할 준비가 되어 있고, 마야는 태양계에서 가장 끝내주게 그 짓들을 할 수 있는 곳이 아닌가. 카이야 레만이 소버린 노릇을 하든 말든, 대개의 사람들은 소버린을 농담거리 삼으면서 각자 나름의 방식대로 마야에서 잘 지내지 않을까?

그 순간 굉음과 함께 유리 파편이 야신의 등으로 쏟아졌다. 그는 반사적으로 숙였던 머리를 들지 못하고 눈을 깜박였다.

— 소버린께서 오신다!

기계음 같은 목소리가 크게 울렸다. 야신은 천천히 뒤통수로 오른손을 올렸다. 식은땀과 피가 섞여 미끈거렸다. 그 미끈거리는 감촉이 느껴질수록, 머릿속 어딘가가 건조해지고 얼어붙었다.

이미 시작되었다.

뻥 뚫린 뒷유리 너머로 보이는 광경은 아수라장이었다. 무인택시가 힘겨운 소리를 내다 멈춰 섰다. 야신은 차에서 내렸다. 인두발호텔이 몇백 미터 앞에 보였다. 소브컴 에어카 여러

대가 호텔 앞 홀로그램 광장 앞에 모여 꾸역꾸역 요원들을 쏟아 냈다. 그들 위로 천사가 나타났고, 낙뢰와 광풍이 함께 그들을 집어삼켰다. 갑자기 어두컴컴해진 하늘에서 눈이 내렸다.

빠아아앙!

엄청난 경적을 울리며 차가 지나갔다. 엄청나게 큰 소리에 고개를 돌리는데 공중에서 뭔가 날고 있었다.

눈 뭉치였다.

하늘로 솟구친 눈 뭉치는 다른 눈들처럼 땅으로 다시 떨어졌다. 땅으로, 땅으로, 남색 누비 코트를 입은 사람의 몸 위로.

"어이……."

타소가 쓰러져 있었다.

"여기서 뭐해? 야, 타소 헐레인!"

마치 중력이 사라진 것처럼 타소를 향해 걷고 있는 다리에 감각이 없었다. 야신은 멍하니 쓰러진 타소에게 다가갔다.

"그대로 엎드려요! 움직이지 말고!"

누군가의 째지는 외침이 들렸다.

"이게 무슨 일이야? 누가 저런 거야?"

재스퍼가 소리쳤고, 오닐이 달려와 야신을 엎어뜨렸다. 타소는 여전히 움직이지 않았다. 가슴과 배가 차가웠다. 냉기가 온몸으로 퍼져 갔다. 거세지는 눈발이 뺨을 때리는 건 느껴지는데 뒤통수에 와 닿는 오닐의 숨소리도, 누르는 무게도 느낄 수 없었다.

잠깐이었다. 정말 순식간에 타소가 눈 위에 엎어져 있었다.

"별일 아닐 거야. 그렇지?"

재스퍼가 소리쳤다. 그랬으면 좋겠다고 야신 또한 뇌까렸다. 1분 전으로만 돌아가도 모든 건 달라질 터였다. 타소가 입은 남색 누비 코트가 보라색이 되지 않았던, 카이야가 타소를 공격한 무언가를 보기 전으로.

눈이, 눈이 내리고 있었다. 제기랄. 빌어먹을. 눈은 내릴 수 있었다. 눈은 내려도 괜찮았다. 흰 눈 위에 흩뿌려지는 피, 눈을 녹이며 고이는 피 같은 건 영화 속에나 있는 게 맞았다. 계속 그렇게 알고 있어도 괜찮았을 텐데. 그럴 수 있었을 텐데. 왜 이런 일이 일어나는 걸까? 왜 눈은 이렇게 빌어먹게 많이 쏟아지고, 왜 타소는 꼼짝도 하지 않는 걸까?

"제기랄, 누구든 말 좀 해 봐!"

"도대체 이게 무슨 일이야? 왜 타소가……."

"조용히 해요!"

카이야가 윽박질렀다. 야신은 그제야 타소에게서 눈을 뗐다. 카이야가 절룩이며 차도로 뛰어들었다.

"이봐, 뭐하는 거야?"

오닐이 소리쳤다. 야신은 일어섰다. 카이야의 움직임에는 거침이 없었다. 순식간에 택시 한 대를 막아선 카이야가 그들을 향해 소리쳤다.

"빨리 태워요!"

야신은 타소를 둘러메고 택시를 향해 뛰었다. 들썩일 때마다 피비린내가 물씬 풍겼지만 어쩔 도리가 없었다. 피 냄새 나는 그녀를 등에 둘러메자, 그는 세상에서 가장 무력한 짐승이 된 기분에 휩싸였다. 아무것도 못 지키는……, 아무것도 할 수 없는. 야신은 미친 듯이 고개를 흔들며 소리쳤다.

"제일 가까운 병원! 따블로 준다고 해!"

재스퍼와 오닐이 뛰어들며 다음 차로 쫓아오겠다고 외쳤다. 카이야가 조수석에 앉아 잇새로 신음을 흘렸다.

"저 때문이에요."

"나 때문이야. 내가 혼자 왔어야 했는데."

야신은 타소의 창백한 얼굴을 보며 말했다. 가슴이 무거운 와중에도 뭔가 어긋난 기분이 들었다. 자신은 혼자 오지 않았던가?

"저 때문입니다. 제가 소브컴에 쫓기지만 않았어도 이런 일은 없었을 거예요."

"쫓길 짓을 했잖아."

무심코 감정적인 말을 내뱉은 야신이 타소에게 다시 고개를 숙였다. 피를 많이 흘렸기 때문일까, 그녀의 얼굴이 조금 달라 보였다.

"모함입니다. 애초에 절 소버린으로 만든 게 소브컴이라고요. 전 비밀 실험인 줄도 모르고 자원한 죄밖에 없어요."

"비밀 실험?"

"네, 램스필드와 소브컴이 합작했던 비밀 실험이요. 둘 다마야를 더 안정화시킬 방법을 찾고 있었죠. 많은 사람들이 소버린이라는 허울 좋은 이름의 마야 운영체제의 실험 대상이 됐습니다. 그나마 저는 성공작이었지만……, 소버린 실험을 통과한 이들도 과도한 업무 스트레스로 죄다 돌연사했어요."

"……."

"살고 싶습니다. 노예 소버린이 아니라 자유인으로요. 또다시 소브컴에 잡힐 수는 없어요."

카이야의 흐느끼는 목소리는 야신의 감정을 주의 깊게 두드리고 있었다. 이게 너와 관계없는 이야기일까? 넌 죄책감을 느껴야 해. 나를 불쌍히 여겨. 야신은 불편한 감정을 느끼며 카이야의 뒷모습을 보다가 빈 운전석을 쳐다보았다.

무인택시였다.

운전석이 빈 것은 당연했다. 마야의 모든 택시는 무인택시였으니까. 그럼 자신은 누구더러 따블이니 뭐니 하는 말을 했던 것일까?

야신은 꿈에서 멀어지며 느낄 법한 거리감을 느꼈다. 타소가 피를 흘리며 쓰러졌을 때의 무력감. 자신답지 않았다. 그렇지만 그건 그럴 수 있다 치더라도……, 자신이 이렇게 바로 비탄에 젖을 만한 사람이던가? 말하는 당사자 외에 아무 증거도 없는 출처가 불분명한 이야기에?

내용 또한 경계심이 일었다. 트램을 제외한 모든 운송 수단이 무인 시스템으로 돌아가는 마야에, 왜 사람 제물이 필요하단 말인가? 즉각적인 감정에 호소하는 음모론적인 이야기 속에 숨은 아주 약간의 진실이……. 야신은 자신도 모르게 불편한 다리를 움직였다. 허벅지에 놓인 타소의 머리가 흔들렸다.

타소의 얼굴이 줄리와 지나치게 비슷하게 보였다.

"타소가 훨씬 미인이지."

"무슨 소리예요?"

"줄리보다 말이야."

순간 택시가 흔들렸다. 카이야는 대답 없이 앞만 노려보고 있었다. 야신은 카이야가 자기도 모르게 화를 내는 것을 알아챘다. 반사적으로 나오는 감정이었다. 그가 조용히 말했다.

"차폐막, 최대출력으로."

허벅지 위가 가벼워지며 사람의 체온이 사라졌다. 목덜미에 흘러 굳어 가던 피의 감촉과 뒤통수의 쓰라림도, 손을 잘못 대면 베일 것 같던 유리 파편들도 사라졌다. 차창 밖에 몰아치던 눈보라와 돌풍, 천사와 번개 대신 갑작스런 적막이 거리를 채웠다. 야신은 쓰러졌던 사람들이 황망해하는 눈으로 일어나 주위를 둘러보는 것을 보았다. 그리고 앞좌석을 향해 고개를 돌렸다.

앞좌석에 앉은 사람이 웃음과 한숨이 뒤섞인 소리를 흘리며 돌아봤다.

"치프 머릿속에 한번 들어가 보고 싶다니까요."

"첸."

짐작하고 있었지만 막상 얼굴을 확인하자 할 말이 없었다. 첸이 다시 야신에게 말했다.

"귀신이라도 본 얼굴이네요."

"실종 신고 된 상태라고 들었는데……."

"치프 반응을 보니 사망 추정 실종이겠네요."

"어떻게 된 겁니까?"

"제가 죽는 쪽이 그 여자에게 나았나 보죠."

"카이야 레만이 이제 당신한테 대역까지 하라고 했습니까?"

"저 말고도 대역은 많아요. 다들 영광으로 생각하죠. 13사도 안에 들어갈 수 있는 기회거든요. 13사도가 되면 영원히 꿈과 같은 생명이……."

야신이 날카롭게 말을 잘랐다.

"매칭 프로그램 정지 때문에 숙청당한 거군요. 그렇죠?"

"정말 치프 머릿속이 궁금하다니까요. 예전부터 꼭 한 번은 말씀드리고 싶었는데요, 그러면 사람들이 무서워해요."

"그딴 대우 받으려면 집어치워요. 줄리 하나로 충분하지 않습니까?"

첸은 야신의 눈을 들여다보며 딴소리를 했다.

"치프는 몰라요."

"모르는 건 당신입니다. 첸, 당신이 이제껏 무슨 일을 벌인 건지 압니까?"

"치프는 죽고 싶은 기분을 모르죠."

야신은 숨이 턱 막혀 왔다.

"씨발, 애처럼 징징거리지 맙시다. 그런 기분 모르는 사람이 어디 있다고? 뭐가 그렇게 문젭니까? 줄리 때문이에요?"

"줄리 문제가 아니에요. 아니야, 솔직히 말하죠. 그 여자도 문제예요. 그렇지만 치프……, 알겠어요? 인생이 문제라고요.

인생 자체가 우리를 고통스럽게 하는 거라고요. 우리가 얼마나 초라한지 알게 만들어요."

"다들 그런 감정 느끼면서 삽니다."

첸이 흐느끼는 소리를 냈다.

"다들 이렇게 미치기 직전의 팔짝 뛰는 기분으로 산다고요? 왜요?"

"……."

"왜 그래야 합니까? 우리는 여기 있는데, 뭣 때문에 반대로 하면 안 됩니까? 왜 환상을 이용해서 우리를 다시 속이면 안 되는데요?"

야신은 나약한 중독자처럼 말하는 첸 타이샨을 낯선 기분으로 바라보았다. 나약한 것은 죄가 아니다. 그렇지만 나약함이 속죄나 용서를 데려오는 패키지 상품은 아니지 않은가. 입을 다문 야신을 향해 첸이 호소하듯이 팔을 들어 올렸다.

"우리한테는 마야가 생겼잖아요. 이 꿈은 영원하다고. 우리는 여기서 행복하다고. 힙노스에선 얼마든지 속을 수 있잖아요."

"그리고 깨어나죠."

첸이 필사적으로 고개를 흔들었다.

"소버린은 말이죠, 우릴 계속 꿈속에 살게 해 줄 수 있다고요."

"자기가 깨기 싫다고 다른 사람들도 꿈속에 끌어들이는 추종자들과 함께 말입니까?"

첸은 야신을 쳐다보았다. 곧 죽을 사람을 쳐다보듯 꺼림칙

한 시선이었다. 야신은 긴장했다. 너무 몰아붙인 건가 싶었다.

"첸, 당신도 알고 있지 않습니까. 우리가 힙노스를 만들었잖아요. 아무리 카이야 레만 같은 돌연변이라 해도 영원한 꿈 같은 건 없어요."

"치프, 있어요."

"없습니다."

"있어요. 소버린은 진정한 마야인이에요."

진정한 마야인이라. 야신이 물었다.

"카이야 레만은 어디 있습니까?"

"저 위에 있죠."

첸이 말했다.

"신이란 게 그런 거잖아요. 어디에나 있으면서 어디에도 없는 것."

아까의 눈보라는 흔적도 없이 맑게 갠 허공을 가르며 소브컴의 에어카들이 날아왔다. 동시에 질주하던 무인택시가 멈춰섰다. 꼼짝 못하게 된 설치류를 노리는 맹금류처럼 에어카들이 무인택시의 머리 위를 몇 번 돌았다. 소브컴의 에어카와 다르게 생긴 에어카도 언뜻 보였다. 둘은 침묵하며 머리 위에서 펼쳐지는 곡예를 올려다봤다.

"치프가 몰라서 그래요."

첸이 갑자기 말했다.

"치프는 현실에서 초라해 보지 않아서 그런 걸 모르는 거예요. 다시는 그런 초라한 인간으로 살기 싫은 기분 같은 건 모르는 거라고요."

무인택시 앞좌석에서 할 수 있는 한 몸을 젖히고, 첸이 야신을 돌아보았다. 첸의 목소리는 더 이상 흔들리지 않았다. 그가 공모자처럼 씩 웃어 보였다.

"그래도 우리는 대단한 걸 깨웠잖아요?"

첸이 힘껏 야신을 밀었다. 꼼짝도 안 할 줄 알았던 택시 문이 덜컹 열리며 야신은 무방비하게 차 밖으로 굴러 떨어졌다.

쾅!

무시무시한 타격음 뒤로 차체가 찌그러지는 소리가 연달아 들렸다. 확 불꽃이 일었고, 다가오던 소브컴 요원들이 멀찍이 물러났다. 야신은 몸을 굴려 반쯤 일어서며 눈앞의 광경을 보았다.

무인택시 위로 에어카가 겹쳐진 채 불꽃에 휩싸여 있었다. 에어카에선 구급대원 옷을 입은 사람이 뛰어내렸다. 앰뷸런스 에어카. 저 앰뷸런스의 소속이 어디인지 야신은 알 것 같았다.

"으악!"

뛰어내리던 구급대원이 다리를 접질렸는지 비명을 질렀다. 정작 찌그러진 채 불에 타고 있는 무인택시 안에서는 비명은커녕 살려 달라는 소리도 들리지 않았다. 빌어먹을. 첸 타이샨이 저 안에 있다고 외치고 싶은 충동과 싸우면서 야신은 무릎을 펴고 일어섰다.

'저 위에 있죠.'

첸은 말했다.

'신이란 게 그런 거잖아요. 어디에나 있으면서 어디에도 없는 것.'

콰쾅!

연쇄 폭발음과 더 거세진 불길에 소브컴 요원들이 더 멀리 물러섰다. 야신은 차폐막을 끄고 소브컴 요원들이 없는 빈틈을 향해 뛰기 시작했다.

* * *

카이야 레만도 알아차렸을 것이다.

기적을 일으키고 집회를 할 만한 곳마다 소브컴이 쫙 깔려 있었다. 처음엔 철새처럼, 이제는 시체 쫓는 까마귀처럼 몇 대씩 몰려들었다 날아오르는 소브컴의 에어카를 봐도 알 수 있는 일이다. 무엇하러 준비된 적진에 뛰어들겠는가? 어차피 환상이 주 무기인 카이야 레만이었다. 첸 같은 가짜 카이야들을 내세워 소브컴이 우왕좌왕하는 동안, 진짜는 다른 사람인 양 틈을 노리며 기다리고 있을 수도 있었다.

저 위에 있고.

야신은 고개를 들었다.

어디에나 있으면서 어디에도 없는 것.

하늘을 가르며 위로 다니는 이동 수단, 모노레일이 시야에 잡혔다.

"소버린! 소버린!"

396

"우리를 구원해 주세요!"

모노레일을 타러 가는 길에는 소버린을 연호하는 추종자들이 가득했다. 군중 위를 빙글빙글 날아다니는 소브컴의 에어카가 너무 작아 보였다.

— 여러분은 행복해질 권리가 있습니다.

카이야 레만의 목소리가 곳곳에서 나오고 있었다. 야신은 모노레일을 기다리며 주위를 살폈다. 처음 들어와서 봤을 때보다 점점 더 얼빠진 얼굴의 사람들이 늘어났다. 아마도 교주 노릇에 푹 빠진 카이야 레만이 환상을 옷처럼 몸에 감고 다니고 있고……, 그런 카이야가 탄 모노레일이 가까워져 오고 있는 것이리라. 야신은 여러 대의 모노레일을 보내며 카이야가 타고 있을 차량을 기다렸다.

— 여러분, 이제 소버린이 약속합니다. 진정한 꿈의 세계를 복원할 것이라고.

마침내 역의 모든 사람들이 행복한 얼굴이 된 것을 보았을 때, 야신은 사람들을 제치며 객차로 향했다. 열차가 도착하며 사람들 사이로 몰아치는 바람조차도 여름 들판의 마른 풀과 꽃 위로 부는 것처럼 따뜻하고 향기가 났다.

— 여러분은 행복해질 권리가 있습니다.

듣고 싶은 말. 보고 싶은 환상. 넘실대는 에너지.

모노레일 차창 밖으로 찬란한 황금빛 햇빛이 쏟아졌다. 꿀빛 하늘 아래 웃는 얼굴의 사람들이 편안한 옷을 입고 눈인사를 나눈다. 약물 중독자의 환상 같은 세상이 저 아래 펼쳐지고 있었다. 혐오와 긴장 때문에 야신은 멀미라도 하는 것처럼 속이 메슥메슥했다.

그는 앞쪽 칸, 행복해하는 승객이 더 많은 칸을 향해 전진했다. 세 칸을 가로지르자 승객들은 행복하다 못해 표정이 풀어져 침을 흘릴 지경이었다.

야신은 가시를 세운 고슴도치처럼 그 칸도 지나쳤다. 이렇게 아드레날린 넘쳐 나는 일은 훈련받은 사람이 해야 하는 것 아니냐는 생각은 이미 수십 번도 더 했다. 뇌는 카페인 정제를 스무 알은 먹은 것처럼 각성 상태였고, 심장과 폐는 꽉 조여들며 수명이 줄어드는 느낌이 어떤 것인지 확실하게 알려 주었다.

"어이, 목구멍에서 손이 튀어나올 것 같아?"

우락부락한 대머리 덩치 하나가 야신의 어깨에 척 손을 얹으며 말했다. 다음 칸의 문을 열려던 야신은 대머리가 손을 올린 쪽 어깨에 통증을 느끼고 얼굴을 찌푸렸다. 어느새 야신의 주머니에 들어온 대머리의 털이 부숭부숭한 오른손이 가볍게 담뱃갑을 빼 갔다. 체인이 국수 가닥처럼 끊어졌다.

"이런 건 진짜배기 남자가 써야 하는 거라고."

야신은 투두둑 떨어지는 체인 조각들을 쳐다보며 생각을 모으려 했다. 이놈은 신도일까, 카이야의 환상일까? 카이야의 환상을 입고 설치는 신도일까, 아니면 혹시 카이야의 환상에 휩쓸린 일반 승객일까?

정신 차려. 자신은 차폐막 장치를 반경 1미터로 켜고 객차에 탔다. 환상과 관련된 놈이라면 그에게 손을 대는 순간 사라지거나 정신을 차렸어야 했다.

그러니까 놈은 실제 괴력의 소유자고 카이야의 계획을 방해할 것 같은 수상한 놈을 색출할 만큼 충성스런 신도일 것이다. 방심했다. 카이야 레만이라면 자기 환상만으로도 충분하다고 여길 줄 알았는데. 야신은 힐끔 대머리의 단단해 보이는 주먹을 쳐다봤다. 저 안에 란츠만 정제물이 얼마나 남아 있더라?

"뭐야, 총이 아니잖아?"

대머리가 손을 펴고 담뱃갑을 보더니 피식 웃으며 집어던졌다. 야신은 부러 담뱃갑을 외면한 채 입을 다물었다.

"뭔가 믿는 구석 있는 놈인가 했더니."

비웃는 말이 끝나기도 전에 대머리는 머리부터 바닥에 처박혔다.

야신이 엉겁결에 몸을 뒤로 물리는 사이에도 대머리는 등을 펴지 못하고 부들부들 떨었다. 묵직한 워커가 그의 등을 누르자 그제야 밭은 숨을 터뜨렸다.

"컥!"

워커를 신은 남자가 대머리를 깔고 앉아 수갑을 채웠다. 야신은 그사이 재빨리 합금 담뱃갑을 찾아 주워들었다.

"어, 어떤 새끼야⋯⋯."

침을 흘리고 있던 대머리가 버둥대기 시작한 것은 상황이 다 끝난 후였다. 담뱃갑을 바지 주머니에 넣은 야신이 남자에게 다가갔다.

"⋯⋯경찰입니까? 아니면 소브컴?"

남자는 고개를 저었다.

"일리야 노리친!"

대머리가 엎어진 채 남자를 향해 으르렁거렸다.

"배신자 새끼, 넌 이제 끝났어. 소버린의 왕국이 와도 네놈은 절대 구원받을 수 없다고!"

일리야 노리친이라 불린 남자가 대머리의 뒷목에 다시 오른손을 꽂아 넣었다. 파직. 스턴 건 소리와 함께 대머리가 다시 늘어졌다. 대머리의 다리를 끌고 문으로 간 일리야는 다음 역에서 문이 열리자마자 대머리를 밖으로 굴려 내보냈다. 괴력의 덩치가 그의 번개 같은 손놀림에 속수무책으로 당하는 것을 야신은 경계하며 지켜보았다.

"도와주셔서 감사합니다."

"감사하는 눈빛이 아닌데요."

일리야가 찌르듯 말했지만 야신도 물러서지 않았다.

"소버린과 아는 사이십니까?"

"소버린은 앞으로 세 칸 더 가면 계실 겁니다."

야신은 소버린에게 존칭을 쓰는 남자가 자신에게 왜 이런 사실을 알려 주는지 짐작할 수가 없었다. 대머리는 남자를 배신자라고 했다. 그렇지만 일리야는 소버린을 말할 때 애정을 담아 말하고 있었다. 불신의 시선으로 쳐다보는 야신을 향해 일리야가 덧붙였다.

"아까 본 가르 같은 놈은 더 없을 겁니다."

"당신이 치웠습니까?"

"예, 해치웠죠."

"왜요?"

일리야 노리친이 픽 웃었다. 김빠지는 것처럼 어색한 미소였다.

"당신들 똑똑한 사람들은 꼭 왜냐고 이유를 물어보죠. 사실 전 그게 그렇게 싫지는 않았습니다. 신기했죠. 이상하고. 그냥 그러니까 그러는 건데."

당신들 똑똑한 사람들? 야신은 무표정하게 눈썹을 치켜세웠다.

"그냥 그러는 게 있을 리 없는데. 괜히 똑똑하다는 소릴 듣는 게 아니었어요. 그래도 생긴 게 이러니 어쩔 수가 없습니다."

"……누구한테 하는 말입니까?"

"첸 박사님을 만나면 미안했다고 전해 주세요."

야신은 얼떨결에 침묵했다. 일리야 또한 대답을 기대하지 않았던 것처럼 입을 닫았다. 야신이 뚫어져라 쳐다보자 그는 야신에게 목례하면서 작게 말했다.

"그리고 부탁드립니다. 꼭 끝내 주세요."

"소버린에게는 전할 말 없습니까?"

예상 못 했을 질문이었을 텐데 일리야는 바로 입을 벌렸다.

"천국을……."

"예?"

"천국을 믿을 수 없었습니다. 소버린께서 말씀하시는 천국을. 그렇지만 구원은 믿었습니다. 소버린께서 제게 주신 거였으니까요."

일리야는 창밖의 마야를 쳐다보았다.

"하지만 저렇게 얻을 게 아니잖습니까. 천국이든 구원이든."

"저렇게라니, 뭘 말입니까?"

일리야는 당연한 것을 물어보느냐는 표정이었다. 그리고 곧 고개를 숙였다.

"남의 목숨으로……."

야신이 반문하려 했을 때 일리야는 이미 등을 돌리고 뒤쪽 칸으로 가고 있었다. 환상에 취한 승객들을 헤치고 걸어가는 뒷모습이 사라질 때까지 야신은 그 자리에 꼼짝도 않고 서서 지켜보았다.

카이야를 배신했다는 예전 추종자.

그는 첸을 알고 있었다. 그는 야신 또한 알고 있었고, 야신이 어떤 사람인지도 대략 알고 있었다. 마음먹었다면 야신을 제압하는 데 몇 초도 안 걸렸을 것이다. 야신은 냉정하게 생각했다. 자신을 죽이려고 한 것도 저런 사람이었을 것이라고. 첸 타이샨과 일리야 노리친. 자기 분야에서 발을 딛고 사는, 일견 멀쩡하고 능력 있어 보이는 사람들. 야신은 카이야가 교주 흉내를 내는 사기꾼이라고 생각했다. 환상에 취할 준비가 되어 있는 어린애들이나 패배자들이 카이야 레만을 믿을 거라 생각해 왔다.

그러나 그가 틀렸다. 야신은 객차 안의 사람들을 힐끗 쳐다 봤다. 많은 이들이 정말 행복하다는 듯 웃고 있었다. 한 남자의 머릿속에서 행복해하는 사람이 이렇게 많다는 것이 한편으론 놀랍고 한편으론 메스꺼웠다.

콰쾅!

다음 역으로 미끄러져 들어서는 순간 폭음과 함께 모노레일이 흔들렸고, 쾅 하는 소리와 함께 선로 위로 주저앉았다. 자기부상으로 선로 위에 떠 있게 만들어진 모노레일이 그대로 선로에 충돌하며 내려앉자 야신은 벽에 받히며 굴렀다.

"으……."

절로 신음이 새어 나왔다. 주위는 비명 소리 하나 없이 조용했다. 혼잣말과 웃음소리와 가끔 도박장에서 돈 딴 것 같은 환호성이 섞여 들려왔다. 그렇지만 그 소리들은 굉장히 작게 조금씩 들렸고, 생존자가 없는 사고 현장처럼 기이한 정적이 압도적이었다. 야신은 승객들이 멀쩡한 것을 보고 조금 충격을 받았다. 이만한 사고에도 승객들은 동요 없이 환상에 빠져 있는 것이다.

어떤 환상이기에?

대체 어떤 환상이기에 이렇게 많은 사람들이 모두 웃을 수 있을까?

야신은 문득 깨달았다. 지금 카이야의 환상은 모두에게 같은 것을 보여 주는 것이 아니었다. 그랬다면 일리야나 아까의 대머리 또한 개인행동을 할 수 없어야 옳았다. 한공간에서 환상에 빠진 사람들이 제각각의 환상을 보는 일은 이전에도 있지 않았던가. 야신은 천국 시뮬레이션 센터에서 일어났던 일을 떠올렸다. 투입된 소브컴 전투 요원들은 각각의 환상을 향해 총을 쏴 댔다고 했었다. 그때 남은 소녀가 그 공간에서 한 상상은 거울이었다고.

카이야 본인이라면 더 잘 응용할 수 있을 것이다. 거울 같은 이미지를 만들어 내지 않아도 사람들을 각각의 환상에 제 스스로 빠지게 만들 수 있을 것이다.

쾅.

이번에는 뒤쪽에서 폭음이 들렸다. 진동에 이를 악물면서 야신은 손잡이를 붙들었다. 그는 앞 칸으로 나아갔다.

열차의 앞뒤에서 폭음이 들렸는데도 객차 내부와 밖의 역 모두 고요했다. 우주공항역이었다. 역 내부에 이미 포진해 있던 소브컴 전투 요원들과 경찰관들의 얼빠진 얼굴들이 보였다. 그들을 둘러싸고 무어라 항의하던 관광객 옷차림의 무리 또한 비슷한 표정들이었다.

"망했군."

야신은 저도 모르게 중얼거렸다. 콴 우주공항은 마야와 외부 세계를 연결하는 하나뿐인 통로였고, 궤도 엘리베이터는 마야와 우주공항 사이를 잇는 유일한 끈이었다. 그걸 알기에 소브컴은 궤도 엘리베이터의 지상 입구를 봉쇄하고, 궤도 엘리베이터의 무릎을 치고 들어오는 모노레일을 막기 위해 모노레일 역사에도 전투 요원들을 깔았다.

그러나 카이야 레만은 모노레일을 타고 들어와, 소브컴이 행동을 개시하기도 전에 앞뒤 선로를 끊고 역사를 환상으로 점령해 궤도 엘리베이터를 손에 넣었다. 이대로라면 마야에 들어오는 사람이나 나가려는 사람 모두 카이야 레만의 환상에 빠질 것이다.

투두두둑.

멈춰 선 채 움직이지 않는 모노레일 안으로 나무뿌리들이 뚫고 들어왔다. 야신은 무시하고 전진했다. 맨 앞 객차 통로 앞에 도착하자 그는 멈춰 서서 뉴스 영상을 눈앞에 띄웠다.

예상대로 궤도 엘리베이터의 모습이 어느 채널에서나 잡혔다. 우주공항까지 뻗어 있는 궤도 엘리베이터가 나무로 변한 위용은 흡사 신화 속의 세계수 같았다.

— 궤도 엘리베이터가 거대한 나무로 변했습니다. 오늘 오후 4시 54분부터 궤도 엘리베이터가 운행 중지 상태였다는 것이 알려지면서 시민들은 불행 중 다행이라며 안도하는 모습입니다. 우주선을 예약한 승객들의 항의와 환불 요청이 생각보다 적어 우주공항 측에선 오히려 당황하고 있다고 합니다. 또한 모노레일은 방금 전에 전 구간 운행 중지가 시행되었습니다. 궤도 엘리베이터에서 일어나는 환상사고와 관련이 있는 것일까요? 모노레일 우주공항역에 있는 승객들은 아직까지 아무 소식도 전하지 않고 있습니다.

숨 가쁘게 말을 쏟아 내는 젊은 앵커의 말을 들으며 야신은 이 앵커가 지금 어디에 있는 것일지 생각했다. 카이야의 환상이 어디까지 뻗어 있을지도.

— 여러분은 행복해질 권리가 있습니다.

카이야의 메시지가 울렸다.

— 마야를 본래의 환상의 행성으로 여러분께 돌려 드릴 것입니다. 여러분은 오늘 태양계 최고의 유흥 행성을 잃을 것입니다. 대신 인류 중 그 누구도 가 보지 못했던 이상향을 얻을 것입니다.

뉴스를 전하는 앵커 또한 메시지를 들었는지 미간을 조금 좁혔다.

— 무슨 뜻일까요? 그리고 메시지를 전하는 자는 과연 누구일까요?

— 저는 여러분께 진짜 마야를 돌려 드릴 진정한……

그다음 말이 나오기 전에 야신은 문을 걷어찼다. 순간 놀라 다음 말을 못 잇는 카이야 레만의 얼굴이 보이는가 싶더니 눈앞이 번쩍했다.

우주공항역 역사가 화염에 휩싸였다. 뉴스 화면이 흔들렸다. 굉장한 속도로 무엇인가 위에서 궤도 엘리베이터를, 아니, 궤도 엘리베이터가 변한 세계수를 때렸고, 일순간 거대한 나무는 그대로 거대한 불기둥이 되어 타올랐다.

— 우주군이 마야를 공격하고 있습니다!

격앙된 앵커의 목소리가 야신과 카이야 사이를 채웠다.

— 태양계 연방에서는 마야를 위험지역으로 선포했습니다. 또한 태양계 인권 협회에서는 마야를 1급 재난 지역으로 선포했습니다.

화면 속 모노레일 선로는 궤도 엘리베이터 양옆으로 끊겨 있었다. 가장 앞쪽 칸의 뚫린 전망으로 화면에서 보는 것과 같은 광경이 보였다. 불기둥으로 변한 궤도 엘리베이터와 앞에서 끊긴 선로가 휘며 오그라드는 광경을 야신은 냉정하게 지켜봤다. 소브컴의 에어카 몇 대가 불기둥에 뛰어드는 나방처럼 달려들었다 처박혔다. 궤도 엘리베이터는 에어카의 충돌에 끄떡도 하지 않았다.

"그래, 이제 사태를 좀 알겠나?"

카이야가 거만하게 물었다.

"그래, 좀 알겠군."

야신이 대꾸했다.

"우주군이 마야를 공격하는 일 따윈 없었지. 일이 갑자기 그렇게 돌아갈 리도 없고. 진짜 그랬다면 소브컴이 댁한테 아직 집중하고 있지도 못해. 환상으로 언론까지 속이며 휘두르니 소브컴은 속이 바짝 타서 댁을 막으려 애쓰는데 역부족이고, 에어카가 가까이 다가오다 환상에 사로잡혀 몇 대씩 처박혔으니 더 이상 같은 시도도 못 할 테지."

카이야가 박수를 쳤다.

"역시 야신 카갈리스키 박사라니까."

야신은 속으로 이어 생각했다. 그러므로 더 이상 아데마의 지원사격도 기대할 수 없다고. 타소도 오닐도 환상에 휩쓸려 있을 것이고 재스퍼는 말할 것도 없었다.

"우주군이 마야를 공격하고 마야가 고립된 것처럼 꾸며서 뭘 하려고?"

"쇼와 고립 체험, 공동의 적에 대한 연대 투쟁, 뭐 그런 거랄까. 첸 박사가 그런 게 잘 먹힌다고 하더라고. 군중심리 장악에 말이야. 그 사람은 참 아는 것도 많아."

"그럼 군중심리에 더 호소하게 승객들은 내려 보내지그래."

카이야가 흐흐 웃었다.

"난 잡은 적 없다고. 지금 와서 인질극을 할 필요 있을까 싶어서 말이야. 명색이 소버린인데 품위 없게 그러면 쓰나."

"품위라."

"섣불리 움직이지 마셔. 내가 자해하는 집단 광신도들이라도 상상하면 큰일이잖아. 안 그래?"

카이야가 여전히 웃음 띤 목소리로 말했다. 야신은 그 자리에 멈춰 섰다.

"카갈리스키 씨, 댁은 자기가 퍽 잘난 줄 아는 분이야. 잘난 거 맞지. 그럼. 경찰도 소브컴도 제치고 제일 먼저 오셨지. 그런데 말이야, 이런 경우가 더 어설프더라고. 뭐든 자기 혼자서도 잘할 줄 알거든."

카이야가 히죽 웃었다.

"남을 바보로 알고. 잘난 인간들은 그게 문제란 말이야. 자기가 하는 걸 보면서 남도 뭔가 배우고 응용할 거라고는 생각을 안 해."

야신은 가만히 카이야의 말을 듣고만 있었다. 놈이 무슨 말을 하려는지 알 것 같았다.

"재미있는 얘기 해 드릴까? 난 사실 상상도 못 했었어. 닉스 돔에서 환상을 만들어 낸다? 그런 말을 들으면 무슨 꿈을 꾸는 거냐고 했겠지. 근데 댁이 했어. 아무렇지도 않게. 닉스 돔에 있는 댁 작업실에서 말이야."

"너도 했지."

"그래, 나도 했지. 댁이 깔아 준 뭔가 때문에. 그 무렵 금발 망령도 닉스 돔에 나타났잖아."

"그 환상들은 사라졌어."

"그래서 댁이 온 거 아냐? 이번에도 그렇게 나를 쉽게 막을 수 있을 줄 알고."

카이야는 웃으며 말했다.

"막아야 했겠지. 결국 댁 덕분에 알게 된 거잖아, 내가. 댁이 아니었다면 난 재능 쓸 데를 못 찾았을 거야. 그랬다면 여전히 한때 꿈을 잘 꿨던 상상 도우미에 불과했겠지."

"지금도 마찬가지지."

카이야의 눈에 처음으로 진짜 같은 감정이 지나갔다. 야신이 한쪽 어깨를 으쓱했다.

"딱히 다르지 않은 것 같은데. 환상을 보여 주고 돈을 받는 대신 칭송을 받는 게."

"하, 꼿꼿하게 사람 열 받게 하는 재주는 여전하시군."

"교주니 소버린이니, 꼭두각시놀음한 지도 꽤 됐지. 애도 아니고, 그런 식으로 거짓 찬양받는 게 그렇게 좋아? 난 잘 이해가 안 돼서."

"거짓 찬양이라니 너무하시네. 우리 신도들을 물로 보면 쓰나."

카이야는 천천히, 절룩거림이 느껴지지 않을 정도로 천천히 야신에게 가까이 다가왔다. 너무 천천히 오는 안정적인 발걸음이 오히려 불안했다.

"우리 신도들이 왜 나를 믿는 줄 알아?"

"환상 때문에?"

카이야가 진지한 표정으로 고개를 저었다. 그가 비밀 이야기를 하듯 엄숙하게 속삭였다.

"믿고 싶으니까."

"무슨 소리야?"

"댁도 봤잖아. 얼마나 몰입하는지. 교주면 어떻고, 소버린이면 어떻고, 꼭두각시놀음이면 어떻다는 거야? 사람들이 속기를 원하는데."

카이야는 천진하게 말했다.

"꿈이 왜 현실이 되면 안 되는데?"

그가 안타깝다는 듯이, 그렇지만 열의를 담아 말했다.

"꿈속으로 도피하는 것이 뭐가 나쁘지?"

뭐가 나쁘냐고? 야신은 차창 밖에 활활 타오르는 불길을 보았다. 화염 사이로 소브컴의 에어카가 벌 떼처럼 날고 있었다.

"당신 같은 사람들, 꼭 현실이어야 한다는 고집쟁이들, 꿈은 다 현실에서 온 거고 꿈은 현실이 아니라고, 그러니까 가치가 없고 깨면 그만이고 꿈이 현실이 되는 것은 있을 수 없는 일이라고 요지부동으로 버티는 인간들 말이야, 그럴 거면 마야엔 왜 오는 거야? 마야는……, 환상의 행성인데."

카이야가 팔을 뻗었다. 날개를 펼친 검은 머리 천사들이 나타나 그를 둘러싸더니 불길을 뚫고 날아갔다. 불길 속에서 천사들이 나타나자 궤도 엘리베이터 밑에 있던 사람들은 울고 소리 지르고 환호했다.

"당신들은 영원히 계속되는 만족감은 신화 속의 유토피아에나 있다고 말하지. 하지만 그러면서도 누군가 정말 유토피아를 만들려고 하면 화를 낸단 말이야."

카이야가 천천히 고개를 저었다.

"약해. 모순투성이에다 약해 빠졌어. 마야 같은 환상의 행성도 현실과 비슷하게 틀에 가둬 놓지 않으면 견디질 못할 정도로 약하다고. 왜인지 알아? 우리가 딛고 사는 데가 위태위태해서 그래. 인생의 기반 자체가 무르고 얄팍해서."

우주공항이 파괴되고 파편이 돔을 부수며 떨어졌다. 어두워지는 하늘을 연출하던 돔의 기능이 멈추며 죽은 생선 비늘 같은 빛깔이 창공을 메웠다. 공황에 빠진 사람들의 비명에도 카이야의 목소리는 또렷하게 들렸다.

"우리는 말이야, 원래 스스로를 속이게 만들어졌어. 존재 자체가 모순이라고. 신처럼 생각하는 동물들이란 말이야. 그래서 쓸데없이 알아 버리지. 우리가 거대한 우주 속의 미약한 존재고, 다른 사람들에게조차 중요하지 않은 존재고, 죽게 되어 있는 존재라는 걸. 정말 쓸데없이. 나라는 신이 먼저 만들어진 다음에 동물로 살아가야 하는 한계를 차차 알아 가게 된단 말이야."

카이야의 말에 점점 힘이 들어갔다.

"얼마나 잔인한 일이야? 환상은 만들어질 수밖에 없는 거라고. 이 근원적 모순에서 생겨나는 달콤한 거짓말인 거야. 스스로를 속이는 거지. 살려고. 사람이잖아. 누가 그런 이들을 약하다고 손가락질할 수 있겠냐 이 말이야. 삶에 의미 부여를 하고, 믿음을 가지고, 감각에 취하고, 아이를 낳고, 그게 다 환상이나 마찬가지지. 아니, 환상보다도 못하지. 환상은 남루하고 힘들지는 않잖아. 고통 뒤엔 반드시 보상이 있다고. 주제 넘는 짓을 좀 해도, 어리석어도, 욕심을 부려도 돼. 인생이 망가진 게 자기 잘못은 아니야. 파국은 멋들어질 거고, 그 후로 지루하고 부끄러운 삶이 이어지는 일도 없을 거야."

검은 머리 천사들이 돌풍을 일으켰다. 회오리바람이 불길에 휩싸인 궤도 엘리베이터에, 아니, 세계수에 다가가자 불티가 사방으로 날렸다. 흡사 불의 비처럼 떨어지는 불꽃들은 사람들의 머리 위에서 붉고 흰 꽃잎들로 변했다. 꽃의 비를 맞은 사람들은 몽롱한 눈으로 무릎을 꿇었다.

"사람한테는 도피처가 필요해. 그게 낙원이면 좋지. 그 낙원이 영원하면 더 좋고. 상상이나 돼? 환상에서는 추레하고 지지부진한 삶이 없을 거라고."

"그리고 댁이 그 도피처를 만들고?"

"그래. 내가 유토피아를 만들 거야."

카이야가 미소 지었다.

"마야가 생겼으니 우리는 영원히 스스로의 천국에서 살 수 있다고. 새로운 마야에서 사람들은 보호받고 행복할 거야. 내 꿈속에서 모두 행복할 수 있어."

"소버린! 소버린! 소버린!"

"우리를 구원해 주세요!"

닉스 돔 전체가 울리는 것 같은 환호성이 지상에서 멀리 떨어져 있는 카이야와 야신에게까지 들려왔다. 카이야가 양팔을 들어 올렸다.

"더 이상 스스로를 속이지 않아도 돼. 우리가 바라는 환상이 바로 현실이 될 테니까."

꽃의 비를 맞는 사람들은 모두 행복한 얼굴이었다. 불길은 천사들의 날갯짓으로 잦아들었고, 더 아름답고 찬란한 금빛 세계수가 가지를 뻗었다. 잎과 꽃이 동시에 피어올라 보석처럼 반짝였다.

— 인류에게 새로운 시대가 열렸습니다. 꿈과 희망의 시대, 누구도 바라지 않는 고통에 노출되지 않는 시대, 누구나 바라는 존재가 될 수 있는 시대입니다……

환한 빛이 하늘에서 쏟아진다. 옆 사람은 누구나 다정하게 미소 띠고 눈인사를 나눈다. 무엇이든 잘될 것이라는 근거 없는 낙관의 분위기가 달아오르고, 그 분위기에 전염되어 심장이 뛴다. 승객들이 감격에 차 중얼거린다. 행복해. 태어나길 잘했어. 나는 뭐든 할 수 있어.

"인간이 바라는 건 이런 거라고."

확신에 찬 카이야의 말을 들은 야신이 대꾸했다.

"그럼 댁부터 행복했어야지."

카이야는 순간 얼뜬 표정으로 야신을 쳐다봤다. 무슨 말인지, 그런 말을 왜 하는 건지 모르겠다는 얼굴이었다.

꽈릉.

그 자신보다 먼저 반응한 무의식이 번개의 형상이 되어 야신에게 쇄도했다. 눈이 멀 것 같은 강렬한 빛을 쳐다보며 야신이 말했다.

"차폐막, 최대출력으로."

"으아악!"

카이야가 비명을 지르며 쓰러졌다.

빛이 사라지고, 불길이 사라지고, 거대한 나무가 사라졌다. 눈물을 흘리며 스스로를 껴안던 남자가 휘청했다. 가까스로 중심을 잡은 그 옆에서 안경 쓴 노인이 믿을 수 없다는 듯 눈을 껌벅이며 이마를 긁었다. 소녀의 얼굴에서 행복감이 점점 옅어지며 당황스러운 난처함이 자리를 잡았다.

"이게 무슨?"

야신은 대꾸하지 않고 카이야에게 향했다. 눈을 까뒤집고 데굴데굴 구르던 카이야가 개구리처럼 엎어져 늘어졌다. 처음 봤던 날도 차폐막에 환상이 끊기자 카이야는 거품을 물었었다. 질린 얼굴로 그들을 바라보던 승객들이 조금씩 옆으로 다가왔다. 누군가 카이야를 손가락질했다.

"다 이놈이 한 짓이죠? 이놈 이거, 대체 뭡니까?"

그 말이 몹시 익숙하게 들려서 야신은 그만 그 승객을 빤히 쳐다봤다.

"괴물."

아는 목소리가 내뱉었다.

"살인자, 타이샨을 어떻게 했어?"

소리치며, 줄리가 절뚝거리는 걸음걸이로 카이야를 향해 똑바로 다가왔다. 한쪽 발목에 붕대를 감은 사람이라고는 믿을 수 없는 기세와 속도였다. 발소리가 객차에 크게 울렸다. 카이야는 머리가 아픈지 신음했다.

"너만 없었으면 이런 일은 안 일어났어."

"첸 박사도 같이 했거든."

"네가 아니었으면 타이샨도 그렇게까지 안 했어!"

줄리는 카이야를 밀치고 유리창에 기대어 멱살을 잡아 올렸다. 왜소한 소년 같은 체구의 카이야는 줄리의 힘에도 이리저리 흔들렸다. 코에서 피를 흘리며 그가 씩 웃었다.

"어차피 버린 남편이면서."

석고상 같은 얼굴로 변한 줄리가 무표정하게 카이야의 뒤통수를 유리에 찧었다.

"그래. 이제 너만 버리면 돼."

"버려? 날 말이야?"

카이야가 웃었다.

"댁들 잘난 박사님들한테야 과소평가되는지는 몰라도, 지금의 난 마야를 들었다 놓을 수 있는 사람이야."

카이야가 주먹으로 창을 쳤다. 창이 열리며 거센 바람이 불어 들어와 객차가 흔들렸다. 전면에 훤히 드러난 끊긴 선로와 허공을 보며 위험을 느낀 승객들이 문간에 몰려들었다. 객차 밖 역에서는 소브컴 전투 요원들과 경찰들이 뒤쪽 칸으로 이동해 내리라고, 대피하라고 외쳐 댔다. 아수라장 속에서 카이야 레만이 말했다.

"내가 소버린이라고."

그러고는 상반신을 창밖으로 내밀더니 그대로 몸을 뒤틀어 창문에서 추락했다.

무척 자연스럽고 매끄러운 동작이라 사고인지 믿기지 않을 정도였다. 아마 카이야는 뛰어내리면 곧바로 다시 란츠만의 힘을 이용할 수 있으리라 여겼으리라. 야신은 차폐막을 끄려고 급히 입을 열었다.

"차폐막 해……."

갑자기 줄리가 빽 소리쳤다.

"내버려둬!"

그는 줄리를 쳐다보았다. 고개를 숙여 표정을 읽을 수 없었다.

"그냥 이대로 끝나게 내버려둬. 제발."

표정을 숨겼지만 야신은 줄리의 의중을 읽었다. 그가 딱딱하게 말했다.

"차폐막 해제."

"놈이 타이산을 죽였다고!"

줄리가 소리쳤다. 야신은 그녀를 물끄러미 보다 고개를 돌렸다. 그리고 그대로 걸어 나왔다.

대피하는 승객들과 뒤섞여 모노레일에서 내리자 역사에 우르르 내린 사람들이 뉴스 홀로그램 창을 띄웠다. 마야 각처에서 소버린이라 칭하며 모습을 나타냈던 자들이 본래의 평범한 모습으로 돌아가 체포되는 광경들이 연달아 떠올랐다.

예상했던 대로 그중에 첸의 모습은 없었다. 소버린을 연호하던 군중들이 뿔뿔이 흩어지는 모습도 생중계됐다. 소란을 주도한 광신도들이 패닉에 빠져 눈물을 흘리며 괴성을 지르다가 연행되어 갔다.

첸의 말이 떠올랐다. 소버린은 진정한 마야인이에요.

카이야 또한 그렇게 생각했을 것이다. 자신이 마야에 딱 맞는 인간이라고.

야신은 궤도 엘리베이터 앞에 늘어선 줄에 가서 서면서 고개를 저었다. 우주공항으로 이어진 긴 유리 터널을 엘리베이터가 빠르게 오갔다. 운행을 재개한다는 안내 방송이 반복되고 있었다.

— 소버린께선 돌아오실 겁니다!

연행되어 가던 광신도 중 누군가 소리치는 것이 뉴스 화면에 잡혔다.

— 우리의 믿음이 부족해서 천국의 문이 닫히고 말았습니다! 우리의 눈이 어리석어서 소버린이 주시는 참된 행복을 놓쳤습니다!

― 하지만 형제자매들, 소버린이 누구십니까? 우리를 위해 마야에 진짜 유토피아를, 천국을 열어 주려던 분 아니십니까. 과오를 뉘우칩시다. 믿고 기다립시다. 그러면 소버린께서 돌아오실 겁니다! 우리가 본 천국이 다시 열릴 겁니다!

― 믿고 기다립시다! 소버린 만세!

― 소버린은 돌아오실 겁니다! 만세!

― 소버린 만세! 천국 만세!

궤도 엘리베이터 줄에 선 사람 중에는 아무도 동조하는 이가 없었다. 화면 속 신도들은 소버린을 연달아 부르며 열렬한 반응을 보이고 있었다. 극명한 온도 차이에 야신은 저도 모르게 몸을 부르르 떨었다.

― 소버린 만세! 천국 만세!

카이야 레만이 씨를 뿌린 사이비 종교는 그가 죽었는데도 꺾이지 않고 자라날 기미가 보였다. 소브컴이 얼마나 저들을 효율적으로 압박할 수 있을까? 카이야의 죽음으로 천국을 잃고 신과 신화를 얻은 저들을. 야신은 담배를 꺼내 물었다.

슈우우우우.

위잉. 위이잉.

"현장에 4조 도착했습니다."

"1조 보고합니다. 구조 요청은 현재까지 없습니다."

등진 사고 현장인 모노레일 앞쪽에서 에어카들이 착륙하고 소브컴 요원들이 내리는 소리가 계속 들렸다. 야신은 담배를 깊이 빨며 고개를 숙였다.

이번 사건으로 소브컴은 더욱 강력하게 란츠만을 통제하려 할 것이다. 오늘의 사건을 알게 되면 자신들의 활동을 위해 야신의 차폐막 기술을 탐낼지도 모른다.

그 기술을 탐내는 게 소브컴만일까? 램스필드는 여전히 부와 권력을 유지하려 할 것이고, 카이야의 행적과 힙노스 사이에 거리를 두고 싶어 할 게 분명했다. 어쩌면 개인 차폐막 기술을 상품화하면서 사업을 다각화하고 기업 이미지를 쇄신하고 싶어 할 수도 있다.

야신은 한참 동안 담배를 피웠다. 차근차근히 줄어드는 줄과 위아래로 움직이는 궤도 엘리베이터를 바라보면서.

"앞으로 많은 일이 일어나겠군."

그가 중얼거렸다. 머리 위 칸 우주공항에서는 우주선과 관광객들이 발길을 재촉할 것이고, 저 아래 닉스 돔의 거리는 밤을 맞을 준비에 바빠지고 있을 것이다. 얼마 안 있어 천사 홀로그램이며 네온사인들도 다시 마야를 장식하고, 카이야 레만이 구현했던 환상들이 수많은 힙노스에 등장하리라.

엘리베이터가 도착했다. 이번에는 탈 수 있을 것 같았다. 야신은 담배를 끄고 오른발을 앞으로 디뎠다.

그렇게 다시, 다른 낯모르는 사람들과 함께 마야의 밤으로 돌아갔다.

—『**드림 컬렉터**』끝